Ullstein

W0203179

ÜBER DAS BUCH:

Mit Romanen wie *Puppenmord, Trabbel für Henry, Tohuwabohu, Der Renner* hat Tom Sharpe sich eine lachende Fan-Gemeinde erworben. *Alles Quatsch* ist eine neue vehemente Attacke auf das Zwerchfell seiner Leser. Gerald Glodstone, einäugiger Kriegsveteran und Lehrer im wegen seiner paramilitärischen Tendenzen berüchtigten Internat Groxbourne, lebt weitgehend in einer imaginären Welt, die von Gestalten seiner geliebten Abenteuerromane bevölkert wird. »Gloddies« Intimfeind, der Geographielehrer Slymne, lockt ihn mit Hilfe gefälschter Briefe in den Sommerferien nach Südfrankreich, wo er eine Gräfin aus der Gewalt von Schurken befreien soll. Begleitet von seinem Lieblingsschüler Peregrine, dessen körperliche Kräfte die geistigen in den Schatten stellen und der alles, was man ihm sagt, wortwörtlich nimmt, stolpert Glodstone von Katastrophe zu Katastrophe ...

DER AUTOR:

Tom Sharpe wurde 1928 in England geboren, studierte in Cambridge, lernte als Buchhalter, Sozialarbeiter und Fotograf Südafrika kennen, bis er ausgewiesen wurde, und unterrichtete als Hilfslehrer an einer Berufsschule in Cambridge, bis ihm der Erfolg seiner Bücher die Freiheit schenkte, mit Frau und drei Töchtern als Schriftsteller zu leben.

Tom Sharpe

Alles Quatsch

Roman

Ullstein

ein Ullstein Buch
Nr. 22154
im Verlag Ullstein GmbH,
Frankfurt/M – Berlin
Englischer Originaltitel:
VINTAGE STUFF
© 1982 by Tom Sharpe
Übersetzt von Irene Rumler

Ungekürzte Ausgabe

Umschlagentwurf:
Brian Bagnall
Alle Rechte vorbehalten
Übersetzung © 1987
Verlag Ullstein GmbH,
Frankfurt/M – Berlin
Printed in Germany 1993
Druck und Verarbeitung:
Ebner Ulm
ISBN 3 548 22154 8

4. Auflage Juni 1993
Gedruckt auf Papier
mit chlorfrei
gebleichtem Zellstoff

Vom selben Autor
in der Reihe
der Ullstein Bücher:

Puppenmord (20202)
Trabbel für Henry (20360)
Tohuwabohu (20561)
Mohrenwäsche (20593)
Feine Familie (20709)
Der Renner (20801)
Klex in der Landschaft (20963)
Henry dreht auf (22058)
Alles Quatsch (22154)
Schwanenschmaus in
Porterhouse (22195)
FamilienBande (22682)

Die Deutsche Bibliothek –
CIP-Einheitsaufnahme

Sharpe, Tom:
Alles Quatsch: Roman / Tom Sharpe.
[Übers. von Irene Rumler]. – Ungekürzte
Ausg., 4. Aufl. – Frankfurt/M; Berlin:
Ullstein, 1993
(Ullstein-Buch; Nr. 22154)
ISBN 3-548-22154-8
NE: GT

Kapitel 1

Peregrine Roderick Clyde-Browns Ankunft auf dieser Erde wurde durch die Geburtsurkunde bescheinigt. Als Vater war Oscar Motley Clyde-Brown angegeben, von Beruf Rechtsanwalt, und als Mutter Marguerite Diana, geborene Churley, beide wohnhaft in The Coles, Pinetree Lane, Virginia Water. Auch wurde das freudige Ereignis in der *Times* angezeigt, versehen mit dem Zusatz »Herzliche Dankesgrüße an das Personal der Privatklinik St. Barnabas«.

Der Dank war voreilig, aber zu diesem Zeitpunkt durchaus aufrichtig gemeint. Mr. und Mrs. Clyde-Brown hatten sich seit langem ein Kind gewünscht und wollten schon zu ärztlicher Hilfe Zuflucht nehmen, als sich Peregrine ankündigte. Mrs. Clyde-Brown war damals immerhin schon sechsunddreißig, ihr Mann bereits vierzig. So waren sie verständlicherweise beglückt, als eine erstaunlich leicht verlaufende Geburt an einem fünfundzwanzigsten März Mitte der sechziger Jahre den 4350 Gramm schweren Peregrine das Licht der Welt erblicken ließ.

»Ein wunderschönes Baby«, sagte die Hebamme, wobei sie weniger auf die Tatsachen als auf Mrs. Clyde-Browns Gefühle Rücksicht nahm. Peregrines »Schönheit« war von jener Art, wie man sie ansonsten nur bei Opfern von besonders schlimmen Autounfällen zu sehen bekommt. »Und so lieb.«

Damit kam sie der Wahrheit schon etwas näher. Vom Augenblick seiner Geburt an war Peregrine lieb. Er schrie nur selten, aß regelmäßig und ließ gerade so viele Winde los, um seine Eltern dahingehend zu beruhigen, daß er durch und durch normal war. Kurz gesagt: Die ersten fünf Jahre seines Lebens war er ein Musterkind, und erst, als dem mit sechs, sieben, acht und neun

Jahren noch immer unverändert so war, hatten die Clyde-Browns allmählich Grund, sich zu fragen, ob Peregrine für einen kleinen Jungen nicht vielleicht doch zu musterknabenhaft war.

»Betragen tadellos?« sagte Mr. Clyde-Brown und stutzte, als er das erste Zeugnis seines Sohnes durchlas, der auf eine sündteure Privatschule ging. »Das beunruhigt mich doch etwas.«

»Ich verstehe nicht recht, warum. Peregrine ist immer ein sehr braver Junge gewesen, und ich finde, daß uns das als Eltern zur Ehre gereicht.«

»Mag schon sein, aber als ich so alt war wie er, konnte beim besten Willen niemand behaupten, mein Betragen sei tadellos. Ganz im Gegenteil.«

»Du warst eben auch von kleinauf extrem ungezogen. Selbst deine Mutter mußte das zugeben.«

»Typisch«, meinte Mr. Clyde-Brown, dessen Gefühle für seine verstorbene Mutter recht zwiegespalten waren. »Und dieses ›Gibt sich große Mühe in allen Fächern‹ schmeckt mir auch nicht. Mir gefiele es besser, seine Leistungen wären tadellos und sein Betragen ließe zu wünschen übrig.«

»Man kann nun mal nicht alles haben. Wäre sein Betragen gerügt worden, so würdest du ihn einen Lümmel, Rotzlöffel oder sonst was heißen. Sei also dankbar, daß er sich beim Lernen Mühe gibt und ansonsten keine Probleme hat.«

Mr. Clyde-Brown ließ es vorerst damit bewenden, und so blieb Peregrine auch weiterhin der Musterknabe, der er war. Erst als sich nach einem weiteren Jahr in puncto tadellosem Betragen und des »Sich-große-Mühe-Gebens« nichts geändert hatte, wandte sich Mr. Clyde-Brown an den Direktor, um Genaueres über seinen Sohn zu erfahren.

»Ich fürchte, eine Bewerbung um ein Stipendium für Winchester ist aussichtslos«, meinte der Direktor, nachdem Mr. Clyde-Brown seinen diesbezüglichen Hoffnungen Ausdruck verliehen hatte. »Und ich hege die größten Zweifel, ob er es in Harrow schafft.«

»Harrow? Ich wußte gar nicht, daß er nach Harrow geht«,

entgegnete Mr. Clyde-Brown, der alles andere als eine hohe Meinung von Harrow-Absolventen hatte. »Was ich möchte, ist die bestmögliche Erziehung, die man für Geld haben kann.«

Der Direktor, dessen Schule zu den teuersten in ganz England gehörte, seufzte und trat ans Fenster. »Tatsache ist nun einmal – und vergessen Sie bitte nicht, daß ich meinem Beruf als Lehrer seit rund dreißig Jahren nachgehe –, daß Peregrine ein Junge ist, der aus dem Rahmen fällt. Ein höchst ungewöhnlicher Junge.«

»Das ist mir bekannt«, sagte Mr. Clyde-Brown, »und ich weiß auch, daß bisher in jedem Zeugnis stand, daß sein Betragen tadellos ist und daß er sich große Mühe gibt. Also, ich kann den Tatsachen ebensogut ins Auge sehen wie jemand anderes. Soll das heißen, daß er dumm ist?«

Mit einer entschuldigenden Geste kehrte der Direktor seinem Schreibtisch den Rücken. »Soweit würde ich nicht gehen wollen«, murmelte er.

»Wieweit denn?«

»Die Bezeichnung ›Spätentwickler‹ wäre vielleicht zutreffender. Tatsache ist, daß Peregrine semantische Schwierigkeiten hat.«

»Ich auch, falls Sie es genau wissen wollen«, knurrte Mr. Clyde-Brown. »Was, zum Kuckuck, soll das denn heißen?«

»Nun, Tatsache ist...«

»Das ist jetzt schon das drittemal, daß Sie eine Tatsache, die keine ist, mit dieser Floskel ankündigen«, versetzte Mr. Clyde-Brown ganz in der Manier eines spitzfindigen Verteidigers vor Gericht. »Was mich interessiert, ist die Wahrheit.«

»Tja... also, um es kurz zu machen... Ihr Sohn nimmt alles, was man ihm sagt, als Evangelium.«

»Als Evangelium?«

»Wörtlich. Wortwörtlich.«

»Er nimmt das Evangelium wörtlich?« entgegnete Mr. Clyde-Brown in der Hoffnung, seine Ansichten über Religionsunterricht in einer rationalen Welt gleich an den Mann bringen zu können.

»Nicht nur das Evangelium. Alles«, sagte der Direktor, der diese Unterredung als ebenso quälend und mühsam empfand wie die schulische Unterweisung Peregrines. »Er scheint schlicht unfähig, eine allgemeine Anweisung von einer speziellen unterscheiden zu können. Nehmen Sie zum Beispiel die Zeit.«

»Welche Zeit?« fragte Mr. Clyde-Brown mit trübem Blick.

»Einfach die Zeit. Wenn ein Lehrer der Klasse eine Aufgabe stellt und hinzufügt: ›Behaltet aber eure Zeit im Auge‹, dann sagt Peregrine jedesmal ›elf Uhr‹.«

»Er sagt jedesmal ›elf Uhr‹?«

»Oder eben die jeweilige Uhrzeit. Es kann auch Viertel nach neun oder halb zehn sein.«

»Wenn das so ist, dann kann er nicht jedesmal ›elf Uhr‹ sagen«, konstatierte Mr. Clyde-Brown, der sich mit Methoden des Kreuzverhörs den Weg aus diesem begrifflichen Dschungel zu bahnen hoffte.

»Natürlich sagt er nicht immer ›elf Uhr‹«, gab der Direktor zu, »aber jedesmal erfolgt irgendeine Zeitangabe, je nachdem, was seine Uhr anzeigt. Das meine ich wenn ich sage, daß er alles wörtlich nimmt, und das macht die Aufgabe enervierend, ihm etwas beizubringen. Erst neulich habe ich die Klasse aufgefordert, sich in die Arbeit hineinzuknien, und genau das tat Peregrine. Und exakt dasselbe passierte im Religionsunterricht. Als Reverend Wilkinson erwähnte, die Schüler sollten zu frischen Blättern greifen, knöpfte sich Peregrine in der Pause die Kamelien vor. Meine Frau jedenfalls hat sich fürchterlich aufgeregt.«

Mr. Clyde-Brown tat es dem Direktor gleich und betrachtete die kahlen Ziersträucher vor dem Fenster. »Gibt es denn wirklich keine Möglichkeit, ihm den Unterschied zwischen eher bildlich gemeinten oder umgangssprachlichen Ausdrücken und dem faktischen Wortlaut zu erklären?« fragte er nachdenklich.

»Allenfalls mit einem ungeheuren Aufwand an Zeit und Mühe. Außerdem haben wir uns auch noch um andere Kinder zu kümmern, und der englischen Sprache läßt sich nicht ohne weiteres mit reiner Logik beikommen. Wir müssen eben einfach hoffen, daß Peregrine ganz plötzlich einen Entwicklungsschub machen und lernen wird, nicht buchstabengetreu das zu tun, was man ihm sagt.«

Geknickt, aber um nichts klüger kehrte Mr. Clyde-Brown nach Hause zurück. Noch am selben Abend, nach einer hitzigen Diskussion mit seiner Frau, in der er ihr die alleinige Schuld an Peregrines verbalem und sonstigem Kadavergehorsam gab, versuchte er seinem Sohn zu erklären, wie riskant es sein konnte, alles wörtlich zu nehmen, was man gesagt bekam.

»Mit so etwas kannst du dich in fürchterliche Schwierigkeiten bringen. Die Leute sagen nämlich ständig Dinge, die sie so gar nicht meinen, und wenn du alles, wirklich alles tust, was sie sagen, dann landest du rasch auf einem Holzweg.«

Peregrine war sichtlich verwirrt. »Und wo liegt der, Daddy?« fragte er.

Mr. Clyde-Brown betrachtete den Jungen mit einer Mischung aus verhaltener Neugier und unverhohlener Gereiztheit. Jetzt, wo man ihn mit der Nase darauf gestoßen hatte, entdeckte er in Peregrines Festhalten an der wörtlichen Bedeutung etwas von jener Schläue, die Mrs. Clyde-Brown an den Tag legte, sobald man sie mit Dingen konfrontierte, die sie lieber nicht erörtern wollte. Konkret dachte er dabei an diverse extravagante Verwendungszwecke des Haushaltsgeldes. Vielleicht steckte aber auch hinter Peregrines Dummheit Absicht wie die seiner Mutter. In diesem Fall bestünde wenigstens noch Hoffnung.

»Der Holzweg liegt natürlich nirgends. Dieser Ausdruck...«

Peregrine unterbrach ihn. »Aber wie kann ich dort landen, wenn er nirgends liegt?«

Mr. Clyde-Brown schloß die Augen und schickte ein Stoßgebet zum Himmel. Er konnte sich vorstellen, wie den Lehrern zumute war, die sich Tag für Tag mit dieser abscheulichen Logik herumschlagen mußten. »Kümmere dich nicht darum, wo er liegt«, sagte er mit mühsam unterdrücktem Zorn. »Was ich meine, ist folgendes: Wenn du dich nicht zusammenreißt... nein, vergiß es.« Im Geiste sah er Peregrine schon sich in Krämpfen winden. »Wenn du nicht lernst, zwischen Wortlaut und Wortsinn zu unterscheiden, dann wirst du bald bis zum Hals in der Sch… in argen Schwierigkeiten stecken. Habe ich mich klar genug ausgedrückt?«

»Ja, Daddy«, entgegnete Peregrine mit einem Gesicht, das sämtliche Hoffnungen seines Vaters zunichte machte. Doch Mr. Clyde-Browns Vorrat an Gemeinplätzen war erschöpft. »Dann zieh Leine und tu zum Teufel nicht immer genau das, was man dir sagt«, brüllte er unvorsichtigerweise.

Während der folgenden Tage erlebte er Peregrines pervertierten Gehorsam in seiner ganzen Schrecklichkeit. Aus dem Musterknaben Peregrine war ein ebenso beispielhafter Rüpel geworden. Beim Frühstück weigerte er sich, die Marmelade herüberzureichen, als er darum gebeten wurde; aus der Schule kam er mit einem blauen Auge, weil der Direktor die Jungen ermahnt hatte, ja nicht zu raufen; mit dem Luftgewehr schoß er auf Mrs. Worksops Katze, nachdem seine Mutter ihm eingeschärft hatte, dies auf keinen Fall zu tun; und als er sich dafür bei Mrs. Worksop entschuldigen sollte, machte er die Sache nur noch schlimmer, indem er erklärte, er sei froh, ihre Katze erschossen zu haben.

»Ich kann mir nicht vorstellen, was in ihn gefahren ist«, jammerte Mrs. Clyde-Brown, als sie feststellte, daß Peregrine auf ihre Aufforderung hin sein Zimmer nicht etwa aufgeräumt, sondern statt dessen sämtliche Schubladen auf den Boden geleert und einen regelrechten Saustall angerichtet hatte. »So etwas hat er noch nie gemacht. Das kommt mir alles sehr merkwürdig vor. Du glaubst doch nicht etwa, daß wir neuerdings einen Poltergeist im Haus haben, oder?«

Mr. Clyde-Browns Antwort bestand in vorsichtigem Schweigen. Er wußte nur zu gut, wen sie da im Haus beherbergten, nämlich einen Sohn mit der moralischen Urteilsfähigkeit eines Mikroprozessors und dem beängstigenden Talent, Logik dort anzuwenden, wo sie fehl am Platze war.

»Vergiß, was ich dir neulich gesagt habe«, schnauzte er Peregrine an, nachdem er ihn von seinem bis vor kurzem gemästeten Kaninchen, das jetzt nahe am Verhungern war, weggezerrt hatte. »Von jetzt an wirst du das tun, was deine Mutter und ich dir sagen. Welche Verwüstungen du in der Schule anrichtest, ist mir egal, aber ich werde nicht zulassen, das du dieses Haus in ein Schlachtfeld verwandelst und die Katzen der Nachbarn erschießt, nur weil man es dir verbietet. Hast du das verstanden?«

»Ja, Daddy«, sagte Peregrine und kehrte zu seinem weniger aufreibenden Musterknabendasein zurück.

Kapitel 2

Aus der Entdeckung, daß ihr Sohn nicht war wie andere Jungen, zogen die Clyde-Browns unterschiedliche Schlüsse. Mrs. Clyde-Brown hielt an ihrer Überzeugung fest, daß Peregrine ein Genie mit allen dazugehörigen Verschrobenheiten war, während ihr eher pragmatisch veranlagter Mann, der weit weniger Begeisterung für die durch dieses pubertierende Wunderkind verursachten häuslichen Unannehmlichkeiten aufbrachte, erst den Hausarzt konsultierte, dann einen Kinderpsychiater, danach einen Fachmann für Schul- und Erziehungsfragen und schließlich einen Testpsychologen für Sonderbegabte.

Was dabei herauskam, war höchst unterschiedlich. Der Arzt drückte ehrliches Mitgefühl aus; der Psychiater erging sich in nicht sonderlich erfreulichen Mutmaßungen über das Sexualleben der Clyde-Browns – und hatte damit auch noch recht; der Erziehungsberater, ein Anhänger von Ivan Illich, kritisierte den Unterricht, den Peregrine genoß, weil überhaupt Wert auf Lernen gelegt wurde. Lediglich der Experte für Eignungstests machte einen konkreten Vorschlag, wie Mr. Clyde-Brown ihn sich erhofft hatte. Er nämlich war der Ansicht, daß Peregrines Zukunft beim Militär lag, wo es in erster Linie darauf ankam, Befehlen bedingungslos zu gehorchen, selbst wenn sie noch so schwachsinnig waren. Mit dieser Zielvorstellung im Hinterkopf machte sich Mr. Clyde-Brown auf die Suche nach einer Privatschule, die Peregrine nehmen würde.

Dies ging nicht ohne erneute Schwierigkeiten ab. Mrs. Clyde-Brown bestand darauf, daß ihr kleiner Liebling den denkbar besten Unterricht bekommen mußte. Mr. Clyde-Brown hielt dem entgegen, daß der kleine Trottel, falls er wirklich ein Genie war, überhaupt keinen Unterricht nötig hatte. Das Hauptproblem jedoch stellten die Schuldirektoren dar, die Mr. Clyde-Browns Verzweiflung fast als ebenso alarmierend und nichts Gutes verheißend empfanden wie Peregrines bisherigen schulischen Werdegang. Dank eines Mandanten, der die Gelder eines Golfclubs veruntreut hatte, erfuhr Mr. Clyde-Brown schließlich von Groxbourne, und das auch erst, als der Staatsanwalt dem Angeklagten seine dort verbrachte Schulzeit als Strafminderungsgrund anrechnete. Da Peregrine bereits fünfzehn war, wollte Mr. Clyde-Brown keine Zeit verlieren und stattete der Schule mitten im Halbjahr einen Besuch ab.

Groxbourne, in der sanften Hügellandschaft von South Salop gelegen, war in akademischen Kreisen so gut wie unbekannt. Zumindest in Oxford und Cambridge behauptete man, nie davon gehört zu haben. Der bescheidene Ruf, den Groxbourne genoß, schien sich auf ein paar Landwirtschaftsfachschulen zu beschränken.

»Aber die Aufnahmequote Ihrer Schüler in die Army ist hoch?« fragte Mr. Clyde-Brown den in Bälde in Pension gehenden Direktor, der deshalb willens war, Peregrine zu akzeptieren, da schließlich sein Nachfolger mit ihm fertig werden mußte.

»Das Kriegerdenkmal in der Kapelle spricht für sich selbst«, meinte der Direktor mit trauriger Bescheidenheit und ging voran. Mr. Clyde-Brown überflog die erschreckend imposante Namensliste und war beeindruckt.

»Sechshundertdreiunddreißig im Ersten Weltkrieg und dreihundertfünf im Zweiten«, sagt der Direktor. »Ich glaube, es gibt nur wenige Schulen in unserem Land, die in solchem Umfang das Ihre beigetragen haben. Ich persönlich führe diesen Rekord auf unsere großartigen Sportstätten zurück. Die Spielfelder von Waterloo und so weiter.«

Mr. Clyde-Brown nickte. Seine Hoffnungen, was Peregrines Zukunft anbetraf, waren durch Erfahrung gedämpft worden.

»Und außerdem haben wir einen Kurs für dynamische Spätstarter eingerichtet«, fuhr der Direktor fort. »Er wird von Major Fetherington, Träger des Kriegsverdienstkreuzes, abgehalten und hat sich sehr bewährt bei den eher praktisch begabten Jungen, deren Bedürfnisse durch den rein akademischen Unterricht nicht ausreichend befriedigt werden. Natürlich ist dies kein Pflichtkursus, aber vielleicht werden Sie feststellen, daß Ihr Sohn davon profitiert.«

Insgeheim gab Mr. Clyde-Brown ihm recht. Welche Bedürfnisse Peregrine auch haben mochte, von einer rein akademischen Ausbildung würde er nie im Leben profitieren.

Durch den Kreuzgang neben der Kapelle gelangten sie hinter die Squash-Anlage, wo sie von einer Schußsalve begrüßt wurden. Auf dem Boden lagen ein Dutzend Jungen, die mit Kleinkalibergewehren auf Zielscheiben schossen.

»Ah, Major«, begrüßte der Direktor einen adretten Mann, der sich mit einem eleganten Stöckchen an die auf Hochglanz polierten Reitstiefel klopfte. »Ich möchte Ihnen gerne Mr. Clyde-Brown vorstellen, dessen Sohn im nächsten Halbjahr zu uns kommen wird.«

»Ausgezeichnet, ausgezeichnet«, sagte der Major, während er sein Stöckchen in die Linke wandern ließ, Mr. Clyde-Brown die Hand schüttelte und beinahe gleichzeitig den Jungen befahl, die Gewehre abzusetzen, zu entladen, die Magazine zu entfernen und die Reinigungsschnüre durchzuziehen. »Begeisterter Schütze, Ihr Junge?«

»Und ob«, entgegnete Mr. Clyde-Brown, der an die Sache mit Mrs. Worksops Katze denken mußte. »Er schießt sogar ganz passabel, glaube ich.«

»Ausgezeichnet. Nach dem Reinigen wird eingeölt.« Die Jungen taten, wie ihnen geheißen.

»Der Major wird Sie herumführen«, sagte der Direktor und entschwand. Sobald die Gewehre inspiziert worden waren und die kleine Truppe zur Waffenkammer marschiert war, wurde Mr. Clyde-Brown zur Hindernisbahn geführt. Auf eine hohe Ziegelmauer mit daran herabhängenden Seilen folgten ein Schlammgraben, weitere von Bäumen über einen Abgrund herabbaumelnde Seile, ein Stacheldrahtverhau, eine zur Hälfte mit Wasser gefüllte, enge Tunnelröhre und schließlich, am Rand eines Steinbruchs, ein Holzturm, von dem aus ein Stahlseil nach unten bis zu einem etwa dreißig Meter entfernten Pfahl führte.

»Die Todesrutsche«, erklärte der Major. »Ein Stück Tau wird naß gemacht, damit es nicht durchbrennt, und über die Trosse geworfen, mit den Händen hält man sich an den beiden Enden gut fest, und ab geht die Post.

Mr. Clyde-Brown riskierte einen ängstlichen Blick über den Rand zu den Felsen, die etwa zwanzig Meter weiter unten lagen. Daß dieses Ding Todesrutsche hieß, leuchtete ihm ein. »Gibt es da nicht eine Menge Unfälle?« fragte er. »Ich meine, was passiert, wenn die Jungen gegen den Eisenpfahl da unten sausen?«

»Tun sie nicht«, entgegnete der Major. »Erst Füße auf den Boden und dann loslassen. Zuvor wird außerdem die Fallschirmspringerlandung geübt, Knie elastisch lassen und über die linke Schulter abrollen.«

»Verstehe«, sagte Mr. Clyde-Brown skeptisch. Das Angebot des Majors, selbst einen Versuch zu wagen, lehnte er ab.

»Und im Fels geklettert wird auch. Darin sind wir ausgezeichnet. Der Mannschaftsführer geht zuerst hinauf und befestigt das Leitseil, und mit etwas Training kriegen wir die ganze Gruppe in zwei Minuten hinauf.«

»Erstaunlich«, meinte Mr. Clyde-Brown. »Und es hat noch nie einen Unfall gegeben?«

»Hin und wieder ein paar gebrochene Beine, aber die würden sich die Jungen beim Rugby ohnehin holen. Man kann sogar mit Fug und Recht behaupten, daß die Teilnehmer an diesem Kurs sehr viel eher dazu tendieren, andere Leute übel zu verletzen als sich selbst.«

Anschließend gingen sie in die Turnhalle, wo sie einer Demonstration im waffenlosen Nahkampf beiwohnten. Als die beendet war, stand Mr. Clyde-Browns Entschluß fest. Was immer man gegen Groxbourne einwenden mochte, jedenfalls bot diese Schule die Garantie dafür, daß Peregrine bei der Army unterkommen würde. Höchst zufrieden kehrte er in das Zimmer des Direktors zurück.

»Also gut, ich denke, wir geben Ihren Sohn in Mr. Glodstones Obhut«, sagte dieser, als Mr. Clyde-Brown sein Scheckbuch zückte. »Mit Jungen kann Glodstone phantastisch umgehen, und was das Schulgeld betrifft...«

»Ich zahle für drei Jahre im voraus.«

Der Direktor sah ihn erstaunt an. »Wollen Sie nicht lieber abwarten, ob Peregrine die Atmosphäre bei uns zusagt?«

Aber Mr. Clyde-Browns Entscheidung stand unwiderruflich fest. Nachdem er Peregrine in so etwas wie einer Privatschule untergebracht hatte, wollte er um jeden Preis verhindern, daß man ihn wieder hinauswarf. »Nachdem ich Ihren Spendenaufruf gelesen habe, erlaube ich mir, außerdem noch tausend Pfund für die Renovierung der Kapelle zu stiften.«

Nachdem Mr. Clyde-Brown einen Scheck über zehntausend Pfund ausgestellt hatte, machte er sich in bester Laune auf den Heimweg. Ganz besonders hatte er sich über die Eröffnung gefreut, daß der Kurs für dynamische Spätstarter in den Sommerferien weiterlief, da Major Fetherington mit den Jungen nach Nordwales fuhr, um ein »bißchen« bergzusteigen und eine paar »kleine« Orientierungsmärsche im Gelände zu unternehmen.

Auf diese Weise können wir endlich einmal allein verreisen, dachte Mr. Clyde-Brown beglückt, als er Richtung Süden fuhr. Freilich war dies nicht das Argument, mit dem er seine Frau zu überzeugen suchte, der eine Freundin anvertraut hatte, Groxbourne sei die allerletzte Schule, in die sie ihren Sohn schicken würde.

»Elspeth sagt, daß es dort fürchterlich zugeht. Die Jungen sind fast allesamt Söhne von Bauern, und der Unterricht muß gräßlich sein.«

»Entweder Groxbourne oder die hiesige Gesamtschule.«

»Aber es muß doch auch noch andere Schulen geben...«

»Die gibt es. Ziemlich viele sogar, aber die nehmen Peregrine nicht. Wenn du möchtest, daß unser Sohn mit den halbwüchsigen Flittchen aus dem Ort in die Schule geht, brauchst du nur ein Wort zu sagen.«

Das wollte Mrs. Clyde-Brown natürlich nicht. Zu ihren tief verwurzelten Überzeugungen gehörte, daß nur die Arbeiterklasse ihre Kinder in die Gesamtschule schickte und auf keinen Fall zugelassen werden durfte, daß Peregrine deren beklagenswerte Gewohnheiten annahm.

»Es ist wirklich ein Jammer, daß wir uns keinen Privatlehrer leisten können«, lamentierte sie, aber Mr. Clyde-Brown ließ sich dadurch nicht von seinem Entschluß abbringen.

»Der Junge muß lernen, auf eigenen Beinen zu stehen und der Realität ins Auge zu sehen. Und das ist unmöglich, wenn er zu Hause bleibt und von dir und irgendeinem Arbeitsunfähigen mit schiefgelatschten Absätzen, der sich als Privatlehrer ausgibt, verhätschelt wird.«

Diese Bemerkung war bezeichnend für seine eigene Einschätzung der abscheulichen Realitäten dieser Welt. Außerdem schien er offenbar zu glauben, daß Peregrine die ersten fünfzehn Jahre seines Lebens auf den zwei Beinen anderer Leute oder wie ein Storch auf einem Bein stehend verbracht hatte.

»Also, du gefällst mir«, ereiferte sich Mrs. Clyde-Brown.

»Du mir weniger«, versetzte ihr Mann, der allmählich in Rage geriet. »Hättest du nicht darauf bestanden, ihn wie ein Porzellanpüppchen aufzuziehen, dann wäre er kein solcher Idiot geworden. Aber nein, es hieß ja die ganze Zeit ›Peregrine, tu dies‹, ›Peregrine, tu das‹ und ›Mach dich nicht schmutzig, Peregrine‹. Wenn ich es mir recht überlege, ist es ein Wunder, daß der Junge überhaupt einen Funken eigenen Verstand hat.«

Dieser Vorwurf war unfair, denn seine absonderliche Veranlagung verdankte Peregrine gleichermaßen seinem Vater wie seiner Mutter. Mr. Clyde-Browns Karriere als reichlich prozeßerfahrener Anwalt hatte dazu geführt, daß er die Menschheit schlicht in ganz und gar Unschuldige und hundertprozentig Schuldige aufteilte, ohne daß es für ihn dazwischen Abstufungen gegeben hätte. Diese rigorose Vorstellung von Gut und Böse hatte Peregrine von seinem Vater naturgemäß übernommen, und seine Mutter verstärkte sie nach Kräften. Mrs. Clyde-Browns gesellschaftlicher Snobismus und die Tatsache, daß sie sich weigerte, irgend jemandem in ihrem Bekanntenkreis etwas Schlimmes zuzutrauen – schließlich mußten all diese Leute nett sein, weil sie ja Bekannte der Clyde-Browns waren –, hatten zur Folge, daß die Zugehörigkeit zu den ganz und gar Guten auf die Bewohner von Virginia Water beschränkt blieb, während alle anderen Leute als ganz und gar schlecht galten. Auch das Fernsehen hatte nicht dazu beigetragen, Peregrines Sicht der Dinge zu relativieren. Die strenge Zensur seiner Eltern ließ nur Sendungen zu, die Cowboys und Polizisten im günstigsten Licht erscheinen ließen, Indianer hingegen und andere verdächtige Subjekte nur von ihrer übelsten Seite zeigten, womit Peregrine moralische Zweifel oder Ungewißheiten jeglicher Art von vornherein erspart blieben. Gut sein bedeutete, tapfer zu sein, aufrichtig, ehrlich und bereit, jeden zu töten, der nicht so war; alles andere war schlecht.

Gewappnet mit diesen unumstößlichen Vorurteilen, wurde Peregrine nach Groxbourne gebracht und Mr. Glodstones Obhut übergeben. Beim Abschied von ihrem Sohn legten die Eltern einen wahrhaft britischen Stoizismus an den Tag. Während es in Mr. Clyde-Browns Fall keinerlei Selbstbeherrschung bedurfte, verhielt es sich bei seiner Frau etwas anders. Doch sobald sie das Schulgelände verlassen hatten, machte sie ihren Gefühlen Luft. Besonders beunruhigend fand sie den Präfekten.

»Mr. Glodstone sieht so sonderbar aus«, wimmerte sie unter Tränen.

»Stimmt«, sagte Mr. Clyde-Brown schroff. Er verkniff sich den Hinweis, daß man von einem Mann, der sein Leben damit zubrachte, die Pflichten eines Tierwärters, eines Gefängnisaufsehers und eines Lehrers für Schwachsinnige unter einen Hut zu bringen, wohl kaum ein normales Aussehen erwarten konnte.

»Ich meine, warum trägt er denn ein Monokel vor seinem Glasauge?«

»Wahrscheinlich, um mit dem anderen nicht allzu deutlich

sehen zu müssen«, sagte Mr. Clyde-Brown und überließ es ihr, über diese rätselhafte Bemerkung nachzudenken, bis sie zu Hause ankamen.

»Ich hoffe nur, daß Peregrine dort glücklich sein wird«, sagte sie, als sie in die Pinetree Lane einbogen. »Falls nicht, dann mußt du mir versprechen...«

»Dann kommt er in die Gesamtschule«, entschied Mr. Clyde-Brown und beendete damit die Diskussion.

Kapitel 3

Mrs. Clyde-Browns Befürchtungen waren völlig unbegründet, denn Peregrine war in Broxbourne wunschlos glücklich. Im Gegensatz zu sensibleren Jungen, für die diese Schule ein Vorgeschmack der Hölle war, befand er sich dort ganz in seinem Element. Dies hing nicht unwesentlich mit seiner Größe zusammen. Mit seinen fünfzehn Jahren war Peregrine fast einsachtzig groß, wog siebzig Kilo und verfügte dank der von ihm fehlinterpretierten Bemerkung eines Turnlehrers in der Grundschule, der gemeint hatte, Peregrine würde selbst dann die Theorie der Schwerkraft nicht begreifen, wenn er jeden Morgen hundert Liegestützen machte, über beachtliche Kräfte. Und Größe und Kraft waren genau das, was in Groxbourne zählte.

In der zweiten Hälfte des 19. Jahrhunderts von einem hoffnungslos optimistischen Geistlichen in der Absicht gegründet, den Söhnen der Bauern aus den umliegenden Gehöften anglokatholische Inbrunst nahezubringen, war diese Schule gänzlich unbekannt geblieben. Mit ihren Grundsätzen, die einem vergangenen Jahrhundert angehörten, hinkte sie hoffnungslos hinter der Zeit her. In Groxbourne wurde der Prügelstrafe gehuldigt und jede Menge herumkommandiert. Die jüngeren Schüler mußten für die älteren Burschendienste tun, es gab Präfekten, das Ritual des morgendlichen und abendlichen Gottesdienstes, kalte Duschen, zugige Schlafsäle und gesundes, aber ungenießbares Essen. Mit einem Wort, Groxbourne hielt an den Gepflogenheiten seines Gründers fest, ohne dessen ehrgeizige Ziele zu verwirklichen.

Für Peregrine waren solche abstrakten Überlegungen bedeutungslos. Ihm genügte es, daß er zu kräftig war, als daß man ihn ohne Risiko hätte herumkommandieren können, daß die Schulglocke den ganzen Tag über in regelmäßigen Abständen läutete, um ihm zu signalisieren, daß eine Schulstunde zu Ende war oder daß es gleich Mittagessen gab, und daß er niemals einen Gedanken daran verschwenden mußte, was er zu tun hatte.

Das Allerbeste aber war, daß sein Hang, die Dinge wörtlich zu nehmen, geschätzt wurde. Zumindest forderte ihn kein Lehrer jemals auf, seine Zeit im Auge zu behalten. Immer hieß es: »Schweig und arbeite weiter!« Und Peregrine arbeitete in einem Maße weiter, daß er sich zum erstenmal in seinem Leben eher in der vorderen Hälfte der Klasse als in der hinteren befand.

Doch am meisten zahlte sich seine Manie, alles wörtlich zu nehmen, auf dem Sportplatz aus. Beim Rugby warf er sich so furchtlos ins Gedränge, daß er sich damit einen Stammplatz in der Juniorenmannschaft und die Bewunderung des Trainers erwarb, der selbst Walliser war und mörderische Taktiken sehr gut beurteilen konnte.

»So ein Junge ist mir noch nie begegnet«, erklärte Mr. Evans Glodstone nach einem Spiel, bei dem Peregrine seine Anweisungen wieder einmal aufs Wort befolgt hatte, indem er mit solcher Vehemenz den Ball aus dem Gedränge hakelte, als wolle er mit dem Absatz gleich noch einen Gegner mit erledigen, und den »Flügelhalb« mit der Nummer 10 so rabiat attackierte, daß der arme Kerl mit Gehirnerschütterung vom Platz getragen werden mußte, während Peregrine seine Hose als Trophäe forderte.

Beim Boxen war es nicht anders. Peregrine betrieb diesen Sport mit einer Gewalttätigkeit, die seine Gegner in Schrecken und den Boxtrainer in Alarm versetzte. »Als ich sagte: ›Nun wollen wir mal sehen, wer dem anderen eins in die Fresse geben kann, daß ihm die Zähne hinten zum Hals herauskommen‹, habe ich doch nicht gemeint, daß du den Kerl weiter verdreschen sollst, wenn er bewußtlos ist«, schimpfte er, als Peregrine einen anderen Jungen zu Boden geschickt hatte und dennoch nicht von ihm abließ, sondern ihn mit der Linken am Kopf unterfaßte und mit der Rechten zum Schlag ansetzte.

Selbst Major Fetherington war beeindruckt. Mr. Clyde-Browns stolze Behauptung, daß sein Sohn ein begeisterter Schütze sei, erwies sich als wirklich zutreffend. Peregrine hatte ein unfehlbares Auge. Beim Schießen mit Kleinkalibergewehren verfehlten seine Geschosse so selten das Schwarze, daß der Major, der zunächst vermutete, nur eine Kugel habe mitten ins Schwarze getroffen und alle anderen seien »Fahrkarten« gewesen, eine Papierwand hinter der Zielscheibe anbrachte. Zu seiner Verblüffung mußte er feststellen, daß er sich geirrt hatte. Peregrines Kugeln hatten samt und sonders ins Schwarze getroffen.

Auch die Hindernisbahn schreckte ihn nicht im mindesten. Mit erstaunlicher Geschicklichkeit erklomm er die Ziegelmauer, ließ sich frohgemut in den Schlammgraben plumpsen, schwang sich über den Abgrund und wand sich ohne Bedenken durch den mit Wasser gefüllten Tunnel. Lediglich mit der Todesrutsche hatte er mal gewisse Schwierigkeiten, was nicht etwa daran lag, daß es ihm schwergefallen wäre, sich, an einer Seilschlinge hängend, hinuntergleiten zu lassen. Peregrine hatte vielmehr die Anweisung des Majors, zum Ausgangspunkt zurückzukehren, mißverstanden und sich, unten angekommen, wieder an der Stahltrosse emporgehangelt. Als er auf halbem Weg nach oben etwa zwölf Meter über dem felsigen Untergrund des Steinbruchs hing, konnte der Major nicht länger hinsehen. Er schloß die Augen und betete.

»Alles in Ordnung, Sir?« fragte Peregrine, als er oben ankam. Der Major schlug die Augen auf und betrachtete ihn gleichermaßen erleichtert wie wütend. »Junge«, sagte er, »das hier ist als Hindernisbahn gedacht, nicht als Trainingsgerät für Trapezkünstler und Akrobaten. Hast du das verstanden?«

»Ja, Sir«, entgegnete Peregrine.

»Dann wirst du in Zukunft genau das tun, was ich sage.«

»Jawohl, Sir. Aber Sie sagten, wir sollten zum Ausgangspunkt...«

»Ich weiß recht gut, was ich gesagt habe, auch ohne daß du mich daran erinnerst«, brüllte der Major. Den Rest des nachmittäglichen Trainings ließ er ausfallen, damit sich sein Puls wieder normalisieren konnte. Zwei Tage später sollte er seinen Wutanfall bereuen. Bei der Rückkehr von einem Geländelauf, der bei strömendem Regen über acht Kilometer geführt hatte, stellte er fest, daß Peregrine fehlte.

»Jungs, hat einer von euch Peregrine gesehen und weiß, wo er abgeblieben sein könnte?« fragte er das Grüppchen erschöpfter dynamischer Spätstarter, das sich im Umkleideraum versammelt hatte.

»Nein, Sir. Unten in der Leignton-Schlucht war er noch bei uns. Wenn mich nicht alles täuscht, hat er Sie da irgend etwas gefragt.«

Der Major blickte zum Fenster hinaus – der Himmel hatte sich verdunkelt, und es hatte zu schneien begonnen – und rief sich mühsam ins Gedächtnis, daß Peregrine an ihn die Frage gerichtet hatte, ob er den Fluß, anstatt auf der Brücke, schwimmend überqueren dürfe. Bloß an seine Antwort vermochte er sich nicht zu erinnern, da er just zu dem Zeitpunkt über einen Stein gestolpert und in ein paar Brennesseln gelandet war. Wahrscheinlich war er kurz angebunden gewesen.

»Na ja, wenn er in einer halben Stunde nicht aufgekreuzt ist, müssen wir eben einen Suchtrupp losschicken und die Polizei benachrichtigen«, murmelte er und ging in sein Zimmer hinauf, um sich bei einem Cognac mit dem Gedanken anzufreunden, daß Clyde-Brown mutmaßlich im Fluß ertrunken war. Zwölf Stunden später stellte sich heraus, daß seine Hoffnungen und Ängste unbegründet waren. Mit Hilfe von Schäferhunden hatte die Polizei in einer fünfzehn Kilometer entfernten Scheune einen durchaus fröhlichen Peregrine aufgestöbert.

»Aber Sie haben mir doch unmißverständlich gesagt, ich solle verschwinden, Sir«, erklärte er, nachdem man ihn um fünf Uhr früh in die Schule zurückgebracht hatte.

Major Fetherington rang nach Worten. »Aber ich habe doch nicht gemeint, daß du...« hob er an.

»Und erst neulich haben Sie erklärt, ich solle genau das tun, was Sie sagen«, fuhr Peregrine fort.

»Himmel, steh mir bei«, stöhnte der Major.

»Ja, Sir«, sagte Peregrine und trottete mit der Schulschwester ins Krankenrevier.

Dem Major ging Clyde-Brown mit seiner Art zwar auf die Nerven, aber bei seinen Mitschülern war Peregrine nichtsdestotrotz äußerst beliebt, weil er andere nie tyrannisierte und außerdem alle Neuankömmlinge unter seine schützenden Fittiche nahm. Hinzu kam, daß ihn wegen seiner Größe und seines von Kindesbeinen an lädierten Aussehens, das sich durch seine Leidenschaft fürs Boxen noch verschlimmert hatte, ihn nicht einmal frustrierteste Primaner sexuell anziehend fanden. Kurz und gut, aus dem Musterkind Peregrine war erstaunlicherweise ein Musterschüler geworden. Diese außergewöhnliche Eigenschaft war es auch, die zunächst Mr. Glodstones Aufmerksamkeit erregte und das weitere Schicksal Peregrines bestimmen sollte.

Was ihre Einschätzung des Präfekten anbelangte, so hatte Mrs. Clyde-Brown völlig recht gehabt. Mr. Glodstone war in der Tat sonderbar. Als Sohn eines rechtsextremistisch gesinnten Konteradmirals a. D., der am 5. November 1940 den deutschen Luftangriff auf London mit einem prachtvollen Feuerwerk feierte, hatte Gerald Glodstone dank der patriotischen, wenn auch deplacierten Bemühungen eines Wildhüters, der mit einem Feuerwerkskörper auf seinen Brotherrn gezielt und ihn verfehlt hatte, sein linkes Auge eingebüßt – und den Vater gleich mit. Konteradmiral Glodstone wurde von der Polizei abgeführt und auf der Isle of Man inhaftiert, wo er zwei Jahre später starb. Nachdem sein Sohn die sträflich hohe Erbschaftssteuer beglichen hatte, stand er praktisch ohne einen Penny da. Seine Hoffnungen auf eine Karriere bei der Marine hatten sich mit seinem linken Auge verflüchtigt, und so sah sich Mr. Glodstone junior gezwungen, den Lehrerberuf zu ergreifen.

»Ein typischer Fall von Entwicklungshemmung«, lautete die damalige Einschätzung des Direktors, die sich als zutreffend erweisen sollte. Mr. Glodstones einzige Qualifikation für das Amt eines Lehrers bestanden darin, daß er – abgesehen von der Tatsache, daß sein verstorbener Vater Vorsitzender des Verwaltungsrates von Groxbourne gewesen war – lesen und schreiben konnte und Englisch mit einem Upperclass-Akzent sprach. Bei dem im Krieg herrschenden Lehrermangel reichte das aus. Außerdem war Glodstone ein begeisterter Kricketspieler und verlieh der Schule eine gewisse gesellschaftliche Note dadurch, daß er Fechtunterricht erteilte. Zudem war er ein vorzüglicher Zuchtmeister, der lediglich sein Monokel vom Glasauge ins richtige zu klemmen brauchte, um selbst der größten Rabaukenklasse die Furcht des Herrn zu lehren. Bei Kriegsende war er bereits ein fester Bestandteil der Schule und aufgrund seiner bemerkenswerten Persönlichkeit nicht mehr wegzudenken. Vor allem kam er auf seine praktische Art mit den Jungen gut zurecht, zumal er deren Interessen teilte. Als fanatischer Modelleisenbahner hatte er seine eigene, mit allen Schikanen ausgestattete Anlage mitgebracht und in einem Kellerraum unter der Turnhalle aufgebaut, wo er, von seinen »Kerls« umgeben, seine Jugendträume im Kleinen auslebte – ohne die verhängnisvollen Konsequenzen, die eine Verwirklichung in größerem Maßstab nach sich gezogen hätte.

Mit seinen geistigen Interessen verhielt es sich ähnlich. Was Literatur anbetraf, so rangierte er auf der Stufe von Vierzehnjährigen. Er wurde es nie leid, die klassischen Abenteuergeschichten aus seiner Kindheit wieder und wieder zu lesen, und da er beständig nach einem noch trefflicheren Helden als seinem Vater Ausschau hielt, der ihm als Vorbild dienen konnte, fand er auch in jedem seiner alten Lieblingsbücher einen. Das waren abwechselnd D'Artagnan, Richard Hannay, Sherlock Holmes, Scarlet Pimpernel (der für sein Monokel verantwortlich zeichnete) und Bulldog Drummond – eben jede Romanfigur, die seiner Einschätzung zufolge und der des jeweiligen Autors als tapferer und romantischer Held das Altbewährte, Gute und Wahre gegen das Neue, Böse und Falsche verteidigte.

Ein Psychologe hätte in diesem Zusammenhang vermutlich

davon gesprochen, daß Mr. Glodstone an chronischen Identitätsschwierigkeiten litt, die er mit Hilfe literarischer Stellvertreter kurierte. Sein Geschmack entsprach jedenfalls dem der Jungen, und obwohl sein Literaturunterricht kaum dazu angetan war, sie in diesem Fach die Mittlere Reife geschweige denn das Abitur bestehen zu lassen, hatte er doch zumindest den Vorteil, aufregend und auch für den begriffsstutzigsten Fünfzehnjährigen verständlich zu sein. Jahr für Jahr verließen die Schulabgänger Glodstone in dem unerschütterlichen Glauben, daß die Probleme dieser Welt, vornehmlich der Verfall des britischen Empire, zurückzuführen seien auf eine Verschwörung ungewaschener Bolschewiken, der jüdischen Hochfinanz, degenerierter Schwarzer und böser Deutscher, die Augenklappen trugen und mit den Fingern auf ihre Knie trommelten, wenn sie nervös waren. Was in ihren und Mr. Glodstones Augen not tat, waren engagierte, wohlhabende junge Männer, die bereit waren, den Gesetzen wieder zu ihrem Recht zu verhelfen, indem sie sie übertraten und linksgerichtete Politiker in ihren eigenen vier Wänden mit dem Bajonett erstachen oder sie in extremeren Fällen in eine mit Salpetersäure gefüllte Badewanne warfen. Daß sie Bulldog Drummonds Praktiken nicht in die Tat umsetzten, lag zum großen Teil an einem Mangel an Gelegenheit und der Tatsache, daß sie schon im Morgengrauen zum Melken aufstehen und abends ins Bett gehen mußten, bevor die Verbrecherwelt noch richtig wach war. Doch vor allem hielt sie ihr Mangel an Phantasie und später dann die Vernunft ihrer Frauen davon ab.

Mr. Glodstone unterlag da weniger Einschränkungen. Seine Phantasie, die mit zunehmendem Alter immer ungezügelter wurde, verlieh den alltäglichsten Begebenheiten eine geheimnisvolle Bedeutung und diversen Lehrerinnen Reize, die sie mit Sicherheit nicht besaßen. Lediglich die übertriebene Einschätzung seines gesellschaftlichen Status hielt ihn davon ab, ihnen Heiratsanträge zu machen. Statt dessen blieb er in sexueller Hinsicht Selbstversorger, fühlte sich schuldig wegen seiner zum Teil wilden Phantasien und tat sein Möglichstes, diese zu vertreiben, indem er sommers wie winters jeden Morgen ein kaltes Bad nahm. Während der Ferien besuchte er den einen oder anderen seiner zahlreichen und zum Teil sehr wohlhabenden Verwandten oder stieg, soweit die veränderten Umstände dies zuließen, in die Fußstapfen seiner Romanhelden.

So hatte er einmal wie Richard Hannay in *Thirty-Nine Steps,* freilich ohne den Ansporn einer in seinem Zimmer liegenden Leiche, den Morgenzug von London nach Schottland genommen und dort während mehrerer extrem unbequem verlaufender Nächte den Versuch gemacht, im Heidekraut zu schlafen, bevor ihm dämmerte, daß er sich eher eine Lungenentzündung holen als auf einem so gottverlassenen und regendurchweichten Fleckchen Erde ein Abenteuer erleben würde. Im folgenden Sommer war er auf Richard Chandos' Spuren mit dem Motorrad nach Österreich gefahren. Er hatte gehofft, den Großen Graben bei Wagensburg lokalisieren zu können. Zu seinem Leidwesen mußte er feststellen, daß Heerscharen von Touristen und deutschen Urlaubern Kärnten überschwemmten. Mr. Glodstone wich auf Nebenstraßen aus und wanderte auf Waldpfaden, in dem vergeblichen Bemühen, der Gegend ihren romanhaften Zauber zu verleihen.

Dennoch pilgerte er unverdrossen weiter jeden Sommer zum Schauplatz eines Abenteuerromans und kehrte jedesmal enttäuscht, aber mit einem noch fanatischeren Glitzern in seinem einem Auge nach Hause zurück. Eines Tages würde es schon klappen und die Gegenwart der Wirklichkeit seiner Romanwelten angepaßt sein. Bereits als er Peregrine unter seine Fittiche nahm, durfte man stark bezweifeln, ob der Präfekt überhaupt noch wußte, in welcher Zeit er lebte. Seine Modelleisenbahn mit ihren Schlafwagen und Pullmanwagen, die allesamt von Dampfloks gezogen wurden, ließ auf die zwanziger Jahre schließen.

Sein stolzester und gefährlichster Besitz war jedoch ein 1927er Bentley, das Erbstück eines Onkels, mit dem er ein paar Lieblingsschüler und sämtliche Straßenbenutzer in Angst und Schrecken versetzte, indem er mit irrsinniger Geschwindigkeit über schmale Feldwege und durch die benachbarten Dörfer raste, bis der Direktor ihn bat, der Schule eine mehrfache Tragödie zu ersparen.

»Aber der Wagen ist nun mal für große Geschwindigkeiten ausgelegt und dazu bestimmt, die Kilometer nur so zu fressen«, verteidigte sich Glodstone. »Ein solch phantastisches Auto findet man doch heutzutage gar nicht mehr.«

»Zum Glück«, entgegnete der Direktor. »Von mir aus kann es in den Ferien zum Kilometerfressen antreten, soviel es will, aber ich werde nicht zulassen, daß wir wegen Ihrer wahnwitzigen Fahrweise das Krankenrevier der Schule in eine Leichenhalle umfunktionieren müssen.«

»Ganz wie Sie meinen, Herr Direktor«, sagte Glodstone, stellte den Bentley in die Garage und wartete auf den Tag, an dem, wie er es formulierte, seine große Stunde kommen würde.

Mit Peregrine Clyde-Browns Eintreffen in Groxbourne schien dieser Tag nähergerückt zu sein. Mr. Glodstone hatte in ihm den vollkommenen Schüler gefunden, einen Jungen, der mit dem Wuchs, dem Mut und den geistigen Attributen eines wahren Helden ausgestattet war. Von dem Augenblick an, in dem er Peregrine auf dem Lokus dabei erwischt hatte, wie er Soskins aus der Oberstufe zu Brei schlug, weil dieser einen jüngeren Schüler dazu gezwungen hatte, ihm den Hintern zu putzen, hatte Mr. Glodstone gewußt, daß seine unfreiwillige Berufung nicht umsonst gewesen war.

Da er miterlebt hatte, was in der Vergangenheit mit einigen Lehrern passiert war, die vorschnell Interesse an bestimmten Jungen gezeigt hatten, war er so gewitzt, seine eigene Unparteilichkeit zu demonstrieren, indem er sich an die anderen Präfekten wandte und ihnen erklärte: »Ich möchte, daß Sie ein Auge auf diesen Clyde-Brown haben, sonst bildet der sich noch zuviel ein. Wir haben es schon zu oft erlebt, daß solche Kerle verdorben werden, nur weil sie gut im Sport sind. Ihre Beliebtheit steigt ihnen zu Kopf, und mit der Zeit halten sie sich für die Größten!«

Während des restlichen Schuljahres wurde Peregrine der ihm

unterstellte Ehrgeiz, etwas Besseres sein zu wollen, gründlich ausgetrieben. Wenn er nicht gerade tausendmal denselben Satz schrieb, weil er die Schuhe des Hausältesten nicht blitzblank geputzt hatte, dann streckte er dem den Rohrstock schwingenden Präfekten sein Hinterteil entgegen, weil er nach dem Lichterlöschen im Schlafsaal angeblich noch geredet hatte (was gar nicht stimmte) oder weil er zu lange geduscht hatte. Mit einem Wort, Peregrine wurde mit einem Ausmaß an Strafen überhäuft, bei dem ein durchschnittlich sensibler Junge ausgerissen wäre oder einen Nervenzusammenbruch erlitten hätte. Peregrine tat weder das eine noch das andere. Er hielt durch. Dabei kam es ihm gar nicht in den Sinn, daß man ihn einer ganz speziellen Behandlung unterzog. Erst als die Schulschwester Blutflecken auf seiner Pyjamahose entdeckt hatte und ihn einer ganz besonders häßlichen Sünde wider die Natur bezichtigte, sah er sich zu einer Erklärung gezwungen.

»Das kommt nur daher, daß ich gestern zwölf Hiebe bekommen habe und vorgestern acht«, sagte er. »Ich kann nichts dafür, daß es geblutet hat.«

»Soll das heißen, daß du seit Dienstag zwanzig Schläge erhalten hast?« fragte die Schulschwester sichtlich bestürzt.

»Wenn Sie wollen, können Sie die Striemen nachzählen«, entgegnete Peregrine sachlich. »Allerdings habe ich letzte Woche sechzehn Schläge bekommen, deren Spuren noch zu sehen sind, so daß es schwierig sein wird, sie auseinanderzuhalten.«

Eine halbe Stunde später, nachdem die Schulschwester und der Arzt sein Hinterteil inspiziert hatten, lag Peregrine auf dem Bauch in einem Bett im Krankenrevier. Der Direktor hatte Mr. Glodstone rufen lassen. Da er um einiges progressiver war als seine Vorgänger und eine sehr dezidierte Meinung über körperliche Züchtigung hatte, und da er außerdem nur darauf gewartet hatte, sich Glodstone vorzuknöpfen, gab es einen herben Zusammenstoß.

»Ist Ihnen eigentlich klar, daß man uns aufgrund dessen, was dieser arme Kerl abbekommen hat, verklagen kann?« fragte er.

»Ich wüßte nicht, warum«, entgegnete Glodstone, während

er gelassen seine Pfeife anzündete. »Clyde-Brown hat sich doch nicht beschwert, oder?«

»Beschwert? Nein, hat er nicht. Was nur beweist, wie brutal Sie Ihr Haus führen. Es liegt doch auf der Hand, daß der arme Junge viel zuviel Angst hat, um den Mund aufzumachen, weil er sonst wieder verprügelt wird.«

Mr. Glodstone blies einen Rauchkringel in die Luft. »Hat er das gesagt?«

»Nein, hat er nicht. *Ich* sage das, und ich meine...«

»Wenn *er* das nicht sagt, begreife ich nicht, wie Sie behaupten können, daß er es *meint*«, sagte Mr. Glodstone. »Warum fragen Sie ihn denn nicht selbst?«

»Bei Gott, das werde ich«, sagte der Direktor, der den Köder prompt geschluckt hatte. »Allerdings werde ich nicht zulassen, daß er durch Ihre Anwesenheit eingeschüchtert wird. Ich werde mit ihm unter vier Augen reden, und Sie werden so freundlich sein, so lange hier zu warten.«

Damit marschierte er hinaus und gab Mr. Glodstone Gelegenheit, seine private Korrespondenz mit einer Neugier zu durchschnüffeln, die der Präfekt bei einem seiner »Kerls« freilich als widerlich empfunden hätte. Bis der Direktor zurückkehrte, hatte Glodstone noch ein paar Scheite Holz aufs Feuer gelegt und zum Spaß zwei ungeöffnete Briefe hinterhergeworfen.

Dem Direktor blieb nichts anderes übrig, als die Gegebenheiten zu akzeptieren. Peregrine hatte sich geweigert, sich über die Art seiner Behandlung zu beschweren, und allen Bitten des Direktors zum Trotz behauptet, daß er sich in Gloddies Haus rundum glücklich fühle und daß Jungen nun mal Schläge nötig hätten.

»Na, was habe ich Ihnen gesagt?« meinte Glodstone und zog geräuschvoll an seiner Pfeife. »Jungen schätzen eine starke Hand. Und dieser Clyde-Brown ist aus dem richtigen Holz geschnitzt.«

»Mag sein«, sagte der Direktor verdrossen. »Aber egal, aus welchem Holz er geschnitzt ist, ich wünsche nicht, daß er in diesem Schuljahr nochmals geprügelt wird. Vielleicht interessiert es Sie zu erfahren, daß sein Vater ein bekannter Rechtsanwalt ist und das Schulgeld für seinen Sohn im voraus bezahlt hat. Ein Mann in seiner Position könnte uns einen Prozeß anhängen, der für die Schule den Bankrott bedeuten würde.«

»Ganz wie Sie meinen, Herr Direktor«, sagte Glodstone und verabschiedete sich, während der Direktor aufgewühlt zu seiner dezimierten Korrespondenz zurückkehrte und verzweifelte Maßnahmen erwog, diesen gräßlichen Glodstone loszuwerden.

Vor dem Büro des Direktors kippte der Präfekt die Asche seiner Pfeife in einen Hyazinthentopf und kehrte dann in sein Zimmer zurück. Er holte eines seiner Lieblingsbücher aus dem Regal, *Mr. Standfast* von John Buchan, und marschierte damit ins Krankenrevier.

»Dachte mir, du hast vielleicht Lust zu lesen, alter Junge«, sagte er zu Peregrines Hinterkopf.

»Vielen Dank, Sir«, entgegnete Peregrine.

»Wirklich eine reife Leistung, daß du die Mannschaft nicht im Stich gelassen hast«, fuhr Mr. Glodstone fort. »Wenn du das Buch durchhast, sag der Schulschwester Bescheid, dann bringe ich dir ein neues.«

Damit hatte Peregrines literarische Konditionierung begonnen.

Kapitel 4

Sie hielt an. Als Peregrine das Krankenrevier wieder verlassen durfte, hatte er sich sämtliche Abenteuer von Richard Hannay zu Gemüte geführt und beschäftigte sich nun mit Bulldog Drummonds. Nach Hause in die Weihnachtsferien reiste er bepackt mit mehreren Büchern aus Glodstones Privatbibliothek, einem Brief des Direktors, in dem dieser ausführte, er beabsichtige, die körperliche Züchtigung in Groxbourne abzuschaffen, und sich dafür entschuldigte, daß Peregrine überhaupt Schläge bezogen hatte, einem exzellenten Zeugnis über seine Leistungen in diesem Schuljahr und einer vor Begeisterung strotzenden Beurteilung von Mr. Glodstone. Mr. Clyde-Brown las den Brief des Direktors mit gemischten Gefühlen, ohne ihn aber seiner Frau zu zeigen. Seiner Ansicht nach sprach nämlich überhaupt nichts dagegen, daß Peregrine Prügel bezog. Jedenfalls glaubte er aus dem Schreiben schließen zu dürfen, daß man dem Lümmel endlich eingebleut hatte, nicht genau das zu tun, was man ihm sagte. Dies wertete Mr. Clyde-Brown als gutes Zeichen. Über das hervorragende Zeugnis und Glodstones Bericht allerdings dachte er etwas anders.

»Er scheint ja ganz hervorragende Leistungen zu erbringen«, meinte Mrs. Clyde-Brown beglückt. »Und Mr. Glodstone schreibt, daß Peregrine eine bemerkenswerte Charakterstärke an den Tag gelegt hat und seinem Haus alle Ehre macht.«

»Ja«, knurrte Mr. Clyde-Brown. »Er behauptet auch, daß Peregrine eine geborene Führernatur sei, und das ist die unverfrorenste Lüge, die mir je untergekommen ist.«

»Du hast einfach kein Vertrauen zu deinem eigenen Sohn.«

Mr. Clyde-Brown schüttelte den Kopf. »Dem traue ich alles

zu, bloß keine Führerqualitäten. Aber wenn dieser verdammte Idiot von Präfekt meint... ach, ist ja auch egal.«

»Aber mir nicht! Ich bin froh und dankbar, daß Peregrine endlich jemanden gefunden hat, der seine wahren Vorzüge zu schätzen weiß.«

»Falls es nur das ist...« bemerkte Mr. Clyde-Brown mit anzüglichem Unterton.

»Was meinst du damit?«

»Nichts. Gar nichts.«

»Aber natürlich, sonst hättest du es ja nicht gesagt.«

»Ich finde nur seine Beurteilung etwas merkwürdig, und ich glaube mich daran zu erinnern, daß Mr. Glodstone auch dir irgendwie verquer vorgekommen ist.«

Empört warf Mrs. Clyde-Brown den Kopf in den Nacken. »Wenn du das denkst, und ich glaube, du tust es, dann ist deine Phantasie noch schmutziger, als selbst ich dir zugetraut hätte!«

»Nun ja, so was soll ja vorkommen«, sagte Mr. Clyde-Brown, zu dessen übleren Mandanten schon mehrere perverse Schulmeister gezählt hatten.

»Aber nicht bei Peregrine«, beharrte Mrs. Clyde-Brown, und ihr Mann mußte ihr recht geben, denn als er am nächsten Tag unter dem Vorwand, mitten im späten Dezember den Rasen mähen zu müssen, Peregrine zu diesem Thema befragte, stellte sich heraus, daß dieser eine sehr handfeste Einstellung zur Sexualität hatte.

»Onanie? Was ist das denn?« brüllte sein Sohn über den Lärm des Rasenmähers hinweg.

Mr. Clyde-Brown betätigte die Drosselklappe. »Masturbieren«, flüsterte er heiser, weil er überzeugt war, daß der Begriff Autoerotik auf vergleichbares Unverständnis stoßen würde.

»Was für 'ne Turbine?«

Mr. Clyde-Brown forstete seinen Sprachschatz nach einem Wort durch, das sein Sohn verstehen würde, kam auf ›Se'bstbefleckung‹, verwarf den Ausdruck aber wieder. »Wichsen«, stieß er schließlich hervor. »Wird denn in der Schule viel gewichst?«

»Ach, wichsen«, schrie Peregrine, just als die tarnende Geräuschkulisse des Rasenmähers erstarb. »Also, im Haus von Harrison gibt es eine Menge Wichser und die bei Slymne haben eine Vorliebe fürs Arschficken, aber bei Gloddie...«

»Schnauze«, brüllte Mr. Clyde-Brown in dem Bewußtsein, daß gleich die Hälfte aller Nachbarn aus der Pinetree Lane Zeugen dessen werden würden, was sich in Gloddies Haus abspielte, »ich will es gar nicht wissen.«

»Dann verstehe ich nicht, warum du überhaupt gefragt hast«, maulte Peregrine, der den Rasenmäher offenbar noch immer für ein zufälliges Requisit bei dieser Unterredung hielt. »Du hast mich gefragt, ob in der Schule viel gewichst wird, und ich habe dir geantwortet.«

Mr. Clyde-Brown zerrte heftig am Starterkabel des Rasenmähers.

»Bei Gloddie jedenfalls gibt's so was nicht, falls es das ist, was dich beunruhigt«, fuhr Peregrine, unempfänglich für die Qualen seines Vaters, fort. »Und damals, als die Schulschwester glaubte, ich hätte mir den Arsch vergolden lassen, habe ich ihr gesagt...«

Mit einem Ruck warf Mr. Clyde-Brown den Rasenmäher an, so daß der Rest der Erklärung im Lärm unterging. Erst später in der Garage und nachdem er seinem Sohn gedroht hatte, daß er es bitter bereuen würde, falls er seinen Stimmpegel nicht gewaltig dämpfte, gelang es Peregrine endlich, seine Unschuld darzutun, in einer Sprache allerdings, die seinen Vater entsetzte.

»Wo, zum Teufel, hast du den Begriff ›Arschficker‹ her?« wollte dieser wissen.

»Keine Ahnung. Alle sagen so zu den Slymies.«

»Ich bestimmt nicht«, widersprach Mr. Clyde-Brown. »Und überhaupt, was hat Schleim damit zu tun? Nein, sag lieber nichts, ich kann es mir denken.«

»Slymne ist ein Scheiß«, sagte Peregrine. Mr. Clyde-Brown überdachte diese Aussage, fand sie grammatikalisch verwirrend und eindeutig geschmacklos.

»Ich hätte gedacht, das wäre zwangsläufig so«, sagte er schließlich, »aber warum du die Reihenfolge der Dinge umkehren mußt und auch noch den unbestimmten Artikel gebrauchst, geht über meinen Horizont.«

Peregrine blickte verständnislos drein. »Na ja, alle anderen Jungen halten Slimey für einen Schlappschwanz, der dem Direktor in den Hintern kriecht. Außerdem trägt er Fliegen.«

»Wer?«

»Mr. Slymne.«

»Mr. Slymne? Wer zum Teufel ist Mr. Slymne?«

»Das ist der Geographielehrer, und zwischen seinem und Gloddies Haus herrscht seit jeher Kriegszustand.«

»Verstehe«, meinte Mr. Clyde-Brown vage. »Jedenfalls wünsche ich nicht, daß du vor deiner Mutter so ordinär daherredest. Ich zahle doch nicht Unsummen, um dich auf eine Schule wie Groxbourne zu schicken, damit du dann nach Hause kommst und dich ausdrückst wie ein Landsknecht.«

Doch wenigstens war Mr. Clyde-Brown beruhigt, daß Mr. Glodstones übermäßige Begeisterung für seinen Sohn nicht primär sexueller Natur war, obwohl er sich nicht vorstellen konnte, was sonst der Grund sein mochte. Auf ihn wirkte Peregrine so beschränkt wie eh und je, und es war nach wie vor unwahrscheinlich, daß er die Hoffnungen der Clyde-Browns erfüllen würde. Aber er schien glücklich und geradezu unverschämt gesund zu sein. Und daß er es am Ende der Feiertage kaum erwarten konnte, wieder in die Schule zurückzukehren, beeindruckte sogar seine Mutter, die nicht umhin konnte, ihre ursprüngliche Meinung über Groxbourne zu revidieren.

»Unter dem neuen Direktor muß sich einiges verändert haben«, meinte sie, und ähnlich, wie an ihren Bekannten nichts Schlechtes sein konnte, eben weil sie ihre Bekannten waren, schrieb sie jetzt Groxbourne eine gewisse Qualität zu, bloß weil Peregrine dorthin ging. Selbst Mr. Clyde-Brown war mehr oder weniger zufrieden. Wie angekündigt, nahm Peregrine dann in den ersten Wochen der Sommerferien an Major Fetheringtons Gelände- und Überlebenstraining in Wales teil und verhalf damit seinen Eltern zu einem ungestörten Urlaub. Und am Ende eines jeden Halbjahres bescheinigte ihm sein Zeugnis sehr gute

Leistungen. Lediglich in Geographie haperte es etwas, doch daran gab Peregrine Mr. Slymne die Schuld. »Er hat was gegen Gloddies Leute«, erklärte er seinem Vater. »Das kann dir jeder bestätigen.«

»Nicht nötig. Abgesehen davon begreife ich bloß nicht, wie es möglich ist, daß du im Unterricht so gut bist und gleichzeitig die Mittlere Reife nicht geschafft hast.«

»Gloddie sagt, entscheidend ist nicht die Mittlere Reife, sondern was man danach macht.«

»Dann muß Mr. Glodstone unter einem bedauerlichen Mangel an Realitätssinn leiden«, entgegnete Mr. Clyde-Brown. »Ohne Abschlußzeugnis wirst du danach nämlich gar nichts tun.«

»Ach, ich weiß nicht recht«, meinte Peregrine, »ich bin in der Ersten Fußballmannschaft und im Ersten Rugby-Team, und Gloddie sagt, wer im Sport gut ist...«

»Es kümmert mich einen Dreck, was Mr. Glodstone meint«, sagte Mr. Clyde-Brown und betrachtete dieses Thema damit als erledigt.

Seine Gefühle für Glodstone waren nur ein schwacher Abglanz dessen, was Mr. Slymne für seinen Kollegen empfand. Er haßte Glodstone seit dem Tag, da er vor fünfzehn Jahren nach Groxbourne gekommen war. Slymne war jung und sensibel, und es schmerzte ihn, gelinde gesagt, bereits in seiner ersten Woche an der Schule von einem einäugigen Hanswurst mit Monokel, der sich offen zu der Überzeugung bekannte, daß ein Junge, der Prügel bezog, ein besserer Junge sei, ›Slimey‹ getauft zu werden. Mr. Slymnes ursprüngliche Einstellung zu Strafen war human und recht vernünftig gewesen. Glodstone und Groxbourne bewirkten freilich eine radikale Veränderung. In dem verzweifelten Bemühen, sich Respekt zu verschaffen und seine Schüler daran zu hindern, ihn ungeniert Slimey zu nennen, war er dazu übergegangen, sich andere Strafen als Prügel auszudenken. Übeltäter mußten etwa zehnmal zum Tor des Schulgeländes und zurück rennen oder ellenlange Gedichte auswendig lernen.

Dagegen hatte niemand was einzuwenden, bloß als er dazu überging, Schüler von der Teilnahme an Sportveranstaltungen auszuschließen, zog er sich einen Schiefer ein, denn Groxbourne genoß, wenn auch schon nicht akademisch, so doch wenigstens sportlich einen gewissen Ruf. Und als sich die Jungen, die im Prinzip für die Rugby- und Kricketmannschaften aufgestellt worden waren, darüber beschwerten, daß ihnen die Mitwirkung an den Schulvergleichskämpfen von Mr. Slymne zur Strafe untersagt worden war, bekam dieser es mit den anderen Lehrern zu tun.

»Aber ich kann es doch einfach nicht durchgehen lassen, daß die meine Autorität untergraben, indem sie mich mit meinem Spitznamen anreden«, rechtfertigte sich Slymne auf einer Lehrerkonferenz, die einberufen worden war, nachdem er zwei Tage vor dem Spiel gegen Bloxham sechs Jungen aus der Ersten Kricketmannschaft »gesperrt« hatte.

»Und ich will verdammt sein, wenn ich eine Mannschaft auf den Platz schicke, die mehr als zur Hälfte nur zweite Wahl ist«, protestierte Mr. Doran, der erzürnte Krickettrainer.

»Wie es momentan aussieht, wird Bloxham mit uns Katz und Maus spielen, und dabei haben wir härter trainiert denn je. Bei der Mumpsepidemie des Jahres 1952, als wir unter Quarantäne gestellt wurden und gegen keine anderen Schulen antreten konnten, handelte es sich immerhin um höhere Gewalt, und deshalb frage ich Sie: Warum können Sie Ihre Schüler nicht wie jeder anständige Lehrer anständig züchtigen?«

»Das lehne ich total ab«, protestierte Mr. Slymne. »Außerdem sind Anstand und Prügel zwei Paar...«

»Offenbar ist es Ihnen entgangen, Mr. Slymne«, mischte sich nun der Direktor ein, »daß Spitznamen zu den berufsbedingten Gegebenheiten des Lehrerdaseins gehören. Zufällig weiß ich, daß ich hinter meinem Rücken Teddy genannt werde, weil ich nun mal Bear heiße.«

»Was Sie nicht sagen«, meinte Mr. Slymne. »Aber Teddy ist wenigstens ein hübscher Name, der Ihre Autorität keineswegs untergräbt. Bei Slimey ist das anders.«

»Glauben Sie vielleicht, daß es mir behagt, Orang-Utan genannt zu werden?« wollte Mr. Doran wissen. »Oder daß Glodstone über Zyklop sehr erbaut ist oder die Schulschwester ›Miss World 1914‹ als schmeichelhaft empfindet?«

»Nein«, sagte Mr. Slymne, »das tue ich bestimmt nicht, aber die Kerle gebrauchen den Namen Orang-Utan ja auch nicht in Ihrer Gegenwart.«

»Logisch«, meinte Mr. Glodstone, »denn jeder meiner Jungs weiß haargenau, daß es Prügel setzt, wenn ich ihn dabei erwische, wie er mich Zyklop nennt.«

»Ich finde das barbarisch«, beharrte Mr. Slymne auf seinem Standpunkt. »Dies führt nicht nur dazu, daß die Jungen verrohen...«

»Roh sind sie ohnehin, das liegt in der Natur begründet«, verkündete Glodstone.

»Prügelnde Lehrer verrohen dabei ebenfalls. Man braucht sich da beispielsweise nur Glodstone anzuschauen.«

»Ich halte es für absolut unangebracht, so persönlich zu werden«, schaltete sich der Direktor ein, doch Mr. Glodstone winkte mit einem gehässigen Lächeln ab.

»Wieder falsch, Slymne. Ich prügle nicht. Ich kenne meine Grenzen und überlasse es meinem Hausältesten, dergleichen für mich zu erledigen. Ein Achtzehnjähriger hat eine ungeheuer kräftige Rechte.«

»Und die Schulschwester läßt die Jungen wohl die Drecksarbeit für sie machen, wenn sie sie ›Miss World 1914‹ nennen«, ging Slymne zur Verteidigung über.

Major Fetherington ergriff nun das Wort. »Das hat sie nicht nötig. Ich erinnere mich an den Vorfall mit dem jüngeren Hoskiss vor zwei oder drei Jahren. Dem verpaßte sie einen Seifeneinlauf – oder war es ein Geschirrspülmittel? Irgend so was. Jedenfalls war er eine Woche außer Gefecht gesetzt, der arme Teufel.«

»Womit wir wieder beim Kern unserer Meinungsverschiedenheiten wären«, sagte der Direktor. »Das Match gegen Bloxham markiert den Höhepunkt in unserem sportlichen Veranstaltungskalender. Auch gesellschaftlich betrachtet ist dieses Ereignis für die Schule von Bedeutung, weil eine Menge Eltern anwesend sein werden. Wenn wir uns eine Niederlage leisten, schneiden wir uns damit nur ins eigene Fleisch. Aus diesem Grund hebe ich hiermit die von Ihnen verfügte Sperre von Stammspielern unseres Teams wieder auf, Mr. Slymne. Außerdem sei Ihnen gesagt, daß ich künftig andere pädagogische Maßnahmen erwarte. Was Sie sich ausdenken, ist mir schnurz, aber vergessen Sie bitte dabei nicht, daß Groxbourne in allererster Linie eine sportlich orientierte Schule ist.«

»Aber sicher, Herr Direktor, Ziel und Zweck der Erziehung sind...«

»...Charakterbildung und moralisches Rückgrat. Das können Sie in den Gründungsstatuten nachlesen.«

Von diesem Augenblick der Niederlage an hatte Mr. Slymne weitere Demütigungen zu erleiden. Bei seinen Versuchen, eine Stelle an progressiveren Schulen zu bekommen, mußte er die bittere Erfahrung machen, daß man ihn dort als völlig ungeeignet betrachtete, eben weil er in Groxbourne unterrichtete. So war er zum Bleiben gezwungen, wurde von den Jungen nicht für voll genommen und im Lehrerzimmer von Mr. Glodstone gehänselt, der ihn nur noch als »unseren kostbaren kleinen Gewissenswurm« bezeichnete. Mr. Slymne revanchierte sich auf subtilere Weise, indem er Niveau und Ansprüche seines Geographieunterrichts in völlig sinnlose Höhen schraubte und parallel dazu seinen beißenden Spott ausschließlich über die Jungen aus Glodstones Haus vergoß.

Doch seine eigentlichen Rachegelüste waren auf Glodstone gerichtet. Im Lauf der Zeit waren sie zu einer fast ebenso schwachsinnigen Besessenheit geworden wie Glodstones Gier nach Abenteuern. Nur ging Slymne methodischer vor. Er beobachtete detektivisch die Gewohnheiten seines Intimfeindes, machte sich Notizen über jeden seiner Schritte, verfolgte ihn von seinem Zimmer im Turm aus mit dem Fernrohr und führte Buch über die Jungen, mit denen sich Glodstone am häufigsten unterhielt. Ursprünglich hatte Slymne gehofft, ihn beim Fummeln mit einem der Jungen zu erwischen, und sich deswegen eine Kamera mit Teleobjektiv gekauft, um diesen Sachverhalt unwiderlegbar dokumentieren zu können – aber den Geheimnissen von Glodstones Sexualleben war er dennoch nicht auf die Spur gekommen. Nicht einmal den Köder mit den Probenummern von Schwulen-Zeitschriften, die Slymne in seinem Namen bestellte, hatte Glodstone geschluckt, sondern er war umgehend zum Direktor gesaust und hatte damit gedroht, die Polizei einzuschalten, falls er noch mehr solches Zeug bekäme. Die Folge war, daß der die gesamte Schule einschließlich Mr. Slymne mit einem ungewöhnlich langen Sermon über die Schädlichkeit der Pornographie und die verheerenden Folgen des Masturbierens speziell bei Sporttreibenden beglückte, der mit einer düsteren Drohung an die Adresse des feigen anonymen Briefeschreibers endete.

»Sollte sich dergleichen noch einmal wiederholen, sehe ich mich gezwungen, so zuwider mir das ist, diese Angelegenheit an die Polizei und den langen Arm des Gesetzes weiterzureichen!«

Zum erstenmal in seinem Agnostiker-Leben betete Mr. Slymne zu Gott, der Inhaber des Sex-Shops in Soho, bei dem er diese Bestellung aufgegeben hatte, möge Mr. Glodstone kein zweitesmal beliefern und die Drohung des Direktors nicht so allgemeingültig sein, wie sie geklungen hatte. Diese Hoffnung teilten offenbar auch die Jungen, deren Sexualleben während der folgenden Tage so beschränkt wurde, daß die Internatswäscherei zwangsläufig Überstunden machen mußte.

Doch dank dieser Geschichte erfuhr Mr. Slymne zum erstenmal von Glodstones eigentlicher Passion. »Dieser niederträchtige Schuft, der mir dieses Zeug hat schicken lassen, hätte wissen müssen, daß ich nur anständige Männerbücher lese. Rider Haggard etwa und Henty. Gute, altmodische Abenteuergeschichten, ohne diesen ganzen abscheulichen, modernen Dreck wie in *Forever Amber«,* hatte Glodstone an diesem Abend im Lehrerzimmer getönt. »Ich finde sowieso, daß man diesen verdammten Schwulen die Eier abschneiden sollte.«

»Einige davon scheinen da ganz Ihrer Meinung zu sein, Glodstone«, meinte der Kaplan. »Ich habe erst neulich von einem außergewöhnlichen Fall gelesen, bei dem sich ein Mann tatsächlich einer solchen Operation unterzog und sich in eine Frau verwandeln ließ. Da fragt man sich doch...«

Aber Slymne hörte gar nicht mehr hin. Er setzte seine Kaffeetasse ab und verließ den Raum mit dem sonderbaren Gefühl, daß er das Geheimnis von Glodstones Erfolg und seiner Beliebtheit bei den Jungen entdeckt hatte. Dieser miese Kerl war selbst ein Junge, ein kleiner Junge und ein Schinder zugleich. Ein paar außergewöhnliche Sekunden lang kehrte sich in Mr. Slymnes Vorstellung alles um: Die Jungen waren Erwachsene und die Lehrer Jungen – Jungen, die älter geworden waren, ihre Meinung lauter zum Ausdruck brachten und energischer auf ihre Autorität pochten, aber in ihrem tiefsten Inneren nach wie vor kleine, garstige Jungen. Es kam ihm vor, als seien sie in immerwährender Pubertät verkümmert, was auch erklärte, warum sie noch immer in der Schule hockten und nicht gewagt hatten, den Risiken und Gefahren der Welt draußen gegenüberzutreten. Als Mr. Slymne beim Überqueren des Campus diese bemerkenswerte Einsicht kam, die seine bisherige Überzeugung auf so kuriose Weise ins Gegenteil verkehrte (es war wie bei den Negativen, die er in seiner Dunkelkammer gegen das Licht hielt), fühlte er sich plötzlich erleichtert. Mit einem Mal war er von der Verantwortung seines Berufes befreit. Er war kein Schulmeister, kein ältlicher Achtunddreißiger mehr, er war achtzehn, nein, fünfzehn, hatte Anspruch auf die überschäumende Lebensfreude und die gefühllose Grobheit eines Fünfzehnjährigen, allerdings mit dem köstlichen Unterschied, daß er über die jahrelange Erfahrung und das Wissen eines Erwachsenen verfügte, auf die er bei seinem Kreuzzug gegen Glodstone zurückgreifen konnte. Er würde diesen Schinder vernichten.

Fast fröhlich rannte Mr. Slymne, zwei Stufen auf einmal nehmend, in sein Turmzimmer hinauf, wo er sein Dossier über Glodstone durch die Feststellung ergänzte, daß dessen ausschließliche Lektüre in Abenteuerromanen bestand. Von unten drang Kampflärm aus dem Schlafsaal zu ihm herauf. Mr. Slymne erhob sich von seinem Schreibtisch, stieg die Treppe hinab, verprügelte drei Jungen, ohne mit der Wimper zu zukken, und hatte somit seine Lebensgewohnheiten innerhalb von zehn Minuten radikal verändert.

Kapitel 5

»Schon von Slimeys Bekehrung gehört?« fragte Major Fetherington am nächsten Morgen beim Frühstück. Glodstone sah ihn über den *Daily Express* hinweg an.

»Sagen Sie bloß nicht, daß er in die Kirche eingetreten ist. Gott helfe seinen Gemeindebrüdern.«

»Nichts dergleichen. Der liebe Kollege hat sich endlich zu einer vernünftigen Art im Umgang mit den Jungen durchgerungen und gestern abend drei von diesen Bengeln verprügelt, weil sie sich im Schlafsaal eine Kissenschlacht geliefert haben.«

Mr. Glodstone ließ seine Zeitung sinken und starrte den Major mit seinem stechenden Auge an. »Sie machen wohl Witze.«

»Absolut nicht. Cleaves, Milshott und Bedgerson. Habe ihre Hintern heute früh mit eigenen Augen gesehen, als sie sich für die Frühgymnastik umzogen. Eine hübschere Striemenparade kann man sich gar nicht vorstellen.«

»Alle Achtung. Hätte gar nicht gedacht, daß so viel in dem Knilch steckt«, meinte Glodstone und kehrte nur mäßig erstaunt zu seiner Zeitung zurück.

Als jedoch fünf Minuten später Mr. Slymne hereinkam, war Glodstone aufrichtig verblüfft. »Guter Gott«, sagte er laut, »ich hätte nie gedacht, daß ich es noch erlebe, daß Sie uns beim Frühstück Gesellschaft leisten, Slymne.«

Slymne tat sich Eier und Schinken auf und lächelte fast liebenswürdig. »Dachte, das wäre mal eine nette Abwechslung«, meinte er. »Sonst bleibt man zu leicht im alten Trott stecken. Ich überlege auch, ob ich zu joggen anfangen soll.«

»Tun Sie sich bloß nicht weh«, bemerkte Glodstone unfreundlich. »Wir wüßten wirklich nicht, wie wir ohne Ihre Gewissensbisse auskommen sollten. Aber ich habe gehört, daß Sie jetzt gar keine mehr haben. Haben gestern abend ein paar Jungen verdroschen, wie?«

»Die hatten es schließlich darauf angelegt«, sagte Mr. Slymne, bemüht, den Spott zu ignorieren.

»Es geht eben nichts über Konsequenz«, verkündete Glodstone und stolzierte aus dem Speisesaal. An diesem Morgen hatten seine Klassen unter seiner schlechten Laune zu leiden und mußten Aufsätze schreiben, während Glodstone vor sich hin brütete. Slymnes verändertes Verhalten war besorgniserregend. Sollte dieser verdammte Kerl es schaffen, seine Gepflogenheiten plötzlich zu ändern und zu prügeln und zu joggen, würde das für Glodstone einen harten Schlag bedeuten. Slymne war immer ein tröstliches Vorbild an Schlaffheit gewesen, an dem Glodstone sein geradliniges und männliches Verhalten messen konnte. Als nächstes würde dieser verdammte Slymne womöglich noch heiraten, überlegte Glodstone, während er aus dem Fenster blickte. Bei diesem Gedanken spürte er, wie er innerlich vor Wut zu brodeln begann. Die Zeit der Abenteuer war verpaßt. Und die der Romanzen ebenfalls. Und älter wurde er auch.

»Wäre vielleicht gar nicht schlecht, doch noch irgendeine Frau zu heiraten«, murmelte er. Aber abgesehen von einer mittellosen entfernten Cousine, die ihm einmal am Valentinstag einen Heiratsantrag gemacht hatte, fiel ihm keine Frau mit seinem gesellschaftlichen Niveau ein, die dafür in Frage gekommen wäre. Natürlich gab es ein paar geschiedene Mütter, deren Anwesenheit ihm bei Schulbeginn oder am Tag der Offenen Tür das Herz hatten höher schlagen lassen, doch waren ihre Besuche zu kurz gewesen, um sie genauer kennenzulernen. Außerdem waren sie wohl kaum von seinem Kaliber. Glodstone verscheuchte sie aus seinen Gedanken, bis ihm La Comtesse de Montcon einfiel. Er war ihr nie begegnet, aber Anthony Wanderby, ihr Sohn aus einer früheren Ehe, war in seinem Haus, und obwohl Glodstone das kleine Ekel nicht ausstehen konnte – er war in seinen Augen ein typisch amerikanischer, verzogener Fratz, der ständig herummäkelte –, hatte er sehr viel für das Familienwappen auf dem Briefpapier übrig, auf dem La Comtesse ihm aus ihrem Château in Frankreich schrieb. Glodstone hatte La Comtesse – in seinen auffallend häufigen Erwähnungen ihrer Person im Lehrzimmer bediente er sich stets des französischen Titels – mit all jenen großartigen und edlen Eigenschaften ausgestattet, die er außerhalb seiner Bücher nie angetroffen hatte, die aber irgendwo existieren mußten. Das Château jedenfalls gab es. Glodstone hatte in seinem *Guide Michelin* unter Périgord nachgeschlagen und festgestellt, daß es sich anscheinend oberhalb der Boose, eines Nebenflusses der Dordogne, befand. Am Fluß führte eine schmale Straße entlang, und die Hügel auf der anderen Seite waren grün schraffiert, was bedeutete, daß sie bewaldet waren. Er hatte schon oft mit dem Gedanken gespielt, sich einfach in den Bentley zu setzen und unter irgendeinem Vorwand dort aufzukreuzen, aber... Es hatte ja doch keinen Sinn, nach ihr zu schmachten, denn mit Sicherheit gab es da einen verdammten Franzmann, einen Monsieur Le Comte.

Am Abend dieses beunruhigenden Tages ging er frühzeitig in sein Zimmer hinauf, setzte sich wieder einmal mit einer Pfeife vor die Landkarte und las die kurzen Briefe durch, die La Comtesse an ihn gerichtet hatte. Dann faltete er sie sorgsam zusammen und legte sie wieder in die Zigarrenkiste, die er in seinem Schreibtisch aufbewahrte, klopfte dann die Pfeife auf dem Fenstersims aus und ging zu Bett.

»Verdammter Slymne«, murmelte er und knipste das Licht aus.

Er hätte ihn noch viel mehr verflucht, hätte er sehen können, wie Mr. Slymne über das Dach der gegenüberliegenden Kapelle zur Wendeltreppe kroch und diese hinabstieg, wobei er sich mit der rechten Hand an der Wand entlangtastete und mit der linken behutsam seine Kamera hielt. Unten angekommen, hielt er inne, vergewisserte sich, daß der Campus leer war, schob den Fotoapparat mit dem 300-Millimeter-Objektiv unter seine Jacke und kehrte in seinen Turm zurück. Zehn Minuten später hatte er sich in seinem Badezimmer eingeschlossen, das Rollo vors Fenster gezogen und begonnen, den Film zu entwickeln.

Die seltsamen Charakterwandlungen, die bei Glodstone und Slymne eingetreten waren, fielen zumindest Peregrine nicht auf. Er beurteilte Menschen üblicherweise schlicht und einfach nach ihrem Gesicht, und da das von Glodstone mit dem adretten Bärtchen, dem Monokel und dem Glasauge den Eindruck von Festigkeit und Autorität vermittelte, was man von Slymnes nicht behaupten konnte, verachtete er letzteren. Außerdem verband ihn infolge der begeisterten Lektüre sämtlicher Bücher aus Glodstones Privatbibliothek mit diesem eine Männerfreundschaft, die bereits soweit gediehen war, daß Peregrine ihm an verregneten Sonntagnachmittagen helfen durfte, den Bentley zu pflegen. Dort in der Garage, wo der Regen auf die Glaskuppel über ihnen trommelte (an den Wänden der ehemaligen Wagenremise hingen noch immer ein paar alte Pferdegeschirre), verinnerlichte er den Kodex des englischen Gentleman, der Glodstones besondere Manie war. In Peregrines Kopf waren Richard Hannay, Bulldog Drummond und all die anderen hervorragenden Helden, James Bond eingeschlossen, längst zu einer einzigen Gestalt verschmolzen, deren Tugenden er auf Mr. Glodstone projiziert hatte. Da er sich im Gegensatz zu Gloddie auch Lektüre jüngeren Datums einverleibte, war er zwangsläufig auch auf James Bond gestoßen. Glodstone wußte nicht so recht, was er von diesem Mister Bond halten sollte.

»Der Haken bei Bond ist doch der«, erläuterte er Peregrine eines Nachmittags, während sie hingebungsvoll den Motorblock des Bentley polierten, »daß er nicht ein einfacher und anständiger Durchschnittsbürger ist, der ganz zufällig in ein Abenteuer gerät, sondern eine Art Superbeamter, der außerdem eine abscheuliche Einstellung zu Frauen hat. Er fliegt ständig durch die Gegend, verkehrt in Spielkasinos und macht sich ein lustiges Leben. Durchaus kein Gentleman.«

»Nein, Sir«, sagte Peregrine und strich Bond wieder von der Liste seiner Idole.

Glodstone setzte sich aufs Trittbrett und kramte seine Pfeife hervor. »Ich will damit sagen, daß der Umgang mit dem Verbrechen sein Job ist. 007 ist ein Profi, dessen zwielichtige Aufträge von offizieller Seite gedeckt werden. Nein, das ist nicht das Wahre. Du verstehst: die Magie des Zufalls. Da fährt einer durch die Gegend, hält an, um zu pinkeln, und wird Zeuge eines Mordes. Logischerweise muß er etwas unternehmen. Und bei Zeus, genau das tut er. Schnappt sich das Schwein, auch wenn er selbst damit das Gesetz übertritt, und wenn er erwischt wird, hat er eben Pech gehabt. Hinzu kommt natürlich, daß seine Aktionen auf heimisches Terrain beschränkt sind, das er im Gegensatz zu den echten Schurken wie seine Hosentasche kennt. So nämlich sieht die Wirklichkeit aus.«

Peregrines Gefühle im Angesicht des Bentley-»Schreins« waren fast religiöser Natur. Glodstones Klischeevorstellungen offenbarten ihm eine idyllische Welt, in der schlichte Kerle schlichte Entscheidungen trafen und Gauner einfach Gauner waren und bekamen, was sie verdienten. Seiner eigenen Einstellung zum Leben entsprach diese Welt vollkommen; eines Tages würde er das Glück haben, Zeuge eines Mordes zu werden, und dann würde er selbst zuschlagen.

Doch abgesehen von diesen gelegentlich aufkommenden Zukunftsvisionen war Peregrine vollauf mit seinen sportlichen Aktivitäten beschäftigt: mit Major Fetheringtons Schießlehrgängen, den regelmäßigen Runden über die Hindernisbahn, dem Schwimmen in eiskalten Flüssen, den Klettertouren in Wales im Sommer und ganz allgemein damit, sich auf die militärische Laufbahn vorzubereiten, die sein Vater für ihn vorgesehen hatte. Im Unterricht blieb er dennoch ein Versager. Jedes Jahr trat er erneut zur Prüfung für die Mittlere Reife an und fiel mit schöner Regelmäßigkeit durch. Vorerst war dies die einzige Wolke an seinem beschränkten Horizont. Weitere allerdings brauten sich bereits zusammen.

Am Abend nach seinem Ausflug auf das Dach der Kapelle schloß sich Mr. Slymne in seinem Badezimmer ein, stellte sein Vergrößerungsgerät auf und belichtete Massen von Fotopapier. Die Abzüge zeigten Glodstone, wie er einen Briefumschlag in eine Zigarrenkiste legte. Sehr viel mehr war leider nicht zu erkennen, und so drehte Mr. Slymne den Vergrößerungsapparat um, beschwerte die Standplatte mit ein paar Büchern und richtete den Lichtstrahl auf den Boden. Das Ergebnis war ein Ausschnitt, der nur noch Glodstones Hand, die untere Hälfte seines Gesichts und den Umschlag zeigte. Slymne beugte sich gespannt darüber und entdeckte auf der Rückseite des Kuverts ein Wappen. Ein Wappen? Seine Gedanken kreisten um Glodstones Abstammung. Der liebe Kollege prahlte zwar immer mächtig damit, doch von einem Familienwappen war bisher nie die Rede gewesen, und Glodstone war mit Sicherheit nicht der Typ, um mit dergleichen nicht ungeheuer anzugeben.

Doch wenn es nicht sein eigenes war, was hatte es dann damit für eine Bewandtnis?

Wie dem auch sein mochte, Slymne hatte wieder etwas, das er seinem Dossier über Glostone hinzufügen konnte. Als ihm jedoch bewußt wurde, welch gefährliche Konsequenzen es für ihn haben würde, falls jemand die Abzüge bei ihm entdeckte, entschloß er sich, sie sicherheitshalber verschwinden zu lassen. Er zerriß die Fotos zu Schnipseln und betätigte die Toilettenspülung. Die Negative verschwanden auf demselben Weg. Während er anschließend das Geschirr abwusch und aufräumte, dachte Slymne über seine nächsten Schritte nach. Vielleicht war es möglich, Glodstone in ein Gespräch über Heraldik zu verwickeln. Freilich erforderte dies eine Menge Fingerspitzengefühl.

Aber wie die Dinge lagen, brauchte Slymne nur die Ohren aufzusperren. Zwei Tage später kam er zufällig an einem Gemeinschaftsraum vorbei, in dem zwei Schüler sich unüberhörbar angeregt unterhielten.

»Tambon meint, das sei ein verdammt großes Schloß, so eins von den Dingern, die man immer im Fernsehen sieht, mit Türmchen und allem Drum und Dran«, gab der eine zum besten, den Slymne als Paitter identifizierte.

»Ich wette, daß er Wanderby in den Hintern gekrochen ist, um eingeladen zu werden«, meinte Mowbray, der andere. »Das tut er doch immer, und dabei ist Wanderby ein widerlicher Snob. Bloß weil seine Mutter eine Gräfin ist und er mit Wappen gezierte Briefe bekommt, bildet er sich ein, daß er mal eine Prinzessin heiraten wird.«

»Dabei ist die Gräfin echt eine alte Kuh, behauptet Tambon. Er hatte einen unheimlich Schiß vor ihr. Kannst ihn ja fragen, wie es war.«

Eine Horde Jungen, die die Treppe herunterpolterte, zwang Slymne zum Weitergehen. In Gedanken versunken, erreichte er das Lehrerzimmer. War es wirklich ein reiner Zufall, daß Glodstone in einer Zigarrenkiste Kuverts mit Wappen aufbewahrte und einen Jungen in seiner Obhut hatte, dessen Mutter eine Gräfin war, die auf solchem Briefpapier schrieb? Und falls nicht, was hatte dies dann zu bedeuten? Wahrscheinlich nichts, aber es war dennoch der Mühe wert, der Sache nachzugehen. Einen Augenblick lang erwog er, das Thema Wanderby in Glodstones Anwesenheit anzuschneiden, um zu sehen, wie der darauf reagierte. Doch Slymne, gewitzt durch das jahrelang erlittene Elend aus Ablehnung und Schmähungen, hatte an boshafter Schläue hinzugewonnen. Er durfte nichts tun, was bei Glodstone auch nur den leisesten Verdacht erweckt hätte. Außerdem gab es eine einfache Möglichkeit festzustellen, ob es irgendeine Verbindung zwischen Glodstone und Wanderbys Mutter gab. Abwarten lautete die Devise.

Am Ende des Halbjahres war es dann soweit.

»Ich fahre mit ein paar Jungs nach York ins Eisenbahnmuseum«, verkündete Glodstone eines Abends. »Ich sehe es gar nicht gern, wenn sie am Wochenende hier herumhängen müssen, bloß weil ihre Eltern nicht aufkreuzen, um sie abzuholen.«

»Sie wollen wohl Ihrem Bentley Auslauf verschaffen, wie?« meinte der Major. »Dem Direktor wird das aber gar nicht sonderlich gefallen, Verehrtester.«

»Dazu wird er auch keine Gelegenheit haben. Ich habe nämlich einen Char-à-banc für die Exkursion gemietet.«

»Einen Char-à-banc? Diese Bezeichnung für einen Ausflugsbus dürfte inzwischen etwas aus der Mode gekommen sein«, bemerkte der Kaplan.

»Ich habe eben Sinn für das Althergebrachte, Pater«, entgegnete Glodstone und rieb seine Pfeife am linken Nasenflügel, um sie leicht einzufetten.

Mr. Slymne registrierte nur den veralteten Ausdruck ohne Kommentar. Dies war eine weitere irritierende Facette von Glodstones Charakter: Er schien einfach nicht zur Kenntnis zu nehmen, daß sich die Welt verändert hatte. Trotzdem war es gut zu wissen, daß Glodstone zu einer Zeit fort sein würde, zu der die Schule fast leerstand. Sehr gut sogar.

Und so huschte Mr. Slymne, sobald sämtliche Eltern abgefahren waren und der Bus mit Glodstones Dampflok-Fans außer Sichtweite war, leise über den Korridor, der sein Haus mit Gloddies verband, nicht ohne sich sorgfältig zu vergewissern, daß niemand sich herumtrieb. Als er vor Glodstones Zimmer stand, zögerte er kurz und lauschte. Obwohl er eigentlich nichts zu befürchten hatte, schlug sein Herz trotzdem fühlbar schnell. Slymne atmete zweimal tief durch, schlüpfte hinein und zog sofort die Tür hinter sich zu. Zielstrebig ging er zum Schreibtisch. Die besagte Zigarrenkiste hatte sich in einer Schublade auf der linken Seite befunden. Slymne versuchte es mit der obersten, fand darin aber nur Hefte und eine zerbrochene Pfeife. In der zweiten wurde er fündig. Einem plötzlichen Entschluß folgend griff Slymne nach dem untersten Umschlag, zog ihn heraus, betrachtete das Wappen auf der Rückseite, registrierte die französische Briefmarke und steckte ihn sorgfältig in die Innentasche seines Sakkos. Dann schob er die Schublade wieder zu und eilte in sein Zimmer zurück.

Dort holte er den Brief heraus und las ihn mit wachsender Enttäuschung. Es handelte sich lediglich um eine kurze, in weit ausholender, fließender Handschrift geschriebene Mitteilung an Mr. Glodstone, daß Anthony erst eine Woche nach Schulbeginn zurückkommen würde, da sich sein Vater in Paris aufhielt und am zehnten September in die Staaten zurückfliegen würde. Unterschrieben war der Brief mit »Herzliche Grüße, Deidre de Montcon«. Mr. Slymne starrte ihn an und versuchte dahinterzukommen, warum Glodstone ausgerechnet dieses harmlose Schreiben so sorgsam in einer Zigarrenkiste verwahrte und es, wie er durch seine Beobachtungen per Kamera-Teleobjektiv festgestellt hatte, mit fast ehrerbietigem Gesichtsausdruck herausnahm. Vielleicht sollte er sich die restliche Korrespondenz auch noch ansehen. Möglicherweise enthüllte sie eine persönlichere Beziehung. Zuvor aber galt es, diesen Brief abzufotografieren. So nah als möglich ging er mit seiner Nikon an das Wappen auf dem Briefbogen heran und drückte dann auf den Auslöser. Nachdem dies erledigt war, steckte er den Brief samt Umschlag wieder in seine Tasche und schlich zu Glodstones Zimmer zurück, wobei er auf jedes Geräusch achtete, das auf die mögliche Anwesenheit einer zweiten Person hätte hindeuten können. Aber nichts regte sich. Nur der muffige Geruch, den Slymne mit dem leerstehenden Schulgebäude an Wochenenden verband, hing in der Luft.

In Glodstones Zimmer sah er sich auch noch die anderen Briefe in der Zigarrenkiste an, ohne dadurch klüger zu werden. Warum, zum Kuckuck, holte aber Glodstone diese gräflichen Briefe hervor und betrachtete sie, als wären es Reliquien? In der Hoffnung, einen Hinweis auf des Rätsels Lösung zu finden, blickte Slymne sich um. Die gerahmte Fotografie von Konteradmiral Glodstone auf dem Achterdeck von Seiner Majestät Schiff *Ramillies* gab ihm keinerlei Aufschluß. Ebensowenig das Aquarell eines klotzigen viktorianischen Hauses, bei dem es sich vermutlich um Glodstones Elternhaus handelte. Ein Pfeifenständer, noch eine Aufnahme von Glodstone am Steuer seines Bentley, der übliche Kleinkram eines alleinstehenden Schulmeisters und Regale voller Bücher. Slymne hatte keine Ahnung gehabt, daß Glodstone solche Mengen an Büchern verschlang. Gerade wollte er auf ein Regal zugehen, als ihn ein Geräusch erstarren ließ. Jemand kam die Treppe herauf.

Slymne schlüpfte rasch in Glodstones Schlafzimmer und zwängte sich neben das hinter der Tür angebrachte Waschbekken, als auch schon jemand das Arbeitszimmer betrat. Slymne hielt die Luft an und bekam gräßlich weiche Knie. Wer zum Teufel geisterte hier herum, obwohl die Schule doch eigentlich leer sein sollte? Und wie in Dreiteufelsnamen sollte er seine Anwesenheit in Glodstones Schlafzimmer rechtfertigen? Einen Augenblick lang vermutete er, daß vielleicht die Frau, die Glodstones Zimmer putzte und sein Bett machte, gekommen sei. Aber das Bett war gemacht. Den Geräuschen nach zu urteilen, machte sich die Person im Arbeitszimmer an dem Bücherregal zu schaffen. Für ein Weilchen herrschte dann Stille, bevor die Tür erneut geöffnet und wieder geschlossen wurde. Erleichtert lehnte sich Slymne an die Wand, ließ aber vorsichtshalber noch fünf Minuten verstreichen, bevor er sich hinauswagte.

Auf dem Schreibtisch lag ein Blatt Papier, auf dem mit sauberer, etwas kindlicher Schrift zu lesen stand: »Lieber Sir, ich habe *Rogue Male* zurückgebracht. Es war wirklich so gut, wie Sie sagten. Ich habe mir *The Prisoner of Zenda* ausgeliehen. Ich hoffe, Sie haben nichts dagegen. Clyde-Brown.«

Slymne starrte auf die Nachricht und ließ dann seine Augen durchs Zimmer wandern. Bei Glodstones Büchern handelte es sich ausschließlich um Abenteuerromane. Er überflog die Buchrücken – Henty und Westerman, Anthony Hope, A. E. W. Mason, alles von Buchan. Wohin er schaute, nichts als Abenteuergeschichten. Kein Wunder, daß der Mensch sich damit gebrüstet hatte, er läse nur anständiges, männliches Zeug. Slymne nahm ein Buch von einem Abstelltisch und schlug es auf: »Das Schloß hing, von Wald umsäumt, an einem Bergvorsprung, so daß sich sämtliche Wände dem Auge darboten, mit Ausnahme der einen, die im Norden aufragte.«

Das genügte. Slymne hatte das Bindeglied zwischen den von Glodstone als Schatz gehüteten Briefen der Comtesse de Montcon, dem Bentley und der kämpferischen Antiquiertheit des Kollegen gefunden.

Als der Abend nahte und mit ihm die Geräusche der Autos

und Jungenstimmen, saß Slymne in seinem Zimmer im Dunkeln, während seine Gedanken um einen Plan kreisten, der sich Glodstones pubertäre Begierde nach gefährlichen Abenteuern und romantischen Erlebnissen zunutze machen, ihn in einen Sumpf von Mißverständnissen locken und zu unüberlegten Handlungen verleiten würde. Eine köstliche Vorstellung.

Kapitel 6

Das restliche Schulhalbjahr über kämpfte sich Slymne durch Berge von Abenteuergeschichten durch. Das war zwar eine total widerliche Beschäftigung, jedoch unerläßlich, wenn sein Plan funktionieren sollte. Natürlich hielt er seine Lektüre geheim und schloß sich, um die Illusion aufrechtzuerhalten, daß seine Interessen auf einem völlig anderen Gebiet lagen, den Madrigalsängern des Direktors an, kaufte Platten von Tippett und Benjamin Britten und fuhr, angeblich um Stefan Askenase in der Festival Hall spielen zu hören, nach London.

»Slymne versucht wohl, sich auf dem Weg über sogenannte Musik beim Direktor lieb Kind zu machen«, lautete Glodstones Kommentar. Doch mit Musik hatten Slymnes Aktivitäten in London nichts zu tun. Nach vielem Suchen fand er schließlich in Paddington eine Hinterhofdruckerei, deren Besitzer sich bereit erklärte, das wappenverzierte Briefpapier der Comtesse de Montcon zu liefern.

»Wenn es ganz echt aussehen soll, brauche ich allerdings ein Original«, erklärte er Slymne, der ihm Fotografien von Wappen und Briefkopf vorgelegt hatte. »Und natürlich wird die Sache nicht ganz billig.«

»Natürlich«, sagte Slymne, dem bei dem Gedanken, daß der Mann ihn wahrscheinlich für einen Betrüger oder gar für einen Erpresser oder beides hielt, unbehaglich zumute war. In der folgenden Woche hielt er sich jedesmal, als die Post eintraf, unter einem Vorwand im Schulsekretariat auf, bis es ihm gelang, unbemerkt einen für Wanderby bestimmten Brief von dessen Mutter zu entwenden. Am folgenden Samstag kreuzte Slymne, nachdem er behauptet hatte, wegen seiner Paradontoseprobleme einen Zahnarzt in London aufsuchen zu müssen, mit dem Briefumschlag, den er sorgfältig über Dampf geöffnet hatte, erneut bei dem Drucker auf. Als er nach Groxbourne zurückkehrte, hatte er einen lästigen Wattetupfer im Mund, um die zahnärztliche Behandlung glaubhaft zu machen. »Ich fürchte, Sie müssen eine Zeitlang ohne mich auskommen«, erklärte er dem Direktor undeutlich. »Auf Anordnung des Zahnarztes darf ich vorerst nicht singen.«

»O je, da müssen wir eben unser Bestes geben, solange Sie fehlen«, meinte der Direktor. Seiner Frau gegenüber bemerkte er später, schlechter zumindest könne der Gesang nicht werden.

Am nächsten Tag wurde Wanderbys verlorener Brief ziemlich verdreckt im Blumenbeet vor dem Fenster des Sekretariats gefunden. Die Schuld daran gab man dem Briefträger.

Mit Ende des Halbjahres hatte Slymne die erste Phase seiner Vorbereitungen abgeschlossen. Er hatte das Briefpapier abgeholt und den größten Teil davon vorerst in einer verschlossenen Blechschachtel im Haus seiner Mutter in Ramsgate deponiert. Er hatte seinen Paß verlängern lassen und sich Travellerschecks besorgt. Während die anderen Lehrer in die Osterferien abschwirrten, bestieg Mr. Slymne die Fähre über den Kanal nach Boulogne und mietete dort einen Wagen. Von dort aus fuhr er zur belgischen Grenze und schlug dann an einem kleinen Grenzübergang bei Armentieres den Weg nach Süden ein. Der Ort war sorgfältig ausgewählt. Sogar Slymne erinnerte sich noch an alte Männer, die eingedenk ihrer glorreich geschlagenen Schlachten im Ersten Weltkrieg *»Mademoiselle d'Armentieres, parlez vous?«* krächzten. Der Name dieser Stadt würde bei Glodstone haargenau jene überlebten Gefühle hervorrufen, die erforderlich waren. Dasselbe galt für die Fahrtroute. Slymne hielt häufig an und konsultierte seine Straßenkarten und Reiseführer, um einen möglichst reizvollen Weg durch dieses düstere Industriegebiet zu finden, gab es aber schließlich auf. Um so romantischer würden dann die durch Wälder führenden Straßen und Täler weiter im Süden auf Glodstone wirken. Und immerhin verliehen die Schlackenberge und Kohlebergwerke der Route eine gewisse überzeugende Wirklichkeit. Wenn jemand unbemerkt nach Frankreich einreisen wollte, dann war dies der richtige Weg. Und so hielt sich Slymne untertags beim Fahren an Seitenstraßen, blieb in sicherer Entfernung von Autobahnen und großen Städten und steuerte nur des nachts Hotels in größeren Städten an. Dabei machte er sich ständig Notizen und achtete sorgfältig darauf, dem Geist von Glodstones Lektüre treu zu bleiben, ohne ihn zu eng mit der realen Welt in Berührung zu bringen.

Aus diesem Grund vermied er auch Rouen und überquerte die Seine auf einer Brücke weiter im Süden, gestattete sich dann aber die Route 836 an der Eure entlang, bevor er nach Ivry-la-Bataille zurückfuhr und sich dort Adresse und Telefonnummer eines Hotels notierte. Danach folgte ein weiterer Umweg über Houdan und Faverolles nach Nogent-Le-Roi und Chartres. Hinsichtlich Chartres' war er zunächst unschlüssig, doch ein Blick auf die Kathedrale räumte jegliche Zweifel aus. Ja, Chartres würde Glodstone inspirieren. Und wie stand es mit dem Château Renault, das beinahe an der Straße nach Tours lag? Sechs Kilometer vom Château Renault entfernt war die Stelle, an der Mansel und Chandos Brevet in seinem eigenen Wagen mit Auspuffgasen umgebracht hatten. Slymne entschied sich gegen diese Reminiszenz und wählte statt dessen die Nebenstraße nach Meung-sur-Loire, um Glodstone später den Eindruck zu vermitteln, daß es gefährlich war, Flüsse in großen Städten zu überqueren. »Brücken werden mit Sicherheit überwacht«, notierte sich Slymne und fuhr weiter.

Er brauchte zehn Tage, um die Route auszutüfteln, wobei er sich stets in sicherer Entfernung von der unmittelbaren Umgebung des Château Carmagnac hielt – mit einer Ausnahme. Am zehnten Abend fuhr er in das Städtchen Boosat, wo er zwei Briefe in verschiedene Kästen steckte. Um genau zu sein, er warf zwei Umschläge mit dem gräflichen Wappen auf der Rückseite und jeweils einem Adreßaufkleber mit seiner eigenen Anschrift auf der Vorderseite ein. Dann wandte er sich wieder nach Norden und verfolgte seine Route bis Boulogne zurück, wobei er alle Markierungen, die er auf seinen Landkarten angebracht hatte, mit den Bemerkungen in seinem Notizbuch verglich und durch weitere Informationen ergänzte.

Als die Fähre nach Folkstone ablegte, war Slymne stolz auf seine Arbeit. Immerhin konnte man aus einem Geographiestudium doch einige Vorteile ziehen. Die zwei Briefumschläge warteten im Haus seiner Mutter bereits auf ihn. Mit äußerster Vorsicht zog er die Adreßaufkleber ab und öffnete über Dampf die nur leicht festgeklebten Klappen. Dann verwischte er mit Hilfe von Stempelfarbe das Datum des Poststempels, achtete jedoch darauf, daß »Boosat« erkennbar blieb. Die nächsten drei Tage hockte er über dem abfotografierten Brief der Gräfin an Glodstone und fuhr ihre schwungvolle Handschrift wieder und wieder nach. Als er nach Groxbourne zurückkehrte, wäre es sogar der Gräfin schwergefallen, ohne Kenntnis des Inhalts festzustellen, welchen der Briefe sie geschrieben hatte. Mr. Slymnes wahre Fähigkeiten waren endlich zum Tragen gekommen.

Das war mehr, als man von Peregrine Clyde-Brown behaupten konnte. Die Diskrepanz zwischen seinem Schulzeugnis und seinem Unvermögen, die Mittlere Reife in irgendeinem Fach außer Mathematik zu schaffen (die hatte er, da sie keine Alternativen außer richtig und falsch zuließ, mit Müh und Not mit der Note C bestanden), hatte Mr. Clyde-Brown endlich davon überzeugt, daß sein Entschluß, seinen Sohn nach Groxbourne zu schicken, zwar den Vorteil haben mochte, den Lümmel die meiste Zeit des Jahres aus dem Haus zu haben, daß sich jedoch die Chance, ihn auf diesem Weg in die Army zu drücken, mit Sicherheit nicht vergrößert hatte. Andererseits hatte er das Schulgeld für drei Jahre bezahlt, ganz zu schweigen von der Spende für die Renovierung der Kapelle, und die Vorstellung, das Geld zum Fenster hinausgeworfen zu haben, erfüllte ihn mit Zorn.

»Am Ende des Sommerhalbjahres werden wir diesen Kretin

ziemlich sicher wieder am Hals haben«, brummte er, »und wenn er so weitermacht, wird er nie einen Job kriegen.«

»Ich finde, daß du viel zu hart gegen ihn bist. Dr. Andrews meint, er sei wahrscheinlich ein Spätentwickler.«

»Und wie spät ist spät? Er wird fünfzig werden, bevor er weiß, daß ›oui‹ das französische Wort für ›ja‹ ist und nicht etwa eine Anweisung, die Toilette aufzusuchen. Und bis dahin bin ich neunzig.«

»Und erlebst deine zweite Kindheit«, gab Mrs. Clyde-Brown zurück.

»Ganz richtig«, knurrte ihr Mann. »Was bedeutet, daß du dann ein doppeltes Problem hast, denn Peregrine hat bis dahin seine erste noch nicht hinter sich. Aber wenn du deine alten Tage mit einem mittelalterlichen Jugendlichen verbringen willst, dann bitte. Aber ohne mich.«

»Da ich mein eigenes Mittelalter mit einem übellaunigen und gefühllosen...«

»Ich bin nicht gefühllos. Mag sein, daß ich oft schlechte Laune habe, aber gefühllos bin ich nicht. Ich versuche nur, das Beste für deinen... also gut, unseren Sohn zu tun, solange noch Zeit ist.«

»Aber in seinen Zeugnissen steht doch...«

Jetzt war Mr. Clyde-Brown mit seiner Geduld am Ende. »Zeugnisse, sagst du? Zeugnisse? Ebensowenig würde ich ein einziges Wort aus dem Weißbuch der Regierung glauben wie diesen Zeugnissen. Sie dienen doch lediglich dazu, den Eltern von Schwachköpfen tüchtig Geld aus der Nase zu ziehen. Was ich will, sind anständige Prüfungsergebnisse.«

»Wenn das so ist, hättest du besser gleich meinen Rat befolgen und Peregrine einen Privatlehrer besorgen sollen«, entgegnete Mrs. Clyde-Brown, begleitet vom wütenden Klappern ihrer Stricknadeln.

Mr. Clyde-Brown ließ sich auf einen Stuhl sinken. »Da magst du recht haben«, lenkte er ein, »obwohl ich mir nicht vorstellen kann, daß ein gebildeter Mann das durchgehalten hätte. Peregrine hätte ihn innerhalb eines Monats in eine Nervenheilanstalt gebracht. Trotzdem ist es einen Versuch wert. Es muß doch irgendeinen abgehärteten Pauker geben, der ihm so viel Wissen eintrichtert, daß er die Mittlere Reife schafft. Ich werde mich darum kümmern.«

Das Ergebnis dieses verzweifelten Entschlusses war, daß Peregrine die Osterferien bei Dr. Klaus Hardboldt, zuletzt Bildungsoffizier bei der Army, verbrachte. Die Referenzen des Herrn Doktor waren vom Feinsten. Er hatte den Sohn des Duke of Durham allen ererbten Hindernissen zum Trotz nach Cambridge hineingepaukt und einen höchst bemerkenswerten Rekord damit aufgestellt, daß er achtzehn Gardeoffizieren beigebracht hatte, Pidgin-Russisch zu sprechen, ohne zu lispeln.

»Ich denke, ich kann Ihnen garantieren, daß Ihr Sohn die Mittlere Reife schafft«, erklärte er Mr. Clyde-Brown. »Sie können mir für ein dreiwöchiges Intensivtraining anvertrauen, wen Sie wollen – ich garantiere Ihnen, daß er sein Pensum lernen wird.«

Mr. Clyde-Brown hatte gesagt, daß er dies hoffe, und großzügig gezahlt. Und Dr. Hardboldt hatte sein Versprechen gehalten. Peregrine hatte drei Wochen in der Schule des Herrn Doktor in Aldershot verbracht. Das Ergebnis war verblüffend. Die Methoden des Herrn Doktor basierten auf seinen eingehenden Beobachtungen von Hunden und einem guten Draht zu diversen Prüfungsvorsitzenden.

»Glauben Sie bloß nicht, daß ich von Ihnen erwarte, daß Sie nachdenken, denn dem ist nicht so«, erklärte er gleich am ersten Morgen. »Sie sind hier, um zu gehorchen. Ich verlange, daß Sie nur eine einzige Fähigkeit einsetzen, nämlich Ihr Gedächtnis. Sie werden die Antworten auf die Fragen, die man Ihnen in der Prüfung stellen wird, auswendig lernen. Diejenigen von Ihnen, die sich diese Antworten nicht merken können, werden auf Brot und Wasser gesetzt; diejenigen, die sie wörtlich wiedergeben, bekommen Filetsteak. Ist das klar?«

Die Schüler nickten.

»Nehmen Sie das Blatt Papier, das vor Ihnen liegt, und drehen Sie es um.«

Die Klasse tat, wie geheißen.

»Das ist die Antwort auf die erste Frage, die Ihnen in der Mathematikprüfung gestellt werden wird. Sie haben zwanzig Minuten Zeit, um sie auswendig zu lernen.«

Am Ende der zwanzig Minuten beherrschte Peregrine die Antwort. Der Drill ging den ganzen Tag lang weiter. Er wurde sogar nach dem Abendessen fortgesetzt, und bis Peregrine ins Bett kam, war es Mitternacht. Am nächsten Morgen wurde er um sechs Uhr geweckt und aufgefordert, die tags zuvor gelernten Antworten auf einen Kassettenrecorder zu sprechen.

»Das nennt man Verstärkung«, erklärte Doktor Hardboldt. »Heute werden wir die Antworten auf die Fragen im Fach Französisch lernen. Die Verstärkung erfolgt morgen vor dem Frühstück.«

Am nächsten Tag ging Peregrine hungrig in den Geographiesaal und wurde beim Abendessen mit einem Steak belohnt. Am Ende der Woche gab es nur noch einen Jungen in der Klasse, dem es noch immer nicht gelang, sich die Antworten auf sämtliche Fragen in Geschichte, Geographie, Mathematik, Chemie, Biologie und englischer Literatur zu merken.

Dr. Hardboldt war unverzagt. »Setzen Sie sich, Sir«, befahl er dem Jungen, als dieser, da halbverhungert, zum drittenmal vom Stuhl kippte. Mit größter Mühe hievte sich der arme Kerl wieder hinauf. »Braver Hund«, sagte der Herr Doktor und brachte eine Tüte Drops zum Vorschein. »Und jetzt mach schön bitte.«

Als der Junge bettelnd die Hände hob, ließ der Herr Doktor einen Drops in seinen Mund fallen. »Gut so. Also, Parkinson, wenn Sie diesen einfachen Anweisungen gehorchen können, gibt es nicht den geringsten Zweifel, daß Sie auch die Prüfung schaffen.«

»Aber ich kann nicht lesen«, winselte Parkinson und versuchte anscheinend, mit dem Schwanz zu wedeln.

Dr. Hardboldt fixierte ihn unbarmherzig. »Sie können nicht

lesen? Dummes Zeug, Sir. Jeder Junge, dessen Eltern es sich leisten können, mich zu bezahlen, muß lesen können.«

»Aber ich leide an Dyslexie, Sir.«

Der Herr Doktor richtete sich auf. »So«, sagte er. »Wenn das so ist, müssen wir eben beantragen, daß Sie die Prüfung mündlich ablegen dürfen. Bringen Sie diesen Zettel zu meiner Sekretärin.«

Als Parkinson aus dem Unterrichtsraum getaumelt war, wandte sich Doktor Hardboldt wieder der Klasse zu. »Ist hier noch ein anderer Dys... Junge, der nicht lesen kann? Ich wünsche hier keine Unsicherheiten. Wenn Sie nicht lesen können, dann sagen Sie es gefälligst, dann werden wir Sie vom Hypnotiseur behandeln lassen.«

Doch sonst brauchte keiner aus der Klasse eine hypnotische Behandlung.

Die zweite Woche wurde mit dem wortwörtlichen Niederschreiben der Antworten auf sämtliche Fragen und mit weiterer Verstärkung verbracht. Andauernd wurde Peregrine nachts aufgeweckt und abgehört. »Wie lautet die Antwort auf die Frage 4 in der Geschichtsprüfung?« wollte Doktor Hardboldt wissen.

Peregrine blickte verschlafen auf den aggressiven Schnurrbart. »Die gesetzliche Grundlage für Gladstones Autonomiepolitik in Irland wurde dadurch verhindert, daß Chamberlain, der ehemalige radikale Bürgermeister von Birmingham, die Liberale Partei spaltete und...«

»Braver Hund«, sagte der Herr Doktor, als Peregrine fertig war, und belohnte ihn mit einem Drops.

Am unerbittlichsten wurde der Verstärkungsdrill in der dritten Woche. »Ein müder Geist ist ein aufnahmefähiger Geist«, verkündete der Herr Doktor am Sonntagabend. »Von jetzt an wird Ihre Schlafenszeit auf vier Stunden pro Tag reduziert, das heißt, daß Sie sich nach jeweils fünf Stunden eine Stunde ausruhen können. Vor dem Schlafen werden Sie die Antworten auf die Prüfungsfragen in jeweils einem Fach schriftlich niederlegen und sie, sobald Sie geweckt werden, ein zweitesmal aufschreiben; dann kommt das nächste Fach an die Reihe. Auf diese Weise können Sie gar nicht durch die Prüfung fallen, selbst wenn Sie es wollten.«

Nach weiteren sieben Tagen unausgesetzten Drills kehrte Peregrine erschöpft zu seinen Eltern zurück. Sein Hirn war so mit Prüfungsantworten vollgestopft, daß Mr. und Mrs. Clyde-Brown wiederholt von plötzlichem Gebell und Peregrines mechanischem Herunterleiern der eingetrichterten Antworten aus dem Schlaf gerissen wurden. Zusätzlich beeinträchtigt wurden sie durch die Tatsache, daß Mr. Hardboldt darauf bestanden hatte, Peregrine dürfe erst nach Absolvieren seiner Prüfung nach Groxbourne zurückkehren. »Es ist absolut essentiell, daß er nicht durch andere Lehrmethoden verunsichert wird«, sagte er. »Nichts beeinträchtigt die Lernfähigkeit eines Tieres mehr als widersprüchliche Stimuli.«

»Aber Peregrine ist doch kein Tier«, widersprach Mrs. Clyde-Brown. »Er ist ein zartfühlendes, sensibles...«

»Tier«, ergänzte ihr Mann, dessen Einschätzung seines Sohnes sich vollkommen mit der des Herrn Doktor deckte.

»Genau«, sagte Dr. Hardboldt. »Leider machen die meisten Lehrer den Fehler, daß sie versäumen, die bei der Abrichtung von Tieren angewandten Methoden auf ihre Schüler zu übertragen. Wenn man einer Robbe beibringen kann, einen Ball auf der Nase zu balancieren, kann man einem Jungen auch beibringen, eine Prüfung zu bestehen.«

»Aber es werden doch sicher jedes Jahr andere Aufgaben gestellt«, meinte Mr. Clyde-Brown.

Dr. Hardboldt schüttelte den Kopf. »Das geht gar nicht. Denn wenn es so wäre, könnte niemand den Schülern die Antworten beibringen. Das sind nun mal die Regeln bei diesem Spiel.«

»Ich hoffe, Sie behalten recht«, sagte Mrs. Clyde-Brown.

»Das werde ich, Madam«, entgegnete der Herr Doktor. »Die Zeit wird es weisen.«

Er sollte recht behalten. Peregrine kehrte einen Monat nach Schulbeginn mit dem Gebaren eines Schlafwandlers nach

Groxbourne zurück und legte seine Prüfung für die Mittlere Reife ab, wobei diesmal alles darauf hindeutete, daß er sie bestehen würde. Sogar der Direktor, der einen Blick auf die Prüfungsbögen warf, bevor er sie an die Notenkommission weiterleitete, war beeindruckt. »Wenn ich es nicht mit eigenen Augen gesehen hätte, würde ich es nicht für möglich halten«, murmelte er und schrieb umgehend einen Brief an die Clyde-Browns, um ihnen zu versichern, daß Sie ihre Pläne hinsichtlich Peregrines Eintritt in die Army weiterverfolgen könnten.

Mr. Clyde-Brown las den Brief und war hocherfreut. »Er hat es geschafft. Beim Himmel, er hat es geschafft«, frohlockte er.

»Natürlich hat er es geschafft«, sagte Mrs. Clyde-Brown. »Ich habe immer gewußt, daß er begabt ist.«

Mr. Clyde-Brown hörte auf zu frohlocken. »Nicht er...« begann er, hielt es dann aber für klüger, zu schweigen.

Kapitel 7

Die eigentliche Entscheidung über Peregrines Zukunft erfolgte aufgrund subtilerer Einflüsse als der des militärisch angehauchten Doktors. Mr. Glodstone hatte die Ferien mit der Suche »nach einem verdammten Weib zum Heiraten«, wie er es ausdrückte, verbracht. »Das Problem ist, daß man schließlich nicht unter seinem Stand heiraten möchte«, vertraute er Major Fetherington bei einem ausgiebigen Schlummertrunk in seinem Zimmer an.

»Ganz richtig«, sagte der Major, dessen Frau vor zehn Jahren an Langeweile gestorben war. »Trotzdem, solange man noch Blei in seinem Stift hat, muß man irgendwo seinen Stempel hinterlassen.«

Glodstone betrachtete ihn zweifelnd. Für seine romantischen Vorstellungen war die Metapher des Majors entschieden zu derb. »Mag sein, aber Liebe muß auch dabeisein. Ich meine, nur ein ungehobelter Klotz würde ein Mädchen heiraten, das er nicht liebt, finden Sie nicht auch?«

»Ich denke schon«, sagte der Major, der den Whisky zu sehr genoß, um große Lust zu verspüren, aus eigener Erfahrung etwas zu diesem Thema beizutragen. »Trotzdem, ein Mann muß an die Zukunft denken. Hab mal einen Kerl gekannt, war achtzig, wenn nicht älter, in seinem Alter noch ein begeisterter Tennisspieler, und heiratete eine Frau, neben der er zufällig im Centre Court in Wimbledon saß. Hervorragendes Match. Ist vierzehn Tage später, bis über beide Ohren verliebt, in ihren Armen gestorben. Man kann nie wissen, bis man es nicht versucht hat.«

Glodstone dachte über die Moral dieser Geschichte nach,

fand sie aber wenig aufschlußreich. »Mir passiert so was nicht«, sagte er und schraubte die Whiskyflasche zu.

»Ihr Problem besteht darin«, meinte der Major, »daß Sie zwar einen Champagnergeschmack, aber nur ein Biereinkommen haben. Ich würde Ihnen raten, Ihre Ansprüche etwas herunterzuschrauben. Freilich, man weiß nie. Der Zufall geht oft sonderbare Wege.«

Ausnahmsweise hätte Mr. Slymne Glodstones gegenteilige Meinung, die dieser freilich für sich behielt, geteilt. Er überließ dem Zufall sowenig wie möglich. Nachdem er Glodstones wildromantische Ader entdeckt hatte, war er fest entschlossen, sie auszubeuten, auch wenn es da noch ein paar Probleme gab, die gelöst werden mußten. Das erste hing mit dem Sportfest zusammen. Es war durchaus möglich, daß die Gräfin de Montcon der Schule die Ehre erwies, und wenn sich diese unselige Dame als so phantastisch erwies, wie jenes Gespräch, das er im Gemeinschaftsraum belauscht hatte, vermuten ließ, dann waren alle seine Vorbereitungen umsonst. Glodstone würde wohl kaum einer Frau zu Hilfe eilen, die so offensichtlich in der Lage war, selbst auf sich aufzupassen. Nein, es war ganz entscheidend, daß Glodstone sie sich als ein armes, schutzloses – oder um genau zu sein: ein reiches, schutzloses –, elfengleiches und unendlich unschuldiges Wesen vorstellte. Slymne hegte den schlimmen Verdacht, daß die Gräfin ungleich robuster war. Bei einer Mutter, die es fertigbrachte, ihren Sohn nach Groxbourne zu schicken, war das nicht anders denkbar. Als Slymne in seinem Dossier Tumbons Aussage wiederfand, »Die Gräfin ist echt eine alte Kuh«, war er sich seiner Sache sicher. Außerdem warf er im Büro des Schatzmeisters einen heimlichen Blick in das Buch, das die Elternbesuche verzeichnete, ohne jedoch einen Hinweis darauf zu finden, daß die Gräfin der Schule je einen Besuch abgestattet hatte.

Um ganz sicherzugehen, bat er in einer der nächsten Geographiestunden alle Jungen, deren Mütter zum Sportfest kommen würden, die Hand zu heben. Wanderby war nicht darunter.

Nachdem damit dieses Problem erledigt war, konzentrierte sich Slymne auf das nächste: die Formulierung seines Briefes an Glodstone. Nach reiflicher Überlegung entschloß er sich für den direkten Weg. Der würde sehr viel wirksamer an Glodstones Ritterlichkeit appellieren als subtile Andeutungen. Andererseits bedurfte es auch ganz konkreter Direktiven. Slymne schrieb den Brief mit Tinte, nachdem er nochmals die Handschrift der Gräfin geübt hatte, und verbrachte dann bei einem Wochenendbesuch in London die Nacht in einem Hotelzimmer damit, mehrere Telefongespräche mit Frankreich zu führen. Als er nach Groxbourne zurückkehrte, war er imstande, genaue Anweisungen zu erteilen. Nur eine Unwägbarkeit blieb noch: Womöglich hatte Glodstone bereits Vorkehrungen für seinen Sommerurlaub getroffen. In diesem Fall wäre das Timing des Briefes entscheidend. Und auch Wanderbys Ferienpläne konnten sich als problematisch erweisen. Wieder benützte Slymne eine Geographiestunde, um festzustellen, wo der Junge den Sommer verbrachte.

»Ich fahre nach Washington zu meinem Vater und seiner Freundin«, verkündete Wanderby großspurig. Mr. Slymne war höchst erfreut und wußte noch am selben Abend im Gemeinschaftsraum aus dieser Aussage seinen Vorteil zu schlagen.

»Ich muß schon sagen, daß wir es zum Teil mit recht sonderbaren Eltern zu tun haben«, bemerkte er laut. »Heute morgen habe ich mit der 2B Zeitzonen durchgenommen, und da sagte dieser kleine Amerikaner Wanderbury plötzlich , sein Vater habe in Washington eine Geliebte.«

Glodstone hörte auf, an seiner Pfeife zu ziehen. »Können Sie sich nicht mal die Namen der Jungen merken, die Sie unterrichten?« fragte er aufgebracht. »Er heißt Wanderby. Und was soll das heißen, sein Vater hat eine Geliebte?«

Slymne schien Glodstone erst jetzt zu bemerken. »Ist doch in Ihrem Haus, oder? Typisches Produkt einer kaputten Ehe. Aber was soll's, ich wiederhole ja nur, was er gesagt hat.«

»Machen Sie das immer, daß Sie während des Unterrichts Ihre Nase in die Familienangelegenheiten der Jungen stecken?«

»Natürlich nicht. Wie gesagt, ich habe Zeitzonen und Zeitverschiebung durchgenommen, und Wandlerby...«

»Wanderby, zum Kuckuck noch mal«, fuhr Glodstone ihn an.

»... lieferte von sich aus die Information, daß er in den Ferien nach Washington fahren würde und daß sein Vater...«

»Schon gut, wir haben es bereits gehört«, sagte Glodstone, kippte seinen Kaffee herunter und verließ den Raum. Als Slymne später am Abend den Campus überquerte, bemerkte er zu seiner Zufriedenheit, wie Glodstone an seinem Schreibtisch am Fenster saß, vor sich die Zigarrenkiste. Der Seitenhieb mit dem kaputten Elternhaus und der Wink mit der Geliebten von Wanderbys Vater würden Glodstones romantische Vorstellungen von der Gräfin noch verstärken. An diesem Abend stellte Slymne die vorgeblich von ihr geschriebenen Instruktionen fertig und schloß den Brief in seinem Aktenschrank ein.

Dort sollte er noch fünf Wochen liegen. Das Sommerhalbjahr wollte einfach kein Ende nehmen. Dem Sportfest folgten Krikket-Matches, die mal gewonnen, mal verloren wurden, und Glodstone wurde angesichts des herrlichen Wetters und der Lebhaftigkeit der ihn umgebenden Jugend zusehends melancholischer. Immer häufiger flüchtete er sich in die alte Wagenremise, wo er seinen Vorkriegs-Bentley polierte, und dort war es auch, wo er eines Abends Peregrine fragte, was er nach Beendigung der Schule vorhabe.

»Vater wollte, daß ich zum Militär gehe. Aber jetzt, wo ich die Mittlere Reife in der Tasche habe, redet er davon, daß er mich in eine Londoner Bank stecken will.«

»Nicht unbedingt nach deinem Geschmack, könnte ich mir vorstellen. Stinklangweilig.«

»Na ja, es ist wegen Mathe«, sagte Peregrine. »Deswegen und wegen Mutter. Sie ist strikt dagegen, daß ich Soldat werde. Jedenfalls habe ich erst mal noch einen Monat Schonzeit, weil ich an dem Kurs des Majors in Wales teilnehme. Diese Nachtmärsche und das Schlafen unter freiem Himmel machen einen Riesenspaß.«

Glodstone seufzte in seliger Erinnerung an seine Jugend und faßte einen plötzlichen Entschluß. »Der Direktor kann mich mal«, murmelte er. »Jetzt machen wir eine Spritztour mit dem alten Mädchen. Schließlich ist es dein letztes Halbjahr, und du hast mehr als genug dazu beigetragen, daß es blitzblank und tipptopp aussieht. Du läufst runter bis vors Schultor. Dort lese ich dich in zehn Minuten auf.«

Eine Stunde lang rollten sie über schmale Landstraßen, der Wind blies ihnen ins Gesicht, und hinter ihnen brummte leise der riesige Auspuff.

»Sie fahren richtig gut«, meinte Peregrine, »und der Wagen ist einfach ein Traum.«

Glodstone lächelte geschmeichelt. »Das ist das richtige Leben, was? Geht doch nichts über so einen Vorkriegs-Bentley. Ein gutes altes Schlachtroß, das ganz versessen darauf ist, zu zeigen, was es drauf hat.«

Sie kamen in ein Dorf, und einem vergleichbaren Impuls gehorchend, der ihn zu dieser Spritztour verleitet hatte, hielt Glodstone vor einem Pub an. »Zwei Halbe vom besten Bitter«, tönte Glodstone, was den Wirt zu der Frage veranlaßte, ob denn sein Begleiter überhaupt schon achtzehn sei.

»Nein...« bekannte Peregrine ehrlich, doch er wurde von Glodstones dröhnender Stimme übertönt.

»Natürlich ist er das. Sie sind gut, Mann, Sie glauben doch nicht etwa, daß ich mit einem Minderjährigen hierherkomme, um einen an die Brust zu nehmen.«

»Das habe ich alles schon erlebt«, entgegnete der Mann hinter dem Tresen. »Also sagen wir, ein Bitter und eine Limonade. Mit den Gläsern können Sie sich gerne auch an einen Tisch setzen.«

»Wir können etwas viel Besseres tun, nämlich anderswo hingehen«, schnaubte Glodstone und stolzierte aus dem Pub. »Das ist das Problem mit dieser verdammten Welt von heutzutage; die Leute kennen einfach ihren Platz in der gesellschaftlichen Hierarchie nicht mehr. Zu Zeiten meines Vaters wäre dieser Kerl doch glatt seiner Schanklizenz verlustig gegangen, gar keine Frage. Aber so, wie der sich aufgeführt hat, war sicher auch das Bier schal.«

Sie fuhren weiter ins nächste Dorf. Diesmal dämpfte Glodstone seine Stimme bei der Bestellung im Pub, und sie wurden entsprechend bedient. Als sie mit ihren Pints draußen auf einer Bank saßen, in der auf Hochglanz polierten Karosserie des Oldtimers ihre Spiegelbilder bewunderten und sich von den anerkennenden Bemerkungen der Passanten umschmeicheln ließen, wurde Glodstone wieder fröhlich.

»Du kannst sagen, was du willst, aber es geht doch nichts über ein kühles Glas besten britischen Bitters«, meinte er.

»Stimmt«, sagte Peregrine, der sein Bier kaum angerührt hatte, da es ihm ohnehin nicht sonderlich schmeckte.

»Das ist etwas, was man in keinem anderen Land findet. Die deutschen Krautfresser kübeln literweise Lagerbier. Das Gebräu der Holländer ist an sich nicht mal schlecht, hat aber zu wenig Körper. Dasselbe gilt für die Belgier, bei denen es ohnehin nur Flaschenbier gibt. Aber immerhin noch besser als das Dreckszeug der Franzmänner. Verlangen ein Schweinegeld für dieses Gesöff, aber so ist es in Frankreich mit allem. Schon verdammt merkwürdig: Die weintrinkenden Länder haben den biertrinkenden nie das Wasser reichen können, wenn es hart auf hart ging. Wahrscheinlich ist da doch etwas dran, daß die einfach keinen Mumm zum Kämpfen haben.«

Peregrine trank noch ein paar Schluck Bier, um seinen Untertanengehorsam zu demonstrieren, während Glodstone sich in seinen Vorurteilen erging und die Welt soweit zusammenschrumpfte, bis nur noch eine akzeptable Form des Daseins übrigblieb, nämlich im sommerlichen Zwielicht in einem englischen Dorf vor einem Pub zu sitzen, englisches Bier zu trinken und sein Spiegelbild in der blinkenden Karosserie eines englischen Automobils aus dem Jahr 1927 zu betrachten. Doch auf der Rückfahrt zur Schule kehrte Glodstones Schwermut zurück. »Du wirst mir fehlen«, sagte er. »Du bist ein Kerl, wie ich ihn mag. Zuverlässig. Und wenn ich irgendwann mal was für dich tun kann, brauchst du dich nur zu melden.«

»Das ist riesig freundlich von Ihnen, Sir«, sagte Peregrine.

»Und noch etwas. Von jetzt an wollen wir den ›Sir‹ vergessen. Schließlich ist das Schuljahr zu Ende und überhaupt. Trotzdem halte ich es für besser, wenn du vor dem Schultor aussteigst. Ist ja nicht nötig, dem Direktor Grund zum Meckern zu liefern, was?«

So ging Peregrine zu Fuß die Rotbuchenallee zum Schulgebäude hinauf, während Glodstone den Bentley in die Garage fuhr und verdrossen an die Zukunft dachte. »Du und ich, wir sind hier fehl am Platz, altes Mädchen«, murmelte er und klopfte liebevoll auf einen Scheinwerfer des Bentley. »Wir gehören eben in eine andere Welt.«

Er ging in sein Zimmer, schenkte sich einen Whisky ein und überlegte, während es draußen dunkel wurde, was zum Teufel er in den Ferien anstellen solle. Wäre er noch jünger gewesen, hätte er sich durchaus vorstellen können, an Major Fetheringtons Exkursionen in Wales teilzunehmen. In seinem Alter würde sich das verdammt albern ausnehmen, und außerdem schätzte es der Major nicht, wenn jemand in seinem Revier pirschte. Ziemlich niedergeschlagen begab sich Glodstone schließlich zu Bett und las noch eine halbe Stunde lang zum wiederholten Mal *The Thirty-Nine Steps.*

»Warum, zum Teufel, habe ich es nicht mal mit einer echten Herausforderung zu tun?« dachte er, als er die Nachttischlampe ausknipste.

Eine Woche später wurde sein Wunsch erhört. Als der letzte Bus in Richtung Bahnhof davonfuhr und die elterlichen Autos verschwunden waren, schlug Slymne zu. Praktischerweise war das Schulsekretariat leer, als er den an G. P. Glodstone, Esq. adressierten Brief in dessen Fach schob, das mit nicht abgeholter Post vollgestopft war. Den Zeitpunkt hatte Slymne sorgfältig gewählt. Glodstone war dafür bekannt, daß er sich nicht die Mühe machte, seine Briefe abzuholen, bevor das Fach überquoll. »Lauter bürokratischer Mist«, hatte er einmal erklärt. »Man sollte denken, ich sei ein Bürohengst und kein Lehrer.«

Doch da das Schuljahr zu Ende war, würde ihm nichts anderes übrigbleiben, als sich um seine Post zu kümmern. Allerdings würde er das bis zum letzten Augenblick aufschieben. Diesmal dauerte es drei Tage, bis Glodstone das Bündel Briefe mit auf sein Zimmer nahm, es durchblätterte und den Umschlag mit dem vertrauten Wappen entdeckte – einem Adler, der einem Schaf die Eingeweide herausriß. Glodstone glotzte verzückt auf das Wappen, bevor er das Kuvert mit einem Brieföffner aufschnitt. Erneut zögerte er. Briefe von Eltern enthielten nur allzuoft eine Litanei von Beschwerden darüber, wie ihre Söhne behandelt wurden. Glodstone hielt die Luft an, als er den Briefbogen entfaltete und auf der Tischplatte glattstrich. Doch seine Befürchtungen erwiesen sich als unbegründet.

»Lieber Mr. Glodstone«, las er, »ich bin zuversichtlich, daß Sie mir diese Zeilen an Sie vergeben werden, aber ich habe niemanden sonst, an den ich mich wenden könnte. Obwohl wir uns nie begegnet sind, hat Anthony mit solcher Bewunderung von Ihnen gesprochen – er behauptet, Sie seien unter allen Lehrern von Groxbourne der einzige Gentleman –, daß ich das Gefühl habe, ganz allein Ihnen vertrauen zu dürfen.« Glodstone überflog den Satz ein zweitesmal – einen solchen Scharfblick hätte er dem blöden Wanderby nie zugetraut – und las dann, tief im Inneren aufgewühlt, weiter.

»Da ich befürchten muß, daß dieser Brief abgefangen wird, wage ich nicht, mehr zu schreiben, als daß ich mich in höchster Gefahr befinde und dringend Hilfe benötige in einer Situation, die gleichermaßen riskant wie ehrenhaft ist. Eingehender kann ich mich dazu schriftlich nicht äußern. Sollten Sie sich in der Lage sehen, mir diese Hilfe zuteil werden zu lassen, deren ich so verzweifelt bedarf, dann gehen Sie bitte zur Gepäckaufbewahrung Victoria Station und geben Sie den beigefügten Schein ab. Mehr kann ich nicht sagen, bin aber gewiß, daß Sie die Notwendigkeit dieser Vorsichtsmaßnahme verstehen werden.«

Unterschrieben war der Brief mit »Ihre verzweifelte Deirdre de Montcon. P. S. Vergessen Sie bitte nicht, den Brief samt Umschlag sofort zu verbrennen.«

Glodstone saß wie versteinert da. Der Ruf, auf den er mehr als dreißig Jahre lang gewartet hatte, war endlich an ihn ergangen. Er las den Brief mehrere Male durch, steckte den Gepäckschein behutsam in seine Brieftasche und verbrannte dann feierlich Brief und Kuvert. Um auch die letzten Spuren zu beseitigen, kippte er die Asche in die Toilette und spülte sie hinunter. Binnen Sekunden begann er zu packen, und nur eine halbe Stunde später rollte der Bentley mit einem deutlich verjüngten Glodstone am Steuer aus der Wagenremise.

Vom Fenster seines Turmzimmers aus sah Slymne ihn abfahren. Seine freudige Erregung freilich war ganz anderer Art. Der verhaßte Glodstone hatte den Köder geschluckt. Dann schleppte auch Slymne sein Gepäck zum Wagen hinunter und verließ Groxbourne, allerdings weniger eilig. Er würde seinem Feind immer einen Schritt voraus sein.

Kapitel 8

Als Glodstone den Bentley in der Nähe der Victoria Station parkte, war es bereits später Nachmittag. Er war in einem Zustand der Euphorie dorthin gefahren, der gelegentlich von Momenten gestört wurde, in denen er sich sagte, daß die ganze Sache zu phantastisch schön war, um eigentlich wahr zu sein. Es mußte ein Irrtum vorliegen. Zugegeben, er hatte Wanderby völlig falsch eingeschätzt. Wie hatte es in dem Brief geheißten? »Er behauptet, Sie seien unter allen Lehrern von Groxbourne der einzige Gentleman.« Das stimmte sehr wohl, aber daß Wanderby das erkannte, hätte Glodstone ihm schwerlich zugetraut. Doch immerhin war dessen Mutter eine Gräfin, und der Knabe wußte offenbar, wann er einen Gentleman vor sich hatte.

Den größten Teil der Fahrt über hatte Glodstone jedoch gegrübelt, wie er das Château Carmagnac am schnellsten erreichen konnte. Wenn er die Fähre von Weymouth nach Cherbourg nahm, konnte er die ganze Nacht durchfahren und in vierundzwanzig Stunden dortsein. Er hatte seinen Paß eingesteckt und war bei seiner Bank in Bridgnort vorbeigefahren, um zweitausend Pfund von seinem Konto abzuheben und sie sich in Travellerschecks einwechseln zu lassen. Das waren seine gesamten Ersparnisse, aber immerhin hatte er noch sein kleines Erbe, auf das er notfalls zurückgreifen konnte. Aber Geld spielte in diesem Moment keine Rolle für ihn. Er war schließlich drauf und dran, das Abenteuer seiner Träume zu erleben. Schade nur, daß er dabei allein war. In seinen Träumen war er immer von ein oder zwei treuen Freunden begleitet gewesen, von echten Kameraden, die sich an die Devise der Drei Musketiere hielten: »Einer für alle und alle für einen«. Solange er jung gewesen war, hatte sich das natürlich etwas anders gestaltet, aber jetzt mit fünfzig verspürte Glodstone das Bedürfnis nach Gesellschaft. Hätte er doch bloß den jungen Clyde-Brown mitnehmen können! Aber dafür blieb nun keine Zeit, denn es galt, schnell zu handeln.

Die »Nachricht« allerdings, die ihm an der Gepäckaufbewahrung ausgehändigt wurde, bewirkte einen Meinungsumschwung. Glodstone war ziemlich überrascht, als ihm ein kleiner brauner Koffer gereicht wurde.

»Sind Sie sicher, daß keine Verwechslung vorliegt?« fragte er den Mann an der Ausgabe unvorsichtigerweise.

»Hören Sie mal, das Ding gehört doch Ihnen, oder? Sie haben mir den Gepäckschein gegeben, und das da ist das dazugehörige Gepäckstück«, sagte der Mann und wandte sich dem nächsten Kunden zu. Glodstone warf einen Blick auf den Anhänger am Griff und war beruhigt. Ordentlich mit Maschine geschrieben, stand dort sein eigener Name. Mit dem Gefühl, von jetzt an auf der Hut sein zu müssen, ging er zum Wagen zurück, nicht ohne zweimal an einer Ecke stehenzubleiben, um sich zu vergewissern, daß ihm niemand folgte. Dann fuhr er mit dem Koffer auf dem Beifahrersitz in die Wohnung einer ältlichen Tante in Highgate, bei der er wohl oder übel übernachten mußte, wenn er sich in London aufhielt. Angesichts seiner Herkunft hätte er seinen Club, den *Oldtimer,* bei weitem bevorzugt, aber dort gab es keine Zimmer.

»Na so was, wenn das nicht Gerald ist«, sagte die alte Dame ziemlich überflüssigerweise, wie Glodstone fand. »Dabei hast du mir nicht einmal geschrieben, daß du kommen würdest.«

»Ich hatte leider nicht die Zeit dazu. Tut mir leid. Dringende Geschäfte«, entgegnete Glodstone.

»Nur gut, daß ich dein Zimmer noch immer für dich bereithalte. Ich muß nur noch eine Wärmflasche ins Bett legen, damit es nicht gar zu klamm ist. Aber jetzt setz dich erst mal hin. Ich mache uns inzwischen eine schöne Kanne Tee.«

Obwohl Glodstone absolut nicht der Sinn nach häuslicher Gemütlichkeit stand, verschwand seine Tante in der Küche, während er in sein Zimmer hinaufging und den Koffer öffnete. Er war mit französischen Zeitungen vollgestopft, die er erst alle auspacken mußte, um schließlich das zweite Kuvert zu finden. Er riß es auf und entnahm ihm mehrere Bogen Briefpapier. Sie trugen allesamt das vertraute Wappen und die unverwechselbare Handschrift der Gräfin.

»Lieber Mr. Glodstone, ich danke Ihnen, daß Sie soweit gegangen sind«, las er. »Das war von Ihnen zu erwarten, doch obgleich ich mir wünsche, daß Sie mir zu Hilfe kommen, hege ich außerordentliche Befürchtungen, daß Sie sich nicht über die Gefahren im klaren sind, die Sie erwarten, zumal ich Sie diesen keinesfalls aussetzen möchte, ohne Sie vorgewarnt zu haben. So verzweifelt meine Situation auch ist, so kann ich doch nicht zulassen, daß Sie unvorbereitet kommen. Die Leute, mit denen ich es zu tun habe, stehen, ganz im Gegensatz zu Ihnen, mit dem Verbrechen auf vertrautem Fuß. Vielleicht mag Ihnen dies zum Vorteil gereichen, aber seien Sie um Ihret- und auch meinetwillen auf der Hut, und kommen Sie, falls möglich, bewaffnet, da dies eine Angelegenheit auf Leben und Tod ist und ein Mord bereits verübt wurde.«

»Der Tee ist fertig, mein Schatz«, rief die alte Dame vom Wohnzimmer herauf.

»Schon gut, ich komm' ja gleich«, gab Glodstone gereizt zurück. Jetzt, wo er gerade dabei war, sich auf eine Angelegenheit von Leben und Tod nebst bereits verübtem Mord einzulassen, war eine ältliche Tante, die ihn »mein Schatz« nannte und mit ihm Tee trinken wollte, eindeutig fehl am Platz. Er las weiter. »Ich lege die Beschreibung der Route bei, der Sie folgen müssen. Die Häfen werden überwacht, so daß Sie um jeden Preis den Eindruck eines englischen Gentleman erwecken müssen, der Frankreich zum Vergnügen bereist. Aus diesem Grund ist es unerläßlich, daß Sie sich Zeit lassen und niemandem trauen. Die Männer, mit denen Sie es zu tun haben werden, haben ihre Leute mutmaßlich sogar bei der Polizei sitzen, sind aber gleichzeitig selbst über jeden Verdacht erhaben. Ihren immensen Einfluß kann ich gar nicht genug betonen. Ebensowenig wage ich, ihre Verbrechen hier schriftlich aufzuzählen.« Diesmal war der Brief unterschrieben mit »in Dankbarkeit, Ihre Deirdre de Montcon« und endete wie zuvor mit dem Postscriptum, das besagte, er solle Brief und Kuvert verbrennen.

Glodstone wandte sich der beschriebenen Routenwahl zu. Sie war mit Schreibmaschine getippt und besagte, er solle am achtundzwanzigsten Juli die erste Fähre von Dover nach Ostende nehmen, dann bis Iper fahren und am folgenden Tag die Grenze nach Frankreich passieren. Die sich anschließende Wegbeschreibung enthielt eine Liste von Hotels, in denen »Zimmer für Sie reserviert wurden«. Verwundert ging Glodstone diese Aufstellung durch. In Anbetracht der furchtbaren Gefahr, in der La Comtesse offenbar schwebte, waren ihre Anweisungen erstaunlich detailliert. Erst als er das Blatt umdrehte, fand er die – handschriftlich angefügte – Erklärung dafür. »Sollte ich mich mit Ihnen in Verbindung setzen müssen, so werden Sie meine Botschaften abends auf Ihrem Zimmer vorfinden. Da ich diese Mitteilung jetzt mit eigener Hand geschrieben habe, muß ich Sie dringend bitten, diese Instruktionen entweder auswendig zu lernen oder in geeigneter Form zu notieren und dann den Brief zu verbrennen.«

Glodstone zog einen Füller aus der Innentasche seines Jacketts, als er von seiner Tante erneut gestört wurde.

»Dein Tee wird kalt, mein Schatz.«

»Verdammt«, schimpfte Glodstone, begab sich jedoch ins Wohnzimmer hinunter und verbrachte, wie auf glühenden Kohlen sitzend, eine halbe Stunde damit, sich von Tante Lucy den neuesten Familienklatsch berichten zu lassen. Als sie schließlich bei den diversen Krankheiten ihrer Großnichten und -neffen angelangt war, hielt Glodstone es nicht mehr länger aus. »Entschuldige mich, aber ich habe äußerst dringende Angelegenheiten zu erledigen«, sagte er, als sie sich in einer beinahe wissenschaftlichen Aufzählung der Symptome erging, die bei seinem Cousin Michael infolge von Mumps aufgetreten waren.

»Und im genitalen Bereich...« fuhr Tante Lucy unbeirrt fort.

»Wie bitte?« sagte Glodstone, der in Gedanken bei den Anweisungen der Gräfin war.

»Ich habe gesagt, daß seine...«

»Ich muß unbedingt weg«, fiel ihr Glodstone ins Wort und verließ ziemlich unhöflich das Zimmer.

»Was für ein höchst sonderbarer Junge Gerald doch ist«, murmelte die alte Dame, während sie das Teegeschirr abräumte. In diesem Urteil wurde sie knapp vierzig Minuten später durchaus bestärkt, als sie entdeckte, daß sich die Diele mit Rauch füllte.

»Was, um Himmels willen, machst du denn bloß da drinnen?« erkundigte sie sich vor der verschlossenen Toilettentür.

»Nichts«, keuchte Glodstone, der sich wünschte, die Anweisung der Gräfin, alle Beweismittel zu verbrennen, nicht ganz so gewissenhaft befolgt zu haben. Mit dem Brief und der Wegbeschreibung war das ganz einfach gewesen, doch sein Versuch, das Kuvert zusammenzuknüllen und in der Kloschüssel hinunterzuspülen, war ärgerlicherweise fehlgeschlagen. Das Kuvert schwamm dort hartnäckig weiter, und der Spülkasten war auch nicht gerade eine große Hilfe gewesen. Da er für ein weniger hektisches Jahrhundert konzipiert war, füllte es sich nur langsam und leerte sich auf Zug kaum schneller. In mittlerer Panik war Glodstone auf die französischen Zeitungen verfallen. Auch sie waren möglicherweise belastend. Er hatte das durchweichte Briefkuvert wieder aus dem Lokus herausgefischt, in die französischen Blätter gewickelt und an das Ganze ein Streichholz gehalten. Dieser Gedanke erwies sich als durchaus richtig, hatte jedoch Folgen, denn die Zeitungen waren ebenso flammend wie ihre Leitartikel. Als die Flammen hoch aus dem Klobecken aufschossen, knallte Glodstone den Deckel zu und zog gleichzeitig an der Kette, um das zu löschen, was die Ausmaße eines Feuerwerks anzunehmen drohte. Und genau das war der Moment, als seine Tante besorgt in Aktion trat.

»O doch, und ob«, schrie sie durch die Tür. »Du hast da drinnen geraucht, und irgendwas hat Feuer gefangen.«

»Ja«, keuchte Glodstone, dem dies eine halbwegs plausible

Erklärung schien. Zumindest konnte niemand behaupten, er hätte nicht geraucht. Er riß das Handtuch vom Haken hinter der Tür und versuchte, den Rauch, der beängstigend unter dem Klodeckel hervordrang, zu ersticken, bevor er selbst erstickte.

»Wenn du nicht auf der Stelle herauskommst, bleibt mir nichts anderes übrig, als die Feuerwehr zu alarmieren«, brüllte Tante Lucy, aber Glodstone hatte ohnehin die Nase voll. Er schloß die Tür auf und stürzte, nach Luft ringend, in die Diele.

Seine Tante betrachtete kopfschüttelnd den Rauch, der nach wie vor unter dem Deckel hervorquoll. »Was, zum Kuckuck, hast du da bloß gemacht?« sagte sie und ging dazu über, die schwelenden Überreste von *Le Monde* mit einem Eimer Wasser zu löschen, den sie vorsichtshalber gleich aus der Küche mitgebracht hatte.

»Du bist ganz einfach schon zu lange Junggeselle«, erklärte sie anschließend. »Deinen Onkel Martin hat man mit einem Exemplar von *La Vie Parisienne* tot auf der Toilette aufgefunden, und offenbar schlägst du ihm nach. Was du brauchst, ist eine vernünftige Frau, die sich um deine fundamentalen Bedürfnisse kümmert.«

Glodstone schwieg. Wenn es seiner Tante beliebte, derart taktlose Schlüsse zu ziehen, war das noch immer weitaus besser, als manch denkbar anderes. Trotzdem tat dieser Zwischenfall dem Zauber seines Abenteuers einen deutlichen Abbruch. »Ich werde auswärts essen«, verkündete er ziemlich hochnäsig und verbrachte den Abend in seinem Club, wo er sich seine nächsten Schritte überlegte. Angesichts des Datums der Kanalüberquerung, die für den Achtundzwanzigsten festgelegt war, erwies sich das als recht schwierig. Er mußte sich fünf Tage gedulden. Des weiteren stellte sich die Frage der Waffenbeschaffung. In dem Brief hatte es eindeutig geheißen, er solle bewaffnet kommen, bloß war das leichter gesagt als getan. Zwar hatte er auf der Farm seines Cousins in Devon ein Jagdgewehr, nur zählte das nicht als richtige Waffe. Was er brauchte, war ein Revolver, den er problemlos in seinem Bentley verstecken konnte. Allerdings konnte er wohl schlecht in ein Waffengeschäft in London gehen und nach einer 38er Smith & Wesson und fünf Schachteln Munition fragen. Blieb also nur die Möglichkeit, sich an ein Mitglied der Unterwelt heranzumachen. Sicher gab es in London eine Menge Leute, die Waffen verscherbelten. Aber Glodstone kannte keinen davon und hatte nicht die leiseste Ahnung, wo er nach so jemandem Ausschau halten sollte. Das alles war recht beunruhigend, und schon wollte er die Vorstellung, sich bewaffnet auf den Weg zu machen, aufgeben, als ihm einfiel, daß Major Fetherington im Waffenarsenal der Schule Revolver und Munition verwahrte. Dort gab es sogar mehrere alte Schießeisen. Außerdem wußte er, wo der Major die Schlüssel aufbewahrte. Es würde ein Kinderspiel sein, sich eines Revolver zu bemächtigen und ihn rechtzeitig vor Beginn des nächsten Schuljahres wieder an Ort und Stelle zurückzubringen. Nun wieder etwas fröhlicher gestimmt, bestellte sich Glodstone einen Cognac und kehrte dann in die Wohnung seiner Tante zurück. Am folgenden Morgen war er bereits wieder auf Achse und traf gegen Mittag in Groxbourne ein.

»Na so was, so bald schon wieder zurück«, sagte die Schulsekretärin. »Der galoppierende Major ist auch schon wieder da, nur galoppiert er nicht mehr so recht. Hat sich doch glatt den Knöchel verstaucht.«

»Verdammter Mist«, stieß Glodstone erschrocken hervor, da er seinen Plan gefährdet sah. »Ich meine, armer Kerl. Wo steckt er denn?«

»Oben in seinem Zimmer.«

Glodstone stieg die Treppe zum Zimmer des Majors hinauf und klopfte an.

»Herein, wer immer es ist«, rief der Major. Er saß in einem Lehnstuhl und hatte ein Bein auf einen Hocker gelegt. »Ah, Gloddie, alter Junge. Tut gut, Sie zu sehen. Dachte, Sie hätten sich aus dem Staub gemacht.«

»Ich mußte noch was holen. Was, zum Kuckuck, ist Ihnen denn passiert? Sind Sie in einem wallisischen Geröllfeld ausgerutscht?«

»Bis Wales bin ich gar nicht gekommen. Bin auf einem Haufen Hundescheiße in Shrewsbury ausgerutscht und bös gestürzt, das kann ich Ihnen sagen. Hatte keine andere Wahl, als das Überlebenstraining abzusagen und hierher zurückzukehren, wo ich Perry am Halse habe.«

»Sie meinen Peregrine Clyde-Brown?« fragte Glodstone, in dem Hoffnung aufkeimte.

»Seine Eltern sind irgendwo in Italien unterwegs. Kommen erst in drei Wochen zurück. Er hat versucht, irgendeinen Onkel anzurufen, aber der Bursche ist nie zu Hause. Möchte verdammt noch mal wissen, was ich mit dem Kerl anfangen soll.«

»Wie lange wird's denn dauern, bis Ihr Knöchel wieder in Ordnung ist?« fragte Glodstone, dem plötzlich aufging, daß er möglicherweise genau auf die zwei Leute gestoßen war, die er in seiner heiklen Situation nur zu gern um sich gehabt hätte.

»Der Medizinmann hat gesagt, daß er mich morgen röntgen will. Scheint zu glauben, daß ich mir das Steißbein gebrochen habe.«

»Das Steißbein? Ich dachte, Sie hätten sich den Knöchel verstaucht.«

»Hören Sie, Sportsfreund«, flüsterte der Major verschwörerisch, »das ist nur die offizielle Version. Will doch nicht, daß sich die Leute das Maul darüber zerreißen, daß es mich da erwischt hat, wo der Affe seine Nüsse versteckt. Wäre nicht unbedingt vertrauenerweckend, oder? Will sagen, würden Sie Ihren Sohn mit einem Mann zum Überlebenstraining schicken, der einen Haufen Hundescheiße übersieht, obwohl er unmittelbar vor seiner Nase liegt?«

»Nun ja, um ehrlich zu sein, ich würde...« begann Glodstone, wurde jedoch sogleich vom Major unterbrochen, der sein Hinterteil auf einem Ding, das aussah wie ein halb aufgeblasener Rettungsring, verlagerte. »Noch was. Der Direktor weiß nichts, also verlieren Sie, um Himmels willen, kein Wort darüber. Der Hundsfott wartet ja nur auf einen Vorwand, meinen Kurs abzuschaffen. Kann mir nicht leisten, meinen Job zu verlieren.«

»Sie können sich auf mich verlassen«, entgegnete Glodstone. »Gibt es irgendwas, was ich Ihnen bringen könnte?«

Der Major nickte. »Ein paar Flaschen Whisky. Kann schlecht die Schulschwester bitten, sie mir zu besorgen. Ist ja schlimm genug, daß sie mir aufs Klo helfen muß, und dann hängt sie dauernd vor der Tür herum und fragt, ob ich Hilfe brauche. Aber eines kann ich ihnen versichern, alter Junge, die Redewendung ›Rasierklingen scheißen‹ ist absolut zutreffend.«

»Ich kümmere mich um den Whisky«, sagte Glodstone, der wenig Lust hatte, dieses Gesprächsthema zu vertiefen. Es gab keinen Zweifel, daß der Major, soweit es das große Abenteuer betraf, ein gebrochenes Schilfrohr war. Glodstone machte sich deshalb auf die Suche nach Peregrine, was weiter kein Problem war, denn die Schüsse, die aus dem Kleinkaliber-Schießstand drangen, vereinfachten die Sache. Als Glodstone dort eintraf, ballerte Peregrine munter und treffsicher mit einer 22er auf die Zielscheibe. Nachdem er Peregrine eine Weile voller Begeisterung dabei zugesehen hatte, trat Glodstone näher.

»Na so was, Sir, tut gut, Sie zu sehen«, sagte Peregrine. »Ich dachte, Sie wären weggefahren.«

Glodstone klemmte sein Monokel vor das echte Auge. »Es ist etwas passiert. Die ganz große Sache«, sagte er.

Peregrine sah ihn fragend an. »Die ganz große Sache, Sir?«

Glodstone blickte sich vorsichtig um, bevor er antwortete. »Der Ruf zur Tat«, verkündete er feierlich. »Ich kann keine Einzelheiten verraten, außer daß es um Leben und Tod geht.«

»Himmel, Sir, Sie meinen ...«

»Sagen wir einfach, ich bin zur Hilfe gerufen worden. Wie ich höre, sind deine Leute in Italien, und bei dir herrscht Sendepause.«

Einen Augenblick lang kämpfte Peregrines buchstabenfixierter Verstand mit dieser Feststellung, bevor er ihre Bedeutung begriff. »Ja, Sir, ich habe versucht, meinen Onkel anzurufen, aber ich kann ihn nicht erreichen.«

»Das heißt, daß man dich auch nicht vermissen würde. Das

ist Punkt eins. Punkt zwei ist, daß wir drei Wochen haben, um die Sache zu erledigen. Ich nehme doch an, daß du einen Paß hast.«

Peregrine schüttelte den Kopf. Nachdenklich putzte Glodstone sein Monokel. »Dann müssen wir uns eben etwas einfallen lassen.«

»Soll das heißen, daß wir ins Ausland fahren?«

»Nach Frankreich«, sagte Glodstone, »das heißt, wenn du mit von der Partie bist. Bevor du antwortest, will ich dir ganz offen sagen, daß wir uns außerhalb der Legalität bewegen werden. Eine Vergnügungsfahrt wird es sicher nicht.«

Aber Peregrine war bereits Feuer und Flamme. »Natürlich bin ich mit von der Partie, Sir. Sie können auf mich zählen.«

»Ausgezeichnet«, sagte Glodstone und klopfte ihm auf die Schulter. »Was den Paß betrifft, habe ich eine Idee. Mr. Massey ist doch letztes Jahr mit seiner fünften Französischklasse nach Boulogne gefahren?«

»Jawohl, Sir.«

»Und Barnes hatte die Grippe und konnte damals nicht mitkommen.«

»Aber ich sehe doch nicht annähernd so aus wie Barnes.«

Glodstone lächelte. »Das wirst du, sobald wir losfahren«, sagte er. »Das werden wir schon hinkriegen. Und jetzt zu den Waffen. Du hast nicht zufällig den Schlüssel zur Waffenkammer?«

»Doch, Sir. Der Major sagte, ich könnte ruhig allein trainieren, solange ich mir keine Kugel durch den Kopf jage.«

»Wenn das so ist, dann wollen wir der Waffenkammer einen Besuch abstatten. Wir brauchen Waffen, und zwei Revolver wird man nicht vermissen.«

»Man wird, Sir«, sagte Peregrine. »Der Major zählt die Schießeisen regelmäßig nach.«

»In seinem gegenwärtigen Zustand kann ich mir das schlecht vorstellen«, meinte Glodstone. »Unbewaffnet möchte ich trotzdem nicht aufbrechen.«

Ausnahmsweise wußte Peregrine eine Lösung. »Es gibt da in

Birmingham einen tollen Laden für Repliken, Sir. Ich meine, wenn wir...«

»Vorzüglich«, sagte Glodstone. »Der Major möchte Whisky. Da schlagen wir zwei Fliegen mit einer Klappe.«

Noch an diesem Abend wurde der Austausch vorgenommen und zwei 38er Webleys mit einigen hundert Schuß Munition in Pappschachteln unter den Sitzen des Bentley verstaut. Das Paßproblem hatten sie ebenfalls gelöst. Glodstone hatte im Büro der Verwaltung Barnes' seinerzeitigen Besucherausweis gefunden.

»Jetzt müssen wir nur noch den Major davon überzeugen, daß du zu deinem Onkel fährst. Erklär ihm, daß du den Zug um zehn Uhr nimmst; ich hole dich dann an der Bushaltestelle im Dorf ab, weil es besser ist, wenn man uns nicht zusammen die Schule verlassen sieht. Also flitz zu ihm hinüber, gib ihm Bescheid und hau dich dann ins Bett. Wir haben morgen einen anstrengenden Tag vor uns.«

Glodstone ging in sein Zimmer hinauf, studierte in der Abendsonne auf der Landkarte die Fahrtroute und genehmigte sich dabei mehrere Gins. Um neun Uhr fiel ihm der Major und sein Whisky ein.

»Der Himmel segne Sie, alter Freund«, sagte der Major, als Glodstone mit zwei Flaschen aufkreuzte. »Sie retten mir das Leben. Im Schrank stehen ein paar Gläser. Und Perry fährt morgen zu seinem Onkel.«

»Ach ja?« sagte Glodstone. »Na dann, auf Ihre Gesundheit.«

»So, wie ich mich fühle, kann das nicht schaden. Verdammt ärgerlich, hier rumzusitzen und keine Gesellschaft zu haben. Bleiben Sie denn wenigstens noch da?«

Glodstone zögerte. Er schätzte den Major, doch der im Anschluß an den Gin genossene Whisky tat seine Wirkung. »Die Sache muß aber unter uns bleiben«, hob er an, »ich meine, wirklich absolut. Es ist nämlich etwas Unglaubliches passiert und...« Er stockte. Die Gräfin hatte zwar um völlige Geheimhaltung gebeten, aber es konnte andererseits nichts schaden, dem Major etwas zu sagen. Und falls etwas schiefging, war es sicher von Vorteil, wenn jemand Bescheid wußte. »Mich ereilte ein Hilferuf der Comtesse de Montcon, Wanderbys Mutter. Offenbar ist sie in schrecklichen Schwierigkeiten und braucht mich...«

»Muß sie wohl«, sagte der Major ungerührt. Bis Glodstone mit seinem Bericht fertig war, hatte Fetherington in Windeseile etliche Whiskies gekippt und stierte ihn recht sonderbar an. »Hören Sie, Gloddie, das kann doch nicht Ihr Ernst sein. Sie müssen das geträumt haben.«

»Garantiert nicht«, entgegnete Glodstone. »Auf so etwas habe ich mein ganzes Leben lang gewartet. Und jetzt ist's passiert. Ich habe es immer gewußt. Es ist Schicksal.«

»Es ist Ihr Bier. Bloß, was kann ich für Sie tun?«

»Nichts. Ich kenne ja Ihre Einstellung und überhaupt. Aber vergessen Sie eins nicht, Sie haben absolute Verschwiegenheit gelobt. Niemand darf also von der Sache erfahren. Geben Sie mir Ihre Hand darauf.«

»Wenn Sie meinen«, sagte der Major. »Schütteln wir uns die Flossen. Keine Namen, keine Einzelheiten, nichts. Sie können sich auf mich verlassen. Trotzdem... geben Sie mal die Flasche her. Sie fahren also rüber nach Ostende?«

»Ja«, sagte Glodstone und stand unsicher auf. »Ich gehe jetzt wohl besser schlafen.« Er torkelte zur Tür und ging nach unten. Auf dem Weg über den Campus begegnete er der Schulschwester, ignorierte sie aber, denn seit die Comtesse de Montcon seiner bedurfte, hatte er andere Reize im Sinn.

Kapitel 9

Slymne tat hingegen in dieser Nacht kein Auge zu. In Ramsgate, im Haus seiner Mutter, gingen ihm allmählich die erheblichen Schwächen seines Planes auf. Falls nämlich Glodstone nicht die Anweisung, die gefälschten Briefe zu verbrennen, befolgt hatte und am Ende gar der Gräfin vorlegen würde, konnte die Angelegenheit äußerst heikel werden. Es war gut möglich, daß die Dame die Polizei zuzog, und die würde wahrscheinlich Fingerabdrücke – seine – auf dem Papier feststellen. Zumindest ging Slymne davon aus, daß dies mit den modernen Methoden der Spurensicherung möglich war. Schlimmer aber waren noch die Hotelreservierungen. Er hätte sie nie und nimmer von England aus telefonisch vornehmen dürfen. Falls die Gespräche zurückverfolgt würden... Slymne wollte lieber nicht an die Folgen denken. Seinen Job an der Schule würde er jedenfalls verlieren, und Glodstone würde sich deswegen einen Ast lachen. Erst jetzt wurde ihm klar, daß das Ganze ein abscheulicher Fehler gewesen war. Den nächsten Tag über, während Glodstone und Peregrine nach London fuhren und sich in getrennten Zimmern einquartierten, sann Slymne über Mittel und Wege nach diese Intrige zu stoppen, die er so erfolgreich eingefädelt hatte. Am besten wäre es wahrscheinlich, ein angeblich von der Gräfin stammendes Telegramm an die Schule zu schicken, in dem seine Instruktionen widerrufen wurden. Doch Slymne entschied sich dagegen, weil der Inhalt von Telegrammen zunächst immer telefonisch durchgegeben wurde, bevor die schriftliche Mitteilung folgte, und dieser Anruf würde mit ziemlicher Sicherheit von der Schulsekretärin entgegengenommen werden. Außerdem, so wie er ihn kannte, hatte Glodstone mit großer

Wahrscheinlichkeit keine Nachsendeadresse hinterlassen. Um absolut sicherzugehen, nutzte Slymne die Gelegenheit, als seine Mutter beim Einkaufen war. Er stopfte sich, um seine Stimme zu verstellen, einen dicken Wattebausch in den Mund, was recht unangenehm war, und rief in der Schule an.

»Tut mir leid, Mr. Slymne«, sagte die Sekretärin zu seinem Entsetzen, »Sie haben da leider Pech. Bis gestern war Mr. Glodstone noch hier, aber jetzt ist er fort. Und Sie wissen ja selbst, wie nachlässig er mit seiner Post ist. Sogar während der Schulzeit stapeln sich die Briefe in seinem Fach, und wenn er verreist, dann hinterläßt er ja nie eine Nachsendeadresse. Kann ich ihm vielleicht aber irgend etwas ausrichten, wenn er zurückkommt?«

»Nein«, sagte Slymne, »und außerdem heiße ich gar nicht Slymne. Ich heiße... äh... Fortescue. Sagen Sie nur, Mr. Fortescue hätte angerufen.«

»Wenn Sie meinen, Mr. Fortescue, aber Sie hören sich wirklich genau an wie einer unserer Lehrer. Er hatte im vorletzten Halbjahr so scheußliche Zahnschmerzen und...«

Slymne legte den Hörer auf und spuckte den Wattebausch aus. Verdammt, es mußte doch einen Weg geben, Glodstone aufzuhalten. Wenn er in einem anonymen Anruf beim französischen Zoll behauptete, Glodstone sei ein Drogenschmuggler, vielleicht würde man ihn dann an der Grenze zurückweisen? Nein, das war eine Schnapsidee, und es gab außerdem ohnehin keinen Grund zu der Annahme, daß die französischen Zöllner ihm überhaupt Glauben schenken würden. Und falls ein solcher Versuch wider Erwarten doch klappen würde, machte er womöglich alles noch schlimmer und veranlaßte Glodstone am Ende gar zu einer Verzweiflungstat, indem er etwa zu Fuß die grüne Grenze überquerte, sich dann einen Wagen mietete, sobald er sich nach Frankreich durchgeschlagen hatte, und auf dem schnellsten Weg zum Château fuhr. Nachdem er Glodstones pubertäre Phantasie derart angeheizt und damit gewissermaßen eine Pandora-Büchse geöffnet hatte, erwies es sich als extrem schwierig, den Deckel des verdammten Dings wieder zuzubekommen. Alles hing davon ab, ob Glodstone diese belastenden Briefe verbrannt hatte oder nicht. Dafür sprach, daß Glodstone ein ausgemachter Dummkopf war. Aber war er das wirklich? Slymne bezweifelte es zunehmend. Er an Glodstones Stelle hätte die Briefe aufbewahrt, für den Fall, daß sich das ganze als Scherz entpuppte. Und jetzt, wo er darüber nachdachte, erschien ihm auch die Anweisung, sämtliche Briefe zu verbrennen, recht dubios und durchaus dazu angetan, Glodstones Verdacht zu erregen. Getrieben von wachsenden Zweifeln und Befürchtungen, beschloß Slymne zu handeln.

Er packte seine Reisetasche, holte seinen Paß, steckte den Ordner mit den Fotografien des gräßlichen Briefes und mehrere Bogen und Kuverts des wappengekrönten Briefpapiers ein. Gerade wollte er sich auf den Weg machen, als seine Mutter von ihren Einkäufen zurückkehrte.

»Aber du hast doch gesagt, daß du in diesem Sommer zu Hause bleibst«, sagte sie. »Schließlich hast du doch erst zu Ostern Ferien auf dem Kontinent gemacht, und es ist ja durchaus nicht so, als könntest du es dir leisten, dich herumzutreiben und...«

»In ein paar Tagen bin ich wieder zurück«, sagte Slymne. »Und von Herumtreiben kann keine Rede sein. Das hier ist harte Arbeit.«

Verärgert verließ er das Haus und fuhr zur Bank, um sich neue Travellerschecks zu besorgen. Am selben Nachmittag fuhr er nach Dover und hatte sich schon in die auf die Fähre wartende Autoschlange eingereiht, als er zu seinem Entsetzen seitlich vor der Schranke am Buchungsbüro Glodstones auffallenden grünen Bentley stehen sah. Jeder Zweifel war ausgeschlossen. Das Nummernschild GUY 444 war unverwechselbar. Der Bastard mißachtete also die Anweisungen der Gräfin und fuhr früher los als vorgesehen. Nach Calais überzusetzen und von dort aus ein fingiertes Telegramm der Gräfin an Glodstone, per Adresse Dover-Ostende-Fähre, zu schicken, kam nicht in Frage. Slymne blieb gar nichts anderes übrig, als selbst die Fähre nach Calais zu nehmen. Als die Autoschlange langsam durch den Zoll und die Paßkontrolle und dann über die Rampe in den Schiffsbauch kroch, verstärkten sich Slymnes Seelenqualen. Warum zum Teufel konnte dieser Mensch sich nicht an das halten, was man ihm auftrug? Weitere schreckliche Konsequenzen konnten da einfach nicht ausbleiben, denn Glodstones Mißtrauen war offenbar geweckt. Als besonders beunruhigend empfand Slymne die Tatsache, daß Glodstone jederzeit seinen Cortina auf dem Wagendeck entdecken konnte. Gequält von solcherlei Ängsten, verschwand er auf der Schiffstoilette, wo er sich noch vor dem Ablegen der Fähre mehrere Male übergab. Als sich das Schiff in Bewegung setzte, stahl er sich vorsichtig auf Deck und blickte zurück auf die sich entfernende Kaimauer, in der vagen Hoffnung, Glodstones Bentley möge noch dort stehen, was dieser aber nicht tat. Slymne zog daraus die einzig mögliche Schlußfolgerung. Er hockte sich für den Rest der Überfahrt in eine Ecke und verbarg sein Gesicht hinter dem *Guardian.* Dadurch bemerkte er natürlich auch nicht jenen jungen Mann mit dem unnatürlich braunschwarzen Haar, der sich über die Schiffsreling beugte und mit einem auf den Namen William Barnes ausgestellten Besucherausweis reiste.

Als schließlich die französische Küste in Sicht kam und Slymne die Spannung nicht mehr ertragen konnte, schlüpfte er hinunter aufs Wagendeck und verschaffte sich einen raschen Überblick über die Autos. Glodstones Bentley war nicht darunter. Völlig verwirrt fuhr Slymne in Calais vom Schiff und folgte den *Toutes Directions*-Schildern. Vermutlich würde Glodstone mit der nächsten Fähre kommen. Oder er fuhr nach Boulogne. Oder hielt er sich gar an die ursprüngliche Direktive, über Ostende zu fahren? Slymne bog in eine Seitenstraße ein, parkte neben einem Wohnblock und kam, nachdem er alle Möglichkeiten hinsichtlich Abfahrtszeiten und Zielhäfen durchgespielt hatte, zu dem Schluß, daß es nur eine Möglichkeit gab, sich Gewißheit zu verschaffen. Ziemlich niedergeschmettert ging er in das Büro der Reederei zurück, wo er einen überarbeiteten Angestellten in gebrochenem Französisch fragte, ob er für ihn einen Monsieur Glodstone ausfindig machen könne. Der Angestellte stierte ihn ungläubig an und antwortete in perfektem Englisch.

»Einen Mr. Glodstone? Erwarten Sie im Ernst von mir, daß ich Ihnen sagen kann, ob ein Mr. Glodstone den Kanal von Dover nach Calais, von Dover nach Boulogne oder von Dover nach Ostende überquert hat oder gerade überquert oder zu überqueren gedenkt?«

»Oui«, sagte Slymne, an seiner vorgeblich französischen Identität festhaltend, *»je suis.«*

»Von mir aus können Sie absuisen«, entgegnete der Angestellte. »Wir schaffen hier jede volle Stunde etwa achthundert verdammte Autos rüber und mehrere tausend Passagiere, und wenn Sie glauben...«

»Sa femme est morte«, sagte Slymne, *»c'est tres important...«*

»Seine Frau ist gestorben? Das ist natürlich etwas anderes. Ich werde gleich eine Nachricht an alle Fähren durchgeben...«

»Nein, tun Sie das nicht«, unterbrach ihn Slymne, aber da war der Mann schon in einem Nebenzimmer verschwunden und meldete den traurigen Vorfall vermutlich einem Vorgesetzten. Slymne machte kehrt und ergriff die Flucht. Der Himmel mochte wissen, wie Glodstone auf die Nachricht reagieren würde, daß er Witwer geworden sei, wo er doch nie verheiratet gewesen war.

Völlig verzweifelt eilte Slymne zu seinem Wagen zurück und raste, nur von einem Gedanken besessen, aus Calais hinaus. Ganz gleich, ob Glodstone über Calais oder Boulogne oder Ostende einreiste, er würde in jedem Fall nach Süden fahren müssen, um zum Château Carmagnac zu gelangen, und mit ein bißchen Glück würde er sich an die vorgegebene Route halten. Zumindest hoffte Slymne das inständig, und da dies seine einzige Hoffnung war, klammerte er sich daran. Vielleicht gelang es ihm ja auch, den Saukerl von seinem Vorhaben abzubringen; der günstigste Ort dafür wäre wohl Ivry-La-Bataille. Es strahlte genau jene pittoreske Romantik aus, für die Glodstone so extrem empfänglich war, und das Hotel, in dem Slymne ein Zimmer für ihn reserviert hatte, wurde vom *Guide Gastronomique* wärmstens empfohlen. Während Slymne durch die Nacht fuhr, betete er, er möge in Glodstones Magen einen Bundesgenossen haben. Dabei hätte er sich gar keine Sorgen zu machen brauchen, denn Glodstone befand sich nach wie vor in England und hatte seine eigenen Probleme. Sie betrafen in erster Linie Peregrine und die Diskrepanz zwischen seinem durch dunkelbraun gefärbtes Haar veränderten Aussehen und dem Paßfoto von William Barnes. Die Verwandlung hatte in einem Londoner Hotel stattgefunden. Glodstone hatte Peregrine mit dem Auftrag losgeschickt, in einer Drogerie ein Färbemittel zu besorgen und sich seinen Skalp zu färben. Das war ein schwerer Fehler gewesen. Peregrine hatte unauffällig blond im Hotel eingecheckt, und als er es sechzehn Stunden später verließ, sah er in Glodstones Augen trotz der zehn malträtierten Handtücher aus wie einer, den kein vorurteilsbehafteter Grenzbeamter aus dem Land herauslassen würde, geschweige denn hinein.

»Ich hab doch nicht gesagt, du sollst in dem verdammten Zeug baden«, zeterte Glodstone beim Anblick der dreckigbraunen Brühe in der Badewanne und der versauten Handtücher. »Ich hab gesagt, du sollst dir die Haare färben.«

»Das weiß ich, Sir, aber Haare erwähnte die Gebrauchsanweisung gar nicht.«

»Was, zum Teufel, soll das heißen?« schnauzte Glodstone ihn an, der sich jetzt wünschte, er hätte diese Prozedur überwacht, anstatt in der Lounge Tee zu trinken. »Was stand denn auf der Flasche?«

»Es war ein Pulver, Sir, und ich habe genau das getan, was für Wolle angegeben war.«

»Wolle?«

Peregrine angelte ein durchweichtes und nahezu unleserliches Etikett aus der Badewanne. »Ich habe geschaut, ob ich was über Haare finde, aber die Angaben bezogen sich nur auf Polyester/Baumwoll-Mischungen, Drillich, Acetatseide, Kunstseide und Wolle, also habe ich mich für Wolle entschieden. Das erschien mir am sichersten, denn bei allen anderen hieß es, zehn Minuten kochen lassen.«

»Gütiger Himmel«, ächzte Glodstone und riß ihm das Etikett mit der Aufschrift »DYPERM, der farbechte Allesfärber« aus der Hand. Nachdem er sich durch die Gebrauchsanweisung gequält hatte, blickte er sich erneut fassungslos um. ›Farbechter Allesfärber‹ war nur allzu treffend. Sogar die Fußabdrücke auf der Badematte waren farbfest. »Ich habe dir doch gesagt, du sollst ein Haarfärbemittel besorgen und du bringst ein Zeug für Krawatten, Batik und Macramé an, das für die Anwendung in Waschmaschinen gedacht ist. Ein Wunder, daß du das überlebt hast.«

»Aber in der Drogerie hatten sie nur eine sogenannte Haarspülung, und die schien nicht viel zu taugen, also habe ich...«

»Ich weiß, ich weiß, was du hast«, knurrte Glodstone. »Nur wie, zum Teufel, sollen wir erklären, warum diese Handtücher... heiliger Bimbam! Sogar die Duschvorhänge sind voller Flecken, und die sind aus Plastik. Man sollte es nicht für möglich halten. Und wie, zum Kuckuck, ist die Farbe auch noch da oben an die Wand gekommen? Du hast wirklich überall mit dem Zeug rumgespritzt.«

»Das passierte, als ich mich anschließend geduscht habe, Sir. Es hieß, gründlich spülen, und das habe ich unter der Dusche getan und, dabei bekam ich etwas in den Mund, also habe ich es ausgespuckt. Es hat verdammt scheußlich geschmeckt.«

»Und es stinkt auch extrem widerlich«, sagte Glodstone trübsinnig. »Wenn ich dir einen Rat geben darf, dann läßt du jetzt die Brühe in der Badewanne ablaufen und versuchst dann, das Email mit Vim sauber zu kriegen. Und dann badest du nochmals in klarem Wasser.«

Damit zog er sich in die Hotelbar zu mehreren Pink Gins zurück und überließ es Peregrine, sein Möglichstes zu tun, um sein Aussehen, dessen Einordnung selbst dem Amt für Rassenintegration schwergefallen wäre, zu verbessern. Wie sich herausstellte, wurde DYPERM seinen Versprechungen nicht ganz gerecht, so daß Peregrine zwar nicht wiederzuerkennen, aber mit Ausnahme seiner Haare und Augenbrauen zumindest halbwegs fleckenlos zum Dinner erschien.

»Dem Himmel sei Dank«, sagte Glodstone. »Trotzdem halte ich es für das Beste, dich morgen auf die überlaufenste Fähre zu schaffen und zu hoffen, daß du in der Menge untergehst. Dem Hoteldirektor werde ich sagen, es sei dir ein Mißgeschick mit einem Glas Tinte passiert.«

»Jawohl, Sir, und was mache ich, wenn ich in Frankreich ankomme?« fragte Peregrine.

»Einen Arzt aufsuchen, sobald du dich irgendwie komisch fühlst«, riet ihm Glodstone.

»Nein, ich meine, wo ich hingehen soll?«

»Wir werden dir eine Zugfahrkarte bis Armentières besorgen. Dort wirst du dir in einem Hotel direkt am Bahnhof ein Zimmer nehmen, das du ausschließlich verläßt, um alle zwei Stunden zum Bahnhof zu gehen. Ich werde versuchen, so schnell wie möglich durch Belgien durchzukommen. Und falls man dich in Calais aufhält, dann vergiß nicht, daß mein Name nicht genannt werden darf. Erfinde irgendeine Geschichte, von wegen daß du schon immer davon geträumt hast, nach Frankreich zu fahren, und daß du den Ausweis einfach geklaut hast.«

»Sie meinen, ich soll lügen, Sir?«

Auf halbem Weg zum Mund schwebte Glodstones Gabel eine Sekunde lang in der Luft und kehrte dann auf den Teller zurück. Peregrines merkwürdiges Talent, alles, was man ihm sagte, wörtlich zu nehmen, ging ihm allmählich auf die Nerven. »Wenn du es so ausdrücken willst, ja«, sagte er entsetzlich geduldig. »Und nenn mich nicht andauernd ›Sir‹. Wir sind jetzt nicht in der Schule, und ein falsches Wort kann alles verderben. Von jetzt an werde ich dich Bill nennen und du kannst mich mit... äh... Patton anreden.«

»Jawohl, Si... Patton«, sagte Peregrine.

Trotzdem war es ein sorgenbeladener Glodstone, der an jenem Abend zu Bett ging und am nächsten Morgen nach einer hitzigen Auseinandersetzung mit dem Hoteldirektor wegen der ruinierten Handtücher mit Peregrine auf dem Beifahrersitz die Straße nach Dover einschlug. In verständlicher Eile besorgte er ihm ein Ticket für die Fähre auf den Namen William Barnes und eine Zugfahrkarte nach Armentières und machte sich dann aus dem Staub, bevor die Fähre ablegte. Den Rest des Tages lag er auf der Klippe oberhalb der Anlegestelle, beobachtete durch sein Fernglas die ankommenden Passagiere und hoffte, Peregrine nicht unter ihnen entdecken zu müssen. Zwischendurch kontrollierte er seinen Konservenvorrat, Campinggaskocher und Kochtopf, den Picknickkorb, die zwei Schlafsäkke und das Zelt. Schließlich befestigte er die Revolver mit Klebeband unter den Autositzen, schraubte die Enden der Zeltstangen ab und versteckte darin die Munition. Angesichts des freundlichen Wetters und fehlender Anzeichen dafür, daß Peregrine von Grenzbeamten an Land geschleift wurde, besserte sich auch seine Laune.

»Wer nicht wagt, der nicht gewinnt«, rief er wenig originell einer Möwe zu, die über ihm kreischte. Am klaren Sommerhimmel konnte er am Horizont ganz schwach die Küste Frankreichs ausmachen. Morgen würde er dortsein.

Während Peregrine an diesem Abend dem Portier nur mit Mühe klarmachen konnte, daß er ein Zimmer in dem Hotel in Armentières haben wollte, und Slymne verzweifelt nach Ivry-La-Bataille fuhr, aß Glodstone in einem ländlichen Pub zu Abend und ging anschließend zum Fährhafen hinunter, um sich seine Passage für den nächsten Morgen nach Ostende bestätigen zu lassen.

»Sagten Sie, Ihr Name sei Glodstone, Sir?« wollte der Mann am Schalter wissen.

»In der Tat«, entgegnete Glodstone und wurde unruhig, als der Mann sich entschuldigte und mit einem sonderbaren Gesichtsausdruck in den angrenzenden Raum ging. Aus diesem kam wenig später sein Vorgesetzter, dessen Gesichtsausdruck noch sonderbarer war.

»Wenn Sie so freundlich sein wollen, mir zu folgen. Mr. Glodstone«, sagte er betrübt und öffnete die Tür zu einem kleinen Zimmer.

»Warum denn?« fragte Glodstone zutiefst beunruhigt.

»Ich fürchte, ich habe eine ziemlich schlimme Nachricht für Sie, Sir. Wenn Sie sich vielleicht lieber hinsetzen wollen...«

»Worum handelt es sich denn?« fragte Glodstone, den eine fürchterliche Ahnung beschlich.

»Es betrifft Ihre Frau, Sir.«

»Meine Frau?«

»Ja, Mr. Glodstone. Es tut mir leid, daß ich Ihnen mitteilen muß...«

»Aber ich habe gar keine Frau«, sagte Glodstone und fixierte den Mann durch sein Monokel.

»Ach, dann wissen Sie es also bereits«, sagte der Mann. »Seien Sie meines tiefen Mitgefühls versichert. Ich habe die meine vor drei Jahren verloren. Ich weiß recht gut, wie Ihnen momentan zumute sein muß.«

»Das wage ich sehr zu bezweifeln«, entgegnete Glodstone, den die unterschiedlichsten Gefühle ziemlich heftig bewegten. »Ich würde sogar soweit gehen zu behaupten, daß das unnötig ist«, setzte er noch hinzu.

Aber der Mann ließ sich sein Mitgefühl nicht nehmen. In den vielen Jahren hinter dem Fahrkartenschalter hatte er gelernt, Menschen zu trösten. »Vielleicht haben Sie recht«, murmelte er. »Ehen werden im Himmel geschlossen, wie die Dichter sagen, und wir alle müssen den Fluß in jenes Reich überqueren, aus dem es keine Wiederkehr gibt.«

Mit feuchten Augen warf er einen Blick auf den Ärmelkanal hinaus, aber Glodstone war nicht in der Stimmung, auf verhunzte Zitate einzugehen. »Hören Sie«, sagte er, »ich weiß nicht, wie Sie auf die Idee kommen, daß ich verheiratet bin, denn dem ist nicht so, und da ich es nicht bin, würde ich gern erfahren, wie ich meine Frau verloren haben kann.«

»Aber Sie sind doch Mr. G. P. Glodstone und haben die Morgenfähre nach Ostende gebucht?«

»Ja. Und außerdem bin ich jemand, zu dem es keine Mrs. Glodstone gibt und nie gegeben hat.«

»Merkwürdig«, sagte der Mann. »Wir haben soeben eine Nachricht aus Calais für einen Mr. Glodstone erhalten, die besagt, daß seine Frau gestorben ist, und Sie sind der einzige Mr. Glodstone auf unseren Passagierlisten. Es tut mir außerordentlich leid, daß ich Sie beunruhigt habe.«

»Schon gut, aber da es nun mal passiert ist«, sagte Glodstone, der die Nachricht als solche allmählich als noch schlimmer empfand als den tatsächlichen Tod eines nahen Anverwandten, »würde ich gerne erfahren, von wem die Information stammt.«

Der Mann ging in sein Büro zurück und telefonierte. »Anscheinend handelt es sich um einen Mann, der Französisch mit starkem englischen Akzent sprach und feststellen wollte, mit welcher Fähre Sie übersetzen«, verkündete er anschließend. »Er weigerte sich, Englisch zu sprechen. Als der Angestellte ihm nicht mitteilen wollte, wo Sie an Land gehen, sagte der Mann, man solle Ihnen ausrichten, Ihre Frau sei gestorben.«

»Gibt es eine Beschreibung von ihm?«

»Danach habe ich ihn nicht gefragt, und ehrlich gesagt...«

Aber Glodstones Monokel verfehlte auch bei ihm seine Wirkung nicht, so daß er sich noch einmal ans Telefon hängte. Mit der Auskunft, daß es keine nähere Personenbeschreibung des Mannes gebe, kehrte er zurück. Der Mann sei, nachdem er die Nachricht hinterlassen habe, sofort wieder verschwunden.

Glodstone rang sich zu einem Entschluß durch. »Ich denke, ich werde doch lieber umbuchen«, sagte er. »Ist auf einer der Abendfähren noch Platz?«

»Auf der um Mitternacht schon, aber...«

»Gut. Dann nehme ich die«, sagte Glodstone in einem Ton, der keinen Widerspruch duldete. »Und ich erwarte, daß dieser Kerl auf keinen Fall irgendwelche Auskünfte über meine Schritte erhält.«

»Es entspricht durchaus nicht unseren Gepflogenheiten, derlei Informationen weiterzugeben«, sagte der Mann. »Eine derartige Unterstellung lehne ich entschieden ab.«

»Und mir ist entschieden zuwider, die Mitteilung entgegenzunehmen, daß eine Frau, die ich gar nicht habe, soeben verstorben sein soll«, konterte Glodstone.

Er nahm die Fähre um Mitternacht und war vor Sonnenaufgang in Belgien. Als er aus dem Hafengelände herausfuhr, hielt er Ausschau nach verdächtigen Gestalten, die ihn womöglich beobachteten, aber alles war dunkel und menschenleer. Eines wußte Glodstone mit Sicherheit: La Comtesse hatte nicht übertrieben mit ihrer Behauptung, daß er es mit brillanten Verbrecherhirnen zu tun habe. Daß sie überhaupt wußten, daß er kam, bewies dies zur Genüge. Zudem bestand die schreckliche Möglichkeit, daß diese Nachricht als Warnung gedacht war.

»Wehe, wenn sie ihr auch nur ein einziges Haar krümmen«, murmelte Glodstone wild entschlossen und rückte seine Rennfahrerbrille zurecht, während sich der Bentley, Kilometer um Kilometer fressend, Iper und dem obskuren Grenzübergang dahinter näherte.

Kapitel 10

»Mann, tut das gut, Sie zu sehen, Sir... ich meine, Patton, Sir«, sagte Peregrine, als der Bentley an jenem Morgen vor dem Bahnhof vorfuhr. Glodstone fixierte ihn durch die Rennfahrerbrille mit einem Auge und mußte zugeben, daß es auch ihn freute, Peregrine wiederzusehen. Er war schrecklich müde, da er seit vierundzwanzig Stunden nicht geschlafen hatte und der Grenzübergang, den Slymne für ihn ausbaldowert hatte, derart abseits lag, daß er ihn ewig lange hatte suchen müssen.

»Ich gehe schnell frühstücken, während du dein Zeug aus dem Hotel holst«, sagte er. »Ich möchte mich nicht zu lange hier aufhalten. Also beeil dich. Sie wissen nämlich, daß ich komme, aber daß du mich begleitest, wissen sie nicht.«

Mit dieser durchaus zutreffenden Bemerkung stieg Glodstone aus und betrat ein Café, wo er sich zu seinem Ärger wohl oder übel mit einem Milchkaffee und Croissants zufriedengeben mußte. Eine halbe Stunde später rollte der Bentley, der eine beunruhigende Anzahl Oldtimer-Freaks angelockt hatte, wieder über die Landstraße.

»Diesmal sind wir ihnen zuvorgekommen«, meinte Glodstone, »aber sie wissen ohne Zweifel, daß La Comtesse sich mit mir in Verbindung gesetzt hat. Was nur beweist, daß man ihr übel mitgespielt hat. Deshalb müssen wir von jetzt an auf der Hut sein und die Augen aufsperren, damit uns nichts Verdächtiges entgeht.« Dann erzählte er Peregrine die Geschichte von dem Mann, der das Buchungsbüro in Calais aufgesucht und die warnende Nachricht hinterlassen hatte. »Was bedeutet, daß sie sie möglicherweise festhalten, für den Fall, daß wir doch kommen.«

»Ihre Frau?« fragte Peregrine. »Ich wußte gar nicht, daß sie eine haben.« Einige Sekunden lang wandte Glodstone sein Auge von der Straße ab, um seinen Beifahrer ungläubig anzustarren, und wäre dabei um ein Haar in eine Kuhherde gerast, die den Weg versperrte.

»La Comtesse, du Strohkopf«, schrie er, während der Bentley mit quietschenden Reifen zum Stehen kam.

»Ach so, die«, sagte Peregrine. »Wenn das so ist, warum haben Sie dann gesagt, Ihre Frau sei gestorben?«

Um seinem Ärger ein Ventil zu verschaffen und eine gewaltsamere Reaktion zu verhindern, drückte Glodstone auf die Hupe. Doch die Kühe trotteten unbeirrt auf der Straße weiter. »Weil«, sagte Glodstone, nahe daran, die Beherrschung zu verlieren, »nicht einmal das dreisteste Schwein zu einem Schalterbeamten hingehen und sagen würde: ›Richten Sie Mr. Glodstone aus, wenn er noch einen Schritt weitergeht, machen wir die Comtesse kalt.‹ Diese Kerle wollen doch um jeden Preis vermeiden, daß sich die Polizei in die Sache einmischt.«

»Ja, das wohl schon. Trotzdem ...«

»Und noch etwas«, fuhr Glodstone fort, bevor Peregrine seinen Blutdruck mit seiner Beschränktheit noch weiter in die Höhe treiben konnte. »Der Kerl hat sich erkundigt, welche Fähre ich nehme, woraus ich folgendes schließe: Sie wissen nicht, daß ich via Ostende gekommen bin. Zumindest wußten sie es gestern nicht und werden eine Zeitlang brauchen, das festzustellen. Und bis dahin müssen wir das Château erreicht haben. Das Entscheidende ist der Überraschungseffekt, also werden wir uns beeilen.«

»Sobald diese Kühe aus dem Weg gehen«, sagte Peregrine. »Sie glauben doch nicht etwa, daß sie die Straße vorsätzlich versperren?«

Glodstone betrachtete ihn fassungslos. »Nein«, sagte er schließlich, »das glaube ich nicht.«

Wenig später konnte Glodstone wieder ordentlich Gas geben, während sich seine Gedanken mit dem Übernachtungsproblem beschäftigten. Die Hotelreservierungen hatte La

Comtesse vorgenommen, um zwischendurch mit ihm in Verbindung treten zu können. Wenn er nun auf andere Quartiere auswich, bestand die Gefahr, daß ihn Nachrichten von größter Bedeutung nicht erreichten. Gegen die ausgesuchten Hotels sprach allerdings die Tatsache, daß Eile geboten war. Letztendlich gelangte Glodstone zu einem Kompromiß, und als sie Gisors erreichten, wo er laut Zeitplan die erste Nacht hätte verbringen sollen, schickte er Peregrine los, um die Reservierung zu annullieren.

»Sag, daß ich krank geworden bin und nicht kommen kann«, trug er ihm auf. »Und falls jemand eine Nachricht hinterlassen hat, bring sie mit.« Er parkte den Bentley außer Sichtweite des Hotels, und Peregrine marschierte los. Nach fünf Minuten war er wieder da. »Der Manager sprach Englisch«, sagte er.

»Das soll er auch gefälligst. Schließlich haben wir diese Widerlinge in zwei Weltkriegen vor den deutschen Barbaren bewahrt, und was haben wir zum Dank dafür bekommen? Beschissene Butterberge und Weinseen und die verfluchte EG«, wetterte Glodstone, der sich auf ein kurzes Nickerchen gefreut hatte. »Und keine Nachricht und kein Brief für mich?«

Peregrine schüttelte den Kopf, und Glodstone ließ den Motor wieder an. Den ganzen Tag über verschlang der riesige Wagen Unmengen von Kilometern und Benzin, doch immerhin hielt sich Glodstone an die kleinen Nebenstraßen der von Slymne mühselig ausgeheckten Route. Bis sie nach Ivry-La-Bataille gelangten und Glodstone seine Schutzbrille abnehmen und sich ins Hotel schleppen konnte, war es bereits Nachmittag. »Ich glaube, daß hier ein Zimmer für mich reserviert wurde. Mein Name ist Glodstone«, sagte er in einem Französisch, das einen Hauch weniger schauderhaft war als Slymnes und ungleich besser verständlich als Peregrines.

»Aber ja, Monsieur. Zimmer vier.«

Glodstone nahm die Schlüssel entgegen und zögerte. »Hat jemand eine Nachricht für mich hinterlassen?«

Der Portier blätterte einen Stapel Briefe durch. »Dies ist heute nachmittag für Sie abgegeben worden, Monsieur.«

Glodstone nahm den Brief mit dem vertrauten Wappen und riß ihn auf. Fünf Minuten später hing der Zimmerschlüssel wieder am Brett. »Du kannst dir sparen, das Gepäck hereinzutragen«, erklärte er Peregrine. »La Comtesse hat eine Botschaft geschickt.«

»Eine Botschaft?« wiederholte Peregrine neugierig.

»Maul halten und einsteigen«, kommandierte Glodstone mit einem mißtrauischen Blick die Straße entlang. »Alles andere erkläre ich dir unterwegs.«

»Also?« sagte Peregrine, sobald sie das Städtchen ein Stück hinter sich gelassen hatten.

»Sieh dir das gut an«, sagte Glodstone und reichte ihm den Brief hinüber.

»Die Gräfin also bittet Sie, nicht zu kommen, falls ihr Leben Ihnen lieb ist«, sagte er, nachdem er die Nachricht gelesen hatte.

»Was aber so nicht stimmen kann«, meinte Glodstone. »Denn warum wurde dann dieses Schreiben von einem Mann mit englischem Akzent abgegeben, der sich weigerte, Englisch zu sprechen? Da kann eindeutig nur unser Freund dahinterstekken, der die Warnung in Calais lanciert hat. Und noch etwas. Du brauchst ihre Handschrift nur mit der ihrer früheren Briefe zu vergleichen, um zu erkennen, daß diese Teufel sie zu diesen Zeilen gezwungen haben.«

»Guter Gott, soll das heißen...« begann Peregrine. Aber Glodstones Gehirn hatte bereits eine Anzahl weiterer Schlußfolgerungen ausgespuckt. »Ganz genau, nämlich daß sie die Route kennen, der wir folgen, und genau wissen, wo wir übernachten. Ihnen mag das zwar gefallen, aber mir paßt es ganz und gar nicht in den Kram.«

»Welchen Kram?« fragte Peregrine und ging in Gedanken sämtliche Ausrüstungsgegenstände durch, mit denen sie sich eingedeckt hatten, ohne jedoch der Lösung des Problems näherzukommen.

Glodstone ignorierte diese Bemerkung. Er war zu sehr damit beschäftigt, eine neue Strategie zu entwickeln. »Jetzt geht es darum, sich in die Lage dieser Kerle zu versetzen«, verkündete er. »Ich bin ganz sicher, daß wir beobachtet oder irgendwo erwartet werden. Und sie wissen, daß wir diese Nachricht erhalten haben, aber trotzdem weiterfahren. Das werden sie erst mal verdauen müssen. Überleg mal, jetzt sind wir schon zweimal gewarnt worden. Ich glaube, es ist an der Zeit, das Spiel auf ihre Art zu spielen. Wir fahren zurück nach Anet und von da aus nach Mantes, wo wir die Nacht verbringen werden. Morgen werden wir uns etwas ausruhen und uns die Sehenswürdigkeiten anschauen, und am Abend, sobald es dunkel ist, brechen wir dann auf und fahren nach Carmagnac.«

»Das wird sie ganz schön verwirren«, meinte Peregrine, als der Bentley eine Linkskurve über die Eure beschrieb und sodann wieder nach Norden fuhr.

Slymne war bereits ziemlich verwirrt. Nachdem er die ganze Nacht über am Steuer gesessen hatte, um bis Ivry-La-Bataille zu kommen, hatte er es nicht gewagt, dort zu übernachten, sondern war nach Dreux weitergefahren. Dort hatte er in einem Hotel den fingierten Brief geschrieben und etwas geschlafen, bevor er mit der rätselhaften Botschaft für Glodstone zurückfuhr. Danach hatte er von einem Feldweg aus die Straße beobachtet und den Bentley vorbeifahren sehen. Mit einem unterdrückten Fluch startete er seinen Ford Cortina und folgte in angemessener Entfernung. Er bekam gerade noch mit, wie der Bentley die Brücke überquerte und wenig später in die Straße nach Mantes einbog. Ein paar Minuten lang war Slymne froh und erleichtert, bis ihm aufging, daß Glodstone, falls er vorgehabt hätte, die Expedition abzubrechen, sich würde anders verhalten haben. Das Nächstliegende wäre dann gewesen, die Nacht in Ivry-La-Bataille zu verbringen und am nächsten Morgen nach Calais zurückzufahren. Aber genau das hatte Glodstone nicht getan, und außerdem war er nicht allein, was die Sache nur komplizierte. Slymne hatte zwar das Gesicht des Beifahrers nicht sehen können, doch offenbar hatte Glodstone noch so einen verfluchten Romantiker dazu überredet, ihn bei seinem Abenteuer zu begleiten. Aufs Äußerste erbittert, folgte Slymne dem Bentley und überlegte, was er als nächstes unternehmen sollte. Wenigstens war dieser grüne Oldtimer extrem auffallend und deshalb leicht im Auge zu behalten, während sein Cortina relativ unauffällig war und es in puncto Geschwindigkeit mit Glodstones Gefährt durchaus aufnehmen konnte.

Während die Besatzung des Bentley die Vororte von Mantes erreichten, wälzte Slymne Pläne. Wenn Glodstone die Stadt Richtung Norden verließ, dann schön und gut, doch wenn er sich nach Süden wandte, würde Slymne direkt zum Château fahren und etwas unternehmen müssen, bevor Glodstone überhaupt Gelegenheit bekam, die Gräfin zu sehen. Zwar hatte er keine Ahnung, was er unternehmen würde, aber irgend etwas würde ihm schon einfallen. Doch vorerst mußte er sich zwangsläufig mit anderen Gedanken beschäftigen. Anstatt nämlich Mantes zu verlassen, steuerte der Bentley ein Hotel an und Slymne die nächste freie Parklücke. Fünf Minuten später war das Gepäck ausgeladen, und der Bentley wurde in die Hotelgarage gefahren.

Slymne schauderte. Offenbar wollte Glodstone hier übernachten, wobei sich unmöglich feststellen ließ, wann er am nächsten Morgen wieder aufbrechen würde. Die Vorstellung, sich im Auto die Nacht um die Ohren zu schlagen und wachzubleiben, falls der verfluchte Glodstone sich entschließen sollte, bei Sonnenaufgang wieder loszufahren, war alles andere als verlockend. Außerdem bestand die Gefahr, daß Glodstone, obwohl er nach menschlichem Ermessen ziemlich erschöpft sein mußte, noch einen Spaziergang um den Block machte, bevor er zu Bett ging. In diesem Fall würde er den Cortina, falls er ihn entdeckte, auf Anhieb erkennen. Slymne ließ den Motor an und fuhr denselben Weg, den er gekommen war, ein Stück zurück, hielt dann an und überlegte, was, zum Teufel, er tun sollte. Er konnte nicht gut eine weitere Nachricht von der Gräfin schicken, denn ohne das zweite Gesicht zu besitzen, konnte die alte Kuh unmöglich wissen, wo Glodstone sich aufhielt.

Slymne zog die Landkarte zu Rate, ohne dadurch in tröstlicher Weise schlauer zu werden. Mochten auch alle Wege nach Rom führen, für Mantes galt eher, daß alle Straßen von dort wegführten. Es existierte sogar eine Autobahn Richtung Paris. Bloß, irgendwie mußte er diesen Idioten trotzdem unbedingt daran hindern, das Château mit diesen inkriminierenden Briefen zu erreichen.

Slymne suchte ein Café auf, in dem er die folgenden Stunden düster brütend über einem Abendessen verbrachte und den Tag verfluchte, an dem er überhaupt nach Groxbourne gegangen war, und noch heftiger jenen, an dem er diesen absurden Plan ausgeheckt hatte. »Muß verrückt gewesen sein«, murmelte er bei seinem zweiten Cognac, ging dann, nachdem er bezahlt hatte, zu seinem Wagen zurück und vertiefte sich aufs neue in die Landkarte. Diesmal konzentrierte er seine Aufmerksamkeit auf die unmittelbare Umgebung des Châteaus. Wenn Glodstone nicht von seiner höllischen Mission abließ, mußte er durch Limoges und Brive kommen oder ansonsten nach höchst mühseligen Umfahrungsmöglichkeiten Ausschau halten. Wieder versetzte sich Slymne in Glodstones abstruse Mentalität und kam zu dem Ergebnis, daß letzteres wahrscheinlicher sein würde, womit jeder seiner Versuche, dem Kerl immer einen Schritt voraus zu bleiben, von vornherein zum Scheitern verurteilt war. Er mußte sich eine Möglichkeit einfallen lassen, wie er Glodstone auf den Fersen bleiben konnte.

Doch vorerst brauchte er Schlaf. Diesen fand er schließlich in einem schmuddeligen Zimmer über dem Café, wo ihn das Geplärr einer Musikbox und die fixe Idee, daß Glodstone sein Hotel verlassen hatte und wie ein Irrer durch die Nacht in Richtung Carmagnac raste, noch lange wachhielten. Als er um sechs Uhr gerädert aufwachte und sich, nachdem er mehrere Tassen schwarzen Kaffee hinuntergekippt hatte, zu Fuß zu Glodstones Hotel aufmachte, wurde ihm dort der beruhigende Anblick des Bentley zuteil, der von einem jungen, schwarzhaarigen Mann, der ihm merkwürdig bekannt vorkam, gewaschen wurde.

Slymne, der auf der anderen Straßenseite Passant spielte, ging einfach weiter, bis er irgendwann auf ein Bekleidungsgeschäft stieß, wo er eine Baskenmütze und eine blaue Joppe erstand, die ihm, wie er sich einbildete, das Aussehen eines typischen französischen Bauern verliehen. Den restlichen Tag über lungerte Slymne hinter Hausecken, in Cafés, von denen aus man das Hotel im Blick hatte, und vor den Schaufenstern der benachbarten Geschäfte herum, ohne Glodstone jedoch zu Gesicht zu bekommen.

Der befand sich nämlich in einem ganz ähnlichen Dilemma wie Slymne. Nachdem er mehr als vierundzwanzig Stunden kein Auge zugetan hatte, fühlte er sich ziemlich schlapp. Hinzu kam, daß sein Verdauungstrakt infolge der übermäßig vielen Champignons rebellierte, die sein Steak am vergangenen Abend begleitet hatten. Mit einem Wort, er war nicht in der Lage, irgendwelche Sehenswürdigkeiten zu besichtigen. Dafür dachte er um so eingehender über den Brief der Gräfin nach. »Klarer Fall, daß die Schweine sie gezwungen haben, ihn zu schreiben«, erklärte er Peregrine, »aber woher haben sie gewußt, daß wir in Ivry-La-Bataille übernachten würden?«

»Wahrscheinlich haben sie sie gefoltert, bis sie es ausgespuckt hat«, meinte Peregrine. »Die sind ja wohl zu allem fähig.«

»Aber *sie* nicht«, sagte Glodstone, der sich weigerte zu glauben, daß eine Heldin, noch dazu eine Gräfin, bei aller Hilflosigkeit unter dem Druck der Folter, und sei sie noch so teuflisch, nachgeben würde. »Sicher enthalten ihre Zeilen eine verschlüsselte Botschaft für uns. Wenn wir sie doch nur dechiffrieren könnten.«

Peregrine betrachtete den Brief aufs neue. »Aber wir haben ihn doch schon gelesen. Da steht...«

»Ich weiß, was da scheinbar steht«, herrschte Glodstone ihn an. »Was ich wissen will, ist aber, was sie uns damit sagen will.«

»Daß wir nach England zurückfahren sollen, und daß man sie andernfalls...«

»Bill, alter Junge«, unterbrach ihn Glodstone mit zusammengebissenen Zähnen, »anscheinend will es dir einfach nicht in deinen dicken Schädel, daß die Dinge selten das sind, was sie scheinen. Schau dir zum Beispiel mal ihre Handschrift an.«

»Sieht für meine Begriffe nicht schlecht aus«, urteilte Peregrine. »Ein bißchen zittrig, aber wenn man gerade erst gefoltert wurde, ist das doch kein Wunder, oder? Ich meine, wenn sie ihr Daumenschrauben angelegt oder sie mit glühenden Eisen...«

»Lieber Himmel«, seufzte Glodstone. »Was ich dir klarzumachen versuche, ist, daß La Comtesse mit ihrer zittrigen Handschrift möglicherweise die Absicht verfolgt, uns mitzuteilen, daß sie nach wie vor in Schwierigkeiten steckt.«

»Ja«, sagte Peregrine, »und das tut sie doch auch, oder? Die werden sie umbringen, wenn wir nicht nach Dover zurückkehren. Das schreibt sie doch.«

»Ja, aber meint sie es auch? Und sag nicht immer ›ja‹... ach, vergiß es. Sie hat diesen Brief unter Druck geschrieben. Davon bin ich überzeugt. Außerdem, wenn die Schufte sie ungestraft ermorden können, warum haben sie es dann nicht längst getan? Und noch etwas: Bei allen bisherigen Botschaften hat La Comtesse mich gebeten, ihre Zeilen zu verbrennen, diesmal jedoch nicht. Das ist garantiert der versteckte Hinweis darauf, daß wir weitermachen sollen. Wir werden sie bis zur Weißglut reizen. Sobald es dunkel ist, fahren wir los, und zwar auf der Straße, die wir genommen hätten, wenn wir diesen Brief nie gelesen hätten.«

Glodstone stand auf und suchte mal wieder die Toilette auf. In fast euphorischer Laune kehrte er danach ins Zimmer zurück. Peregrine stand am Fenster und schaute hinaus.

»Hören Sie, Patton«, flüsterte er, »ich bin ganz sicher, daß man uns beobachtet. Da steht so ein Franzmann an der Ecke. Ich möchte schwören, daß ich den schon mal gesehen habe.«

»Wo denn?« fragte Glodstone, während er mit seinem einen Auge die Straße absuchte.

»Weiß nicht. Er sieht genau aus wie jemand, den ich kenne.«

»Das meine ich nicht«, entgegnete Glodstone, »ich meine, wo er jetzt ist?«

»Er ist fort«, sagte Peregrine, »aber er hat den ganzen Tag hier in der Umgebung herumgelungert.«

»Fein, fein«, sagte Glodstone mit einem verschlagenen Lächeln. »Was der kann, können wir schon lange. Heute nacht wird man uns verfolgen, doch wozu haben wir unsere Waffen? Ich bin gespannt, was unser Beschatter uns zu sagen haben wird. Gib mir Bescheid, sobald er sich wieder blicken läßt.«

Aber Slymne tat ihm diesen Gefallen nicht. Er hatte einen abscheulichen Tag hinter sich und hegte einen besonders heftigen Groll gegen Romanschreiber. Diese Schmierfinken sollten erst mal selbst versuchen, sich als Bauern verkleidet in einer französischen Stadt herumzutreiben und ein Hotel zu beobachten, bevor sie so leichtfertig über solche Dinge schrieben. Die Füße taten ihm weh, das Pflaster war hart, das Wetter aberwitzig heiß, und er hatte sehr viel mehr schwarzen Kaffee getrunken, als seinem Nervensystem zuträglich war. Zudem war er von mehreren Geschäftsleuten barsch aufgefordert worden, vor ihren Auslagen zu verschwinden, da Streuner wie er eine Zumutung für die Kunden seien. Zusätzlich stellte sich das Problem, daß Slymne die Straße vor dem Hotel meiden mußte, was bedeutete, daß er ständig auf Seitenstraßen um den Block laufen mußte, um seinen Beobachtungsposten zu wechseln. Grob geschätzt hatte er an diesem Tag mehr als zwanzig Kilometer zurückgelegt. Und trotz all dieser Torturen hatte er nichts in Erfahrung gebracht, außer daß Glodstone das Hotel gar nicht verlassen hatte, oder falls doch, zumindest nicht dazu seinen Wagen benutzt hatte.

Und diesem Bentley galt mittlerweile Slymnes ganzes Interesse. Während er die Straßen auf und ab pilgerte oder mit seiner finsteren Brille in Schaufenster starrte, hatte er, aufgeputscht durch zuviel Koffein, eine Möglichkeit ausklamüsert, wie er dem Wagen folgen konnte, ohne Sichtkontakt halten zu müssen. In Büchern klang dies immer so, als sei dergleichen ganz einfach. Aber in der Wirklichkeit sah alles völlig anders aus. Wenn er es andererseits schaffte, die Sache so hinzudeichseln, daß Glodstone in einer verlassenen Gegend mit dem Bentley nicht mehr weiterkam, ihn stehenlassen und Hilfe holen mußte, war eine Menge gewonnen. Slymne mußte an den Streich eines vierzehnjährigen Schülers in Groxbourne denken, der dem Lehrer für Kunsterziehung eine Kartoffel in den Auspuff seines Wagens gesteckt, was den Effekt gehabt hatte, daß dieser abgeschleppt werden mußte. Erst als die Mechaniker den halben Motor auseinandergenommen hatten, kamen sie per Zufall dahinter, was eigentlich los war. Und dann kursierte noch die Geschichte von einem anderen Lehrerauto, das jemand vor dem Krieg demoliert hatte, indem er Zucker in den Tank füllte. Beflügelt durch diese Erinnerungen, suchte Slymne eine Bar auf und bestellte sich einen Calvados. Unter dessen Einfluß und dem eines zweiten kehrte sich die Reihenfolge von Slymnes Prioritäten um. Wenn Glodstone sich wieder auf den Weg nach Süden machte, konnte Slymne ihm jederzeit voraus sein, indem er sich an die schnelleren Hauptdurchgangsstraßen hielt. Bloß ging das nicht mit dem Cortina, dessen englisches Nummernschild zu verräterisch war.

Slymne verließ die Bar und machte sich auf die Suche nach einem Autoverleih. Nachdem er einen entdeckt hatte, lud er sein Gepäck aus dem Cortina in einen Citroën um, kaufte zwei Kilo Zucker, ein Kilo Nägel, mehrere Dosen Öl bei verschiedenen Tankstellen und parkte dann in der Nähe des Hotels. Sollte Glodstone in dieser Nacht losfahren, erwartete ihn eine böse Überraschung. Zum x-ten Male blickte Slymne auf die Uhr. Es war mittlerweile neun geworden. Er gab Glodstone Zeit bis Mitternacht. Doch um halb elf Uhr lugte die Haube des Bentley vorsichtig aus der Garage, hielt einen Augenblick inne und schwenkte dann nach Süden. Slymne ließ den Bentley zufahren, wartete, bis er um die Ecke gebogen war, ließ dann den Motor an und folgte ihm. Fünf Minuten später sah er ihn in die Straße nach Anet einbiegen. Slymne stieg aufs Gas, preschte über die N183, und bevor Glodstone den Wald von Dreux erreicht haben konnte, war der Citroën bereits sechs Kilometer vor ihm.

Kapitel 11

Wie sich herausstellte, hätte Slymne sich nicht so zu beeilen brauchen, denn Glodstone ließ sich Zeit. Zweimal war er in Seitenstraßen eingebogen und hatte die Scheinwerfer ausgeschaltet.

»Wir wollen ihnen Gelegenheit geben vorbeizufahren«, erklärte er. »Sie haben sicher abgewartet, was wir tun, und werden uns folgen. Aber sie wissen nicht, welche Straße wir genommen haben, und müssen nach uns Ausschau halten.«

»Schon, aber wenn sie uns nicht finden, werden sie dann nicht die Straßen weiter südlich beobachten?« fragte Peregrine und holte voller Vorfreude die Revolver aus ihren Verstecken unter den Autositzen hervor.

Glodstone schüttelte den Kopf. »Später vielleicht, aber im Augenblick gehen sie sicher davon aus, daß wir mächtig auf die Tube drücken. Ich will damit sagen, daß *sie* an unserer Stelle wie verrückt rasen würden. Aber wir bewegen uns gemächlich fort. Und Frankreich ist groß. Wenn wir sie hier abhängen, müssen sie weiter unten im Süden Hunderte von Straßen nach uns abgrasen. Ich glaube, da kommen sie auch schon.«

»Woher wollen Sie das wissen?« flüsterte Peregrine, als ein Jaguar an der Abzweigung vorbeischoß. Glodstone startete den Bentley.

»Weil französische Scheinwerfer gelb sind, und diese da weiß waren«, sagte Glodstone. »Und wenn ich mich nicht irre, ist unser Engländer aus Calais der Verbindungsmann. Wahrscheinlich ein Mensch, der über jeden Zweifel erhaben ist. Irgend so ein wohlhabender Kronanwalt, stockkonservativ natürlich, der in den allerbesten Kreisen verkehrt. Für London mag ein Jaguar ja eine Idee zu auffällig sein, aber für Frankreich ist die Kiste recht gut geeignet, weil sie verdammt schnell ist.«

Mit dieser zufriedenstellenden Erklärung steuerte Glodstone den Bentley wieder auf die Landstraße zurück und folgte gelassen den sich entfernenden Rücklichtern.

Währenddessen schloß Slymne im Wald von Dreux seine Vorbereitungen ab. Für seinen Hinterhalt hatte er sich eine scharfe Kurve am Ende eines langen, geraden Straßenstücks ausgesucht. Den Citroen hatte er auf einem Feldweg hinter der Kurve und damit außer Sichtweite abgestellt. Sobald die Scheinwerfer des Bentley auftauchten, wollte er ein paar Dosen Öl auf die Straße kippen. Dieser Maßnahme haftete etwas Verzweifeltes an, aber Slymne war dies ja auch und außerdem angetrunken. Eine grimmige Entschlossenheit erfüllte ihn. Glodstone mußte gestoppt werden, und zwar nachhaltig. Während Slymne auf den Bentley wartete, malte er sich den Ablauf noch einmal aus. Glodstone würde zwar vor der Kurve mit der Geschwindigkeit heruntergehen, dann aber in dem Scheitelpunkt auf die Ölspur treffen und ins Schleudern geraten. Slymne fand, daß ein zusätzliches Hindernis auf der Straße sicher nicht schaden könne. Er entdeckte einen großen abgebrochenen Ast und hatte ihn kaum auf die Fahrbahn geschleift, als in der Ferne auch schon die Lichter von Autoscheinwerfern auftauchten. Slymne kippte das Öl aus und flitzte dann anschließend über die Straße, um sich in Sicherheit zu bringen. Er ging hinter einen Baum in Dekkung und wartete auf seinen Mann.

In diesem Punkt saß er allerdings einem Irrtum auf. Es war nicht etwa ein Mann, der da nahte, sondern gleich eine ganze vierköpfige Familie, nämlich Mr. and Mrs. Blowther aus Cleethorpes und ihre beiden Kinder in einem brandneuen Jaguar, den das Familienoberhaupt genußvoll mit teilweise bis zu hundertfünfzig Sachen über die im allgemeinen schnurgeraden französischen Straßen pilotierte. Als er auf die Öllache kam, schien zunächst gar nichts zu passieren, doch die Gnadenfrist währte nur kurz. Eine Sekunde später brach der Wagen seitwärts aus, und Mr. Blowther, der irrtümlich annahm, beide Vorderreifen seien geplatzt, trat voll auf die Bremse. Der Jaguar wirbelte wie ein tanzender Derwisch im Kreis, rammte dann den Ast und überschlug sich in hohem Bogen. Als er auf dem Dach landete und, begleitet vom Getöse splitternden Glases und knirschenden Metalls, mit den Rädern nach oben durch die Kurve schoß, ging Slymne auf, daß er einen abscheulichen Fehler begangen hatte, und rannte auf den Unglückswagen zu. Zumindest versuchte er es. Nachdem die Scheinwerfer zerschmettert und ihr gleißender Lichtstrahl erloschen war, war der Wald jetzt stockfinster und voll unvorstellbar vieler Bodenunebenheiten, dorniger Büsche und unsichtbarer Bäume. Als er sich bis zum Autowrack durchgekämpft hatte, kamen die Blowthers, wie durch ein Wunder noch am Leben und heil, durch ein Seitenfenster herausgekrochen und machten ihren empörten Gefühlen Luft. Mr. Blowther, überzeugt, daß der herabgefallene Ast die Ursache der Katastrophe war, äußerte sich besonders heftig über diese Hurensöhne von französischen Förstern und deren vergammelte Fichten und hörte erst damit auf, als Mrs. Blowther mütterlich besorgt meinte, er solle sich sein Geschimpfe sparen und lieber an die Rettung der Kinder denken.

»Sparen? Sparen?« kreischte ihr Mann, noch immer zu geschockt, um auch nur einigermaßen zu begreifen, was seine Frau meinte. »Natürlich müssen wir sparen. Zehn Jahre lang werden wir sparen müssen, um uns einen neuen Scheiß-Jag kaufen zu können. Du glaubst doch nicht im Ernst, daß dieser verbeulte Schrotthaufen da ausreichend versichert ist. Wir haben lediglich eine Haftpflichtversicherung abgeschlossen, die für Fremdschäden aufkommt, und dieser verreckte Krüppel von Tannenbaum hat ja wohl nichts abbekommen.«

Dem eigentlichen Schuldigen im Gebüsch lief ein kalter Schauder über den Rücken, nicht nur weil er den falschen Wagen hatte abschmieren lassen, sondern auch wegen der Öldosen, die, mit seinen Fingerabdrücken übersät, im Wald lagen. Im Schutz der Dunkelheit schlich Slymne zu der Stelle zurück. Gerade als er sie erreicht hatte, tauchte der Bentley auf, und

Slymne betete inbrünstig, er möge dem Beispiel des Jaguar folgen. Doch Mr. Blowther zerstörte seine Hoffnungen. Er war zur Kurve zurückgelaufen und schickte sich an, den nahenden Wagen durch Winken aufzuhalten, als er selbst auf den Ölstreifen traf. Während er wie ein Wilder mit den Armen ruderte, rutschte er plötzlich aus und schlug der Länge nach auf die Straße. Nachdem er sich viermal aufgerappelt hatte und dreimal wieder hingeknallt und in den Straßengraben gekollert war, bot er nicht unbedingt einen vertrauenerweckenden Anblick. Das konnte sogar Slymne sehen. Glodstone sah offenbar noch mehr. Er brachte den Bentley zum Stehen und betrachtete Mr. Blowther voller Mißtrauen.

»Keine falsche Bewegung«, rief er ihm zu. »Sie stehen direkt in meiner Schußlinie.«

»Bewegung?« schrie Mr. Blowther empört. »Sie müssen total übergeschnappt sein. Ich kann nicht einmal den großen Zeh heben, ohne auf den Arsch zu fallen. Und was Ihre Schußlinie angeht, so weiß ich ja nicht, wofür Sie mich halten, aber so, wie es sich anfühlt, bin ich ein menschlicher Weihnachtsbaum. Diese verfluchten Nadeln...«

»Jetzt reicht's aber«, plärrte Glodstone, der Mr. Blowthers nordenglischen Akzent als weiteren Beweis dafür wertete, daß er einen Verbrecher vor sich hatte und die ganze Geschichte eine raffinierte Falle war. »Jetzt legen Sie gefälligst die Hände auf den Kopf und gehen zurück. Und vergessen Sie nicht: Ein falscher Schritt, und Sie sind ein toter Mann.«

Fassungslos starrte Mr. Blowther ins Dunkel hinter den riesigen Scheinwerfern. »Hören Sie, Freundchen«, sagte er, »wenn Sie glauben, ich kann meine Flossen in die Luft strekken und auch nur einen Schritt in diesem Fettnapf tun, ohne danach ein toter Mann zu sein, sollten Sie lieber nochmals nachdenken.«

»Ich zähle bis zehn«, sagte Glodstone grimmig. »Eins, zwei...« Doch Mr. Blowther hatte mehr als genug. Er hatte einen schrecklichen Autounfall hinter sich und war jetzt mitten in einen zweiten, unbegreiflichen Alptraum hineingerutscht. Er bewegte sich. Um genau zu sein, er glitt zur Seite und landete auf seiner Schulter, bevor er in den Straßengraben zurückrollte. Gleichzeitig fuhr der Bentley an, geriet auf den Ölfleck und verschwand schlingernd um die Kurve. Dank dieser Richtungsänderung, von der auch seine Scheinwerferkegel nicht ausgenommen waren, blieb Glodstone nicht nur der Anblick des demolierten Jaguars unter den Bäumen erspart, sondern auch der der aufgelösten Mrs. Blowther, die in den Trümmern nach ihrer Handtasche und einem Taschentuch suchte, um einem kleinen Blowther die Nase zu putzen. Glodstone hatte alle Hände voll zu tun, den Bentley auf der Straße zu halten.

»Bei Gott«, sagt er, als er den Wagen wieder unter Kontrolle hatte, »das war verdammt knapp. Aber das zeigt nur wieder, mit was für Schweinen wir es zu tun haben.«

»Glauben Sie, daß sie uns verfolgen werden?« fragte Peregrine hoffnungsfroh, während er mit einem Revolver herumspielte.

»Mit Sicherheit«, entgegnete Glodstone. »Aber die sollen voll auf ihre Kosten kommen. Wir müssen jetzt bald an eine Kreuzung kommen, und da werde ich abbiegen. Und dann werden wir kerzengerade durch die Nacht fahren.«

Ein paar Kilometer weiter zurück kämpfte Slymne mit zwei leeren Öldosen und seinem Gewissen. Aus Mr. Blowthers vehementen Schimpftiraden und Mrs. Blowthers Gejammere darüber, daß er vor den Kindern derart ordinäre Ausdrücke gebrauchte, konnte er schließen, daß durch seine Schuld zwar eine Nobellimousine zu Schanden gefahren worden war, den Insassen es jedoch irgendwie vergönnt gewesen war, unverletzt davonzukommen. Ein schwacher Trost immerhin. Ohne Zweifel würde die Polizei an den Unfallort gerufen werden, und dann dürfte es ihm äußerst schwerfallen, seine Anwesenheit und die Öldosen, die zwei Kilo Zucker und die Unmengen von Nägeln in seinem Besitz zu erklären. Und das mit Wappen versehene Briefpapier und die Aufzeichnungen für Glodstones sorgfältig vorausgeplantes Abenteuer in seinem Koffer würden die Situation mit Sicherheit verschlimmern. Unter diesen Umständen erschien es Slymne das klügste, sich so schnell wie möglich aus dem Staub zu machen.

Begleitet von Blowthers erbittertem Geschimpfe, stolperte er zu dem Citroën auf dem Feldweg, verstaute die Öldosen im Kofferraum und fuhr zunächst mit ausgeschalteten Scheinwerfern auf der von einem Streifen Mondlicht, der durch die Bäume fiel, nur spärlich erhellten Straße weiter. Nach etwa fünfzehn Kilometern hielt er an, wischte sorgfältig die Fingerabdrücke von den Dosen ab, warf diese von einer Brücke in den Fluß und verscharrte sein Taschentuch im Straßengraben. Um sich doppelt abzusichern, schüttete er den Zucker in den Fluß und fuhr dann zwei Kilometer weiter, um auch noch die Nägel verschwinden zu lassen. Schließlich verbrannte er das restliche Briefpapier und die Kuverts. Sodann fuhr er nach Mantes zurück, wobei er über bilaterale Auslieferungsabkommen nachdachte. Zum erstenmal in seinem Leben war Slymne strikt dagegen. Er war auch entschieden dagegen, in Frankreich zu bleiben. Ganz gleich, was Glodstone vorfand, wenn er das Château erreichte, und selbst wenn sich die gefälschten Briefe noch in seinem Besitz befanden – Slymne hatte nicht die Absicht, sich wegen Sabotage und Gefährdung von Menschenleben hinter französische Gitter bringen zu lassen. Es erschien ihm geraten, den Citroën beim Autoverleih abzuliefern und mit seinem Cortina wie der Teufel nach Calais zu fahren. Mit ein bißchen Glück würde er den Kanal überquert und sich zu Hause in Ramsgate in Sicherheit gebracht haben, bevor die Polizei mit ihren Nachforschungen auch nur einen Schritt weitergekommen war. Und so fuhr Slymne still und leise nach Mantes hinein und verbrachte den Rest der Nacht im Vorhof des Autoverleihs, wo er zu schlafen versuchte. Um acht Uhr am nächsten Morgen war er auf der Straße nach Calais.

Sehr viel weiter im Süden fuhr der Bentley noch immer einen guten Schnitt. Irgendwann einmal hielt Glodstone am Rand einer winzigen Seitenstraße an und gähnte.

»Wir scheinen sie verloren zu haben«, meinte Peregrine, der

fast ununterbrochen nach hinten gespäht hatte, in der Hoffnung, ein paar Schüsse auf ihre Verfolger abfeuern zu können.

»Sie sind nicht das einzige, was wir verloren haben«, entgegnete Glodstone, der mit finsterem Gesicht auf die Landkarte starrte. »Aber sobald wir die nächste Stadt erreicht haben, können wir vermutlich feststellen, wo wir uns befinden. Trotzdem sind wir noch nicht aus dem Dickicht raus.«

»Wieso nicht?« sagte Peregrine, der wieder mal alles zu wörtlich nahm. »Ich meine, wir können doch kilometerweit sehen, und die anderen wissen nicht, wo wir sind.«

Glodstone holte seine Pfeife heraus und zündete sie an. »Aber sie kennen unser Ziel«, sagte er. »Ich an ihrer Stelle würde mich ganz auf die Straßen konzentrieren, die zum Château führen. Das heißt, ich würde meine Zeit nicht irgendwo in der Gegend verplempern, wo doch klar ist, wohin wir wollen.«

Er stieg aus, breitete die Karte auf dem Boden aus und kniete sich davor. »Also, hier ist das Château, und wie man sieht, liegt es verteufelt günstig. Nach Boosat führen insgesamt fünf Straßen, aber nur eine am Château vorbei. Von der muß die Zufahrt abzweigen, und so, wie die Umgebung aussieht, würde ich meinen, daß sie hier wegführt. Aber zuvor muß sie den Fluß überqueren, und das bedeutet eine Brücke. Daraus folgt, daß sie nur die Straße von Boosat nach Norden und die von Frisson nach Süden beobachten und die Brücke bewachen müssen, um uns in der Zange zu haben. Mit einem Wort, wenn wir dorthin fahren, begeben wir uns auf lebensgefährliches Territorium. Also werden wir das tunlichst bleiben lassen. Statt dessen werden wir auf dieser Straße hier bis Florial fahren. Das liegt etwa dreißig Kilometer entfernt; dafür gibt es aber keine direkte Verbindungsstraße zwischen den beiden Orten und allenfalls ein paar einsame Bauerngehöfte, die wir umgehen können. In der Gegend brauchen wir uns also nur noch irgendwo einen Stützpunkt zu suchen, um von dort aus zu Fuß auf diese Höhenzüge oberhalb des Châteaus zu gelangen. Vielleicht werden auch sie beobachtet, aber das bezweifle ich eigentlich. Trotzdem müssen wir behutsam vorgehen und uns Zeit lassen. Aber jetzt wollen wir erst mal frühstücken. Danach werden wir uns hinlegen und uns den Tag über ausruhen.«

Peregrine kletterte wieder in den Bentley und holte den Campinggaskocher und den Picknickkorb, und nachdem sie gefrühstückt hatten, entrollte Glodstone seinen Schlafsack. »Wir werden abwechselnd Wache halten«, bestimmte er, »und vergiß nicht, mich aufzuwecken, sobald jemand anhält. Und hör endlich auf, mit diesen verdammten Revolvern herumzuspielen. Steck sie wieder weg. Wir dürfen jetzt um keinen Preis auffallen.«

Während Glodstone hinten im Bentley lag und schlief, paßte Peregrine auf. Das Gelände ringsum war eben, und da die Straße nur ein besserer Feldweg war, kam kein Mensch vorbei. Auf dem Trittbrett sitzend, ließ sich Peregrine von der Morgensonne wärmen und war rundum glücklich. Einem differenzierteren Menschen wäre womöglich der Gedanke in den Sinn gekommen, daß seine Träume Wirklichkeit geworden waren; aber Peregrine hatte von frühester Kindheit an Träume als Realität betrachtet, so daß er keine derartige Kluft zu überbrücken brauchte. Trotzdem befand er sich in einem Zustand der Erregung, in dem er der Landschaft ringsum Gefahren andichtete, die diese nie im Leben barg. Im Gegensatz zu Glodstone, dessen aus nostalgischen Gefühlen geborene Helden schwärmerische Naturen waren, war Peregrine eher modern. Wie er da so auf seinem Trittbrett saß, war er nicht Bulldog Drummond oder Richard Hannay, sondern Bond und der Schakal: ein Mann mit dem Auftrag zu töten. Sogar eine Kuh, die ihn über ein Gatter hinweg anglotzte, schien seine Gefährlichkeit zu spüren und zog sich zurück, um in sicherer Entfernung zu grasen.

So verging der Morgen damit, daß Glodstone in seinem Schlafsack schnarchte und Peregrine die Welt mit mordlüsternen Augen betrachtete. Am Nachmittag übernahm Glodstone die Wache. Ans Gatter gelehnt und an seiner Pfeife ziehend, plante er den bevorstehenden Feldzug. Auf jeden Fall würden sie gehörige Essensvorräte benötigen, um sich notfalls mehrere Wochen lang von allen kleineren und größeren Dörfern fernhalten zu können, sobald eine geeignete Operationsbasis gefunden war. Glodstone zog ein Notizbuch aus der Tasche und stellte eine Liste auf, und nachdem er zu der Einsicht gelangt war, daß sie ihre Einkäufe nicht in allzu unmittelbarer Umgebung des Châteaus tätigen sollten, weckte er Peregrine auf, und sie fuhren in die nächstgelegene Stadt. Als sie der wieder den Rücken kehrten, war der Kofferraum des Bentley bis zum Rand mit Konservendosen, Mineralwasserflaschen, einer kompletten Erste-Hilfe-Ausrüstung und einem ungewöhnlich langen Kletterseil gefüllt.

»Nachdem wir jetzt bestens gerüstet sind«, sagte Glodstone, während er anhielt, um nochmals in die Karte zu schauen, »machen wir einen so weiten Umweg nach Süden, daß niemand unser Ziel auch nur ahnen kann. Sollte jemand Fragen stellen, dann sind wir zum Bergsteigen in die Pyrenäen unterwegs.«

»Bei diesen vielen Taschenlampen und Kerzen könnte man eher annehmen, wir versuchen uns als Höhlenforscher«, meinte Peregrine.

»Stimmt, die sollten wir lieber verstecken. Was sonst noch? Wir brauchen einen anständigen Benzinvorrat, um beweglich zu bleiben, ohne auf Tankstellen angewiesen zu sein. Zwei große Reservekanister dürften reichen.«

Am Abend fuhren sie erneut los, doch diesmal verlief die gewählte Route weiter östlich und führte sie durch eine Landschaft, die weitläufiger und trostloser war als alles, was sie bisher gesehen hatten. Um vier Uhr früh endlich meinte Glodstone zufrieden, sie seien weit genug gekommen, um jetzt ohne Risiko wieder auf das Château zuhalten zu können.

»Sie werden die von Norden nach Süden führenden Straßen überwachen«, sagte er, »aber wir kommen von Osten, und außerdem liegt die Straße nach Floriac weitab vom Schuß.«

Das stimmte. Als die Sonne hinter ihnen aufging, erreichten sie eine Hügelkuppe. Von dort aus blickte man hinab auf ein flaches, bewaldetes Tal. Glodstone brachte den Bentley zum Stehen und holte das Fernrohr hervor. Doch auf der Straße unter ihnen waren keinerlei Lebenszeichen zu entdecken und unter den Bäumen keinerlei Hinweise auf irgendeine Behausung.

»Also, jetzt haben wir unseren Weg gründlich abgesichert, und wenn ich mich nicht täusche, dann führt dort ein Feldweg ab, der ganz brauchbar sein könnte.« Er ließ die Kupplung kommen, und der Bentley glitt nahezu geräuschlos vorwärts. Als sie die Abzweigung erreichten, hielt Glodstone an. »Schau dir diesen Feldweg gut an«, sagte er. »Achte darauf, ob er kürzlich benützt wurde und wie weit er in den Wald hineinführt. Meiner Schätzung nach verläuft er in Richtung auf das Château Carmagnac.«

Peregrine stieg aus, überquerte die Straße und bewegte sich mit der lautlosen Geschicklichkeit, die er bei Major Fetheringtons Überlebenstraining in Wales gelernt hatte, zwischen den Bäumen hindurch. Nach einer Weile kehrte er mit der Mitteilung zurück, daß der Feldweg fast völlig mit Gras zugewachsen sei und an einer Lichtung ende.

»Da steht ein altes Sägewerk, schon völlig verfallen. Da ist schon ewig niemand mehr gewesen.«

»Woher willst du das wissen?« fragte Glodstone.

»Falls jemand da war, dann ohne Fahrzeug«, sagte Peregrine. »Weiter hinten liegen quer über den Weg zwei Bäume, die man erst hätte wegräumen müssen, um durchzukommen. An sich kein großes Problem, aber ich könnte schwören, daß sie schon seit ein paar Jahren an derselben Stelle liegen.«

»Vorzüglich. Und wie sieht es mit Platz zum Wenden aus?«

»Jede Menge. Vor dem Sägewerk steht ein alter Lastwagen, der vor sich hinrostet, und dahinter gibt's einen Schuppen, in dem Sie den Bentley unterstellen können.«

»Klingt, als würde das im Augenblick ausreichen«, meinte Glodstone, und schon schwenkte der Bentley in den Feldweg ein. Wie Peregrine gesagt hatte, war er mit hohem Gras zugewachsen, und die zwei umgestürzten Bäume ließen sich mühelos beiseite schaffen und wieder zurückrollen. Als sie schließlich das aufgelassene Sägewerk erreichten, zerstreuten sich auch Glodstones letzte Zweifel. Die verfallenen Gebäude und die völlig verrosteten Maschinen waren zweifellos schon lange nicht mehr in Betrieb.

»Jetzt, wo wir hier sind, werden wir den Feldweg so selten wie möglich benützen, sondern uns weitgehend zu Fuß fortbewegen. Damit verschaffen wir uns einen Vorsprung, denn die Schweine, mit denen wir es zu tun haben, haben mit Sicherheit keine Geländeerfahrung und verlassen nur ungern ihre Autos. Außerdem sind wir unbeobachtet hierhergelangt, und im Augenblick werden die damit beschäftigt sein, auf den Straßen nach einem Bentley Ausschau zu halten. Ich schätze, das werden sie noch zwei Tage lang tun, bevor sie sich's anders überlegen. Aber bis dahin haben wir das Gelände erkundet und sind bereit, in Aktion zu treten. Was wir genau unternehmen werden, weiß ich noch nicht. Jedenfalls möchte ich bei Einbruch der Nacht in der Lage sein, das Château zu beobachten.«

Während Peregrine die Vorräte aus dem Bentley schleppte und sie in ordentlichen Stapeln im Büro des ehemaligen Werksleiters aufbaute, durchsuchte Glodstone die anderen Gebäude und überzeugte sich davon, daß das Sägewerk auch so verlassen war, wie es wirkte. Und in der Tat, es gab keinerlei Anzeichen dafür, daß jemand diesem Ort seit seiner Auflassung einen Besuch abgestattet hatte. Nicht einmal die Fenster des Büros waren eingeschlagen. Ein Kalender, auf dem ein vermutlich längst nicht mehr lebendes Kätzchen und eine Vase mit verwelkten Blumen abgebildet waren, zeigte den August 1949 an.

»Was darauf schließen läßt, daß nicht mal die Leute aus der Gegend hierherkommen«, meinte Glodstone.

Das Beste an diesem Versteck war der geräumige Schuppen hinter dem Lastwagenwrack. Seine Wellblechtüren rosteten in den Angeln, doch wenn man sie aufstemmte, ließ sich der Bentley gerade so weit hineinfahren, daß man sie schließen konnte und nichts mehr darauf hindeutete, daß sich jemand hier aufhielt.

»Trotzdem sollte besser einer von uns neben dem Wagen schlafen«, meinte Glodstone. »Und von jetzt an tragen wir Waffen. Ich bezweifle zwar, daß uns hier jemand stört, aber wir befinden uns in Feindesland, und es wäre unklug, nicht auf alles vorbereitet zu sein.«

Mit dieser feierlichen Bemerkung ging er samt Schlafsack ins Büro hinüber, während Peregrine es sich neben dem Bentley bequem machte, in der Hand seinen Revolver, den ein durch den Türspalt dringender Sonnenstrahl beruhigend aufblitzen ließ.

Kapitel 12

Es wurde Nachmittag, bis Glodstone mit sämtlichen Vorbereitungen fertig war und sie in Richtung Château aufbrechen konnten.

»Wir müssen für alle Eventualitäten gerüstet sein, und das bedeutet, daß wir nichts dem Zufall überlassen dürfen«, sagte er. »Sollten wir aus irgendeinem Grund gezwungen sein, uns zu trennen, muß jeder von uns eine eiserne Ration für eine Woche dabeihaben.«

»Jetzt begreife ich, warum man von einer eisernen Ration spricht«, meinte Peregrine, als Glodstone ihm weitere fünf Dosen Corned Beef in den Rucksack stopfte. Glodstone ignorierte diese Bemerkung. Erst als er seinen eigenen Rucksack fertiggepackt hatte und ihn schultern wollte, begriff er mit einem Schlag deren tiefere Bedeutung. Zu diesem Zeitpunkt enthielt jeder Rucksack zehn Dosen mit diversen Lebensmitteln, eine Taschenlampe samt einem doppelten Satz Reservebatterien, Socken und Hemden zum Wechseln, einen Propangaskocher, Munition für die Revolver, ein Schweizer Armeemesser mit einem speziellen Dorn zum Entfernen von Steinen aus Pferdehufen und einem sicher eher zu verwendenden Flaschenöffner. Außen auf den Rucksack hatte jeder seinen Schlafsack und eine Zeltplane geschnürt, und an den Seiten baumelten je eine Feldflasche, ein Kochgeschirr, ein Kompaß und eine in einer Plastikhülle steckende Umgebungskarte. Sogar Hosen- und Jakkentaschen waren mit Notvorräten vollgestopft: In Peregrines Fall waren das vier Tafeln Schokolade, in Glodstones eine Flasche Cognac und mehrere Dosen Pfeifentabak.

»Ich denke, das ist alles«, sagte er, als ihm plötzlich der Bentley einfiel. Er verschwand im Schuppen und kam zehn Minuten später mit blitzenden Zündkerzen heraus.

»Nur um sicherzugehen, daß ihn niemand klaut. Ist zwar recht unwahrscheinlich, daß man ihn entdeckt, aber wir dürfen kein Risiko eingehen.«

»Ich weiß nicht recht, ob wir dieses ganze Zeug mitschleppen können«, meinte Peregrine, nachdem es ihm mit knapper Not gelungen war, seinen Rucksack zu schultern. Zusätzlich hatte er sich noch das lange Kletterseil um den Bauch geschlungen.

»Unsinn. Kann gut sein, daß wir längere Zeit draußen im Freien zubringen müssen. Es hat also gar keinen Sinn, sich drücken zu wollen«, sagte Glodstone, nicht ohne es auf der Stelle zu bereuen. Sein Rucksack war hundsföttisch schwer, und um ihn überhaupt auf den Rücken zu bekommen, mußte er das verdammte Ding erst auf ein verrostetes Ölfaß stellen. Und auch dann konnte er kaum gehen, sondern torkelte unkontrolliert vorwärts, angetrieben von dem immensen Gewicht und der Überzeugung, daß er nicht als erster schlappmachen durfte. Eine halbe Stunde später dachte er anders darüber. Zweimal hatte er schon pausiert, angeblich, um sich mit Hilfe des Kompasses zu orientieren und einen Blick in die Karte zu werfen. »Ich würde sagen, wir befinden uns gute zwanzig Kilometer südöstlich«, meinte er kläglich. »Bei diesem Tempo können wir von Glück sagen, wenn wir vor Einbruch der Dunkelheit dort sind.«

Peregrine jedoch betrachtete die Angelegenheit optimistischer. »Ich kann jederzeit vorauslaufen und einen besseren Weg auskundschaften. Eigentlich sind zwanzig Kilometer ja nicht weit.«

Glodstone behielt seine Gedanken für sich. Für seine Begriffe waren zwanzig Kilometer mit einem halben Zentner Ausrüstung auf dem Buckel durch dieses teuflisch hügelige Waldgebiet mindestens so viel wie siebzig in der Ebene, und obwohl die Tatsache, daß sie nicht einmal auf einen Trampelpfad stießen, in gewisser Hinsicht recht beruhigend war, war sie in anderer verdammt lästig. Peregrines offenkundige Fitness und die Behendigkeit, mit der er steile Hänge hinaufkletterte und sich seinen Weg durchs Waldgestrüpp bahnten, trugen mitnichten zur Verbesserung der Situation bei. Keuchend und schnaufend kämpfte Glodstone sich weiter, kratzte und stieß sich an herunterhängenden Zweigen und mußte sich wiederholt auf die Beine helfen lassen. Erschwerend kam hinzu, daß er als Expeditionsführer es sich nicht leisten konnte zu jammern; und nur dadurch, daß er als erster ging, konnte er wenigstens verhindern, daß Peregrine das Tempo bestimmte. Selbst dieser Vorteil hatte seine Kehrseite in Gestalt von Peregrines Revolver.

»Steck das verdammte Ding weg«, fuhr Glodstone ihn an, als er zum zweitenmal hinfiel. »Es fehlte mir gerade noch, daß du mich von hinten anschießt.«

»Aber ich halte ihn doch nur schußbereit für den Fall, daß man uns auflauert. Sie haben doch selbst gesagt, daß wir auf alles gefaßt sein müssen.«

»Natürlich habe ich das gesagt, aber da niemand weiß, daß wir hier sind, und es nicht mal die Andeutung eines Weges gibt, können wir doch wohl mit Sicherheit annehmen, daß uns hier niemand überfällt«, sagte Glodstone, während er sich wieder aufrappelte. Nach weiteren zwanzig Minuten, in denen sie sich vierhundert Meter durch unwegsames Dickicht gekämpft hatten, erreichten sie eine Hügelkuppe. Vor ihnen erstreckte sich ein ödes Felsplateau.

»Die Hochebene von Boosat«, konstatierte Glodstone, der erneut die Gelegenheit nutzte, um sich auf einen Stein zu setzen und die Karte zu studieren. »Wenn uns jetzt jemand begegnet, tun wir so, als befänden wir uns auf einer längeren Wanderung und wollten nach Frisson.«

»Aber Frisson liegt da drüben«, sagte Peregrine und deutete nach Süden.

»Weiß ich, aber wir behaupten einfach, wir hätten uns verirrt.«

»Nicht gerade glaubwürdig, wenn man bedenkt, daß wir Karten und Kompasse dabeihaben«, sagte Peregrine. »Aber bitte, wenn Sie meinen.«

»Ich meine«, sagte Glodstone grimmig und stand mühsam auf. Während der nächsten Stunde trotteten sie über das Felsplateau, wobei Glodstone zunehmend gereizter wurde. Es war extrem heiß, und allmählich taten ihm die Füße weh. Trotzdem zwang er sich zum Weitergehen. Erst als sie an einen ausgetrockneten Wasserlauf kamen, der sich tief in die Landschaft eingegraben hatte, beschloß er, seine Taktik zu revidieren.

»Es hat keinen Sinn, das Château noch heute abend erreichen zu wollen«, befand er. »Außerdem erscheint mir das hier als ein geeigneter Platz für ein Lebensmitteldepot. Die Hälfte unserer Dosen werden wir hier verstecken. Und wenn wir sie brauchen, können wir jederzeit hierher zurückkommen.« Damit ließ er seinen Rucksack von den Schultern gleiten und zu Boden plumpsen und wollte seine Stiefel aufschnüren.

»Das würde ich lieber nicht tun«, meinte Peregrine.

»Und warum nicht?«

»Major Fetherington behauptet, wenn man die Stiefel unterwegs auszieht, dann schwellen nur die Füße an.«

»So, tut er das?« entgegnete Glodstone, der sich allmählich über Major Fetheringtons ständige, wenn auch nur mittelbare Einmischung ärgerte. »Zufällig will ich mir lediglich die Socken hochziehen. Sie werfen Falten in den Stiefeln, und ich will mir auf keinen Fall Blasen holen.« Er ließ seine Stiefel tatsächlich an. Dafür schnallte er seinen Schlafsack los, machte den Rucksack auf und holte sechs Dosen heraus. »Also, jetzt werden wir die Notvorräte hier vergraben.«

Während Peregrine in der steil abfallenden Uferböschung ein Versteck anlegte, zündete sich Glodstone eine Pfeife an und konsultierte wieder einmal die Karte. Seiner Schätzung zufolge hatten sie erst neun Kilometer geschafft, und dreizehn lagen noch vor ihnen. Aber noch dreizehn Kilometer auf diesem verflucht steinigen Boden würden ihn innerhalb eines Tages zum Krüppel machen.

»Wir werden noch eine oder zwei Stunden weitergehen«, erklärte er, nachdem Peregrine die Konservendosen verbuddelt hatte. »Und wenn wir morgen in aller Frühe aufbrechen, können wir das Terrain rings ums Château auskundschaften, bevor irgend jemand auf den Beinen ist.«

Zwei Stunden lang marschierten sie über die Hochebene, ohne etwas Bedrohlicherem zu begegnen als ein paar mageren Schafen. Eines davon wollte Peregrine gleich abknallen.

»Das würde es uns ersparen, die Konserven anzubrechen. Ich glaube kaum, daß jemand ein einzelnes Schaf vermissen würde«, meinte er. »Der Major rät uns immer, uns von dem zu ernähren, was wir finden.«

»Er würde dir wohl kaum raten, auf Schafe zu ballern, wenn er jetzt hier wäre«, sagte Glodstone. »Den Schuß würde man nämlich kilometerweit hören.«

»Ich könnte ihm ja auch die Kehle aufschlitzen«, schlug Peregrine vor. »Das würde niemand hören.«

»Aber das brüllende Scheißschaf«, sagte Glodstone. »Außerdem kommt das sowieso nicht in Frage, denn wir müßten es zubereiten, und den Rauch könnte man sehen.«

Doch Peregrine war noch nicht überzeugt. »Wir könnten es stückweise auf dem Propangaskocher braten, und damit...«

»Hör zu«, sagte Glodstone, »wir sind hierhergekommen, um La Comtesse zu retten, und nicht, um Schafe abzuschlachten. Also verlieren wir keine Zeit mit unnützen Diskussionen.«

Schließlich entdeckten sie eine kleine Bodensenke mit mehreren Dornenbäumen und Büschen, die Glodstone geeignet schien. »Wir sind höchstens noch fünf Kilometer vom Fluß entfernt, und von dort aus können wir das Château dann sehen«, sagte er, als sie ihre Schlafsäcke entrollten und einen Topf mit Wasser auf den Kocher stellten. Am dunkler werdenden Himmel erschienen nach und nach ein paar Sterne. Sie aßen Sardinen und dicke Bohnen, und dazu gab es Kaffee. Nachdem Glodstone den seinen mit etwas Cognac angereichert hatte, fühlte er sich allmählich wohler.

»Es geht doch nichts über das Leben unter freiem Himmel«, schwärmte er, kroch in seinen Schlafsack und ließ sein Gebiß in den leeren Kaffeebecher fallen.

»Wäre es nicht besser, wenn einer von uns Wache hielte?«

fragte Peregrine. »Schließlich wollen wir uns doch nicht überrumpeln lassen.«

Glodstone griff nach seinen dritten Zähnen. »Zum einen weiß kein Mensch, daß wir hier sind«, sagte er, nachdem er sie endlich gefunden und in den Mund geschoben hatte, »und zum anderen haben wir heute einen barbarisch langen Weg zurückgelegt und werden unsere ganze Kraft brauchen, sobald wir das Château erreicht haben.«

»Ach, ich weiß nicht recht. Wir haben nur ungefähr siebzehn Kilometer gemacht, und so weit ist das auch wieder nicht. Mir macht es nichts aus, die erste Wache zu übernehmen; um Mitternacht kann ich Sie dann ja wecken.«

»Das würde ich an deiner Stelle lieber bleibenlassen«, sagte Glodstone und deponierte sein Gebiß wieder im Becher. Dann legte er sich nieder und versuchte es sich bequem zu machen. Einfach war das nicht. Der Boden in der Mulde war uneben, so daß er sich nochmals aufsetzen mußte, um mehrere Steine unter seinem Schlafsack wegzuräumen. Doch auch dann konnte er nicht einschlafen, sondern lag da mit dem unguten Gefühl, daß seine Hüfte auf einem kleinen Hügel lag. Er rutschte etwas zur Seite und löste damit dieses Problem, allerdings auf Kosten seiner rechten Schulter. Dann drehte er sich um, wodurch seine linke Schulter auf einen Stein zu liegen kam. Wieder setzte er sich auf, um das Ding wegzuschieben, stieß dabei aber die Kaffeetasse um.

»Verdammt«, murmelte er und tastete den Boden nach seinem Gebiß ab. In diesem Augenblick kam Peregrine, der mißtrauisch über den Rand der Mulde gelinst hatte, angekrochen.

»Keinen Zentimeter weiter«, nuschelte Glodstone kaum verständlich.

»Warum denn nicht?«

»Weil ich mein verdammtes Gebiß verlegt habe«, mümmelte Glodstone in dem Bewußtsein, daß dieses Eingeständnis körperlicher Unzulänglichkeit seiner Autorität Abbruch tat, und in der panischen Angst, Peregrine könnte die verdammten Dinger zertreten. Schließlich fand er die obere Hälfte auf etwas, das sich verdächtig nach Schafmist anfühlte. Rasch legte Glodstone sie wieder in den Becher und nahm sich vor, sie am nächsten Morgen vor dem Frühstück gründlich zu reinigen. Aber die untere Gebißhälfte fehlte noch immer. Er streckte die Hand nach seiner Taschenlampe aus und wollte sie soeben anknipsen, als Peregrine ihm wieder mal einen Beweis für seine Überlegenheit im Gelände und für seine Luchsaugen lieferte, indem er ihm zuraunte, dies zu unterlassen.

»Aber warum denn zum Teufel?« fragte Glodstone.

»Weil sich da draußen etwas bewegt.«

»Wahrscheinlich so ein Scheißschaf.«

»Soll ich mich anpirschen und nachschauen? Denn wenn es eins von diesen Schweinen ist und wir uns den Kerl greifen, könnten wir ihn zwingen, uns zu verraten, wie man ins Château gelangt und was sich dort abspielt.«

Glodstone seufzte. Es war ein langgezogener, tiefer Seufzer, der Seufzer eines Mannes, dessen untere Gebißhälfte verschwunden war, während die andere höchstwahrscheinlich in Schafsmist gelegen hatte, und der sich mit der Notwendigkeit konfrontiert sah, zu erklären, daß es unwahrscheinlich sei, daß eines dieser »Schweine« (eine Bezeichnung, deren gedankenlose Verwendung in der Vergangenheit er inzwischen bereute) mitten in der Nacht auf einem kahlen Felsplateau umherstreife.

»Hör zu«, zischte er zahnlos, »selbst wenn es einer von denen ist, was glaubst du, werden sie denken, wenn das... äh... der Kerl morgen früh nicht aufkreuzt?«

»Ich vermute, sie werden denken...«

»...daß wir uns in der Gegend herumtreiben und ihn uns geschnappt haben, und daß er uns gesagt hat, was er weiß. Folglich werden sie doppelt auf dem Quivive sein und...«

»Auf was?«

»Auf der Hut, zum Kuckuck. Aber der Zweck dieser Übung ist ja gerade, daß wir sie überrumpeln.«

»Ich begreife nicht, wie uns das gelingen sollte«, meinte Peregrine. »Schließlich wissen die doch, daß wir kommen. Diese Öllache im Wald...«

»... hat ihnen verraten, daß wir auf der Straße kommen, aber nicht querfeldein. Und jetzt halt den Mund und leg dich schlafen.«

Doch Peregrine war lautlos die Böschung hinaufgekrochen und spähte aufmerksam in die Nacht hinaus. Glodstone nahm die Suche nach seinen Zähnen wieder auf und fand sie schließlich wieder. Er ließ sie in den Becher fallen und verstaute diesen sicherheitshalber im Rucksack. Dann kroch er in seinen Schlafsack zurück und betete, Peregrine möge ihn etwas schlafen lassen. Trotzdem dauerte es noch eine Weile, bis er einschlief. Ein dumpfes Gefühl, daß es ein Fehler gewesen war, Peregrine mitzunehmen, nagte an ihm. Er selbst war kein junger Mann mehr, und Peregrines Fitness und dessen verfluchte Geländeerfahrung hatten etwas an sich, was ihn ärgerte. Gleich morgen früh würde er ein für allemal klarstellen, wer hier das Sagen hatte.

Und wirklich dauerte es nur rund eine Stunde, bis er geweckt wurde. Das Wetter war umgeschlagen, und es hatte zu nieseln begonnen. Verschlafen blickte Glodstones eines Auge in grauen, feuchten Nebel. Er fröstelte. Er war steif und durchgefroren und ärgerte sich um so mehr, als er sah, daß Peregrine die Zeltplane über seinen Schlafsack gebreitet hatte und sich in ihren Falten kleine Wasserlachen angesammelt hatten. Bei Glodstone hingegen war die Nässe in den Schlafsack gesickert, so daß sich die untere Hälfte ziemlich feucht anfühlte.

»Wenn ich hier noch länger liegenbleibe, hole ich mir noch eine Lungenentzündung«, murmelte er. Er kroch heraus, zog sich einen Pullover über, wickelte sich in seine Plane und zündete den Kocher an. Eine Tasse Kaffee mit einem Schuß Cognac würde die Kälte vertreiben. Trübsinnig füllte er das Kochgeschirr mit Wasser. Dann schob er die obere Gebißhälfte in den Mund. Da erst erinnerte ihn ihr Geschmack daran, wo sie gelegen hatte. Glodstone spuckte sie aus und spülte sie so gut wie möglich ab. Wenig später trank er, zusammengekauert unter seiner Zeltplane, seinen Kaffee und versuchte, sich von seiner mißlichen Lage dadurch abzulenken, daß er überlegte, wie sie bei Erreichen des Châteaus strategisch am besten vorgehen sollten. Das war ungleich schwieriger, als er ursprünglich vermutet hatte. Quer durch Frankreich zu fahren und die Verfolger abzuschütteln war kein Problem gewesen, doch jetzt, so nahe am Ziel, taten sich unerwartete Hindernisse auf. Sie konnten nicht gut ins Schloß gehen und nach der Gräfin fragen. Aber irgendwie mußten sie sie davon unterrichten, daß sie sich in der Nähe aufhielten und auf ihre Instruktionen warteten, natürlich ohne daß jemand anderer davon Wind bekam. Wahrhaftig kein Kinderspiel. Der Gedanke ließ ihn stutzen. Ein Kinderspiel? Früher hatte er sich das große Abenteuer immer als ein Spiel vorgestellt; doch wie er jetzt so in der kalten, feuchten Morgendämmerung in einer Bodenmulde in einem entlegenen Teil Frankreichs hockte, nahm es für ihn eine andere, ziemlich beängstigende Wirklichkeit an, eine, die die reale Möglichkeit von Tod oder Folter und anderen ähnlich gräßlichen Folgen beinhaltete. Einen kurzen Augenblick lang spürte Glodstone intuitiv, wie absolut unwahrscheinlich es war, daß man ihn zu Hilfe gerufen haben sollte, um eine Gräfin, der er nie begegnet war, aus den Händen von Bösewichtern zu retten, die sie in ihrem eigenen Château gefangenhielten. Doch ein Regentropfen, der von seiner Nasenspitze in die Kaffeetasse tröpfelte, bereitete dieser Erleuchtung ein Ende. Er saß schließlich hier, er hatte ihre Briefe erhalten, und es waren immerhin zwei Versuche unternommen worden, ihn am Kommen zu hindern – einer in Dover und der zweite im Wald von Dreux. Dies waren die unbestreitbaren Tatsachen, die jegliche Zweifel hinsichtlich der Glaubhaftigkeit dieser Mission ausräumten.

»Ich halt's nicht mehr aus«, murmelte er und stand auf. Die Regenwolken, die über die Ebene zogen und den Horizont verdunkelten, verliehen der zerklüfteten Landschaft das Aussehen von Niemandsland, wie er es auf Fotografien aus dem Weltkrieg gesehen hatte. Er wandte sich um und rüttelte Peregrine wach. »Zeit zum Aufstehen«, sagte er und blickte entsetzt in einen Revolverlauf.

»Ach, Sie sind's«, sagte Peregrine, der offenbar einen leichten Schlaf hatte und sofort hellwach war. »Ich dachte...«

»Mir scheißegal, was du denkst«, fuhr Glodstone ihn an. »Mußt du denn unbedingt mit diesem verdammten Schießeisen schlafen? Du hättest mich erschießen können.«

Peregrine kroch aus seinem Schlafsack. »Er war nicht entsichert«, sagte er, ohne überhaupt an eine Entschuldigung zu denken. »War nur für den Fall, daß uns jemand in der Nacht angreift.«

»Der ist ja wohl nicht eingetreten«, entgegnete Glodstone. »Abgesehen davon wäre es ungleich schlauer gewesen, mir zu sagen, daß es regnet. So bin ich bis auf die Knochen naß geworden.«

»Aber Sie haben doch ausdrücklich gesagt, ich soll Sie nicht wecken. Sie haben gesagt...«

»Ich weiß, was ich gesagt habe, aber schließlich ist es ein Unterschied, ob man Unsinn über irgendwelche Scheißschafe verzapft, die angeblich Menschen sein sollen, oder ob man mich eine Lungenentzündung kriegen läßt.«

»In Wirklichkeit war es ein Schwein«, sagte Peregrine. »Als Sie zu schnarchen anfingen, kam es langsam näher, und da hielt ich es für besser, es zu verscheuchen.«

»Schon gut, laß uns lieber frühstücken«, sagte Glodstone. »Das einzig Gute an diesem Nieselregen ist, daß wir ans Château herankommen können, ohne gesehen zu werden; vor allem, wenn wir uns so bald wie möglich auf den Weg machen.«

Doch wie sich herausstellte, war das leichter gesagt als getan. Nachdem sie mehrere Kilometer zurückgelegt hatten, brach das Plateau unvermutet am Rand einer tiefen Schlucht ab, deren Wände dicht mit dornigem Buschwerk bewachsen waren. Glodstone warf einen Blick hinunter und zögerte. Es war ausgeschlossen, sich da hinunterzukämpfen. »Ich halte es für besser, es von Norden her zu versuchen«, sagte er, doch Peregrine hatte bereits die Karte herausgezogen.

»Wenn ich mich nicht irre«, meinte er – ein Ausdruck, den Glodstone als sein Privileg betrachtete und der ihn folglich ärgerte –, »sind wir bereits zu weit nördlich. Das Château liegt vier Kilometer in Richtung Süd-Süd-West.«

»Woher willst du das wissen«, fragte Glodstone, der erneut den Eindruck hatte, daß Peregrine Oberwasser gewann.

»Ich habe die Schritte gezählt.«

»Die Schritte?«

»Wir sind etwa dreitausend Meter gegangen, und hätten wir die richtige Richtung eingeschlagen, müßten wir inzwischen diesen Wald erreicht haben.«

»Welchen Wald?« sagte Glodstone und sah sich mißmutig um.

»Den auf der Karte«, entgegnete Peregrine. »Er ist grün schraffiert, und unmittelbar dahinter liegt der Fluß.«

Glodstone warf einen Blick auf die Karte und mußte wohl oder übel zugeben, daß gegenüber dem Château ein Wald lag. »Stimmt wohl irgendwas mit meinem Kompaß nicht«, meinte er. »Also gut, dann geh du voran, aber sei um Gottes willen vorsichtig und mach langsam. Wir dürfen auf keinen Fall das Risiko eingehen, daß man uns entdeckt.«

Nachdem er auf diese Weise dafür gesorgt hatte, daß Peregrine kein Höllentempo vorlegen würde, trottete er hinter ihm drein. Diesmal gingen sie nicht in die Irre. Gut eine Stunde später erreichten sie den auf der Karte eingezeichneten Wald. Ein lang abfallender Hang lag vor ihnen, der dann wieder steil zu einem Hügelkamm anstieg.

»Dahinter muß dann der Fluß kommen«, erklärte Peregrine. »Wir brauchen nur da hinauf; das Château müßte genau gegenüberliegen.«

»Nur!« ächzte Glodstone, während er seine durchweichten Hosenbeine von dornigen Brombeerranken befreite. Doch Peregrine eilte bereits weiter und schlängelte sich mit einer katzenartigen Lautlosigkeit und Geschmeidigkeit, die Glodstone unmöglich hätte kopieren können, durchs Unterholz. Bis sie schließlich den Kamm erreicht hatten, mußte er zweimal sein Monokel aus dem Gebüsch fischen und einmal, als Peregrine plötzlich wie angewurzelt stehenblieb und ihm signalisierte, dasselbe zu tun, recht unbequem, mit einem Fuß über einem Haufen Ästen schwebend, stehenbleiben.

»Worauf zum Teufel warten wir?« flüsterte er heiser. »Ich kann nicht ewig wie ein verdammter Reiher auf einem Bein stehen.«

»Ich hätte schwören können, daß ich etwas gehört habe«, meinte Peregrine.

»Vermutlich wieder so ein verfluchtes Schaf«, murmelte Glodstone, doch gegen Spott war Peregrine immun.

»Im Wald gibt es keine Schafe. Schafe sind Wiederkäuer. Sie fressen Gras und...«

»...haben zwei Scheißmägen. Weiß ich alles. Ich habe nicht diesen langen Weg gemacht, um mir eine Vorlesung über Tierphysiologie anzuhören. Und jetzt weiter.«

»Aber Sie haben doch gesagt...«

Energisch beendete Glodstone die Diskussion, indem er sich an Peregrine vorbeizwängte und den Hügel hinaufstürmte. Am Kamm angekommen, hielt er einen Augenblick inne, um Atem zu schöpfen, den ihm jedoch der sich bietende Anblick gleich wieder verschlug. Wie ein heiliger Schrein, zu dem er endlich vorgedrungen war, stand das Château Carmagnac auf einem Felspfeiler jenseits der Boose-Schlucht, etwa siebenhundert Meter Luftlinie entfernt. Dieses Château übertraf selbst die unrealistischsten Träume des wirklichkeitsfremden Glodstone. Spitz zulaufende Türme und Türmchen drängten sich um einen offenen Schloßhof, der wie eine Terrasse über den Fluß zu hängen schien. Die Grenze zum Abhang hin bildete eine kunstvolle Steinbalustrade, und im Süden, unterhalb des größten Turmes, befand sich ein Torbogen mit einem riesigen Portal.

Als Glodstone klarwurde, daß man ihn von dort drüben möglicherweise sehen konnte, ließ er sich zu Boden fallen, griff nach seinem Fernglas und ließ seinen Blick über das Château gleiten. In seine fassungslose Begeisterung mischte sich so etwas wie Angst, als sei dieses Schloß ein Wunder, das sich jeden Augenblick in Luft auflösen konnte. Aber das Fernglas steigerte seine freudige Erregung nur noch. Im ersten Stock gab es einen gemauerten Balkon, und vor den Fenstern hingen Kästen mit Geranien; auf einem schmalen Felsvorsprung über dem Abhang erhob sich ein winziges Belvedere; Orangenbäumchen in Holzkübeln standen zu beiden Seiten der Treppe, die von einer Tür in einem runden Turm nach unten führten; die Wände dieses Turmes waren in Abständen, die eine dahinterliegende Wendeltreppe erkennen ließen, durchbrochen. Mit einem Wort, alles war so, wie Glodstone es sich erträumt hatte. Während er in diesen Anblick versunken war, brach die Sonne durch die Wolken und ließ die Turmspitzen und die Steinplatten im Hof silbern funkeln.

Glodstone setzte das Fernrohr ab und betrachtete die Landschaft ringsum. Sie stand in ziemlich krassem Widerspruch zu dem Château, das etwas Feierliches an sich hatte, was man von der Umgebung, in der es stand, nicht behaupten konnte. Deutlicher ausgedrückt, die Umgebung war ebenso öde und trostlos wie das Château prächtig. Ein paar ziemlich vertrocknete Walnußbäume, die, seitdem man sie gepflanzt hatte, vermutlich wenig gegossen worden waren, bildeten am letzten Stück der Auffahrt unmittelbar vor dem Haupteingang eine Allee; ansonsten stand das Château völlig frei und bedurfte keinerlei Schutzes. Die Auffahrt selbst war ein Meisterwerk. Auf der Südseite in den Fels gehauen, schlängelte sie sich in mehreren abenteuerlichen Kurven, die eine im wahrsten Sinne des Wortes wahnsinnige Sucht ihres Erbauers nach Spektakulärem verrieten, den Abhang hinauf. Schließlich führte, um die Anfahrt über die Straße etwas sicherer zu gestalten, noch eine Holzbrücke ohne Geländer über den Fluß.

»Verdammt raffiniert«, murmelte Glodstone. »Es ist völlig unmöglich, diese Brücke zu überqueren, ohne damit sein Kommen anzukündigen.« Als wolle er beweisen, wie zutreffend diese Beobachtung war, bog unter ihnen ein Lieferwagen von der Straße ab, ratterte langsam über die Holzbohlen und knirschte im ersten Gang die Kiesauffahrt hinauf. Glodstone sah, wie der Wagen die Walnußbäume erreichte und schließlich auf der Rückseite des Châteaus verschwand. Hoffnungsvoll richtete er sein Fernrohr nach Norden, um dort einen einfacheren Zugang zu suchen. Zwar war der Abhang dort weniger steil als die Felswand, aber die wenigen verkümmerten Dornenbüsche, die hartnäckig in diesem Felsgestein wuchsen, boten wenig Deckung. Und auf die Felsen selbst war kein Verlaß, wenn man die ganzen Brocken betrachtete, die im Lauf der Zeit herabgestürzt waren und am Flußufer entlang einen Wall bildeten. Und schließlich gehörte zu den naturgegebenen Hindernissen auch noch der Fluß selbst. Dort, wo er um den Fuß des Felsens rauschte, bildeten sich dunkle, bedrohliche Wirbel, die darauf hindeuteten, daß das Wasser nicht nur tief war, sondern daß dort auch gefährliche Strömungen herrschten.

»Also, nachdem wir jetzt einen ersten Blick auf diesen Ort geworfen haben«, erklärte er Peregrine, »werden wir außer Sichtweite ein Basislager aufschlagen und dafür sorgen, daß wir etwas Warmes in den Bauch kriegen. Dann können wir uns in Ruhe den nächsten Schritt überlegen.«

Sie zogen sich vom Kamm zurück und entdeckten im dichten Farnkraut einen geeigneten Platz. Während Peregrine auf dem Campingkocher eine Dose Bohnen erhitzte, hockte Glodstone auf seinem Rucksack, sog an seiner Pfeife und überlegte, was zu tun sei.

Kapitel 13

Den restlichen Tag über ließ Glodstone sich von der Sonne trocknen und behielt das Château aufmerksam im Auge.

»Sie müssen irgendein System zur Überwachung der Straßen haben und zur Signalübermittlung, sobald eine verdächtige Gestalt auftaucht«, erklärte er Peregrine. »Wenn wir erst herausgefunden haben, wie die Sache funktioniert, können wir sie umgehen.«

»Schon, aber wir sind ja nicht auf der Straße«, erwiderte Peregrine. »Ich würde es für das Einfachste halten, hinüberzuschwimmen und die Felswand hinaufzuklettern... Was ist denn los?«

»Nichts«, keuchte Glodstone, sobald er wieder fähig war, einen Ton herauszubringen. »Und wann sollen wir das deiner Meinung nach tun? Vielleicht mitten am hellichten Tag?«

»Aber nein, das müßte schon nach Einbruch der Dunkelheit geschehen.«

Glodstone kaute auf dem Mundstück seiner Pfeife herum und rang um seine Beherrschung. »Hör zu«, sagte er schließlich, »wenn du im Ernst glaubst, wir sollten versuchen, diese Miniaturausgabe der Eiger-Nordwand bei stockfinsterer Nacht hinaufzuklettern, dann hast du noch weniger im Kopf, als ich dir zugetraut hätte. Wir sind hierhergekommen, um La Comtesse zu retten, und verdammt noch mal nicht, um Selbstmord zu begehen. Warum glaubst du wohl, daß das Château an drei Seiten von Mauern umgeben ist, zum Fluß hin aber nur eine Balustrade hat?«

Peregrine dachte eingehend über diese Frage nach. »Ich nehme an, eine hohe Wand auf einen steilen Abhang zu bauen ist keine sehr sichere Angelegenheit«, sagte er schließlich. »Ich habe eine Tante in Dorset, die hat einen Bungalow in der Nähe einer Klippe. Den kann sie nicht verkaufen, weil bereits ein paar andere Bungalows in der Gegend am Abrutschen sind und...«

»Zum Teufel mit deiner Tante«, schimpfte Glodstone, während er eine Dose Corned beef mit dem Dosenöffner traktierte. »Der Grund, warum auf dieser Seite des Schlosses keine Mauer steht, ist schlicht und einfach der, daß sie nicht abgesichert werden muß. Nur ein totaler Schwachkopf würde versuchen, diesen Abhang hinaufzuklettern.«

»Clive hat es getan«, sagte Peregrine unerschrocken.

»Clive? Wer zum Kuckuck ist denn das schon wieder?«

»Als er Quebec einnahm. Er segelte mit...«

»Wolfe, zum Kuckuck. Mußt du denn immer alles durcheinanderbringen?«

»Also gut, dann eben Wolfe. Ich war noch nie gut in Geschichte.«

»Das habe ich bemerkt«, entgegnete Glodstone, während er mit der Gabel versuchte, Corned beef ins Kochgeschirr zu bugsieren. Aber Peregrine war noch nicht fertig.

»Außerdem handelt es sich eigentlich um keine ausgesprochene Felswand, und wir müßten den Aufstieg auch nicht von der Sohle aus beginnen. Ziemlich weit oben ist ein umlaufendes Gesims, das wir von der Auffahrt aus erreichen könnten.«

»Die sie vermutlich unbewacht gelassen haben, nur damit wir leichtes Spiel haben.«

»Zur Südseite kommen wir rüber, und viel zu klettern gibt es dann nicht mehr«, fuhr Peregrine fort. »Auf diese Weise würden wir das Ende der Auffahrt von oben erreichen und nicht umgekehrt. Damit werden sie mit Sicherheit nicht rechnen.«

»Da kannst du Gift drauf nehmen«, sagte Glodstone, stellte geistesabwesend das Kochgeschirr auf den Propangaskocher und zündete ihn an. »Ich an ihrer Stelle würde auch nicht damit rechnen, daß irgend jemand so etwas Idiotisches macht.«

»Und wenn wir dann erst mal auf diesem Gesims sind...« Er

hielt inne und starrte auf den Rauch, der aus dem Kochgeschirr aufstieg. »Ich muß schon sagen, diese Art, Corned beef zuzubereiten, habe ich noch nie gesehen.«

Glodstone zog den Topf vom Kocher und verbrannte sich dabei die Finger. »Jetzt schau bloß, was du angerichtet hast«, zischte er wütend.

»Das ist doch nicht meine Schuld«, sagte Peregrine, »ich habe lediglich gesagt...«

»›Wenn wir erst mal auf diesem verdammten Gesims sind‹ – genau das hast du gesagt. Also, damit eines klar ist: Wir werden gar nicht in die Nähe dieses Gesimses kommen. Diese Felswand läßt sich nicht erklettern, und damit basta.«

»Ich wollte ja nur sagen, daß Major Fetherington uns beigebracht hat, die Dosen in heißes Wasser zu stellen und sie darin zu erhitzen. Natürlich macht man sie zuvor auf, sonst könnten sie ja explodieren.«

»Und zweifellos hat er euch auch beigebracht, mitten in der Nacht irgendwelche beschissenen Felswände hinaufzuturnen«, entgegnete Glodstone, der die Flucherei als Ventil benützte, um nicht selbst zu explodieren.

»Ja, da haben Sie ganz recht«, sagte Peregrine. »Aber wissen Sie, wir haben dazu Tampons genommen.«

»Was habt ihr?« fragte Glodstone, der durch die Assoziation, die er mit diesem Ausdruck verband, kurzfristig von seiner verbrannten Hand abgelenkt wurde.

»So Stahldinger, die man in den Felsen schlägt«, sagte Peregrine.

»Nur zu deiner Information, diese Dinger heißen Kanthaken.«

»Der Major nennt sie aber nicht so. Er sagt immer, daß die Tampons richtig fest in einen Spalt gerammt gehören, damit man nachher nicht selbst wie ein Monatsfetzen aussieht. Was er damit allerdings gemeint hat, weiß ich nicht.«

»Aber ich«, sagte Glodstone kläglich.

Diese Enthüllung über die abstoßenden Lehrmethoden des Majors wirkten sich nachteilig auf seine Gemütsverfassung aus.

Er hatte sich in dieses Abenteuer gestürzt, um eine edle Dame zu retten, fühlte nun aber seine Vorstellungen von holder Weiblichkeit durch diese häßliche Angelegenheit beschmutzt. Um dem vorübergehend zu entgehen, befahl er Peregrine, die Schnauze zu halten, kroch zu seinem Aussichtsposten zurück und ging die Notizen durch, die er sich in der Hoffnung, irgendwelche raffiniert getarnten Planmäßigkeiten zu entdecken, während des Tages über die Bewohner des Châteaus gemacht hatte.

Der Fahrer des Lieferwagens hatte um zwanzig nach sieben das Schloß wieder verlassen; um acht Uhr war ein junger Mann im Trainingsanzug auf die Terrasse hinausgetreten und dort achtunddreißig Runden gelaufen, hatte dann fünfzig Kniebeugen und zwanzig Liegestützen gemacht, sich anschließend auf den Rücken gelegt und mit den Beinen so wild in der Luft herumgerudert, daß Glodstone mit dem Zählen gar nicht mitkam, und war schließlich unter den aufmerksamen Blicken einer stattlichen Dame in geblümtem Morgenrock, die oben auf dem Balkon erschien, erschöpft wieder hinter der Tür im rechten Turm verschwunden. Glodstone hatte seine Aufmerksamkeit ihr zugewandt, doch bevor er aus ihrer Erscheinung einen anderen negativen Schluß hätte ziehen können als den, daß sie anscheinend Lockenwickler im Haar hatte, war sie bereits wieder verschwunden. Um acht Uhr fünfundvierzig war ein alter Mann mit einer Gießkanne aus dem Turm am Tor gekommen und hatte so getan, als würde er ein paar Blumenbeete gießen, was Glodstone in Anbetracht des nächtlichen Regens außerordentlich verdächtig vorkam.

Wirklich geweckt wurde sein Interesse allerdings um zehn Uhr. Da nämlich traten, offenbar in eine hitzige Debatte vertieft, mehrere Männer auf die Terrasse. Sogleich gesellte sich auch die Frau zu ihnen, die er auf dem Balkon gesehen hatte. Nachdem er sein Fernglas erneut auf sie gerichtet hatte, konnte er nur hoffen, daß sie nicht die Gräfin war. Die nämlich hatte er sich weitaus zierlicher und fragiler vorgestellt. Die Männer hingegen entsprachen seinen Erwartungen durchaus.

»Einen so unerquicklichen Haufen habe ich schon lange nicht mehr gesehen«, erklärte er Peregrine und reichte ihm das Fernglas. »Schau dir diesen glatzköpfigen Bastard mit dem Schnurrbart und den komplementären Schuhen bitte genau an.«

»Den was?«

»Den... den zweifarbigen Schuhen. Schätze, daß das der Anführer der Bande ist.«

»Er scheint sich mit dem Schwein da im grauen Anzug zu streiten.«

»Wahrscheinlich, weil sie uns auf der Straße aus den Augen verloren haben. Dem möchte ich nicht über den Weg laufen.«

Peregrine überlegte. »Aber das müssen wir doch wohl«, meinte er schließlich. »Deshalb sind wir doch gekommen, oder?«

»Ja«, sagte Glodstone. »Ja sicher. Ich meinte nur... ach, vergiß es. Ich wollte nur darauf hinweisen, daß er ein besonders ekelhaftes Individuum ist.«

»Wirklich schade, daß wir kein Gewehr mitgenommen haben«, meinte Peregrine ein paar Minuten später. »Ein paar von denen hätte ich ohne Schwierigkeiten von hier aus wegputzen können.«

»Zweifellos. Und uns hättest du damit verraten. Lieber Himmel, versuch doch endlich zu begreifen, daß wir nichts tun dürfen, was das Leben von La Comtesse noch mehr in Gefahr bringen könnte. Wenn wir zuschlagen, dann haben wir nur diese einzige Chance. Wenn wir die verpassen, dann ist sie erledigt.«

»Einige von denen hätte ich auch erledigt. Und außerdem verpasse ich mein Ziel nicht.«

»Dem Himmel sei Dank, daß wir kein Gewehr dabeihaben«, meinte Glodstone. »Aber jetzt wollen wir erst mal was essen. Sie gehen nach drinnen, und ich bekomme auch allmählich Hunger.«

Sie krochen zu ihrem Platz im Farn zurück und hockten sich zu einem Essen nieder, das aus altem Weißbrot und überreifem Camembert bestand, den sie mit einem sehr schlichten Tafelwein hinunterspülten.

»Man sollte denken, daß sie ein paar Wachen postiert haben«, sagte Peregrine, als Glodstone sich eine Pfeife anzündete.

»Das haben sie sicher. Aber nicht hier. Sie werden an der Straße oder auf der anderen Seite des Châteaus stehen. Da drüben ist es hübsch flach, und sicher erwarten sie den Angriff aus dieser Richtung.«

»Würde ich nicht. Ich würde...«

»Will ich gar nicht wissen«, sagte Glodstone. »Ich werde mich jetzt aufs Ohr legen und würde dir raten, dasselbe zu tun. Wir haben eine lange Nacht vor uns.«

Er legte sich in die Sonne und blickte zum wolkenlosen Himmel auf. Wäre da nicht Peregrines unmäßiger Tatendrang gewesen und seine Gier, reihenweise Leute umzulegen, wäre Glodstone vollkommen glücklich gewesen. Er mußte den Jungen unbedingt im Zaum halten. Über diesem Gedanken schlummerte er ein. Doch als er aufwachte, fiel sein Blick als erstes auf Peregrine, der mit verkniffenen Augen einen Revolver inspizierte.

»Ich habe sie beide noch mal gereinigt und leicht geölt.«

Jetzt pochte Glodstone auf seine Autorität. »Paß auf«, sagte er, »die Unternehmung heute abend dient lediglich der Erkundung. Es ist höchst unwahrscheinlich, daß wir einen problemlosen Zugang entdecken. Wir werden jede Allee unter die Lupe nehmen... ja, ich weiß, es gibt nur eine einzige Scheißallee mit Walnußbäumen. Aber jetzt halt endlich die Schnauze und hör zu. Wir werden feststellen, wie viele Zugänge zum Schloß es gibt. Und erst, wenn wir einen präzisen und narrensicheren Plan ausgeheckt haben, werden wir handeln. Merk dir das ein für allemal.«

»Wenn Sie meinen«, sagte Peregrine. »Trotzdem denke ich, daß wir...«

»Es interessiert mich nicht, was du denkst. Ich trage die Verantwortung, und so lauten meine Befehle.« Und ohne eine Antwort abzuwarten, kehrte Glodstone auf seinen Beobachtungsposten zurück. Das sollte den dummen Hund zum Schweigen bringen, dachte er. Und so war es.

Spätabends machten sie sich auf den Weg. Peregrine schwieg verbissen. »Wir werden flußaufwärts gehen«, bestimmte Glodstone. »Ich könnte mir vorstellen, daß wir dort eine seichte Stelle finden.«

Peregrine sagte nichts, doch als sie eine halbe Stunde später den Hügel hinunterkletterten und die parallel zum Fluß verlaufende Straße überquerten, wurde offenbar, daß Glodstone sich geirrt hatte. Dunkel floß die Boose in einem Bogen an der Felswand vorbei. Hoch über ihren Köpfen ragte das Château und zeichnete sich gespenstisch gegen den Sternenhimmel ab. Nicht einmal Glodstones romantische Vorstellungskraft schaffte es, dem Ort, an dem sie sich befanden, noch etwas Anheimelndes abzugewinnen, und als das Scheinwerferlicht eines auf der Straße über ihnen fahrenden Autos in einer Kurve kurz auf den Fluß fiel, packte ihn das nackte Entsetzen. Die wirbelnden Wassermassen ließen keinen Zweifel darüber, daß die Boose ebenso tief wie reißend war.

»Nun, eines ist zumindest klar«, sagte er. »Jetzt wissen wir, warum sie diese Seite nicht überwachen. Sie ist einfach zu gut gesichert. Dafür sorgt schon der Fluß.«

Von Peregrine kam nur leises Grunzen.

»Was soll denn das bedeuten?« fragte Glodstone.

»Sie haben gesagt, ich soll die Schnauze halten und zuhören«, entgegnete Peregrine. »So lauteten Ihre Befehle, und genau das tue ich.«

»Ich vermute, daß du nicht meiner Meinung bist, oder?«

»Worüber denn?«

»Daß es unmöglich ist, hier hinüberzugelangen«, sagte Glodstone, bereute es jedoch auf der Stelle.

»Ich könnte ohne weiteres hinüberschwimmen, falls es das ist, was Sie meinen.«

»Ich werde nicht zulassen, daß du ein solches Risiko eingehst. Wir müssen es eben weiter oben versuchen.«

Doch obwohl sie noch ein ziemliches Stück am Ufer entlangtrotteten, wurde der Fluß nicht einladender. Glodstone mußte sich geschlagen geben.

»Dann müssen wir eben morgen früh bei Tageslicht flußabwärts unser Glück versuchen«, meinte er.

»Ich verstehe nicht, warum Sie mich nicht am Seil hinüberschwimmen lassen«, sagte Peregrine. »Ich könnte es drüben irgendwo festbinden, und dann könnten Sie sich daran hinüberhangeln.«

»Und was ist mit den Revolvern und der Ausrüstung in unseren Rucksäcken? Das Zeug würde völlig naß werden.«

»Nicht unbedingt. Sobald Sie wohlbehalten drüben sind, werde ich die Sachen rüberschaffen. Der Major...«

Doch Glodstone hatte die Nase gestrichen voll von Major Fetheringtons Methoden. »Kein Mensch kommt da hinüber!«

»Ich schon«, sagte Peregrine und schnappte sich das Seil, band es sich um die Brust und watete in den Fluß.

Sich selbst überlassen, saß Glodstone unglücklich im Dunkeln. Um sich etwas Mut zu machen, richtete er seine Gedanken auf La Comtesse. Sie hatte ihn vorgewarnt, daß die Angelegenheit gefährlich sein würde, und anscheinend hatte sie nicht übertrieben. Andererseits war sie mit ihren Briefen an ihn selbst ein schreckliches Risiko eingegangen. Vor allem hatte sie an ihn als an einen Gentleman appelliert, und ein Gentleman schreckte beim bloßen Anblick eines Flusses nicht einfach zurück. Schließlich hatte sein Vater in Jütland gekämpft, und ein Großonkel mütterlicherseits war 1881 bei der Beschießung von Alexandria dabeigewesen. Es hatte sogar einen Leutnant zur See Glodstone bei Trafalgar gegeben. Bei einer solchen seemännischen Tradition in der Familie durfte er sich jetzt seiner Pflicht nicht entziehen. Außerdem war es undenkbar, vor Peregrine auch nur einen Funken Angst zu zeigen. Der Kerl war ohnehin schon aufmüpfig genug.

Trotzdem war Glodstone ausgesprochen enttäuscht, als Peregrine mit der Nachricht zurückkehrte, daß an der Sache weiter nichts dran sei. »Ein bißchen Strömung, mehr nicht. Aber das ist kein Problem, wenn Sie flußaufwärts schwimmen. Außerdem haben Sie ja noch das Seil.«

Glodstone zog seine Stiefel aus, band die Schnürsenkel zusammen und hängte sie sich über die Schulter. Jetzt galt es, schnell zu handeln und nicht groß zu überlegen. Trotzdem zögerte er, als er das klitschnasse Seil ergriff. »Und du bist absolut sicher, daß du da drüben nichts Verdächtiges gesehen hast? Wir dürfen auf gar keinen Fall in einen Hinterhalt geraten.«

»Ich habe nichts gesehen außer Felsen und so Zeug. Und außerdem sagten Sie doch selbst, daß sie diese Seite nicht bewachen, weil...«

»Ich weiß, was ich gesagt habe. Du brauchst es nicht andauernd zu wiederholen. Also, sobald ich drüben bin, signalisiere ich das durch einen kräftigen Ruck am Seil. Hast du das kapiert?«

»Ja«, erwiderte Peregrine, »aber soll ich das Seil nicht erst straffziehen und irgendwo festbinden?«

Glodstone hörte ihn nicht mehr. Er hatte sich bereits in den Fluß gestürzt und erlebte die ganze Wucht dessen, was Peregrine als »ein bißchen Strömung« bezeichnet hatte. Für Glodstones Begriffe hatte der Tölpel keine Ahnung, was der Unterschied zwischen einer Strömung und einem Mahlstrom war. Und was das Flußaufwärtsschwimmen anbetraf... Sich die Stiefel um den Hals gehängt zu haben erwies sich als schlimmer Fehler, da sich die verdammten Dinger mit Wasser füllten und dadurch wie Bleigewichte wirkten. Seine Versuche, den Kopf über Wasser zu halten, wurden immer verzweifelter. Wenn er unterzutauchen drohte, was auch ein paarmal passierte, hielt er krampfhaft die Luft an, und prustete wie ein Walroß, wenn er wider Erwarten doch noch einmal hochkam. Mit rasender Geschwindigkeit wurde er abgetrieben. Jetzt konnte ihn nur noch das Seil retten. Als dennoch für ihn feststand, daß er ertrinken würde, knallte Glodstone gegen einen Felsen, und er merkte, daß er in etwas weniger turbulentes Wasser gespült worden war und Boden unter den Füßen hatte. Total mitgenommen kletterte er auf einen Felsvorsprung, der sich zwar noch leicht unter Wasser befand, ihm jedoch als Sitz zunächst höchst willkommen war. Sobald er sich das Wasser aus seinem Auge gewischt hatte, stellte er fest, daß er sich am Fuß der Felswand befand. Er hatte für Felswände nicht viel übrig, aber unter den gegebenen Umständen waren sie dem wirbelnden Fluß bei weitem vorzuziehen. Vorsichtig kroch Glodstone aus dem Wasser und stand auf. Dabei ruckte er am Seil.

Peregrine, weiter flußaufwärts, reagierte sofort. Er hatte anfänglich einige Schwierigkeiten gehabt, das Seil in der Dunkelheit überhaupt zu fassen zu bekommen, hatte es aber dann doch noch geschafft. Immerhin kam jetzt das Signal, daß Glodstone wohlbehalten drüben angekommen war. Zum Zeichen, daß er verstanden hatte, ruckte Peregrine kurz und kräftig am Seil. Für Glodstone war das einfach zuviel. Die drohende Aussicht, wieder in diesen teuflischen Strom gerissen zu werden, und die Unmöglichkeit, auf dem glitschigen Felsen aufrecht stehen zu können, ließen ihn, erfüllt von der schrecklichen Gewißheit, daß er Peregrine nie im Leben hätte mitnehmen dürfen, unter einem Stöhnen zu Boden sacken und das Seil loslassen. »Dieser verfluchte Schwachkopf«, murmelte er, bevor ihm klarwurde, daß seine einzige Hoffnung darin bestand, daß dieser Schwachkopf merkte, was passiert war. Es war eine schwache Hoffnung, an die er sich jedoch so verzweifelt klammerte wie an den Felsen. Doch wie üblich irrte er sich. Peregrine war nämlich damit beschäftigt, eine Möglichkeit herauszufinden, wie er die Revolver und die Rucksäcke über den Fluß schaffen konnte, ohne daß sie naß wurden. Auf dem Weg vorhin flußaufwärts hatte er etwas bemerkt, das Ähnlichkeit mit einer Müllkippe besessen hatte. Als er sich nun am Ufer entlang darauf zubewegte, entdeckte er dort eine Reihe interessanter Dinge, darunter ein uraltes Bettgestell, ein kaputtes Mistbeetfenster, mehrere Plastiksäcke voller Abfall, etwas, was sich wie ein toter Hund anfühlte und auch so roch, und schließlich ein altes Ölfaß. Genau das brauchte er. Er schleifte es zurück und wollte schon die Rucksäcke hineinpacken, als ihm einfiel, daß die Tonne nicht aufrecht schwimmen würde, wenn man sie nicht hinreichend beschwerte. Nachdem er vergebens nach ein paar Felsbrocken gesucht hatte, kletterte er zur Straße hinauf und holte von dort einen angestrichenen Betonblock, der den Straßenrand markierte. Er wuchtete ihn in die Tonne, band diese am Seil fest und gab Leine. Nachdem das Ding den Schwimmtest bestanden hatte, holte er es zurück und legte die Rucksäcke samt Revolvern hinein und lehnte die Tonne an die Böschung.

In fünf Minuten hatte er die andere Flußseite erreicht. »Alles bereit zum Rüberholen«, flüsterte er, bekam aber keine Antwort. Am Boden kauernd, blickte er den Felshang hinauf und überlegte, wo Glodstone wohl sein mochte, als sich etwas bewegte und zu seiner Linken ein Felsbrocken herunterpolterte, gefolgt von einem Hagel kleiner Steine. Anscheinend hatte Glodstone schon mit seinen Erkundungen begonnen, und wie üblich machte er seine Sache schlecht. Vermutlich würde er in ein oder zwei Minuten zurück sein; inzwischen mußte die Ausrüstung herübergeschafft werden.

Peregrine lehnte sich mit dem Rücken gegen die Felswand, stemmte die Füße gegen einen großen Felsbrocken, packte das Seil und begann zu ziehen. Einen Augenblick lang schien das Ölfaß seinen Bemühungen zu widerstehen, war dann aber mit einem Satz mitten in der Strömung, von der es fast so heftig mitgerissen wurde wie zuvor Glodstone. Auf alle Fälle nahm es denselben Kurs, so daß Glodstone, der soeben seine nasse Pfeife herausgezogen hatte und griesgrämig daran nuckelte, plötzlich den Eindruck bekam, ein neues und möglicherweise noch gefährlicheres Element als der Fluß sei in seine recht begrenzte Sphäre eingedrungen. Mit einem dumpfen metallischen Schlag krachte die Tonne gegen den Felsen, auf dem er hockte, und nur indem er sich auf die Seite warf, konnte er verhindern, daß seine Beine zerquetscht wurden. Während er diese neuerliche Bedrohung ins Auge faßte, bewegte sich das Ding unversehens flußaufwärts, so daß es ihm überlassen blieb, sich über seinen Zweck den Kopf zu zerbrechen. Es lag auf der Hand, daß dieses Ding, das ihn umzubringen versucht hatte, nicht ohne weiteres gegen die Strömung anschwimmen konnte – es sei denn, es wurde gezogen... Jetzt erst begriff Glodstone, was los war, aber es war zu spät, um sich an der Tonne festzuhalten. Auf alle Fälle legte die Tatsache, daß Peregrines Vorstellung von einer Rettungsaktion offenbar darin bestand, schwere Metallgegenstände gegen den Felsvorsprung donnern zu lassen, auf dem er sich befand, die Vermutung nahe, daß der Kerl geisteskrank war. An die Felswand gepreßt wartete Glodstone auf die nächste derartige Attacke. Doch die blieb aus.

Nachdem Peregrine das Ölfaß ans Ufer gezogen hatte, leerte er es eilig aus, machte das Seil ab und rollte es auf. Danach erst kam es ihm in den Sinn, sich zu fragen, was er als nächstes tun sollte. Falls Glodstone schon vorgegangen war, würde der vermutlich entweder nochmals zurückkommen oder ihm irgendwie signalisieren, daß er nachkommen solle. Doch als die Minuten verstrichen und nichts geschah, keimte ein anderer, verhängnisvoller Gedanke in Peregrine auf. Vielleicht war Glodstone in eine Falle getappt, weil er geglaubt hatte, diese Seite des Châteaus würde aufgrund ihrer Lage nicht bewacht. Major Fetherington hatte ihnen immer etwas anderes gepredigt. »Denkt stets daran«, hatte er gesagt, »daß die eine Stelle, an der ihr nicht mit dem Angriff des Feindes rechnet, genau die ist, die er sich aussuchen wird. Das Geheimnis der Kriegskunst besteht darin, das zu tun, was der Gegner am wenigsten erwartet.« Doch Glodstone hatte die Sache eben nicht so betrachtet. Bloß, wieso hatten die dann nicht abgewartet und ihn auch gleich mitgeschnappt? Wieder hatte Peregrine eine einfache Antwort parat: Die Schweine waren der Meinung gewesen, Glodstone sei allein. Außerdem bewegte er sich im Gelände so hoffnungslos ungeschickt, daß man ihn schon aus einem Kilometer Entfernung nahen hörte. Ans andere Ufer gelangt war er mit Sicherheit, denn schließlich hatte er am Seil geruckt.

Mit der Lautlosigkeit eines gefährlichen Raubtiers hängte sich Peregrine das Seil über die Schulter, steckte einen Revolver in seinen Gürtel, entsicherte den anderen und machte sich langsam an den Aufstieg. Alle paar Meter blieb er stehen und lauschte, doch mit Ausnahme einer Ziege, die über die Felsen davonsprang, sah und hörte er nichts Verdächtiges. Nach zwanzig Minuten war er oben angelangt und stand in dem ausgetrockneten Graben unter den Mauern des Châteaus. Zu seiner

Linken lag die Felswand, rechts war ein Eckturm. Einen Augenblick lang zögerte er. Die Vorstellung, über die Felswand in den Schloßhof zu klettern, reizte ihn noch immer, aber jetzt war das zu einfach. Schon wollte Peregrine den Turm umrunden, als er etwas entdeckte, was seinem Geschmack nach einem wirklich gefährlichen Einstieg mehr entsprach. Seitlich am Turm führte ein Blitzableiter herab. Er hängte sich mit seinem ganzen Gewicht an den Draht, und der hielt. Sieben Minuten später hatte er die Turmspitze erreicht und stand auf dem Dach. Er kroch an den Rand und schaute in den Hof hinunter. Er war leer, doch aus einigen Fenstern im ersten Stock drang noch immer Licht. Gegenüber im Torbogen, der zum Haupteingang führte, schien eine Lampe auf das Kopfsteinpflaster. Sich am Kletterseil abzuseilen, wie er geplant hatte, kam somit nicht mehr in Frage, da man ihn zu leicht hätte sehen können.

Als Peregrine sich aufrichtete, bemerkte er einen quadratisch aus dem Bleidach ragenden Schacht mit einem Deckel darauf. Er kniete sich daneben hin, hob die Klappe an und schaute hinab in die Finsternis. Offenbar konnte man auf diesem Weg ins Innere des Gebäudes gelangen. Nachdem er eine Weile gelauscht und sich unten nichts gerührt hatte, holte er seine Taschenlampe heraus und knipste sie kurz an. In ihrem Schein erblickte er einen Gang, den man über ein paar in die Wand eingelassene Eisensprossen erreichen konnte. Peregrine machte die Taschenlampe aus, schwang die Beine über den Lukenrand und zog, während er sich mit einer Hand an der obersten Sprosse festhielt, mit der anderen die Klappe zu. Dann kletterte er vorsichtig hinunter und schlich den Gang entlang, der an einer Tür endete. Mit allen Sinnen auf Gefahren lauernd, verharrte er davor, aber es herrschte nichts als Stille. Er öffnete die Tür und konnte im Mondlicht, das durch eine Art Schießscharte drang, erkennen, daß er sich am oberen Ende einer Wendeltreppe befand.

Sich dicht an der Wand haltend, stieg er sie hinunter, bis er an eine weitere Tür gelangte. Immer noch Stille. Als er sie einen Spaltbreit öffnete, blickte er in einen langen Korridor, an dessen Ende sich ein beleuchteter Treppenabsatz befand. Peregrine schloß die Tür und ging weiter nach unten. Wenn Glodstone irgendwo eingesperrt war, dann sicher in einem Kellerverlies. Vielleicht leistete ihm die Gräfin Gesellschaft. Zumindest mußte man dort als erstes nachsehen. Peregrine erreichte das Erdgeschoß und folgte, ohne sich um die in den Hof führende Tür zu kümmern, den Stufen in den Keller. Hier war es stockfinster. Nachdem Peregrine vorsichtshalber abgewartet und noch einmal gelauscht hatte, knipste er seine Taschenlampe an. Vom Fuß der Wendeltreppe gingen zwei Bogengänge ab. Der eine führte nach rechts unter dem Ostflügel hindurch, während der andere unter dem Haupttrakt des Schlosses verlief. Peregrine entschied sich für den zweiten und hatte ihn schon zur Hälfte passiert, als er durch einen offenen Türbogen Stimmengemurmel vernahm. Daß die Laute nicht aus dem dahinterliegenden Raum kamen, war offensichtlich. Demnach konnte man die Leute, die sich über einem befanden, von hier unten hören. Peregrine ließ seine Taschenlampe kurz aufblitzen und stellte fest, daß hier früher eine Küche gewesen war.

Unter einem vorspringenden Kaminabzug stand ein alter schwarzer Eisenherd. Der große Holztisch in der Mitte war mit einer dicken Staubschicht bedeckt. Dahinter befanden sich ein wuchtiges Abwaschbecken aus Stein, ein Fenster und eine Tür, die vermutlich in einen tieferliegenden Teil des Kellers führte. Auf einer Seite des Beckens hing eine Kette bis auf eine gemauerte Ausgußrinne herunter; anscheinend gehörte sie zu einem Brunnen, auf dem jetzt ein Holzdeckel lag. Peregrine durchquerte den Raum, hob den Deckel an und leuchtete hinein. Weit unten konnte er einen schwachen Widerschein erkennen. Vielleicht würde sich dieser Brunnen im Notfall als nützliches Versteck erweisen, doch im Augenblick interessierte sich Peregrine mehr für die Stimmen. Wie sich herausstellte, drangen sie durch einen kleinen Aufzugsschacht in der hintersten Ecke der Küche nach unten. Peregrine knipste die Taschenlampe aus und steckte seinen Kopf in den Schacht. Im Zimmer über ihm waren zwei Männer in eine heftige Diskussion verwickelt.

»Sie verstehen mich nicht, Hans«, sagte ein Amerikaner. »Sie nehmen einen nicht-machtorientierten Standpunkt ein. Ich hingegen behaupte, daß es angesichts der empirisch bewiesenen Tatsachen der Vergangenheit keine Alternative zur Realpolitik gibt, oder zur Machtpolitik, wenn Ihnen das besser gefällt...«

»Es gefällt mir ganz und gar nicht«, entgegnete ein Mann mit ausländischem Akzent. »Und ich sollte es eigentlich wissen. Ich war beim Kampf am Kursker Bogen dabei. Glauben Sie vielleicht, das hat mir gefallen?«

»Sicher nicht. Das wohl kaum. Aber was sich dort ereignet hat, war der machtmäßige Zusammenbruch von Machtpolitik.«

»Das können Sie getrost wiederholen«, meinte der Deutsche. »Wissen Sie, wie viele Tiger wir verloren haben?«

»Lieber Himmel, ich betrachte die Sache nicht vom logistischen Standpunkt aus. Sie hatten eben eine Vorkriegssituation, die unausgewogen war.«

»Wir hatten auch einen Mann, der unausgewogen war. Und das vergessen Sie zu berücksichtigen. Die menschliche Psyche. Alles, was Sie sehen, ist das Material, das entpersonalisierte und entmenschlichte Produkt einer wirtschaftlich abhängigen Spezies. Aber an die psychischen Impulse, die über das Material hinausgehen, denken Sie nicht.«

»Das stimmt nicht. Ich gestehe durchaus die Interdependenz zwischen Individuum und sozio-ökonomischem Umfeld zu, aber die Basis bleibt dieselbe – die Person ist der Prozeß.«

Der Deutsche lachte auf. »Wissen Sie, wenn ich Sie so reden höre, dann erinnert mich das an unsere sowjetischen Kollegen. Das Individuum ist frei kraft ebenjener Kollektivität, die ihn unfrei macht. Bei Ihnen zwingt das Kollektiv dem Individuum eine Freiheit auf, die es gar nicht will. Bei den Sowjets gibt es folglich die Stagnation des Staatskapitalismus und bei den Amerikanern das Chaos der freien Marktwirtschaft, und in beiden Fällen ist das Individuum an den Inhaber militaristischer Machtmonopole gekettet, über den er keinerlei Bestimmungsgewalt hat. Und das wollen Sie rational als Realpolitik erklären?«

»Ohne die würden Sie jetzt nicht hier sitzen, Heinie«, entgegnete der Amerikaner wütend.

»Professor Botwyk«, sagte der Deutsche, »ich möchte Sie daran erinnern, daß keiner von uns hier sitzen würde, wenn nicht zwanzig Millionen Russen umgekommen wären. Ich möchte Sie bitten, das nicht zu vergessen. Und damit gute Nacht.«

Nachdem er den Raum verlassen hatte, konnte Peregrine den anderen Mann noch eine Zeitlang oben auf und ab gehen hören. Von dem, was gesprochen worden war, hatte er nichts verstanden, außer daß es etwas mit Krieg zu tun hatte. Jetzt verließ auch der Amerikaner das Zimmer. Unten im Gang folgte Peregrine dem Geräusch seiner Schritte. Etwa in der Mitte des Ganges schlugen sie eine andere Richtung ein. Peregrine blieb stehen und schaltete kurz die Taschenlampe an. Ein paar Stufen führten nach oben zu einer Tür. Vorsichtig stieg er hinauf und öffnete sie behutsam. Auf der Terrasse stand eine Gestalt, die sich eine Zigarre angezündet hatte. Als sie wenig später weiterging, schlich Peregrine ihr nach. Das war die ideale Gelegenheit, zu erfahren, was mit Glodstone geschehen war. Während der Mann sinnend ins Tal hinabblickte und an seiner Zigarre zog, schlug Peregrine zu. Um genau zu sein, er sprang sein Opfer an, drückte ihm mit der Rechten die Kehle zu und drehte ihm mit der Linken den freien Arm auf den Rücken. Noch einmal glimmte die Zigarre kurz auf, dann erlosch sie.

»Ein Wort, und Sie sind ein toter Mann«, flüsterte Peregrine völlig grundlos, denn in Anbetracht der Tatsache, daß der inhalierte Rauch noch in seinen Lungen steckte und sein Hals gleichzeitig von einem kräftigen Arm gewürgt wurde, war der Verfechter der Machtpolitik ausnahmsweise sprachlos. Er unternahm die Andeutung eines Befreiungsversuchs, woraufhin Peregrine sofort seinen Klammergriff verstärkte.

»Was haben Sie mit ihm angestellt?« wollte er wissen, sobald der Amerikaner jegliche Gegenwehr wieder aufgegeben hatte.

Die Antwort bestand in einem Hustenanfall. »Das können Sie sich sparen«, fuhr Peregrine fort. »Sie werden mir jetzt sagen, wo Sie ihn hingebracht haben.«

»Wen denn, zum Henker?« würgte der Professor heraus, sobald Peregrine ihn wieder zu Atem kommen ließ.

»Das wissen Sie genau.«

»Ich schwöre Ihnen...«

»Das würde ich an Ihrer Stelle bleibenlassen.«

»Aber von wem reden Sie denn überhaupt?«

»Glodstone«, flüsterte Peregrine. »Mr. Glodstone.«

»Mr. Gladstone?« gurgelte der Professor, der infolge mangelnder Sauerstoffversorgung Ohrensausen bekommen hatte. »Ich soll Ihnen sagen, wo Mr. Gladstone ist? Aber der ist doch schon längst tot...«

Weiter kam er nicht. Die Bestätigung, daß Glodstone ermordet worden war, reichte Peregrine völlig. Sein Arm schloß sich wie ein Schraubstock um Professor Botwyks Luftröhre. So schob er ihn an die Brüstung. Der Professor wehrte sich kurz und versuchte sich zu befreien, doch es war zwecklos. Bevor er das Bewußtsein verlor, bekam er noch mit, daß er hinabstürzte. Immer noch besser, als erwürgt zu werden.

Peregrine sah ihn gleichgültig hinunterfallen. Glodstone war tot. Eins der Schweine hatte dafür bezahlt. Trotzdem mußte er sich jetzt erst einmal um die Gräfin kümmern.

Kapitel 14

Während der nächsten Stunde durften die Gäste des Château Carmagnac erfahren, was es hieß, wenn Peregrine in Aktion trat. Die Tatsache, daß es sich bei diesem Personenkreis um eine abenteuerliche Mischung aus britischen Urlaubern, die eine Annonce in *Lady* hergelockt hatte, in der ein ruhiger Urlaub *im Château* verheißen wurde, und ein kleines Grüppchen von selbsternannten internationalen Vordenkern handelte, die, finanziell unterstützt von ihren Regierungen, ein Symposium über »Entspannung oder Zerstörung« abhielten, führte dabei geradezu zwangsläufig zu Mißverständnissen, zumal die Abwesenheit der Gräfin auch nicht gerade unbedingt zur Verbesserung der Situation beitrug.

»Habe nicht die leiseste Ahnung, mein Freund«, meinte Mr. Hodgson, ein Schrotthändler aus Huddersfield, den Peregrine im Korridor erwischt hatte, wie er nach einem Lichtschalter herumtappte. »Sie wissen nicht vielleicht zufällig, wo das Klo ist, was?«

Peregrine rammte ihm seinen Revolver in den Bauch. »Ich frage kein zweites Mal. Wo ist die Gräfin?«

»Hören Sie, mein Freund, wenn ich das wüßte, würde ich es Ihnen sagen. Aber da ich es nicht weiß, ist das unmöglich. Außerdem ist das einzige, was mich im Augenblick interessiert, wo ich pinkeln kann.«

Peregrine setzte den Mann mit einem Hieb außer Gefecht, stieg über dessen Körper hinweg und machte sich auf die Suche nach jemandem, der mehr Informationen herausrückte. Dabei stieß er auf Dimitri Abnekow.

»Nix Kapitalist. Nix Kies, gar nix«, versicherte dieser hastig in gebrochenem Englisch anstelle seines ansonsten recht flüssigen Amerikanisch, weil er hoffte, man würde ihn auf diese Weise eher für jemanden halten, der auf seiten jedweder unterdrückten Masse stand, der Peregrine mit seiner anti-sozialen Handlungsweise Gehör verschaffen wollte. In seinem Pyjama fühlte er sich besonders verletzlich.

»Ich will die Gräfin«, sagte Peregrine.

»Gräfin? Gräfin? Ich weiß gar nix. Gräfinnen sind aristokratischer Abschaum. Sollten abgeschafft werden, wie in meinem Land. Stimmt's?«

»Nein«, erwiderte Peregrine. »Sie werden mir jetzt auf der Stelle sagen, wo . . .«

Dr. Abnekow tat nichts dergleichen. Er brach in einen Schwall Russisch aus und handelte sich dafür einen Major Fetherington Special ein, der ihm die Sprache gänzlich verschlug. Peregrine schaltete das Licht aus und eilte aus dem Zimmer. Draußen begegnete er Signor Badiglioni, einem katholischen Euro-Kommunisten, der sich gut genug mit Terroristen auskannte, um so vernünftig zu sein, durch die nächstbeste Tür zu flüchten und sie hinter sich zuzusperren. Daß es sich dabei zufällig um die Tür zum Zimmer von Dr. Hildegard Keister handelte, einer dänischen Expertin für chirurgische Eingriffe bei Sexualverbrechern, und daß die gerade ihre Zehennägel schnitt und dabei jede Menge Oberschenkel entblößte, brachte Signor Badiglioni völlig aus der Fassung.

»Sie wollen mich? Ja?« fragte die Ärztin auf Dänisch. Dann kam sie mit einer skandinavischen Großherzigkeit auf ihn zu, die Signor Badiglioni völlig fehlinterpretierte. Unter tausend hervorgestoßenen Entschuldigungen versuchte er, die Tür wieder aufzusperren, aber die gute Frau rückte ihm bereits auf die Pelle.

»Terroristen draußen«, kreischte er.

»Die Erwiderung von Sinnlichkeit ist nur natürlich«, dozierte die Ärztin und schleifte ihn ins Bett.

Ein paar Meter weiter bemühte sich Peregrine um ein Gespräch mit Pastor Laudenbach, dem Deutschen, der die

Schlacht um den Kursker Bogen mitgemacht hatte und dessen Pazifismus folglich so tief verwurzelt war, daß er Peregrines Drohung, ihm eine Kugel durch den Schädel zu jagen, wenn er nicht zu beten aufhörte und ihm sagte, wo sich die Gräfin aufhielt, unnachgiebig standhielt. Am Ende trug des Pastors Überzeugung den Sieg davon, und Peregrine ließ ihn ungeschoren.

Bei seinem nächsten Opfer hatte er noch weniger Erfolg. Professor Zukacs, ein ungarischer Volkswirt, dessen marxistisch-leninistische Grundsätze derart streng waren, daß er viele Jahre im Gefängnis verbracht hatte, um den wirtschaftlichen Forschritt seines Landes zu sichern, und den man in der vergeblichen Hoffnung zu diesem Treffen geschickt hatte, er würde sich von seinen Prinzipien lossagen, war zu sehr an junge Männer gewöhnt, die mit Gewehren auf Gängen patrouillierten, um sich davon im mindesten beunruhigen zu lassen.

»Ich werde dir helfen, sie zu finden«, erklärte er Peregrine. »Mein Vater hat die Revolution auf seiten von Béla Kun mitgemacht und Gräfinnen erschossen. Aber nicht genug, verstehst du? Jetzt ist es dasselbe. Die Bourgeoisiefizierung der Massen ist für das proletarische Gewissen schädlich. Nur indem man . . .«

Da unterbrach sie der mexikanische Delegierte, der den Kopf aus seiner Schlafzimmertür streckte und den Wunsch äußerte, sie mögen ihre Gräfinnen doch anderswo erschießen. Zudem, meinte er, hätte er auch ohne proletarisches Gewissen schon genug Schwierigkeiten mit seiner Schlaflosigkeit.

»Trotzkist«, belferte Professor Zukacs, »imperialistischer Speichellecker . . .« Während des folgenden Handgemenges machte Peregrine sich dünn. Selbst seinem beschränkten Intellekt war es inzwischen klar, daß sich die Gräfin nicht in diesem Flügel des Châteaus aufhielt. Er eilte den Korridor entlang und entdeckte einen nach rechts führenden Gang. Gerade überlegte er, in welches Zimmer er gehen sollte, als ihm die Entscheidung abgenommen wurde. Jemand stöhnte ganz in der Nähe. Peregrine ging dem Geräusch nach und blieb vor einer Tür stehen. Das Stöhnen war jetzt ganz deutlich vernehmbar. Desgleichen das Quietschen von Sprungfedern.

Die Interpretation bereitete Peregrine keinerlei Schwierigkeiten. Jemand, der geknebelt und auf einem Bett festgebunden war, versuchte sich freizukämpfen. Und er wußte auch, wer dieser Jemand war. Behutsam drückte er die Türklinke herunter und stellt zu seiner Überraschung fest, daß nicht zugesperrt war. Im Zimmer war es so dunkel wie im Gang, und die Geräusche klangen jetzt ausgesprochen herzzerreißend. Offenbar litt die Gräfin Höllenqualen. Sie keuchte und stöhnte, und ein gelegentliches Grunzen unterstrich auf erschütternde Weise den Abgrund ihrer Verzweiflung. Lautlos schlich Peregrine ans Bett heran und streckte eine Hand aus. Einen Augenblick später hatte er sie wieder zurückgezogen. Abgesehen von anderen physischen Eigenheiten, die die Gräfin haben mochte, stand zumindest fest, daß sie ein bemerkenswert haariges und muskulöses Hinterteil ihr eigen nannte. Außerdem war sie splitternackt.

Jedenfalls wußte sie jetzt, daß Hilfe nahte. Sie hörte auf, sich auf dem Bett aufzubäumen, doch gerade als Peregrine ihr erklären wollte, daß er sie in Nullkommanichts hier rausholen würde, stöhnte sie erneut und rief:

»Mehr, mehr, warum hast du denn aufgehört? Ich war gerade im Kommen.« Peregrine lag es auf der Zunge zu sagen, daß dies nicht nötig sei, da er ja da sei und sie losbinden würde, als eine Männerstimme antwortete.

»Wie viele Hände hast du eigentlich?«

»Hände? Wie viele Hände? Hast du gefragt, wie viele Hände ich habe?«

»Ganz genau.«

»Hab ich mir's doch gedacht«, murmelte die Frau. »In solchen Situationen mußt du blöde Fragen stellen. Wie viele Scheißhände glaubst du wohl, daß ich habe, drei vielleicht?«

»Ja«, entgegnete der Mann, »und eine davon ist kalt und hart.«

»Heiliger Strohsack, hart! Das einzige, was hier hart ist, bist doch du. Ich muß es wohl wissen. Also komm schon, Schatz, laß die Mätzchen und besorg es mir.«

»Also gut«, meinte der Mann unentschlossen. »Trotzdem hätte ich schwören können . . .«

»Spiel nicht verrückt, Liebling. Mach endlich weiter.«

Wieder begann das Hopsen, diesmal allerdings begleitet von weitaus weniger begeistertem Grunzen seitens des Mannes und wilden Forderungen nach mehr seitens der Frau. Peregrine, der im Dunkeln neben dem Bett stand, begriff allmählich, daß er zum erstenmal in seinem Leben einem Geschlechtsverkehr beiwohnte. Er überlegte, was er tun sollte. Das einzige, was er mit Sicherheit wußte, war, daß dies nicht die Gräfin sein konnte. Gräfinnen stöhnten nicht und wanden sich nicht auf Betten und ließen haarige Männer auf sich herumhopsen. Trotzdem hätte es ihn interessiert zu sehen, was die da machten, doch da das Leben der Gräfin auf dem Spiel stand, konnte er nicht länger verweilen. Als er aufstehen wollte, rutschte der Bettvorleger weg. Um nicht zu fallen, suchte Peregrine Halt und bekam diesmal das emporgereckte Knie der Frau zu fassen. Aus dem Bett drang ein erstickter Schrei, und wieder hörte das Gehopse auf. Peregrine ließ sofort los und schlich auf Zehenspitzen zur Tür.

»Was ist denn los?« fragte der Mann.

»Hände?« stieß die Frau hervor. »Hast du von Händen gesprochen?«

»Ich sprach von einer Hand.«

»Ich glaube dir. Sie hat mein Knie gepackt.«

»Also, ich war es nicht.«

»Das weiß ich. Wo ist der Lichtschalter? Mach das Licht an.«

Als sich ihre Stimme ins Hysterische steigerte, tastete sich Peregrine nach der Türklinke und stieß dabei eine Vase um. Das klirrende Prozellan sorgte für noch mehr Lärm.

»Laß mich los«, kreischte die Frau, »ich will hier raus. Irgendwas Fürchterliches ist hier im Zimmer. O mein Gott. Warum tut denn niemand was?«

Peregrine tat was. Während sie Zeter und Mordio schrie, erwischte er die Tür und stürzte auf den Gang hinaus. Hinter sich hörte er außer der kreischenden Frau jetzt auch noch deren Liebhaber plärren.

»Wie zum Teufel kann ich was tun, wenn du mich nicht losläßt?« brüllte er.

»Hilfe!« gellte die Frau.

Während sich mehrere Türen auftaten und Lichter angingen, verschwand Peregrine um die Ecke und stolperte eine breite Marmortreppe hinab, dem schwachen Licht entgegen, das den offenen Torbogen erhellte. Doch da kollidierte er mit dem britischen Delegierten, Sir Arnold Brymay, der versucht hatte, sich eine rationale Entgegnung auf die Behauptung sämtlicher anderer Delegierter zu überlegen, nämlich daß Großbritanniens Rolle als Kolonialmacht in Ulster dem Weltfrieden ebenso schade wie die Probleme im Mittleren Osten, das Engagement der Vereinigten Staaten in Südamerika und das Rußlands in Afghanistan und Polen, wobei in diesen Punkten keine solche Einmütigkeit herrschte. Da Sir Arnold auf Tropenmedizin spezialisiert war, hatte er keine Antwort parat gehabt.

»Was, zum Kuckuck . . .« begann er, als Peregrine auf ihn zustürmte, doch diesmal war Peregrine fest entschlossen, eine klare Antwort zu bekommen.

»Sehen Sie das da?« sagte er und hielt Sir Arnold seinen Revolver mit einer Brutalität unter die Nase, die keine Zweifel daran zuließ, was gemeint war. »Ein Ton, und ich drücke ab, verstanden? Also, wo ist die Gräfin?«

»Erst sagen Sie, ich soll keinen Ton von mir geben, und dann fragen Sie mich etwas. Wie stellen Sie sich das eigentlich vor?« fragte Sir Arnold, der die Irlandfrage nicht umsonst erörtert hatte.

»Schnauze«, fuhr Peregrine ihn an, drängt ihn durch die nächstbeste Tür und schloß sie hinter sich. »Keine faulen Tricks, sonst können Sie Ihr Hirn bald von der Decke abkratzen.«

»Also passen Sie auf, wenn Sie so nett wären, diese Feuerwaffe von meinen linken Nasenloch zu entfernen, dann könnten wir vielleicht zusammenkommen«, meinte Sir Arnold, der vorschnell zu dem naheliegenden Schluß gelangt war, daß er es entweder mit einem der anderen Delegierten zu tun hatte, der den Verstand verloren hatte, oder noch wahrscheinlicher mit einem Mitglied der IRA.

»Wo ist die Gräfin, habe ich gefragt?« brummte Peregrine.

»Welche Gräfin?«

»Das wissen Sie ganz genau. Wenn Sie nicht antworten, ist es aus mit Ihnen!«

»Hört sich ganz so an«, entgegnete Sir Arnold, um Zeit zu gewinnen.

Oben war offenbar ein zusätzliches Problem aufgetaucht. »Laß mich raus«, brüllte der vormalige Liebhaber.

»Ich kann nicht«, kreischte die Frau, »ich bin völlig verkrampft.«

»Als ob ich das nicht wüßte. Und hör auf, an meinen Beinen zu ziehen, du Schnepfe. Willst du vielleicht, daß es mir die Eingeweide aus dem Leib reißt? Kannst du denn nicht sehen, daß ich eingeklemmt bin wie ein Scheißköter?«

»Guter Gott«, stöhnte Sir Arnold, »das ist ja schrecklich.«

»Beantworten Sie meine Frage.«

»Das kommt ganz darauf an, welche Gräfin Sie meinen.«

»Die Comtesse de Montcon.«

»Wirklich? Ein äußerst aufschlußreicher Name. Und wie sich die Dinge da oben anhören, sicher einer, den der junge Mann ungleich reizvoller gefunden hätte, glauben Sie nicht?«

»Also gut«, sagte Peregrine. »Da Sie es offenbar darauf anlegen, sollen sie auch bekommen, was Ihnen zusteht.« Und nachdem er Sir Arnold unsanft an die Wand gestoßen hatte, nahm er den Revolver in beide Hände und zielte auf ihn.

»Schon gut, schon gut. Tatsache ist, daß sie gar nicht da ist«, erklärte der Fachmann für Bilharziose, dem klar wurde, daß es, obwohl er es eigentlich auf gar nichts anlegte, höchste Zeit war, sich etwas einfallen anstatt sich erschießen zu lassen. »Sie ist irgendwo bei Basel.«

»Und wo wohnt diese Base?« fragte Peregrine.

»Wohnt?« fragte Sir Arnold, der seine Kaltbültigkeit angesichts dieses absurden Verhörs und des sich oben abspielenden Streits allmählich einbüßte. Irgendeine redegewandte Dame, die behauptete, aus eigener Erfahrung mit Bullterriern genauestens über Köterknäuel Bescheid zu wissen, hatte soeben versucht, einen Eimer kaltes Wasser über das Liebespaar zu schütten, was die zu erwartenden unangenehmen Folgen hatte.

»Scheiße«, brüllte der junge Mann. »Wann geht es endlich in Ihren blöden Schädel, daß ich kein Bullterrier bin? Wenn Sie das noch mal machen, dann klemme ich in einer Leiche fest.«

Mit Gewalt riß Sir Arnold seine Aufmerksamkeit von dieser wissenschaftlichen Frage los und blickte seinem eigenen bevorstehenden Tod ins Auge. Peregrine hatte mit dem Countdown begonnen.

»Basel ist eine Stadt, zum Teufel«, sagte er und versuchte, die Situation durch eine geschwätzige Schilderung zu retten.

»Das weiß ich, aber wo?« fragte Peregrine.

»In der Schweiz.«

»Und wie lautet die Adresse?«

»Welche Adresse?«

»Die der Base.«

Doch in den Revolverlauf eines Verrückten zu blicken, der Basel für eine Person hielt, während zugleich ein Pärchen, das sich dagegen verwahrte, Bullterrier zu sein, oben ersäuft wurde, war schlicht und einfach zu viel für Sir Arnolds Nerven.

»Das steh ich nicht durch. Ich steh das nicht durch«, stöhnte er und unterstrich seine Behauptung, indem er an der Wand entlang zu Boden rutschte. Peregrine zögerte einen Augenblick. Er war versucht, dieses Schwein durch Tritte etwas aufzumuntern, doch das Geräusch von Schritten und aufgeregten Stimmen in der Halle hielten ihn jedoch davon ab. Außerdem war er inzwischen einigermaßen davon überzeugt, daß sich die Gräfin nicht im Château aufhielt. Abgesehen davon hatte es wenig Sinn, die eigene Gefangennahme zu riskieren. So öffnete er ein Fenster, vergewisserte sich, daß der Hof leer war, und sprang dann leichtfüßig über ein Blumenbeet. Fünf Minuten später hatte er das Dach erreicht und rutschte mit einer Schwindelfreiheit, über die Glodstone entsetzt gewesen wäre, den Blitzableiter hinunter.

Nicht, daß Glodstone Bedarf an Entsetzlichkeiten gehabt hätte. Seitdem er auf den Felsvorsprung am Fuß der Steilwand hinaufgeklettert war, hatte sich seine Einstellung gegenüber Abenteuern geändert. Sie waren durchaus nicht so großartig, wie sie sich in Büchern ausnahmen. Ganz im Gegenteil. Es waren verfluchte Alpträume, in denen man kilometerweit mit einem bleischweren Rucksack durch unwegsames Gelände stolperte, schlaflose Nächte zitternd vor Kälte im Regen verbrachte, verbranntes Corned beef aus Dosen aß, zur Unzeit erlebte, wie es war, wenn man ertrank, und schließlich, bis auf die Knochen durchnäßt, auf einem Felsvorsprung landete, der die einzige Alternative zum Ertrinken darstellte. Nachdem er die grausige Neigung der Boose, Gegenstände wie ein gieriges Klobekken in den Abgrund zu saugen, am eigenen Leib erfahren hatte, wußte er, daß er unmöglich ein zweitesmal hinüberschwimmen konnte.

Andererseits sprach recht wenig dafür, zu bleiben, wo er war. Der Vergleich mit dem Abort war hier nicht nur treffend, sondern traf ihn im wahrsten Sinne des Wortes. Das Abwassersystem des Châteaus war äußerst primitiv und in Glodstones Augen typisch französisch. Alles, was es transportierte, schoß aus einem verdreckten Rohr in der Felswand und in Richtung Fluß. In Wahrheit landete ein guter Teil davon auf Glodstone. Gerade überlegte er, ob das Risiko zu ertrinken nicht einem Dasein als menschliche Jauchegrube vorzuziehen sei, als er bemerkte, daß etwas Substantielleres den Abhang herunterkollerte. Es hing kurz am Abflußrohr und schlitterte dann herab und in den Fluß. Mit dem blödsinnigen Gedanken, daß dies Peregrine lehren würde, in Zukunft nicht mehr auf die hirnrissige Idee zu kommen, mitten in der Nacht Felswände hinaufzukraxeln, packte Glodstone den Körper und zog ihn auf den Felsvorsprung. Dann tastete er mit der Hand nach seinem Mund und hatte bereits eine halbe Minute Mund-zu-Mund-Beatmung praktiziert, bevor ihm auffiel, daß es ein oder zwei Unterschiede zwischen Peregrine und demjenigen gab, den er da wiederzubeleben versuchte. Peregrine hatte mit Sicherheit keinen

Schnauzbart und keine Glatze, und zudem war es unwahrscheinlich, daß er plötzlich auf den Geschmack von Cognac und Zigarren gekommen sein sollte.

Glodstone hielt ein paar Sekunden inne, doch dann zwang ihn sein Pflichtgefühl zum Weitermachen. Er konnte den Bastard nicht einfach krepieren lassen, ohne etwas zu unternehmen. Außerdem kam ihm ein entsetzlicher Verdacht hinsichtlich dessen, was geschehen war. Peregrine mußte angenommen haben, er sei beim Überqueren des Flusses ertrunken, mußte, statt ihm zu Hilfe zu eilen, irgendwie ins Château eingedrungen sein und war offensichtlich entschlossen, jeden umzubringen, der ihm in die Finger kam. Davon wollte sich Glodstone auf alle Fälle distanzieren. Gräfinnen zu retten war eine Sache, aber glatzköpfige Männer über Felswände hinabzustürzen, stand auf einem anderen Blatt. Jedenfalls würde es dieser schwachköpfige Idiot sowieso nie schaffen. Er würde sich umbringen lassen und dann ... Zum erstenmal in seinem Leben blitzte bei Glodstone so etwas wie Realitätssinn auf.

Das war mehr, als man von Professor Botwyk behaupten konnte. Dank Peregrines unsanfter Behandlung war er während des Sturzes nicht bei Bewußtsein, und dieses Entspanntsein rettete ihm das Leben. Jetzt kam er langsam wieder zu sich. Die Erleichterung war recht dubioser Art. Trotz seiner festen Überzeugung, daß die Zukunft der Welt von der Anhäufung von Massen-, um nicht zu sagen Menschheitsvernichtungswaffen, abhing, war der Professor ein ansonsten konservativer Familienvater, für den die Tatsache, daß er naß bis auf die Knochen dalag und von jemandem, der sich drei Tage nicht rasiert hatte und wie eine öffentliche Bedürfnisanstalt stank, aufgeblasen wurde, nahezu ebenso traumatisch war, wie mit zigarrengefüllter Lunge erwürgt zu werden. Unter verzweifelter Aufbietung seiner letzten Kräfte riß er seinen Mund von Glodstones los.

»Was zum Teufel machen Sie da eigentlich?« schnauzte er ihn kraftlos an. Glodstone wich erschrocken zurück. Er wußte genau, was er gemacht hatte, nämlich einen der gefährlichsten

Gangster wiederbelebt. Doch schien ihm jetzt nicht der geeignete Zeitpunkt, dies auszusprechen.

»Also, mal schön langsam«, murmelte er und hoffte inständig, daß das Schwein kein Schießeisen bei sich trug. Daran hätte er vorher denken sollen. »Sie haben einen üblen Sturz hinter sich und haben sich möglicherweise etwas gebrochen.«

»Was denn zum Beispiel?« fragte Botwyk und schaute an sich herunter.

»Weiß ich auch nicht genau. Ich bin kein Fachmann für solche Sachen, aber in Ihrem Zustand dürfen sie sich auf keinen Fall bewegen.«

»Das könnte Ihnen so passen«, entgegnete Botwyk, dessen Erinnerung an das Entsetzliche, daß er durchgemacht hatte, allmählich zurückkehrte. »Aber warte, wenn ich diesen Saukerl, der mich erwürgen wollte, erst in die Finger kriege...«

»Das meine ich nicht«, sagte Glodstone, der in bezug auf Peregrine durchaus vergleichbare Gefühle hegte. »Ich rate Ihnen lediglich, sich nicht zu bewegen. Sie könnten sich verletzen.«

»Sobald ich von hier weg bin, werde ich diesen Hurensohn mehr als verletzen. Darauf können Sie Gift nehmen. Ich werde...«

»Ganz recht«, sagte Glodstone, um sich blutrünstige Details zu ersparen. An solcher Rache wollte er sich nicht beteiligen. »Jedenfalls war es ein Glück, daß ich zufällig vorbeikam und Sie herunterfallen sah. Wenn ich Sie nicht gerettet hätte, wären Sie jetzt ein toter Mann.«

»Da mögen Sie schon recht haben«, meinte Professor Botwyk zähneknirschend. »Und Sie sagen, Sie haben mich fallen sehen?«

»Ja. Ich bin ins Wasser gesprungen und herübergeschwommen und konnte Sie in letzter Sekunde herausziehen«, sagte Glodstone. Jetzt fühlte er sich etwas besser. Zumindest hatte er sich damit ein Alibi verschafft. Professor Botwyks Entgegnung stellte es sogleich in Frage.

»Laß dir eines gesagt sein, Bruder: Ich bin nicht gefallen, ich wurde gestoßen.«

»Tatsächlich?« sagte Glodstone mit einer Mischung aus Überzeugtheit und angebrachter Skepsis. »Will sagen, sind Sie sicher, daß Sie keinen Schock oder eine Gehirnerschütterung erlitten haben?«

»Natürlich bin ich nicht sicher«, entgegnete Botwyk, dessen schlummernde Hypochondrie geweckt worden war. »So, wie ich mich fühle, könnte ich mir alles mögliche geholt haben. Aber eines ist sicher: Irgend so ein Totschläger ist mir an die Gurgel gesprungen, und als nächstes liege ich hier unten. Dazwischen wurde ich natürlich noch erwürgt.«

»Guter Gott«, sagte Glodstone, »und haben Sie ... äh ... gesehen, wer ... ich meine ... wer Sie gestoßen hat?«

»Nein«, entgegnete Botwyk grimmig, »aber Sie können Gift darauf nehmen, daß ich das herausfinden werde, und dann ...«

Er versuchte, sich auf seine Ellbogen zu stützen, doch Glodstone intervenierte energisch. Es war schon schrecklich genug, zusammen mit einem Mordgesellen auf einem Felsvorsprung zu hocken, auch ohne daß das Schwein erfuhr, daß er sich nichts Weltbewegendes zugezogen hatte.

»Bewegen Sie sich nicht«, kreischte er, »Sie dürfen sich auf keinen Fall bewegen. Vor allem Ihren Kopf nicht.«

»Meinen Kopf? Was ist denn so Besonderes mit meinem Kopf?« fragte Botwyk. »Er blutet doch nicht etwa oder so was?«

»Soweit ich feststellen kann, nicht«, sagte Glodstone, wobei er sich vorsichtig zu den Füßen des Professors vorarbeitete. »Natürlich ist es zu dunkel, um Genaueres erkennen zu können, aber ich würde ...«

»Also was soll dann das Geschwätz, von wegen nicht bewegen?« fragte Botwyk nervös.

»Das möchte ich lieber für mich behalten«, meine Glodstone. »Ich gehe nur mal eben ...«

»Dageblieben«, schrie Botwyk, der jetzt in Panik geriet. »Es schert mich einen Dreck, was Sie lieber für sich behalten würden. Ich will es trotzdem hören.«

»Da wäre ich mir nicht so sicher.«

»Aber ich, verdammt. Und warum, zum Teufel, ziehen Sie mir die Schuhe aus?«

»Nur für ein paar Tests«, entgegnete Glodstone.

»An den Füßen? Und was ist mit meinem Kopf? Erst faseln Sie was von meiner Birne und daß ich sie nicht rühren soll und was weiß ich, und jetzt wollen Sie Tests am anderen Ende machen. Wo ist denn da der Scheißzusammenhang?«

»Ihre Wirbelsäule«, verkündete Glodstone düster. Im nächsten Augenblick mußte er den Professor am Aufspringen hindern. »Um Himmels willen, bewegen Sie sich nicht. Ich meine...«

»Ich weiß, was Sie meinen«, brüllte Botwyk. »Und ob ich es weiß. Heiliger Bimbam, Sie wollen mir doch nicht etwa weismachen... o mein Gott!« Er ließ sich auf den Felsen zurücksinken und blieb liegen, ohne sich zu rühren.

»Genau«, sagte Glodstone, heilfroh, daß er endlich die Oberhand gewonnen hatte. »Und jetzt werde ich Sie fragen, ob Sie irgend etwas spüren, wenn ich...«

»Ja, das tue ich«, plärrte Botwyk, »ganz eindeutig.«

»Aber ich habe doch noch gar nichts gemacht.«

»Der Kerl erklärt mir, daß er noch gar nichts gemacht hat. Sagt nur, daß ich mir die Wirbelsäule gebrochen habe. Und das soll nichts sein? Wie wäre Ihnen denn zumute, wenn man Sie erwürgt und über eine Klippe geworfen hätte, und dann kommt unten irgend so ein Tommy daher, bläst einem Luft in die Lungen und erklärt einem dann, man habe sich das Rückgrat gebrochen und dürfe seinen verfluchten Schädel nicht bewegen? Glauben Sie vielleicht, ich spüre nichts? Und was ist mit meiner Alten? Sie wird begeistert sein, wenn ich den ganzen lieben langen Tag zu Hause rumhänge und nachts keinen mehr hochkriege. Da kennen Sie sie verdammt schlecht. Sie wird es mit jedem...« Diese Vorstellung war offenbar mehr, als er ertragen konnte. Er hielt inne und starrte zum Himmel hinauf.

»Also«, sagte Glodstone, die Rache für den Tommy voll auskostend, »wenn sie sich in der Lage fühlen...«

»Sprechen Sie's nicht aus«, sagte Botwyk. »Ich werde hier liegenbleiben und mich nicht bewegen, bis es hell genug geworden ist, daß Sie hinüberschwimmen und einen Unfallwagen organisieren können und das beste Rettungsteam, das für Geld zu haben ist ...«

Jetzt war es Glodstone, den die Panik ergriff. »Einen Augenblick mal«, sagte er und wünschte, er hätte nicht so unnötigerweise mit seiner Flußüberquerung geprahlt. »Ich habe mir den Knöchel verstaucht, als ich Sie gerettet habe. Ich kann unmöglich in dieses kalte ...«

»Knöchel, daß ich nicht lache«, schrie Botwyk. »Wenn Sie glauben, daß ich mich in meinem Scheißzustand um Knöchel schere, müssen Sie einen Knall haben.«

»Na gut, wenn Sie das so empfinden«, sagte Glodstone hochnäsig, wurde jedoch von Botwyk unterbrochen.

»Empfinden?« kreischte er. »Wenn Sie dieses Scheißwort noch einmal in den Mund nehmen, wird es Ihnen leid tun.«

»Tut mir leid«, sagte Glodstone. »Trotzdem ...«

»Hör zu, Kamerad«, sagte Botwyk. »Nichts trotzdem. Deine Ausreden kannst du dir sparen. Du willst doch nicht etwa deinen Knöchel und meine Wirbelsäule in denselben Topf schmeißen, oder?«

»Nicht unbedingt«, meinte Glodstone.

»Man braucht keinen verfluchten Knöchel, um einen hochzukriegen und zu empfinden und was weiß ich. Mit Wirbelsäulen ist das anders, wenn ich recht informiert bin. Also laß die Gefühle gefälligst beiseite.«

»Gut«, sagte Glodstone, unsicher, ob es klug gewesen war, das Thema überhaupt anzuschneiden. »Trotzdem ...«

»Laß es«, drohte ihm Botwyk.

»Ich wollte nur sagen ...«

»Ich weiß, was Sie sagen wollten. Und ich habe bereits darauf geantwortet.«

»Ungeachtet dessen«, sagte Glodstone nach einer Pause, in der er nach einem Ausdruck gesucht hatte, der den widerlichen Kerl nicht in Rage bringen würde, »wäre es durchaus möglich, daß Ihrem Rückgrat gar nichts passiert ist. Um das herauszufinden, muß man ...«

»Ich will Ihnen mal was sagen ...«

Doch das, was er ihm mitteilen wollte, ging in Sirenengeheul unter. Ein Personenwagen, gefolgt von einem Krankenwagen, fegte heran und fuhr über die Brücke zum Château hinauf.

»So unternehmen Sie doch was, zum Teufel«, brüllte Botwyk. »Wir müssen uns bemerkbar machen.«

Doch Glodstone war zu sehr mit seinen eigenen Gedanken beschäftigt, um zu antworten. Was immer Peregrine veranstaltet haben mochte, er hatte mit Sicherheit mehr angestellt, als dieses ordinäre Schwein über die Brüstung zu stoßen. Und wenn man ihn erwischte ... Diese Vorstellung jagte ihm panische Angst ein. In der Zwischenzeit war es wohl besser, sich mit dem Saukerl auf freundschaftlichen Fuß zu stellen, zumindest soweit dies möglich war.

»Haben Sie das gespürt?« fragte er, sobald der Professor zu brüllen aufgehört hatte, und bohrt ihm dabei einen Finger in die Fußsohle.

Mit einem Ruck setzte sich Botwyk auf. »Natürlich, zum Henker«, fauchte er. »Was in Dreiteufelsnamen erwarten Sie denn eigentlich, wenn Sie so was machen? Ich habe beschissen sensible Füße.«

»Da bin ich aber erleichtert«, sagte Glodstone, »denn eine Zeitlang habe ich wirklich geglaubt, Sie hätten sich das Rückgrat gebrochen.«

»Lieber Himmel«, stöhnte Botwyk und sank wortlos auf den Felsen nieder.

Kapitel 15

Er war nicht allein mit seinem Schicksal. Mr. Hodgson, der Schrotthändler, der um jeden Preis eine Abreibung hatte haben wollen und zu denen gehörte, die in den Genuß eines Major Fetherington Special gekommen waren, war nach wie vor unfähig, sich verbal zu äußern. Mühsam kritzelte er auf ein Blatt Papier, er sei dem Angriff eines dieser verdammten Ausländer zum Opfer gefallen, und je früher er heim nach Huddersfield käme, desto sicherer würde er sich fühlen. Dimitri Abnekow war der (ebenfalls schriftlich kundgetanen) Meinung, daß es sich hier um die gezielte Provokation eines CIA-Schlägertrupps gehandelt habe, um den sowjetischen Delegierten mundtot zu machen, was eine Verletzung der UN-Charta und des Abkommens von Helsinki darstelle, da es sich hier um eine gewaltsame Einschränkung der Redefreiheit handle. Signor Badiglioni, der sich Doktor Keisters klinischer Behandlungsmethode für das, was sie im Gegensatz zu ihm als ›Erwiderung von Sinnlichkeit‹ bezeichnete, unterzogen hatte, war nicht bereit, überhaupt etwas zu sagen. Und Sir Arnold Brymay zog es vor zu schweigen. Professor Zukacs war zu tief in einen Disput mit dem mexikanischen Delegierten verwickelt gewesen, in dem es um die Frage nach dem Mord an Trotzki ging und um das Versäumnis der mexikanischen Regierung, Farmen, die bereits an die Bauern verteilt worden waren, zu kollektivieren, um sich an so etwas Unwesentliches wie seine Begegnung mit Peregrine zu erinnern. Mrs. Rutherby und Mr. Coombe gaben, nachdem Dr. Voison sie erst einmal entknotet hatte, die Schuld an ihrer peinvollen Lage Mrs. Branscombe, der Expertin für Bullterrier, die ihrerseits bestritt, gewohnheitsmäßig in anderer Leute Schlafzimmer einzudringen, um ihr latentes Lesbentum abzureagieren, indem sie eimerweise Wasser über heterosexuelle Pärchen kippte.

Einzig und allein Pastor Laudenbach packte das Problem rational an. »Die Frage, die wir uns stellen müssen, ist doch die, warum ein junger Mann so verzweifelt nach einer Gräfin sucht. Dieses Phänomen läßt sich nicht ohne weiteres erklären. Vor allem dann nicht, wenn es sich dabei eindeutig um einen Engländer handelt.«

»Oh, das würde ich aber so nicht stehen lassen wollen«, widersprach Sir Arnold, der einen äußerst unangenehmen internationalen Zwischenfall auf sich zukommen sah.

»Aber ich«, sagte Dr. Grenoy, der französische Delegierte. Er hatte während der ganzen Vorfälle tief und fest geschlafen, aber schließlich stand Frankreichs Ehre auf dem Spiel, und außerdem suchte er ohnehin eine Gelegenheit, um die Tagungsteilnehmer von der Rolle, die sein Land in Zentralafrika spielte, abzulenken. Andererseits lag ihm viel daran zu vermeiden, daß der Skandal in die Medien kam. »Ich bin sicher, daß es eine ganz einfache Erklärung für diese bedauerliche Angelegenheit gibt. Sicher stecken Rowdies dahinter«, fuhr er fort. »Aber das Entscheidende ist doch, daß man uns allen zwar Unannehmlichkeiten bereitet hat, im Grunde aber niemand zu Schaden gekommen ist. Sie dürfen versichert sein, daß bis morgen früh ausreichende Schutzmaßnahmen ergriffen werden. Das garantiere ich Ihnen persönlich. Und jetzt schlage ich vor, daß wir in unsere Zimmer zurückkehren und . . .«

Der sowjetische Delegierte protestierte. »Wo ist denn der Amerikaner Botwyk?« flüsterte er. »Im Namen der Gemeinschaft der . . .«

»Wir wollen uns doch nicht zu sehr aufregen«, beschwichtigte Dr. Grenoy die Anwesenden. Ihm war jetzt ebenso daran gelegen, einen internationalen Zwischenfall zu vermeiden, wie Sir Arnold. »Die Abwesenheit des Professors läßt sich sicher mit seiner verständlichen Besonnenheit erklären. Wenn jemand so freundlich wäre, in sein Zimmer zu gehen . . .«

Pastor Laudenbach erbot sich, kehrte jedoch nach ein paar Minuten mit der Mitteilung zurück, daß Professor Botwyks Zimmer leer und das Bett unberührt sei.

»Na, was habe ich gesagt?« sagte Dr. Abnekow. »Das Ganze ist eine Verschwörung zum Zwecke der Destabilisierung unserer Zusammenkunft, angezettelt von Elementen . . .«

»Herr im Himmel«, seufzte Sir Arnold, »kann denn niemand ein Element des gesunden Menschenverstandes in diese triviale Geschichte bringen? Wenn dieser verdammte Yankee etwas angezettelt hätte, wäre er doch nicht so blöd gewesen, sich aus dem Staub zu machen. Politische Hintergründe jedenfalls sind nicht im Spiel. Dieser Verrückte wollte ganz einfach wissen, wo irgendeine Gräfin steckt. Ich habe ihm erklärt, sie sei in Basel. Wahrscheinlich ist er jetzt dort.«

»Gräfin? Gräfin? Ein reiner Vorwand«, ereiferte sich Dr. Abnekow. »Typisch imperialistische Taktik, um den wahren Zweck zu verschleiern. Hier gibt es keine Gräfinnen.«

Dr. Grenoy hüstelte verlegen. »Ich fürchte, ich muß Ihnen mitteilen, daß es doch welche gibt«, sagte er. »Der Eigentümer des Châteaus . . .« Er zuckte die Achseln. Er hatte wenig Lust, den Namen Montcon in die Welt hinauszuposaunen.

»Da haben wir's, die Frau hat einen Liebhaber . . .« meinte Sir Arnold zunehmend fröhlich, als er durch das Eintreffen eines Sanitäters unterbrochen wurde.

»Es scheint eine Erklärung für das Verschwinden von Professor Botwyk zu geben«, verkündete Dr. Grenoy, nachdem er sich kurz flüsternd mit dem Mann beraten hatte. »Man hat ihn auf einem Felsen im Fluß gefunden.«

»Tot?« fragte Dr. Abnekow hoffnungsfroh.

»Nein. In Gesellschaft eines anderes Mannes. Die Rettungsmaßnahmen sind bereits eingeleitet worden. Die beiden dürften jeden Augenblick geborgen werden.«

Die Delegierten defilierten auf die Terrasse hinaus, um zuzusehen. Zurück blieben Dr. Grenoy und Sir Arnold und berieten sich über die Notwendigkeit, zumindest vorübergehend die franko-britische Zusammenarbeit wiederaufleben zu lassen.

»Sie halten die Briten aus dieser Sache raus, und ich werde Madam de Montcon gegenüber kein Wort verlauten lassen«, schlug Sir Arnold vor.

»Wer mir die meisten Sorgen macht, ist dieser unselige Amerikaner«, sagte Dr. Grenoy zu Sir Arnold. »Möglicherweise verlangt er unsinnige Sicherheitsvorkehrungen. Wir können von Glück sagen, daß wir keinen libyschen Vertreter hierhaben.«

Sie gingen gerade rechtzeitig auf die Terrasse hinaus, um mitzuerleben, wie Professor Botwyk und Glodstone von mehreren Froschmännern in einem Schlauchboot über den Fluß gebracht wurden.

»Ich hoffe nur, daß er nicht darauf besteht, eine Pressekonferenz abzuhalten«, meinte Sir Arnold. »Die Amerikaner machen immer einen solchen Zirkus um diese Dinge.«

Dr. Grenoy nahm sich vor, dafür zu sorgen, daß das staatliche französische Fernsehen keine technische Ausrüstung herausrückte.

Doch Botwyk hatte jegliches Interesse an allem, was mit Publicity zu tun hatte, verloren. Er sorgte sich in erster Linie um seinen Gesundheitszustand. Abgesehen davon, daß man ihn, beinah erwürgt, in den Fluß geworfen hatte, machte ihm Glodstones Annahme, er habe sich möglicherweise das Rückgrat gebrochen, zu schaffen; außerdem hatte er auch noch eine hautnahe Bekanntschaft mit dem schloßeigenen Abwassersystem gemacht. Daß ausgerechnet eine Damenbinde unbekannter Herkunft mitten auf seinem Gesicht landete, hatte ihm besonders zugesetzt. Als man ihn die Böschung hinaufschleppte und in einen Krankenwagen verfrachtete, glich sein Blick dem eines gehetzten Tieres. Glodstone wurde ebenfalls mitgenommen, und dann brachte man beide hinauf ins Château. Erst dort machte Botwyk kurz den Mund auf.

»Verschaffen Sie mir nur ein Desinfektionsbad und ein Bett«, sagte er zu Dr. Voisin, als er aus dem Wagen ins Dämmerlicht torkelte. »Wenn Sie sonst was wissen wollen, fragen Sie den da.«

Doch Glodstone hatte gute Gründe, verschwiegen zu sein. »Ich war nur zufällig zur rechten Zeit am rechten Ort«, erklärte er. »Ich kam gerade vorbei und sah ihn fallen. Also bin ich herübergeschwommen und habe ihn rausgezogen.«

Und in dem Bewußtsein, daß er sich jetzt auf feindlichem Territorium befand, folgte er Botwyk und dem Doktor trübsinnig die Treppe hinauf ins Badezimmer.

Von der gegenüberliegenden Talseite aus verfolgte Peregrine diese Ereignisse mit großem Interesse. Es tat gut zu wissen, daß Glodstone noch am Leben war; daß jedoch das Schwein, das so getan hatte, als sei es tot, irgendwie überlebt hatte, fand er ziemlich enttäuschend. Aber wie dem auch sein mochte, bevor es wieder dunkel wurde, konnte er nichts unternehmen. Also kehrte er zum Biwak zurück, hängte seine Kleider zum Trocknen auf und kroch in seinen Schlafsack. Er überlegte kurz, ob er seinen Standort vorsichtshalber wechseln sollte, für den Fall, daß sie Glodstone durch Folterungen zwangen, die Position des Lagers preiszugeben, aber Gloddie würde niemals reden, ganz gleich, was sie mit ihm anstellten. Mit diesem beruhigenden Gedanken schlief er ein.

Deirdre, Comtesse de Montcon, nächtigte während der Urlaubssaison nie im Château. Sie hätte auch sonst nicht dort geschlafen, wenn es sich hätte vermeiden lassen, doch in den Sommermonaten mußte sie ihre Anonymität wahren. Außerdem sicherte sie sich dadurch, daß sie in Boosat übernachtete, auf dem Markt das beste Gemüse und beim Metzger die schönsten Stücke Fleisch. Niemand im Château Carmagnac hätte sich darüber beschwerden können, daß die Küche nicht exzellent war und der Service nicht hervorragend; noch wäre jemand darauf gekommen, daß der vortreffliche Koch eine Gräfin war. Und niemand – und das war weitaus wichtiger – hätte vermutet, daß die Frau, die jeden Morgen mit dem Renault-Lieferwagen zum Schloß hinauffuhr und tagsüber in der Küche herumwerkelte und den anderen Bediensteten Befehle erteilte, eine Engländerin war, deren eigentliches Trachten dahin ging, sich in die noch vollständigere Anonymität ihres Bungalows in Bognor Regis zurückzuziehen. Vor allem aber durfte niemand wissen, daß sie eine Vergangenheit hatte.

Geboren als Constanze Sugg, damals wohnhaft in 421, Selsdon Avenue in Croydon, hatte sie sich mit einer Reihe falscher Identitäten und nutzbringender Ehebrüche zu ihrem derzeitigen Titel emporgearbeitet. In der Tat konnte man wahrheitsgemäß behaupten, daß sie eine ganze Menge Vergangenheiten hatte. Mit siebzehn war sie Miss Croydon gewesen, mit neunzehn Starlet in Hollywood, im Alter von zweiundzwanzig Masseuse in einem äußerst dubiosen Etablissement in San Francisco, drei Jahre später Hosteß auf einer Regenerationsfarm im Westen und zehn Jahre lang die Ehefrau von Siskin J. Wanderby. Während dieser Zeit hatte Wanderby, ein Mann, der es sich zum Prinzip gemacht hatte, auf seine Intuition zu vertrauen, diverse Vermögen gemacht und wieder durchgebracht, und Constanze, jetzt Anita Blanche und Mutter von Anthony B. Wanderby, hatte sich mit der Begründung von ihm scheiden lassen, daß es eine besonders sadistische Form seelischer Grausamkeit sei, von einer Woche auf die nächste nicht zu wissen, ob man die Frau eines Millionärs war oder demnächst im Armenviertel landen würde. Damals war Wanderby drauf und dran, ein Vermögen mit Brandschutzanlagen für Ölförderungen in Texas zu verdienen, so daß es ganz nach saftigen Unterhaltszahlungen aussah. Doch die Ölkrise hatte ihren Hoffnungen ein Ende bereitet, so daß sie sich gezwungen sah, selbst für sich und ihre Zukunft zu sorgen. Da sie damals in Las Vegas lebte, hatte sie den Namen Betty Bonford angenommen und als angestellte Spielerin in Caesar's Palace gearbeitet. Dort lernte sie dann ihren späteren Mann, Alphonse Giraud Barbier, Comte de Montcon, kennen.

Im Laufe von fünfzig Jahren hatte sich der Graf einen beachtlichen Ruf als Playboy, Spieler und Aufschneider erworben – eine Folge dessen, daß er einen Rat seiner verwitweten Mutter buchstabengetreu befolgt hatte. »Heirate nicht wegen des Geldes, Alphonse«, hatte sie ihm eingeschärft, »sondern gehe dahin, wo Geld ist.« Und das hatte Alphonse getan. Bis zu dem Zeitpunkt, da er in Las Vegas landete, hatte er nahezu jedes teure Hotel und Skigebiet, jeden exklusiven Club und jedes Casino in ganz Europa besucht und war bis auf seine letzte Million Francs und das Château Carmagnac heruntergekommen. Er hatte Weisung, die erstbeste reiche Frau zu heiraten, die sich mit dem, was von ihm übrig war, zufriedengeben würde. Wieder hatte der Graf getan, was man ihm gesagt hatte, und Deirdre Gosforth (für diesen Fall hatte sie sich erneut einen falschen Namen zugelegt) einen Heiratsantrag gemacht, da er irrtümlicherweise glaubte, eine Frau, die drei Abende hintereinander beim Würfelspiel hunderttausend Dollar gewann, müsse steinreich sein. Nicht im Traum wäre er auf die Idee gekommen, daß die Würfel präpariert waren und sie ihre Gewinne anschließend bei der Direktion abliefern mußte, nicht einmal, nachdem sie ihn in alkoholischer Trance durch die Hochzeitszeremonie geschleust und in einen Jet nach Paris verfrachtet hatte, wobei sie diesmal ausnahmsweise den gesamten Gewinn mitgehen ließ.

Erst als sie das Château erreichten, realisierte der Graf seinen Fehler, und die neue Gräfin erkannte, daß sie beim Angeln dieses letzten Einfaltspinsels selbst ins Netz gegangen war. Das schlimmste daran war, daß sie absolut keine Möglichkeit hatte, mit hundert Riesen in der Tasche, die eigentlich dem Syndikat gehörten, in die Staaten zurückzukehren. Sie tröstete sich mit dem Gedanken, daß ein Mann, dessen Frühstück aus schwarzem Kaffee mit Armagnac bestand, mit Riesenschritten dem Jenseits zustrebte und sie als seine Witwe dann das Château verscherbeln konnte. Diese Illusion war nicht von Dauer. Des Grafen Konstitution erwies sich als stärker als seine geistigen Fähigkeiten, und obwohl sich das Château in seinem Besitz befand, konnte er nicht nach Belieben darüber verfügen. Sofern kein Erbe da war, würde es an die Familie zurückfallen; und die beiden Schwestern des Grafen hatten nicht die Absicht, es an eine dahergelaufene amerikanische Glücksspielerin zu verlieren. Sie hatten sogar Himmel und Hölle in Bewegung gesetzt, um die Heirat annullieren zu lassen. Deirdre hatte sich zur

Wehr gesetzt, indem sie dafür sorgte, daß der ständige Alkoholpegel des Grafen zu hoch war, als daß er sich hätte erinnern können, wo er geheiratet hatte, oder sich überhaupt etwas daraus zu machen.

Bei dem folgenden Rachefeldzug trug keine Seite den Sieg davon. Deirdres verfrühte Ankündigung, sie sei schwanger, hatte die beiden Schwestern dazu veranlaßt, die Familienanwälte zu konsultieren, während ihre Bemühungen, ein gewisses Teilziel zu erreichen, den Grafen ins Jenseits befördert hatten. Von dem dramatischen Augenblick an, da ihr klargeworden war, daß seine Schlaffheit nicht cognacbedingt, sondern endgültig war und sie während der vergangenen zehn Minuten mit einer Leiche koitiert hatte, mußte die Gräfin zu einem Arrangement mit der Familie gelangen.

»Wenn ihr mich hier raushaben wollte, müßt ihr mich auszahlen«, erklärte sie den Verwandten nach dem Begräbnis, »und das bedeutet eine Million.«

»Franc?« fragte der scheintote Onkel René hoffnungsfroh.

»Dollar.«

»Unmöglich. Das ist unmöglich. Wo sollen wir so eine astronomische Summe hernehmen?«

»Vom Verkauf dieser Schrotthalde.«

»Nur ein Verrückter würde dafür ...«

»Nicht so, wie sie dasteht«, erklärte Deirdre. »Wir modeln die Bruchbude in eine Luxusherberge um. Beste französische Küche, erlesene Weine, Spitzenbewertung im *Guide Bleu*. Wir ziehen einen sündteuren Freßtempel auf, mit dem wir uns goldene Nasen verdienen.«

Die Verwandten blickten einander nachdenklich an. Hier sprach Geld, aber schließlich mußte man auf den Ruf der Familie Rücksicht nehmen.

»Erwartest du vielleicht von uns, daß wir in die Gastronomie einsteigen?«

»Überlaßt das nur mir«, erklärte ihnen Deirdre. »Ich werde den Laden schmeißen und ...«

»Der Name Montcon bedeutet in Frankreich noch etwas. Wir

sind schließlich nicht irgend jemand«, meinte eine der Schwestern.

»Dann lassen wir den Namen eben aus dem Spiel. Ich übernehme die Abschirmung. Ihr braucht euch die Hände nicht schmutzig zu machen, und in fünf Jahren verkaufen wir das Ding und kassieren.«

Nach ausgiebigem Hin und Her hatte sich die Familie einverstanden erklärt, und die Gräfin, jetzt schlicht Deirdre, hatte sich an die Arbeit gemacht, mußte jedoch bald erkennen, daß man sie auch hier wieder als Lockvogel mißbrauchte. Die Familie hatte keinerlei Absicht zu verkaufen. Sie strich ihren Anteil am Gewinn ein, aber das war auch alles. Selbst die Drohung, den Namen Montcon durch den Schmutz eines Prozesses zu ziehen, war nach hinten losgegangen. Denn die Familie existierte gar nicht mehr, und die Schwestern und Nichten waren ganz zufrieden mit den Namen ihrer Männer und den Einkünften, die sie aus Deirdres Bemühungen erhielten. Verschlimmert wurde die Angelegenheit noch dadurch, daß die jüngste Schwester des verblichenen Grafen Dr. Grenoy geheiratet hatte, den Kulturattaché der Botschaft in Washington. Dieser hatte seine Position dazu benutzt, Deirdres Vorleben etwas genauer unter die Lupe zu nehmen. Von diesem Augenblick an hatte Dr. Grenoy Deirdre in der Hand und machte auch gar kein Hehl daraus. »Es gibt da... wie soll ich es ausdrücken? ...in einer Stadt, die für Glücksspiele und Gewalttaten berühmt ist, gewisse Gentlemen, die ein gutes Gedächtnis haben. Es würde sie sicher interessieren zu erfahren, wo ihr schönes Geld investiert worden ist.« Deirdres Blick war hart geworden, doch Dr. Grenoy blieb unbeeindruckt. »Dies braucht uns jedoch nicht zu beunruhigen. In Frankreich sind wir da kultivierter. Natürlich müssen wir Ihren Anteil neu festsetzen, um für etwaige unglückliche Zufälle gewappnet zu sein...«

»Einen Augenblick mal«, sagte Deirdre, »ich arbeite mir den Hintern wund, und da wollen Sie mir sagen...«

»Madame«, unterbrach sie Dr. Grenoy, »es gibt da zusätzliche vorteilhafte Aspekte, die ich noch erwähnen muß. Abgesehen von Ihrem verständlichen Wunsch nach Anonymität, den ich nicht zu betonen brauche, habe ich Ihnen etwas anzubieten, nämlich Kongresse, die von internationalen Organisationen finanziert werden, etwa der UNESCO oder der World Wildlife Conservation. Meine Position gestattet es mir, die Wahl der Tagungsorte zu beeinflussen, und bei dem Service, den Sie bieten ... Muß ich noch mehr sagen?«

»Und meine abgezwackten Prozente gehen an Sie?«

Dr. Grenoy nickte. Deirdre hatte eingewilligt, sich aber insgeheim vorgenommen, über Dr. Grenoys neue Einkommensquelle genauestens Buch zu führen. Warum sollte sie dieses Spiel nicht auch spielen können? Eines Tages würde sie Frankreich den Rücken kehren und wieder ihre eigentliche Identität in ihrem Bungalow in Bognor Regis annehmen. Constance Sugg war zwar nicht der Name, den sie sich ausgesucht hätte, doch hatte er den großen Vorteil, auf ihrer Geburtsurkunde zu stehen.

Als sie jetzt in ihrem kleinen Lieferwagen von Boosat zurückfuhr, beschäftigte sie ein neues Problem. Früher war es unmöglich gewesen, Geld aus Großbritannien herauszuschaffen; es hingegen aus Frankreich herauszubringen, war ein Kinderspiel. Inzwischen hatte sich die Situation geändert, und die kleinen Goldbarren, die sie im Laufe der Jahre angehäuft hatte, machten, obwohl sie nicht ungeheuer im Wert gestiegen waren, die Angelegenheit noch heikler. Vielleicht konnte sie einen Fischer bestechen, sie nach Falmouth hinüberzubringen ... Mit der Einwanderungsbehörde zumindest würde es keine Schwierigkeiten geben. Sie war britische Staatsbürgerin, im Land geboren und aufgewachsen ... Aber dieses Problem sollte sich von allein lösen.

Als sie in den Hof fuhr und den Krankenwagen sah, dachte sie sofort voller Schrecken an die Möglichkeit, daß sich einer der Gäste eine Lebensmittelvergiftung geholt hatte. Diese Pilze, die sie gestern in den *Coq au vin* getan hatte ... Sie stieg aus und eilte in die Eingangshalle, wo Dr. Grenoy sie aufhielt.

»Was ist passiert?« fragte sie.

»Das kann ich hier nicht erklären«, entgegnete Grenoy, schob sie ins Speisezimmer und schloß die Tür. »Man hat Sie gefunden. In der Nacht war ein Mann mit einem Revolver hier und hat Sie gesucht.«

Die Gräfin mußte sich setzen, so elend fühlte sie sich. »Mich?«

»Er befragte die Gäste, wo Sie seien. Er fragte ausdrücklich nach der Gräfin.«

»Aber kein Mensch weiß Bescheid. Außer Ihnen und Marie-Louise und ein paar Bediensteten«, sagte sie. »Das ist alles Ihre Schuld. Durch Sie und Ihre blödsinnigen Nachforschungen in den Staaten müssen sie mir auf die Spur gekommen sein.«

»Ich habe die Nachforschungen nicht selbst angestellt, sondern einen Detektiv beauftragt. Er hatte keine Ahnung, wer ich bin.«

»Aber er wußte, daß Sie Franzose sind. Und sicher haben Sie ihm einen Scheck gegeben.«

»Ich habe bar bezahlt, da ich ein sehr diskreter Mensch bin. Oder glauben Sie vielleicht, ich möchte, daß man die Familie meiner Frau mit gewissen Leuten in Verbindung bringt? Ich muß an meinen guten Ruf denken.«

»Und ich an mein Leben.«

»Stimmt genau«, sagte Dr. Grenoy. »Sie müssen sofort von hier verschwinden. Fahren Sie nach Paris oder sonstwohin. Diese Angelegenheit könnte sich zu einem nationalen Skandal ausweiten. Professor Botwyk mußte bereits aus dem Fluß gefischt werden, und der russische Delegierte und dieser gräßliche Engländer Hodgson wurden beide tätlich angegriffen. Ganz zu schweigen von anderen äußerst unerfreulichen Begebenheiten, die die Frau von Mr. Rutherby sowie Mr. Coombe betreffen. Die Situation ist äußerst heikel.«

Deirdre lächelte. Soeben war ihr eingefallen, daß es noch eine andere Erklärung gab. Man wollte sie aus dem Château hinausekeln. Aber sie war fest entschlossen, genau dann zu gehen, wenn sie es für richtig hielt. »Dr. Grenoy«, sagte sie, »in Anbetracht Ihres Einflusses bin ich zuversichtlich, daß ich mich hier in Sicherheit befinde. Vorerst weiß niemand, wer ich bin, und wenn das, was Sie sagen, stimmt, braucht dies auch niemand zu erfahren. Ich werde mit dem Personal reden. Machen Sie sich keine Sorgen. Ich kann ganz gut auf mich selbst aufpassen.«

Sie ging in die Küche hinunter, wo sie Dr. Voisin antraf, der sich fröhlich einen Kaffee aus der auf dem Herd stehenden Kanne eingoß. »Ah, Madame la Comtesse«, sagte er, »meine lebenslangen Illusionen sind zerstört worden. Ich hatte immer geglaubt, daß französische Frauen, meine liebe Frau ganz besonders, die besitzergreifendsten auf der ganzen Welt seien. Doch jetzt weiß ich es besser. Madame Voisin, und dafür danke ich meinem Schöpfer, hat nur Interesse daran, materielle Dinge zu besitzen. Sicher kann man das männliche Organ als materiell bezeichnen, wenngleich ich für meinen Teil eine eher personalisierte Betrachtungsweise vorziehe. Monsieur Coombe teilt meine Einschätzung. Aber Madame Rutherby ... Was für eine Frau! Dieses Ausmaß an Leidenschaft und Besitzgier übersteigt glücklicherweise meinen Erfahrungshorizont. Und da spricht man von Women's Liberation ...«

»Wovon zum Kuckuck reden Sie eigentlich?« fragte die Gräfin, sobald sie ein Wort einflechten konnte. »Wie ich höre, war ein Revolverheld hier ...« Sie hielt inne. Je weniger sie über den Zweck dieses Besuches sagte, um so besser.

»Diese Engländer«, fuhrt Dr. Voison fort. »Eine erstaunliche Spezies. Als Rasse kann man sie beim besten Willen nicht bezeichnen. Und Madame Rutherby würde man auch nicht als sonderlich begehrenswerte Frau einstufen. Das Ganze ist ein Rätsel. Und wenn man dann auch noch miterlebt, daß dieser Amerikaner von einem englischen Exzentriker mit einem Auge gerettet wird, der behauptet, er habe mitten in der Nacht eine Wanderung unternommen ... nein, auch das ist unerklärlich. Als ich ihm ein Beruhigungsmittel anbot, reagierte er, als hätte ich versucht, ihn zu vergiften.«

»Ein Engländer mit einem Auge hat Mr. Botwyk gerettet? Hat er seinen Namen genannt?«

»Ich glaube, er nannte sich Pringle. Er war schwer zu verstehen, weil er so erregt war. Und wie der Amerikaner an den Fuß dieser Felswand gelangte, ist ein weiteres Rätsel. Aber jetzt muß ich gehen. Ich muß auch noch an meine anderen Patienten denken, soweit es mir überhaupt gelingt, an etwas anderes als an diesen Engländer zu denken.«

Und mit einer gemurmelten Bemerkung über Barbaren ging er hinaus zu seinem Wagen und fuhr weg. Die Gräfin war in der Küche mit den Vorbereitungen für das Frühstück beschäftigt, doch ihre Gedanken weilten noch immer bei den bizarren Ereignissen der vergangenen Nacht. Ein einäugiger Engländer? Wo hatte sie schon einmal von so jemandem gehört? Erst als Marie-Louise die Kleidungsstücke der beiden Männer zum Waschen und Reinigen herunterbrachte, löste sich dieses Rätsel. Gleichzeitig wurde es noch rätselhafter. In Glodstones Hemd und Unterhose waren kleine Etiketten mit seinem Namen festgenäht. Das war eine Maßnahme, die die Schulwäscherei verlangte und die er völlig vergessen hatte.

Kapitel 16

Was Mr. und Mrs. Clyde-Brown anbetraf, so würde ihnen ihr Urlaub in Italien mit Sicherheit unvergeßlich bleiben. Er war von Anfang an die schiere Katastrophe gewesen. Das Wetter war miserabel; im Motel hausten Kakerlaken; die adriatische Küste war überschwemmt mit ungeklärtem Abwasser, und die ganze verdammte Gegend, wie Mr. Clyde-Brown meinte, verschandelt von Italienern, die überall herumwimmelten.

»Man sollte denken, sie hätten genug Hirn, ihre eigenen Ferien in Griechenland oder in der Türkei zu verbringen, anstatt hier die Strände zu blockieren«, klagte er. »Ihre Wirtschaft befindet sich am Rand des Zusammenbruchs, und ohne das Geld, das durch den Tourismus hereinkommt, wäre die Lira noch weniger wert, als sie ohnehin schon ist.«

»Ja, Liebling«, sagte Mrs. Clyde-Brown mit der ihr eigenen Gleichgültigkeit, sobald die Sprache auf Politik kam.

»Ich meine, kein Engländer, der alle seine Sinne beisammen hat, würde im Traum daran denken, im August nach Brighton oder auch nur nach Torquay zu fahren. Das ist noch unwahrscheinlicher, als daß man mitten im Kanal in einen Hundehaufen tritt, das kannst du mir glauben.«

Schließlich hatte eine adriatische Magenverstimmung die beiden dazu veranlaßt, ihr Geld in den Wind zu schreiben und eine Woche früher als geplant nach Hause zu fliegen. Mit einem Tampon seiner Frau im Hintern watschelte Mr. Clyde-Brown in Gatwick aus dem Flugzeug, fest entschlossen, juristische Schritte gegen den Reiseveranstalter zu unternehmen, der sie irregeführt hatte. Seine Frau betrachtete die Angelegenheit etwas gelassener und freute sich darauf, wieder mit Peregrine zusammenzusein. »Wir hatten das ganze Jahr kaum Gelegenheit, unseren Sohn zu sehen«, meinte sie auf dem Heimweg. »Und jetzt, wo er Groxbourne verlassen hat ...«

»... wird er den ganzen Tag zu Hause herumhängen, wenn es mir nicht gelingt, ihn bei der Army unterzubringen.«

»Trotzdem wird es nett sein ...«

»Wird es nicht«, sagte Mr. Clyde-Brown. »Es wird die Hölle sein.«

Doch seine Einstellung änderte sich, als er unter der Post, die sich auf dem Boden in der Halle aufgetürmt hatte, einen Brief des Direktors fand, in dem dieser sich dafür entschuldigte, daß das Überlebenstraining für dynamische Spätstarter in Wales aufgrund unvorhergesehener Umstände abgeblasen werden mußte. »Unvorhergesehene Umstände, daß ich nicht lache, man sollte alle Umstände vorhersehen. Dafür hat doch jeder ein Hirn mitbekommen, um Umstände vorherzusehen und alternative Pläne zu machen. Wenn dieser hirnrissige Idiot von Reiseveranstalter seine Hausaufgaben gemacht hätte, dann hätte er vorhergesehen, daß unser verfluchter Urlaub eine totale Katastrophe werden würde.«

»Schon, aber wo ist Peregrine?« fragte Mrs. Clyde-Brown, bevor er ihr eine leidenschaftliche Kostprobe all dessen geben konnte, was er dem Unternehmen vorzuwerfen gedachte.

»Peregrine? Wo soll er sein? In der Schule natürlich. Ich kann mir nicht vorstellen, daß die dort so verrückt sind, ihn allein nach Hause fahren zu lassen.«

Doch Mrs. Clyde-Brown war bereits ins Arbeitszimmer gegangen und wählte die Nummer der Schule. »Ich möchte meinen Sohn sprechen, Peregrine Clyde-Brown«, erklärte sie der Sekretärin, mußte jedoch erfahren, daß Peregrine nicht da war.

»Er ist nicht da? Wo ist er denn?«

»Ich habe keine Ahnung, fürchte ich. Aber wenn Sie einen Augenblick dranbleiben, werde ich versuchen, es festzustellen.«

Mrs. Clyde-Brown blieb dran und winkte ihren Mann herbei, der mißtrauisch eine Gasrechnung prüfte. »Sie wissen nicht, wo er ist.«

»Wahrscheinlich lungert er auf dem Schulabort herum.«

»Er ist nicht in Groxbourne.«

»Wenn er nicht dort ist, muß er wohl woanders stecken. Das ist doch wohl klar . . . Was?«

»Die Sekretärin bemüht sich herauszufinden, wo er ist.«

Mr. Clyde-Browns Wut über den mißratenen Urlaub hatte durch die Gasrechnung noch eine Steigerung erfahren. Er riß seiner Frau den Telefonhörer aus der Hand. »Jetzt hören Sie mir mal gut zu«, brüllte er in die Sprechmuschel. »Ich möchte auf der Stelle erfahren . . .«

»Es hat wenig Sinn, so zu schreien, Liebling«, sagte Mrs. Clyde-Brown beschwichtigend, »es ist niemand dran, der dich hören könnte.«

»Mit wem zum Teufel hast du dann geredet?«

»Mit der Schulsekretärin. Ich habe dir doch gesagt, daß sie herauszufinden versucht, ob jemand weiß, wohin Peregrine . . .«

»Verdammt«, antwortete Mr. Clyde-Brown, womit er sowohl die Schule als auch den Zustand seiner Innereien meinte. »Dann ruf mich, sobald . . .« Er raste nach unten auf die Toilette. Auf diese Weise erfuhr seine Frau als erste, daß Peregrine zu seinem Onkel gefahren war.

»Zu seinem Onkel?« fragte sie. »Sie wissen nicht zufällig, zu welchem?«

Darüber konnte die Sekretärin ihr keine Auskunft geben. Mrs. Clyde-Brown legte den Hörer auf, nahm ihn wieder ab und rief ihre Schwägerin in Aylesbury an, mußte jedoch erfahren, daß Peregrine nicht dort war. Dasselbe galt für Onkel Martin und alle anderen Onkel und Tanten. Mrs. Clyde-Brown war einem Zusammenbruch nahe. »Es hieß, er sei zu seinem Onkel gefahren, aber das stimmt offenbar nicht«, jammerte sie vor der Toilettentür. Drinnen hörte man Mr. Clyde-Brown murmeln, daß ihn das nicht wundere. Dann machte er seinen väterlichen Gefühlen durch kräftiges Spülen Luft.

»Dir scheint es völlig egal zu sein«, heulte sie, als er herauskam und das Medizinschränkchen ansteuerte. »Hast du denn gar keine normalen Vatergefühle?«

Mr. Clyde-Brown nahm zwei Teelöffel Kaolin und Morphin, bevor er antwortete. »Angesichts der Tatsache, daß ich gerade durch halb Europa geflogen bin, verkorkt mit einem deiner Pfropfen, um nicht auszulaufen, kann man die Gefühle, die ich habe, ob nun als Vater oder nicht, beim besten Willen nicht als normal bezeichnen. Wenn ich nur daran denke, was hätte passieren können, wenn der Zollbeamte, den du wegen dieser Seide zu bluffen versucht hast, mich einer Leibesvisitation unterzogen hätte, dann gerinnt mir das Blut in den Adern. Sogar jetzt läuft es mir noch kalt den Rücken hinunter, wenn ich nur daran denke.«

»Wenn das so ist und du nicht bereit bist, etwas zu unternehmen, dann werde eben ich die Polizei verständigen«, sagte Mrs. Clyde-Brown, der zum erstenmal im Verlauf ihres Ehelebens klarwurde, daß sie sich in einer ziemlich starken Position befand.

Mr. Clyde-Brown, der zur Treppe und ins Bett strebte, blieb wie angewurzelt stehen. »Polizei? Warum das denn, um Himmels willen?«

»Weil Peregrine eine vermißte Person ist.«

»Er läßt zweifellos einiges vermissen, aber wenn du dir auch nur einen Augenblick lang einbildest, wir würden die Polizei einschalten . . .«

Es folgte ein erbitterter Wortwechsel, dem nur dadurch ein Ende bereitet wurde, daß Mr. Clyde-Brown sich nicht gleichzeitig ins Bett legen und seine Frau daran hindern konnte, ans Telefon zu gehen. »Also gut«, lenkte er wutentbrannt ein, »ich verspreche dir, alles Menschenmögliche zu tun, um ihn zu finden, sobald ich körperlich dazu in der Lage bin, vorausgesetzt, du läßt die Polizei aus dem Spiel.«

»Ich begreife nicht recht, warum. Es scheint mir das einzig Vernünftige.«

»Weil«, fuhr ihr Mann sie an, »wenn es eines gibt, was ein

zukünftiger Arbeitgeber – der Himmel weiß, wie dünn die in Peregrines Fall gesät sind – als Referenz verabscheut, dann ist es eine Polizeiakte.«

»Aber Peregrine würde doch keine Polizeiakte bekommen. Er würde . . .«

». . . im Computer von New Scotland Yard unter der Rubrik ›Vermißt‹ gespeichert, und was die Army und die Banken betrifft, so ist das für die bereits eine Polizeiakte. Oh, verflucht.« Er stürzte wieder in die Toilette und saß da, düstere Gedanken über Ruhr und idiotische Söhne wälzend. Als er wieder auftauchte, stand seine Frau an der Haustür.

»Wir fahren«, sagte sie.

»Fahren? Wohin denn?«

»Nach Groxbourne. Du sagtest, du würdest alles Menschenmögliche tun, um unseren armen Peregrine zu finden, und ich nehme dich beim Wort.«

Mr. Clyde-Brown klammerte sich am Türstock fest. »Aber in meinem Zustand kann ich doch nicht so weit fahren.«

»Mag schon sein«, entgegnete Mrs. Clyde-Brown, »aber ich. Und da wir noch gar nicht ausgepackt haben, können wir auf der Stelle starten.«

Gehorsam kletterte Mr. Clyde-Brown auf den Beifahrersitz. »Ich hoffe bloß, du weißt, was du tust«, stöhnte er. »Und mach dich darauf gefaßt, daß wir ziemlich oft anhalten müssen.«

»Laß das meine Sorge sein«, sagte sie kurz angebunden, wie er sie noch nie zuvor erlebt hatte.

Seine Erfahrung mit drei Autobahntoiletten, die seine Frau ihm aufzusuchen gestattet hatte, war so ekelerregend gewesen, daß er eine Stunde später halbwegs geneigt war, besser über die Italiener zu denken. »Wenn es noch eines Beweises bedurft hätte, daß dieses Land vor die Hunde geht . . .«

»Mach dir keine Sorgen um das Land«, schnauzte Mrs. Clyde-Brown ihn an, während sie mit hundertfünfzig an einem Tanklastzug vorbeirauschte. »Mich interessiert einzig und allein, wo Peregrine ist. Du scheinst dir nicht klarzumachen, daß unser Sohn verlorengegangen ist.«

Mr. Clyde-Brown überprüfte demonstrativ seinen Sicherheitsgurt. »Das einzige, was wir verlieren, wenn du so weiterfährst... paß auf das verfluchte Motorrad auf! Lieber Himmel!«

Alles in allem war es eine haarsträubende Fahrt, und als der Wagen schließlich vor dem Verwaltungstrakt der Schule schlingernd zum Stehen kam, befand sich Mr. Clyde-Brown in einem mittleren Schockzustand. Und seiner Frau war auch nicht zum Spaßen zumute.

»Ich spaße nicht«, sagte die Dame aus dem Sekretariat indigniert. »Ich erkläre Ihnen lediglich, daß der Direktor auf Urlaub ist.«

»Und wo?«

»Auf der Isle of Skye. Wenn Sie möchten, kann ich Ihnen die Adresse seines Cottages heraussuchen. Telefon hat er dort keines.«

Aber Mr. Clyde-Brown hatte schon genug erfahren. Um die entsetzliche Möglichkeit, daß seine Frau darauf bestehen könnte, noch in dieser Nacht an die Westküste Schottlands zu fahren, abzuwehren, trat er zwischen die beiden.

»Unser Sohn Peregrine wird vermißt«, sagte er. »Er sollte eigentlich an dem Überlebenstraining in Wales teilnehmen, und da Major Fetherington für diesen Kurs verantwortlich war, steht er *in loco parentis* und...«

»Steht er nicht«, entgegnete die Sekretärin, »er liegt im Krankenrevier. Wenn Sie die Schulschwester freundlich bitten, läßt sie Sie vielleicht zu ihm. Es geht quer über den Hof und drüben bei der Kapelle die Treppe hinauf.«

»Ein unverschämtes Weib«, lautete Mrs. Clyde-Browns Kommentar, als sie das Sekretariat verließen. Ihr Mann sagte gar nichts. Während sie quer über den tristen Hof und an der Kapelle vorbeimarschierten, betete er, Peregrine möge nicht in Wales zurückgelassen worden sein. Die Vorstellung, sich dorthin kutschieren lassen zu müssen, war fast so schlimm, als ginge es nach Schottland.

»Ist da jemand?« rief Mrs. Clyde-Brown, als sie das Krankenrevier entdeckt und die Türen zu mehreren leeren Zimmern geöffnet hatte. Da ging am Ende des Ganges eine Tür auf, und eine Frau schaute heraus.

»Wir möchten Major Fetherington sprechen«, erklärte Mr. Clyde-Brown.

Die Frau sah ihn unschlüssig an. »Ich habe ihm gerade ein Massagebad bereitet«, murmelte sie. »Wenn Sie einen Augenblick warten wollen...«

Doch Mrs. Clyde-Brown wartete nicht eine Sekunde. Sie drängte sich an ihrem Mann vorbei und steuerte geradewegs auf die Schulschwester zu. Nach einem kurzen Handgemenge gelang es der Schulschwester, die Tür zuzudrücken und abzuschließen.

»Ein Massagebad! Wahrhaftig!« empörte sich Mrs. Clyde-Brown, sobald sie wieder zu Atem gekommen war. »Wenn du gesehen hättest, was ich gesehen habe...«

»Was mir zum Glück erspart geblieben ist«, meinte ihr Mann. »Jetzt versuch dich doch, um Himmels willen, zusammenzureißen...«

»Mich zusammenreißen? Das gefällt mir. Wenn du mich fragst, dann haben diese beiden...«

»Kann ja sein«, gab Mr. Clyde-Brown zurück, »aber wenn wir die Unterstützung des Majors haben wollen, erleichterst du uns das nicht gerade, indem du dich in seine Privatangelegenheiten einmischst.«

»Schöne Privatangelegenheit! Dieser sittenlose Kerl war splitterfasernackt bis auf eine Lümmeltüte, und wenn du das ein Massagebad nennen willst, dann bitte!« sagte Mrs. Clyde-Brown. In seine Verwunderung über Kenntnisse in Sexualpraktiken, die er ihr nie zugetraut hätte, mischte sich Mr. Clyde-Browns Kummer darüber, daß er sich nie die Mühe gemacht hatte, so ein Ding zu benutzen, denn dann wäre ihm Peregrine erspart geblieben. Doch bevor er etwas entgegnen konnte, ging die Zimmertür wieder auf, und die Schulschwester erschien. Dankbar nahm Mr. Clyde-Brown zur Kenntnis, daß sie diesmal einen Rock trug.

»Also, ich muß schon sagen ...« begann sie.

»Tun Sie es nicht«, bat Mr. Clyde-Brown. »Es tut uns außerordentlich leid, Sie ...«

»Mir nicht«, unterbrach ihn seine Frau, »wenn man bedenkt, daß dieser widerliche Mensch da drinnen ...«

Jetzt hatte Mr. Clyde-Brown die Nase voll. »Klappe halten«, sagte er so heftig, daß es ihr die Sprache verschlug und er sodann der Schulschwester mit knappen Worten die Situation erklären konnte.

Als er fertig war, wirkte sie schon etwas versöhnlicher. »Ich werde nachsehen, ob der Major gewillt ist, Sie zu empfangen«, sagte sie, wobei sie Mrs. Clyde-Brown geflissentlich ignorierte.

»Also das gefällt mir«, explodierte Mrs. Clyde-Brown, sobald sich die Tür wieder geschlossen hatte. »Wenn ich mir vorstelle, daß ich mir den Mund verbieten lassen muß vor so einer ...«

»Halt den Mund!« brüllte Mr. Clyde-Brown. »Du hast schon genug Schaden angerichtet. Von jetzt an wirst du die Angelegenheit ganz allein mir überlassen.«

»Dir? Wenn es nach mir gegangen wäre, wäre das alles nicht passiert. Zunächst einmal ...«

»... wäre Peregrine abgetrieben worden. Aber nachdem dies nicht geschehen ist, mußtest du dir einreden, daß du ein verdammtes Genie zur Welt gebracht hast. Aber laß dir eines gesagt sein ...«

Nachdem er seiner Meinung über Peregrine ordentlich Luft gemacht hatte, fühlte sich Mr. Clyde-Brown besser. Von Major Fetherington nebenan konnte man das nicht behaupten.

»Wenn er so über den armen Kerl denkt, wundert es mich nicht, daß Perry auf und davon ist. Nur begreife ich nicht, warum dieser Verrückte ihn finden will. In der Fremdenlegion wäre er besser aufgehoben.«

»Schon, aber was werden Sie ihnen sagen?« fragte die Schulschwester.

»Das weiß der Himmel. Soweit ich mich erinnern kann, erzählte Peregrine mir, er wolle zu seinem Onkel fahren, und bei dieser Version werde ich bleiben.«

Fünf Minuten später hatte er angesichts von Mr. Clyde-Browns juristischer Vorgehensweise seine Meinung geändert. »Wollen Sie damit unterstellen, Major, daß sich mein Sohn einer vorsätzlichen Lüge schuldig gemacht hat?«

Der Major rutschte unbehaglich unter seiner Bettdecke hin und her. »Also eigentlich nicht, wenn Sie es so formulieren. Aber auf alle Fälle hat er gesagt, er hätte seinen Onkel angerufen und . . .«

»Bestehen bleibt die unbestreitbare Tatsache, daß er das nicht getan hat und daß niemand ihn mehr gesehen hat, nachdem er Ihrer Obhut übergeben wurde.«

Major Fetherington dachte über die unbestreitbare Tatsache nach und versuchte, sich ihr zu entziehen. »Jemand muß ihn doch gesehen haben. Liegt doch auf der Hand. Er kann sich schließlich nicht in Luft aufgelöst haben.«

»Andererseits waren Sie persönlich für sein Wohlergehen verantwortlich. Ober wollen Sie das bestreiten?«

»*Vor* seinem Verschwinden. Das ist das entscheidende Wort«, entgegnete der Major.

»Um genau zu sein, sind es drei Wörter«, gab Mr. Clyde-Brown zurück.

»Von mir aus. Als ob das nicht egal wäre. Nachdem Peregrine mir erklärte, er würde zu seinem Onkel fahren, und dann abschob, konnte ich doch wohl schlecht weiter für sein Wohlergehen verantwortlich sein, oder?«

»Dann haben Sie ihn also nicht zum Bahnhof begleitet?«

»Ihn zum Bahnhof begleitet?« wiederholte der Major ungehalten. »Ich war überhaupt nicht in der Lage, irgend jemanden irgendwohin zu begleiten. Ich mußte mit einem angebrochenen Steißbein im Bett liegen. Verdammt schmerzhaft, das kann ich Ihnen sagen . . .«

»Und es sich von der Schulschwester massieren lassen, wie ich annehme«, unterbrach ihn Mr. Clyde-Brown, der einen Block gezückt hatte und sich Notizen machte.

Major Fetherington erbleichte und beschloß, seine Taktik zu ändern. »Hören Sie«, sagte er, »ich schlage Ihnen ein Geschäft vor. Keine Namen, keine Einzelheiten. Sie lassen gegenüber dem Direktor nichts über Sie-wissen-schon-Was verlauten, und ...« Er machte eine Pause, um zu sehen, wie Mr. Clyde-Brown reagieren würde.

Der Rechtsanwalt nickte. »Fahren Sie fort«, sagte er.

»Also, wie ich schon sagte, keine Namen, keine Einzelheiten. Der Kerl, den Sie sich wirklich vorknöpfen sollten, ist Glodstone ...«

Draußen trank Mrs. Clyde-Brown widerstrebend eine Tasse Tee. Sie war ein Friedensangebot von der Schulschwester, doch Mrs. Clyde-Brown ließ sich nicht besänftigen. Sie fragte sich, wie ihr Mann Peregrine zu einem Aufenthalt in einer so schrecklichen Umgebung hatte verdammen können. »Ich muß mir selbst die Schuld geben«, wehklagte es in ihr.

Ihre Worte hätten bei Slymne, der sich derzeit im Sekretariat aufhielt, ein Echo gefunden. Seitdem er den brandneuen Jaguar der Blowthers auf dem Gewissen hatte, konnte er nicht umhin, sich wegen seiner Blödheit zu verfluchen. Er mußte wahnsinnig gewesen sein, diesen organisierten Abenteuertrip für Glodstone zu veranstalten. Um sich selbst irgendein Alibi zu verschaffen, war er in die Schule zurückgekehrt, angeblich, um ein paar Bücher zu holen, mußte jedoch erfahren, daß die Ereignisse eine Wendung zum Schlimmeren genommen hatten.

»Ich habe noch nie so aufgebrachte Eltern gesehen«, meinte die Schulsekretärin. »Und so ungehobelte. Und das alles nur, weil dieser blöde Peregrine Clyde-Brown nicht nach Hause gefahren ist und seine Alten nicht wissen, wo er sich herumtreibt.«

Slymnes Puls schnellte beängstigend hoch. Jetzt wußte er, warum ihm der junge Mann, den er in Mantes den Bentley hatte waschen sehen, so bekannt vorgekommen war. »Und was haben Sie ihnen gesagt?« fragte er mit zitternder Stimme.

»Ich habe sie an den Major verwiesen. Nicht gesteckt habe

ich ihnen allerdings, daß Mrs. Brossy von der Poststelle behauptet, sie hätte unten an der Bushaltestelle einen Jungen in Mr. Glodstones alte Kiste einsteigen sehen, und zwar an dem Tag, an dem er wegfuhr.«

»Wer fuhr weg?« fragte Slymne, der von Minute zu Minute unruhiger wurde.

»Mr. Glodstone. Er kam ganz aufgeregt hier rein und...«

»Hören Sie«, sagte Slymne, »weiß der Direktor von dieser Sache?«

Die Sekretärin schüttelte den Kopf. »Den Clyde-Browns habe ich vorgeflunkert, er sei auf Urlaub auf der Isle of Skye. In Wirklichkeit hockt er in seinem Wohnwagen in Scarborough, aber er möchte nicht, daß sich das herumspricht. Klingt nicht so gut, oder?«

»Aber Telefon hat er doch, oder?«

»Der Campingplatz hat eines.«

»Gut«, sagte Slymne, der einen plötzlichen Entschluß gefaßt hatte. »Besser, ich kümmere mich um die Clyde-Browns, als daß sie Ihnen auf die Nerven fallen. Also, wo ist die Nummer des Campingplatzes?«

Als die Clyde-Browns das Krankenrevier verließen, wartete Slymne bereits auf sie. »Einen schönen Nachmittag«, sagte er forsch, »mein Name ist Slymne. Ich bin hier der Geographielehrer. Miss Crabley sagt mir, daß Sie sich Sorgen um Ihren Sohn machen.«

Mr. Clyde-Brown blieb wie angewurzelt stehen. Mr. Slymnes Zeugnisbemerkungen über Peregrines Mangel an wissenschaftlichem Talent hatte er stets als Beweis dafür gewertet, daß zumindest ein Lehrer in Groxburne weder ein Vollidiot noch ein dreister Lügner war.

»Große Sorgen«, sagte er. »Der Junge ist verschwunden, und angesichts dessen, was ich aus diesem Fetherington herausbekommen konnte, scheint es gute Gründe zu der Annahme zu geben, daß er von Mr. Glodstone entführt worden ist.«

Slymne spürte, wie seine Kehle trocken wurde. Anscheinend war Mr. Clyde-Brown ein erfahrener Detektiv. »Mr. Glodstone hat Ihren Sohn entführt? Sind Sie da sicher? Das erscheint mir doch ...«

»Natürlich bin ich nicht sicher. Wäre ich das, hätte ich längst die Polizei gerufen«, sagte Mr. Clyde-Brown eingedenk der Paragraphen über üble Nachrede. »Ich sagte, es gibt gute Gründe, es anzunehmen. Was halten *Sie* denn von Glodstone?«

»Dazu möchte ich mich lieber nicht äußern«, meinte Slymne, der froh war, wenigstens vorerst bei der Wahrheit bleiben zu können, »da ich nicht gerade das beste Verhältnis zu ihm habe und möglicherweise voreingenommen bin. Ich denke, Sie sollten sich da besser an den Direktor wenden.«

»Der sich zufällig auf den Äußeren Hebriden aufhält.«

»Ich bin sicher, daß er unter diesen Umständen unverzüglich zurückkommen wird. Ich werde ihm ein Telegramm schicken und ihm mitteilen, daß Sie hier sind. Kann ich Ihnen vielleicht behilflich sein, in der Nähe eine Unterkunft zu finden? In Leominster gibt es ein ausgezeichnetes Hotel.«

Als sich die Clyde-Browns verabschiedeten, waren sie wieder etwas froher. »Dem Himmel sei Dank, daß zumindest bei einem hier der Kopf richtig herum angeschraubt ist«, sagte Mr. Clyde-Brown.

»Außerdem schien er zu glauben, daß Peregrine in guten Händen ist«, meinte seine Frau. »Ich hoffe nur, daß er damit recht hat.«

Mr. Clyde-Brown behielt seine Gedanken zu diesem Thema für sich. Seine Hoffnungen waren völlig anders geartet. Er überlegte, wie er den Direktor am besten so einschüchtern konnte, daß dieser eine beträchtliche Schadensersatzsumme für den Verlust seines Sohnes herausrückte.

Unterdessen stand Slymne im Schulsekretariat und wählte die Nummer des Campingplatzes in Scarborough. So ziemlich der einzig helle Fleck, den er am Horizont entdecken konnte, bestand darin, daß die Clyde-Browns anscheinend zögerten, die Polizei einzuschalten.

Kapitel 17

Es wurde Vormittag, bis der Direktor eintraf. Erwartet wurde er von einem bleichen und verzweifelten Slymne. Seine Unterredung mit dem Major am vergangenen Abend bei einer Flasche Whisky hatte ihn zu Tode erschreckt, weil Glodstone nämlich dem Major anvertraut hatte, wohin er fuhr. Dies wiederum ließ es als höchst wahrscheinlich erscheinen, daß Glodstone diese verdammten Briefe doch aufbewahrt hatte. Slymne hatte eine schlaflose Nacht damit verbracht, sich eine Möglichkeit einfallen zu lassen, wie er sich aus dieser abscheulichen Sache heraushalten konnte. Schließlich erschien es ihm strategisch das klügste, zu demonstrieren, daß er bereits verantwortungsvolle Schritte unternommen hatte.

»Ich habe den Bahnhof und das Busunternehmen überprüft«, erklärte er dem Direktor, »und es steht fest, daß Clyde-Brown am einunddreißigsten, jenem Tag also, seit dem er abgängig ist, nicht mit dem Bus oder mit einem Zug weggefahren ist.«

»Gut zu wissen«, meinte der Direktor. »Aber mich interessiert lediglich, wohin er gefahren *ist*. Ich muß seinen Eltern ja irgendwas sagen.«

»Mrs. Brossy von der Poststelle glaubt gesehen zu haben, daß Glodstone gegen Mittag vor ihrem Fenster einen jungen Mann mitgenommen hat.«

Der Direktor ließ sich in seinen Schreibtischsessel sinken. »O mein Gott! Und ich nehme an, kein Mensch hat eine Ahnung, wo dieser Wahnsinnige ihn hingebracht hat?«

Slymne spielte seinen Trumpf aus. »Ganz im Vertrauen, Sir, es ist mir gelungen, von Major Fetherington in Erfahrung zu bringen, daß Glodstone gesagt hat, er wolle via Ostende nach Frankreich.«

»Via Ostende nach Frankreich? Dieses Kaff liegt in Belgien. Wollen Sie mir im Ernst erzählen, daß dieser einäugige Irre den Sohn eines promimenten Rechtsanwalts aus dem Land gebracht hat, ohne die Erlaubnis der Eltern einzuholen?«

»Ich wiederhole lediglich, was mir der Major unter dem Siegel der Verschwiegenheit anvertraut hat, Sir, und ich wäre Ihnen dankbar, wenn Sie meinen Namen aus der Sache heraushielten. Ich meine . . .«

»Zum Teufel mit Major Fetherington. Wenn Glodstone mit diesem gräßlichen Balg nach Frankreich gefahren ist, müssen wir uns alle Jobs in der freien Wirtschaft suchen. Mit der Schule ist es dann mit Sicherheit aus und vorbei.«

»Ganz richtig«, pflichtete Slymne ihm bei. »Jedenfalls habe ich auf diesen Wink des Majors hin das Büro des Fährunternehmens in Dover angerufen und gefragt, ob sie die Passage bestätigen könnten.«

»Und haben sie das?«

»Nicht ausdrücklich. Sie wollten erst einmal wissen, wer ich bin und warum mir an dieser Auskunft gelegen sei. Da hielt ich es für besser, nichts weiter zu sagen, bevor ich nicht mit Ihnen gesprochen habe. Mr. Clyde-Brown wirkte auf mich nicht wie ein Mann, der die Nachricht, daß sein Sohn mit Glodstone ins Ausland gefahren ist, freundlich aufnehmen würde.«

Schaudernd schloß der Direktor die Augen. Aus seinen bisherigen Begegnungen mit Peregrines Vater hatte er eindeutig den Eindruck gewonnen, daß Freundlichkeit nicht zu Mr. Clyde-Browns starken Seiten gehörte. »Soll das heißen, daß das alles an Information ist, was wir haben?«

Slymne zögerte. »Ich kann hier nicht für den Major sprechen, aber ich habe so das Gefühl, daß er mehr weiß, als er mir sagen wollte.«

»Dann wird er es eben mir verraten«, sagte der Direktor verbissen. »Gehen Sie, und schaffen Sie mir den Kerl herbei.«

Slymne schlüpfte aus dem Zimmer und ging quer über den

Hof zum Krankenrevier. »Der Alte will Sie sehen«, erklärte er dem Major, dessen scheußlicher Kater nicht gerade zur Verbesserung seiner körperlichen Verfassung beitrug. »Und wenn ich in Ihren Schuhen stecken würde, würde ich ihm lieber alles sagen, was ich weiß.«

»In meinen Schuhen?« fragte der Major. »Wenn ich Schuhe anhätte und nicht im Rollstuhl säße, wäre ich längst auf und davon. Also gut. Auf zum Gefecht.«

Die Metapher war durchaus zutreffend. Der Direktor war bereit, einen Mord zu begehen. »Also, wie ich höre, hat Glodstone Ihnen gesagt, er würde über Ostende nach Frankreich fahren«, sagte er, ohne sich um Slymnes Bitte um Diskretion zu scheren. Der Major nickte unglücklich. »Hat er Ihnen auch gesagt, daß er Clyde-Brown mitnehmen wollte?«

»Natürlich nicht«, sagte der Major entrüstet. »Das hätte ich nie zugelassen.«

»Daß er es Ihnen sagt, oder daß er den Jungen mitnimmt?« fragte der Direktor, der es genoß, seine üble Laune an einem Mann auszulassen, den er ohnehin nie sonderlich hatte leiden können.

»Ihn mitzunehmen natürlich.«

»Was hat er Ihnen sonst noch offenbart?«

Major Fetherington warf Slymne einen vorwurfsvollen Blick zu. »Also, wenn Sie es unbedingt wissen wollen, er hat gesagt, er sei gebeten worden, eine geheime Mission zu erfüllen, etwas schrecklich Gefährliches. Und falls er dabei den Schirm zumachen sollte . . .«

»Den Schirm? Welchen Schirm, zum Kuckuck?«

»Ich meine, wenn was schieflaufen und er umkommen sollte oder so, dann wollte er, daß ich seine Interessen wahrnehme.«

»Interessen?« fauchte der Direktor, der es vorzog, auf das ›umkommen‹ nicht näher einzugehen. »Welche Interessen denn?«

»Das weiß ich wirklich nicht. Ich nehme an, er meinte, ich solle die Polizei verständigen oder für ein anständiges Begräbnis sorgen. Er ließ es ziemlich offen.«

»Das wäre nicht nötig gewesen. Um sein Begräbnis hätte ich mich schon gekümmert«, sagte der Direktor. »Und weiter?«

»Eigentlich gibt es da nicht mehr viel zu erzählen«, sagte der Major zögernd, doch der Direktor ließ sich nicht täuschen.

»Jede Menge, Fetherington, jede Menge. Und wenn Sie auch nur ein Jota auslassen, dann werden Sie schneller im Heer der Arbeitslosen landen, als Sie sich vorstellen können.«

Der Major versuchte, die Beine übereinanderzuschlagen, doch es gelang ihm nicht. »Also gut, wenn Sie es unbedingt wissen wollen, er sagte, die Comtesse de Montcon habe ihn gebeten . . .«

»Die Comtesse de Montcon?«

»Die Mutter von Wanderby, das ist ein Junge in Gloddies Haus. Der mit den Allergien und was weiß ich. Glodstone solle in ihr Château kommen . . . Sie werden mir das nicht glauben.«

»Machen Sie sich darüber keine Sorgen«, sagte der Direktor, der sich selbst so vorkam, als hätte ihn eine schreckliche Allergie erwischt.

»Also, sie wollte, daß er sie aus den Händen irgendeiner Bande rettet.«

»Irgendeiner Bande? Wollen Sie damit sagen . . . Der Mensch muß von allen guten Geistern verlassen sein.«

»Genau das habe ich ihm auch gesagt«, entgegnete der Major. »Ich sagte: ›Hör zu, alter Junge, da spielt dir jemand einen Streich. Häng dich an die Strippe und ruf an und überzeug dich, daß ich recht habe.‹ Aber Sie wissen ja selbst, wie Glodstone ist.«

»Allmählich bekomme ich eine genauere Vorstellung davon«, meinte der Direktor. »Den muß ein ganzes Heer wilder Affen gebissen haben. Aber ich will Sie nicht unterbrechen.«

»Das ist so ziemlich alles. Ich hatte ja keine Ahnung, daß er Perry mitnehmen wollte.«

»Das haben Sie bereits erwähnt, aber das ist doch noch nicht alles, oder?«

Der Major versuchte seine Gedanken in den Griff zu bekommen. »So ziemlich das einzige, was mir sonst noch einfällt, ist, daß er mich gefragt hat, ob er ein Paar Revolver aus der Waffenkammer haben könne. Natürlich habe ich mich darauf nicht eingelassen.«

»Ein Paar Revolver? Gütiger Himmel! Und da ist Ihnen kein Licht aufgegangen?«

»Ich habe das so verstanden, daß er die ganze Angelegenheit offenbar tödlich ernst nahm. Schließlich ...«

»Ein Paar Revolver, Sie Schwachkopf«, brüllte der Direktor, »nicht nur einer. Für wen zum Teufel glauben Sie, war der zweite?«

»Jetzt, wo Sie es erwähnen ...«

»Es erwähnen? Es erwähnen?« kreischte der Direktor. »Ich will verdammt noch mal wissen, warum Sie es die ganze Zeit nicht erwähnt haben?«

»Nun, da er die Dinger nicht bekommen hat, schien mir das Ganze nicht so wichtig«, entgegnete der Major. »Wenn Glodstone losziehen und Jagd auf Wildgänse machen will, dann ist das seine Angelegenheit, und ...«

»Slymne«, unterbrach ihn der Direktor, bevor der Major sagen konnte, daß es ihn schließlich nichts anging, was Glodstone tat, »bringen Sie ihn ins Waffenarsenal und vergewissern Sie sich, daß keine zwei Revolver und ein halbes Dutzend Gewehre fehlen. Ich will Rechenschaft über jede einzelne Waffe.«

»Aber ich habe Ihnen doch gerade gesagt ...«

»Ich weiß, was Sie mir gesagt haben, aber es ist mir zu riskant, mich auf Ihre Aussage zu verlassen. Und jetzt verschwinden Sie!«

Während Slymne den Rollstuhl des Majors durch die Türe bugsierte, stützte der Direktor seinen Kopf in die Hände. Die Situation war weitaus schlimmer, als er befürchtet hatte. Es war schon schlimm genug, sich vorzustellen, daß Glodstone den unglückseligen Kerl auch nur auf eine Spritztour durch England mitgenommen hatte; doch daß er sich mit ihm höchstwahrscheinlich auf eine ›geheime Mission‹ ins Ausland begeben hatte, um die Mutter eines anderen Jungen zu retten, grenzte an Wahnsinn. Der Direktor mußte sich korrigieren. Es *war* Wahnsinn. Unter Aufbietung seiner letzten klaren Gedanken griff er zum Telefon.

»Rufen Sie die Internationale Auskunft an und stellen Sie eine Verbindung zu Wanderbys Mutter in Frankreich her, der Comtesse de Montcon. Die Adresse finden Sie in der Kartei. Und stellen Sie dann sofort zu mir durch.«

Als er den Hörer auf die Gabel knallte, sah er den Wagen der Clyde-Browns vorfahren. Das war der Augenblick, den er gefürchtet hatte. Was zum Kuckuck sollte er ihnen sagen? Etwas Beruhigendes, Unverfängliches... Nein, damit würde er nicht durchkommen. Mit einem fast schon irrsinnigen Lächeln stand er auf, um sie zu begrüßen. Aber Mr. Clyde-Brown war gekommen, um gehört zu werden, nicht um zuzuhören. Bewaffnet war er mit einer ganzen Batterie von Argumenten.

Peregrine hatte sich in der Obhut der Schule befunden; er war zuletzt auf dem Schulgelände gesehen worden (der Direktor hatte beschlossen, Mrs. Brossys Beobachtung im Dorf unerwähnt zu lassen); die Schule, und auf persönlicher Ebene der Direktor, war und ist verantwortlich für sein Wohlbefinden; Mr. Clyde-Brown hatte im voraus die astronomische Summe von zehntausend Pfund an Schulgeld bezahlt; und falls, wie es aussah, sein Sohn von einem möglicherweise pädophilen Lehrer entführt worden sein sollte, dann würde er dafür sorgen, daß der Name Groxbourne in die Annalen der Prozeßgeschichte einging und aus dem *Public Schools Year Book* gestrichen wurde, wo er seiner Meinung nach ohnehin nichts zu suchen hatte.

Der Direktor rang nach Worten. »Ich bin sicher, daß es eine ganz simple und einleuchtende...« begann er, ohne selbst daran zu glauben, doch Mrs. Clyde-Browns Schluchzer ließen ihn innehalten. Offenbar war sie vorzeitig gerührt in Trauer verfallen. »Ich kann Ihnen nur versprechen...«

»Versprechen interessieren mich nicht«, erklärte Mr. Clyde-Brown. »Mein Sohn wird vermißt, und ich wünsche, daß man ihn findet. Also, haben Sie irgendeine Ahnung, wo er sich aufhält?«

Der Direktor dachte mit Schaudern daran. Seine Unruhe steigerte sich noch, als das Telefon schrillte.

»Ich kann keine Nummer bekommen«, meldete die Sekretärin, als er abnahm, »die von der Auskunft behaupten, es gäbe keine Comtesse de . . .«

»Vielen Dank, Miss Crabley, aber im Augenblick bin ich sehr beschäftigt«, sagte er, um irgendwelche schrecklichen Enthüllungen zu vermeiden. »Bitte sagen Sie dem Bischof, ich rufe ihn zurück, sobald es geht.« Damit legte er in der Hoffnung, die Clyde-Browns beeindruckt zu haben, den Hörer auf die Gabel und beugte sich über seinen Schreibtisch. »Ich glaube wirklich nicht, daß es einen Grund gibt, sich Sorgen zu machen . . .« begann er, obwohl er wußte, daß das nicht stimmte. Durchs Fenster sah er, wie Slymne mit zwei Revolvern in der Hand über den Hof marschierte. Der Himmel mochte wissen, was passieren würde, wenn er hier hereinmarschierte und . . . Der Direktor erhob sich. »Wenn Sie mich bitte für einen Augenblick entschuldigen würden«, sagte er heiser, »ich fürchte, meine Verdauung . . . äh . . . mein Magen macht mir etwas zu schaffen.«

»Meiner auch«, entgegnete Mr. Clyde-Brown ungerührt, doch der Direktor war bereits zur Tür hinaus, um Slymne abzufangen.

»Stecken Sie, um Gottes willen, diese verfluchten Dinger weg«, zischte er ihn wütend an.

»Die Sache ist die . . .« begann Slymne, doch der Direktor zog ihn in die Toilette und verriegelte die Tür.

»Das sind nur Repliken.«

»Es ist mir egal, was . . . Was ist das?« giftete der Direktor.

»Ich sagte, es sind Repliken«, entgegnete Slymne und drückte sich nervös ans Waschbecken.

»Repliken? Soll das heißen . . .«

»Es fehlen zwei echte Revolver. An ihrer Stelle haben wir diese da gefunden.«

»Scheiße!« stöhnte der Direktor und ließ sich auf die Klobrille sinken. Jetzt machte ihm sein Magen wirklich zu schaffen.

»Der Major überprüft gerade die Munitionsvorräte«, fuhr

Slymne fort. »Ich dachte nur, Sie würden über diese Dinger sicher Bescheid wissen wollen.«

Mit leerem Blick stierte der Direktor auf ein Kräuterposter, das seine Frau an die Wand gehängt hatte, um diesem Ort eine botanische Atmosphäre zu verleihen. Aber nicht einmal dem Basilikum konnte er jetzt etwas abgewinnen. Irgendwo in Europa trieben sich Glodstone und der Sohn dieses prozeßgeilen Bastards herum, bewaffnet mit Revolvern, die Eigentum des Verteidigungsministeriums waren. Und wenn die Clyde-Browns das herausfanden . . . Soweit durfte es nicht kommen.

Er stand auf und nahm den Deckel vom Spülkasten ab. »Tun Sie die verdammten Dinger da rein«, ordnete er an. Slymne zog die Augenbrauen hoch, befolgte aber den Befehl. Wenn der Direktor Revolvernachbildungen in seinem Klosett haben wollte, dann war das sein Bier. »Und jetzt gehen Sie wieder in die Waffenkammer und sagen diesem Fetherington, er soll sich nicht von der Stelle rühren, bis ich die Eltern losgeworden bin. Ich komme dann selbst rüber.«

Als er die Tür öffnete, stand er Mr. Clyde-Brown gegenüber, bei dem die Erwähnung von Mägen und Toiletten einen weiteren Anfall adriatischer Magenverstimmung ausgelöst hatte. »Äh . . .« sagte der Direktor. Mr. Clyde-Brown zwängte sich an ihm vorbei, mußte jedoch prompt zurückweichen, da auch noch Slymne herauskam. »Die Toilette funktioniert nicht. Mr. Slymne hat mir geholfen, sie zu reparieren.«

»Wirklich?« sagte Mr. Clyde-Brown mit einem Unterton, den er sonst nur anschlug, wenn gleichgesinnte Erwachsene beschuldigt wurden, unzulässigen Gebrauch von öffentlichen Toiletten gemacht zu haben. Bevor der Direktor ihn bitten konnte, die Toilette im oberen Stockwerk zu benutzen, war der Anwalt schon drinnen und hatte die Tür verriegelt.

»Sie glauben doch nicht etwa . . .« sagte Slymne unklugerweise.

»Verschwinden Sie endlich«, sagte der Direktor. »Und kümmern Sie sich darum, daß sich der Major nicht bewegt.«

Slymne verstand den Wink und eilte in die Waffenkammer

zurück. Der Major starrte untröstlich auf mehrere leere Schachteln im Munitionsschrank. »Schlechte Nachrichten, Slimey, alter Junge«, sagte er. »Zweihundert Schuß fehlen, und ich muß für jeden einzelnen Rechenschaft ablegen.«

»Nicht Ihre Schuld«, sagte Slymne. »Wenn Glodstone verrückt spielt und den Schlüssel entwendet . . .«

»Hat er nicht. Peregrine besaß ihn. Bei dem Gedanken, wie sehr ich diesen Jungen gemocht habe, wird mir glatt schlecht.«

»Der Alte hat alle Hände voll mit den Clyde-Browns zu tun. Ich kann mir nicht vorstellen, daß das ein Vergnügen ist.«

Fast empfand der Major Mitgefühl. »Ich sehe keine Möglichkeit, wie er drum herumkommt, mich zu feuern. Unter diesen Umständen würde ich das auch tun. Glodstone und Perry sind ein tödliches Gespann. Das ist etwas, das kein Mensch im Kopf aushält.« Damit rollte er zum Bajonettschrank hinüber.

»Sagen Sie bloß nicht, daß sie davon auch welche haben mitgehen lassen«, sagte Slymne.

»Das nicht«, seufzte der Major. »Aber ich darf gar nicht daran denken, was Perry damit anstellen würde. Er ist der geborene Infanterist. Sie sollten mal sehen, was er mit einem Gewehr und einem Bajonett in der Hand mit einem Strohsack anstellt. Und da wir gerade beim Thema sind: Wenn ich Japaner wäre, würde der Alte vermutlich von mir erwarten, daß ich Matahari begehe.«

Slymne ignorierte den Lapsus. Allmählich tat ihm der Major richtig leid. Er war zwar ein alter Esel, aber bösartig war er im Gegensatz zu Glodstone nie gewesen.

»Wahrscheinlich werden die beiden nicht eine einzige von diesen Patronen benützen«, sagte er, um den Major zu trösten, und überlegte, was er unternehmen konnte, um dessen Job zu retten.

Für den Direktor war diese Überlegung nicht unbedingt vorrangig. Als Mr. Clyde-Brown aus der Toilette stürzte, in der Hand die beiden Repliken, die er bei dem Versuch, die Spülung in Gang zu setzen, aus dem Wasserkasten gefischt hatte, spornte diese heikle Situation das einzige Talent des Direktors, nämlich Ausflüchte aus dem Hut zu zaubern, zu einem ungeahnten Höhenflug an.

»Das gibt's doch nicht!« staunte er. »Hätten sie so was für möglich gehalten?«

»Nein«, entgegnete Mr. Clyde-Brown.

»Jungen sind eben Jungen«, fuhr der Direktor angesichts dieser unumwundenen Weigerung, seine rhetorische Erklärung zu akzeptieren, fort. »Immer zu Scherzen aufgelegt.«

Mr. Clyde-Brown spielte gefährlich mit den Revolvern herum. Er hatte noch nicht bemerkt, daß es Nachbildungen waren. »Und Verrückte sind vermutlich eben Verrückte. Seit wann verstecken Sie und dieser Slymne eigentlich Handfeuerwaffen im Spülkasten Ihrer Toilette?«

»Wollen Sie mir vielleicht unterstellen ...«

»Nein. Ich behaupte«, erwiderte Mr. Clyde-Brown. »Und ich beabsichtige, der Polizei diese Schußwaffen als Beweis dafür vorzulegen, daß Sie sowohl aufgrund Ihrer Verrücktheit als auch Ihrer kriminellen Neigungen absolut ungeeignet sind, die Verantwortung für irgendeine Institution zu übernehmen, die höhere moralische Anforderungen stellt als ein Schlachthof oder eine Ziegelei.«

Während der Direktor noch mit diesen Alternativen zu kämpfen hatte, rief Mr. Clyde-Brown nach Verstärkung. »Marguerite!« brüllte er. »Komm sofort her!«

Zaghaft trat Mrs. Clyde-Brown aus dem Arbeitszimmer. »Ja, Liebling«, hauchte sie.

»Ich wünsche, daß du bezeugst, daß ich diese beiden Revolver im Klosett dieses ...«

Doch der Anblick ihres Mannes, der mit zwei Revolvern auf den Direktor zielte, bezeugte ihr genug.

»Du bist verrückt, verrückt, verrückt!« kreischte sie und bekam einen hysterischen Anfall.

Der Direktor packte die Gelegenheit beim Schopf. »Jetzt schauen Sie bloß, was Sie angerichtet haben«, sagte er. Doch sein Appell an Mr. Clyde-Browns Mitgefühl war umsonst. »Ihre arme Frau . . .«

»Hände weg von ihr«, fauchte Mr. Clyde-Brown. »Ich warne Sie zum letztenmal . . .« Er fuchtelte mit den Revolvern herum, sobald der Direktor versuchte, Mrs. Clyde-Brown zu beruhigen.

»Na, kommen Sie«, sagte der Direktor, »setzen Sie sich hin und . . .«

Mr. Clyde-Brown machte da weniger Umschweife. Er legte die Revolver auf ein kleines Tischchen, schnappte sich die darauf stehende Vase mit verblühten Rosen und tat, was er sich seit Jahren inständig gewünscht hatte. Allerdings war dies kein sehr kluger Schachzug. Als ihr das Wasser übers Gesicht lief und sich eine Wendy Cussons in ihrem Haar verfing, schlug Mrs. Clyde-Browns Hysterie urplötzlich in Zorn um.

»Du Bastard«, kreischte sie, packte einen Revolver, richtete ihn auf ihren Mann und drückte ab. Man hörte ein leises Klikken, und Mr. Clyde-Brown duckte sich gegen die Wand.

Der Direktor hielt es nun an der Zeit, einzugreifen, und nahm ihr den Revolver aus der Hand. »Ist doch nur eine Spielzeugwaffe«, erklärte er. »Ich habe Ihnen doch gesagt, daß es sich nur um einen Streich handeln kann.«

Mr. Clyde-Brown schwieg. Jetzt, da er mit einem Male wußte, woher Peregrine seine teuflische Veranlagung hatte, scherte er sich nicht länger darum, wo der Saukerl steckte.

»Kommen Sie doch bitte in mein Zimmer«, sagte der Direktor, der versuchte, möglichst viel Profit aus dem familiären Zwischenfall herauszuschlagen. »Unsere Sekretärin wird sich um Mrs. Clyde-Brown kümmern. Außerdem finde ich, daß wir alle einen Drink ganz gut gebrauchen könnten.«

Doch diese Gnadenfrist währte nur kurz. Bevor die Clyde-Browns eine halbe Stunde später abfuhren, hatte Mrs. Clyde-Brown damit gedroht, sich von ihrem Mann scheiden zu lassen, falls Peregrine nicht gefunden würde. Mr. Clyde-Brown seinerseits hatte die Drohung in einer Form an den Direktor weitergegeben, die nicht nur juristische Schadensersatzansprüche implizierte, sondern auch das Ende von dessen beruflicher Karriere. Nicht unerwähnt blieb auch die üble Publicity, die einsetzen würde, wenn *News of the World* erfuhr, daß Major Fetherington, anstatt *in loco parentis* auf Peregrine aufzupassen, *in loco matronae* gewesen war und zu Stiefeln ein Kondom trug. Mehr als nur belämmert sah der Direktor den entschwindenden Clyde-Browns nach, bevor er wie ein geölter Blitz zur Waffenkammer schoß.

»Lüften Sie ihren faulen Arsch«, schrie er, von der Umgebung offenbar dazu animiert, in Militärjargon zu verfallen, und ohne des Majors deutlich sichtbare Unfähigkeit, etwas anderes zu tun, als in seinem Rollstuhl herumzurutschen, zur Kenntnis zu nehmen. »Sie werden nach Frankreich fahren und noch diese Woche den Scheißknaben zurückbringen, selbst wenn Sie dazu das kleine Miststück betäuben müssen.«

»Frankreich?« fragte Slymne bebend. »Aber warum denn ich? Ich muß . . .«

»Weil dieser blöde Sexteufel nicht allein reisen kann. Morgen um diese Zeit werden Sie in diesem verdammten Château sein.«

»Ich denke nicht daran«, entgegnete der Major. »Sie können mich auf der Stelle feuern, aber ich will verdammt sein, wenn ich mich samt meinem Scheißrollstuhl durch halb Europa karren lasse. Deutlicher kann ich es nicht formulieren.«

»Aber ich«, sagte der Direktor, der, was ordinäre Ausdrücke anbetraf, von Mr. Clyde-Brown dazugelernt hatte. »Sie werden entweder Ihren miesen Einfluß auf Ihren abscheulichen Schützling, Master Peregrine Scheiß-Clyde-Brown, geltend machen und dabei hoffentlich Glodstone zu seinen Ahnen befördern, oder dieser verfluchte Paragraphenhengst wird die Polizei einschalten, und dann werden Sie nicht nur Ihren Job verlieren, sondern sowohl der Kripo als auch Gott weiß wem erklären müssen, warum Sie zwei Wahnsinnigen diese Revolver in die Hände gegeben haben.«

»Aber das habe ich gar nicht. Ich habe Ihnen doch gesagt . . .«

»Schnauze! Ich werde zu Protokoll geben«, fuhr der Direktor

fort, »der wahre Grund sei der, daß Sie die Schulschwester unter Benutzung eines Parisers gebumst haben und Glodstone gedroht hat, Sie zu verpfeifen.«

»Das ist eine unverschämte Lüge«, brachte der Major wenig überzeugend vor.

»Mag schon sein«, donnerte der Direktor, »aber Mrs. Clyde-Brown hat die Sache offenbar so interpretiert, und da ihr Mann behauptet, mit sämtlichen hohen Richtern des Landes persönlich befreundet zu sein, kann ich mir schlecht vorstellen, daß Sie im Zeugenstand auch nur die geringste Chance haben werden.«

»Aber können wir denn nicht die Gräfin anrufen und ihr erklären . . .« unternahm Slymne noch einen letzten Anlauf.

»Was denn? Daß die Schule einen Wahnsinnigen wie Glodstone beschäftigt, der mit einem anderen Irren loszieht, um sie zu retten?«

Am Spätnachmittag fuhr Slymne zu seinem Leidwesen wieder einmal über die Autobahn Richtung Dover. Neben ihm saß der Major auf einem aufgeblasenen Reifenschlauch und verfluchte die Rolle der Frauen in zwischenmenschlichen Beziehungen. »Es war ihre Idee, dieses gräßliche Dingsbums zu benutzen«, jammerte er. »Ich konnte sie nicht davon abbringen. Ich war ihr völlig ausgeliefert, und empfunden habe ich ohnehin nichts. Ich kann mir nicht vorstellen, warum man diese Dinger auch *French Letters* nennt.« Slymne behielt seine Gedanken für sich. Ihn interessierte sehr viel mehr, was die Gräfin zu den Briefen zu sagen hatte, die sie nicht geschrieben hatte.

Kapitel 18

Die Gräfin plagten im Moment ganz andere Sorgen. Der ganze Tag schien nur aus Problemen zu bestehen. Mr. Hodgson hatte sich geweigert, noch eine einzige Nacht in einem Haus zuzubringen, in dem er jedesmal, wenn er aufs Klo ging, mit einem Überfall rechnen mußte, und war abgereist, ohne seine Rechnung zu bezahlen; Mr. Rutherby hatte die kleinen Schwierigkeiten zwischen seiner Frau und Mr. Coombe noch dadurch verschlimmert, daß er angedroht hatte, er würde ein Verbrechen aus Leidenschaft begehen, falls er sie je wieder zusammen erwischte; Mr. Coombe hatte ihm seinerseits klar und deutlich erklärt, daß er, Mr. Rutherby, keine Ahnung haben könne, was dazu nötig sei, bevor er nicht verdammte drei Stunden lang in Mrs. Rutherby festgeklemmt gewesen sei und andere Leute an seinen Beinen gezogen hätten, um ihn rauszubekommen.

Die meisten Schwierigkeiten jedoch hatten die Delegierten gemacht. Dr. Abnekow behauptete nach wie vor, einer Verschwörung der CIA, die ihn zum Schweigen bringen wollte, zum Opfer gefallen zu sein, während Professor Botwyk ähnlich stur darauf beharrte, eine Gruppe Terroristen habe versucht, ihn meuchlings zu ermorden, und erwartete, von der US-Botschaft in Paris eine Leibwache gestellt zu bekommen. Dr. Grenoy versuchte zu vermitteln und bot an, ihn per Hubschrauber zum nächsten Militärhospital fliegen zu lassen; er könne jedoch ganz beruhigt sein, daß sich die schrecklichen Ereignisse der vergangenen Nacht nicht wiederholen würden. Das gesamte Château war gründlich durchsucht worden, die örtliche Gendarmerie befand sich in Alarmbereitschaft, sämtliche Eingänge wurden bewacht, und im Hof waren Flutlichtscheinwerfer installiert. Falls Professor Botwyk dennoch das Symposion verlassen wolle, könne er dies selbstverständlich jederzeit tun, wobei Grenoy dezent hatte anklingen lassen, daß seine Abwesenheit kaum auffallen würde. Botwyk hatte den Köder geschluckt und darauf bestanden, dazubleiben, unter der Voraussetzung allerdings, daß man ihm eine Schußwaffe zur Verfügung stellte. Dr. Abnekow hatte sofort auch dasselbe Recht für sich beansprucht und damit Botwyk derart beunruhigt, daß dieser von seiner Forderung wieder abrückte. »Trotzdem werde ich die französische Regierung in vollem Umfang dafür verantwortlich machen, wenn man mich beseitigt«, erklärte er Dr. Grenoy, wobei dieser Mangel an Logik den Kulturattaché nur in seinem Glauben bestärkte, daß Anglosachsen unfähig waren, rational und kultiviert zu denken. Nachdem er dieses Problem vorübergehend behoben hatte, ergriff er anläßlich einer Unterredung mit der Gräfin weitere Maßnahmen. »Wenn Sie sich schon weigern zu gehen«, sagte er zu ihr, »dann sorgen Sie wenigstens dafür, daß ein Essen auf den Tisch kommt, das die Herrschaften von diesem peinlichen Zwischenfall ablenkt. Erstklassige Weine und ein superbes Mahl.«

Die Gräfin hatte sich daran gehalten. Als die Delegierten sich schließlich durch ein siebengängiges Menü hindurchgefressen und die Diskussion über die Zukunft der Welt vertagt hatten, kamen zu ihren sonstigen Sorgen noch Magenbeschwerden hinzu. Auf der Tagesordnung stand das Thema »Hunger in der Dritten Welt: eine multi-modulare Annäherung«. Wie üblich herrschte Uneinigkeit. In diesem Fall betraf sie die Definition des Begriffs Dritte Welt.

Professor Manake von der Universität Ghana verwahrte sich gegen diese Bezeichnung mit dem vernünftigen Argument, daß es seines Wissens nur eine einzige Welt gäbe. Der saudiarabische Delegierte argumentierte, daß aufgrund der Tatsache, daß sein Land mehr Öl und damit praktisch mehr Kapital in Europa und Amerika besäße als irgendeine andere Nation, Arabien zur Ersten Welt gehöre und jeder, der seinen Koran nicht kannte nirgendwohin. Dr. Zukacs hielt – trotz Abnekows Warnung daß er damit dem zionistischen Westimperialismus direkt in die Hände spiele – dem die marxistisch-leninistische These entgegen, Saudi-Arabien sei nicht aus dem Zeitalter des Feudalismus herausgekommen, und Sir Arnold Brymay, der ihm insgeheim recht gab, dankte Gott, daß niemand die Ulster-Frage aufs Tapet gebracht hatte. Aber der eigentliche Konflikt entstand wie üblich durch die unterschiedlichen Interpretationen von Dr. Abnekow und Professor Botwyk. Dr. Abnekow wurde ausgesprochen wütend über Botwyks Vorwurf, die Sowjetunion sei per definitionem ein unterentwickeltes Land, weil es sich nicht einmal selbst ernähren könne und keine Anstalten mache, den Bedarf der Konsumenten zu decken.

»Ich verlange, daß Sie diese Beleidigungen, die Errungenschaften des sozialistischen Systems betreffend, zurücknehmen«, schrie Abnekow. »Wer war denn der erste Mensch im Weltraum? Wer unterstützt die liberationistische Bewegung gegen den internationalen Kapitalismus? Und was ist mit den Millionen Proletariern, die in den Vereinigten Staaten am Hungertuch nagen?«

»Wer muß denn unser Getreide kaufen?« brüllte Botwyk. »Und was gebt ihr den verhungernden Millionen in Afrika und Asien? Gewehre und Raketen und Panzer. Haben Sie je versucht, mit einer gottverdammten Rakete satt zu werden?«

»Wenn erst alle Völker befreit sind . . .«

»Wie Afghanistan und Polen? Und was ist mit der Tschechoslowakei und Ungarn? Menschen befreien heißt bei Ihnen anscheinend, sie umzubringen.«

»Und was war mit Vietnam? Sie wissen ja nicht einmal, wie viele Morde jedes Jahr in Amerika begangen werden, weil es so viele sind.«

»Schon, aber das ist etwas anderes«, sagte Botwyk, der durchaus gegen den unkontrollierten Verkauf von Handfeuerwaffen war, jedoch wenig Lust hatte, das auch zuzugeben.

Dr. Grenoy versuchte, die Versammlung wieder auf das ursprüngliche Thema zurückzuführen. »Ich glaube, daß wir das Problem rational angehen sollten«, schlug er vor, wurde jedoch sogleich von Professor Manake gefragt, welche Rolle die französische Fremdenlegion in Zentralafrika bei der Lösung irgendwelcher anderer Probleme spiele als der einiger französischer Präsidenten mit einem Faible für Diamanten.

»Ich gehe davon aus, daß die Fremdenlegion einen Teil des europäischen Abschaums schluckt«, meinte Sir Arnold, der Dr. Grenoy den Rücken stärken wollte. »Ich erinnere mich gut, als ich damals in Tanganjika war . . .«

»Tansania«, korrigierte Professor Manake. »Afrika gehört euch Briten nicht mehr, falls Ihnen das entgangen sein sollte.«

Da mischte sich Dr. Zukacs ein. »Stimmt nicht. Geldimperialismus und Neokolonialismus sind die neuen . . .«

»Halten Sie doch Ihren Mund, Sie verdammter Madjar«, brüllte Dr. Abnekow, der eine Beleidigung Ghanas voraussah. »Nicht jeder afrikanische Staat ist neokolonialisiert. Einige sind ausgesprochen progressiv.«

»Wie Uganda vermutlich«, entgegnete Botwyk. »Und wer hat diesem Kannibalen Idi Amin Unterstützung gewährt? Der bewahrte in seiner Tiefkühltruhe Köpfe auf, für den Fall, daß er schnell mal eben Hunger kriegte.«

»Proteinmangel ist in Belgisch-Kongo weit verbreitet«, meinte Sir Arnold.

»Zaire«, verbesserte Professor Manake.

Dr. Grenoy versuchte es ein zweites Mal. »Lassen Sie uns den Strukturalismus der Verteilung von Wirtschaftsgütern untersuchen«, sagte er bestimmt. »Es ist eine erwiesene Tatsache, daß die unterentwickelten Nationen dieser Welt auf der soziokulturellen und geistigen Ebene eine Menge zur modernen, geistesgeschichtlichen Entwicklung beizutragen haben. Lévi-Strauss hat gezeigt, daß in manchen Teilen . . .«

»Hör zu, Freundchen«, sagte Botwyk, der annahm, Dr. Grenoy wolle gleich die Israel-Frage anschneiden, »ich weigere mich, diesen Bastard Khomeini mit irgendeiner geistigen Ebene gleichzusetzen. Wenn Sie der Ansicht sind, es sei eine christliche Tat, unschuldige Bürger der Vereinigten Staaten als Geiseln zu nehmen . . .«

In dem Tumult, der dieser Beleidigung der moslemischen Welt folgte, bezichtigte der saudiarabische Delegierte sowohl Botwyk als auch Lévi-Strauss des Zionismus, während Pastor Laudenbach für eine ökumenische Betrachtungsweise des Holocaust eintrat. Dr. Abnekow sagte ausnahmsweise gar nichts. Er betrauerte den Verlust seines Sohnes, der in Afghanistan gefangengenommen und bei lebendigem Leib gehäutet worden war, und außerdem haßte er die Deutschen. Sogar Dr. Grenoy beteiligte sich am Gefecht. »Es würde mich interessieren, ob uns der amerikanische Delegierte sagen kann, wie viele Amerikaner ihre geistige Integrität noch dadurch beweisen müssen, daß sie in Guyana Massenselbstmord begehen?« fragte er.

Nur Sir Arnold wirkte ganz zufrieden. Ihm war plötzlich klargeworden, daß Zaire nicht Eire war und die Ulster-Frage noch immer nicht auf der Tagesordnung stand.

Die Gräfin war fast mit dem Aufräumen der Küche fertig. Noch immer hörte sie die erregten Stimmen, doch sie hatte sich längst eine eigene Meinung über die Zukunft der Welt gebildet; sie wußte, daß schönes Gerede über den Frieden und alles mögliche andere nichts ändern würde. Für sie ging es darum, wie ihre eigene Zukunft aussehen würde. Und das bedeutete, daß sie eine Entscheidung treffen mußte. Der Mann, der sich Pringle nannte, war ohne Zweifel Glodstone. Sie hatte ihn sich genau angesehen, als sie ihm das Tablett mit dem Abendessen ins Zimmer hinaufbrachte. Anschließend hatte sie sein schmerzverzerrtes Gesicht mit dem auf einem Klassenfoto verglichen, das Anthony einmal mitgebracht hatte. Aber warum hatte er gelogen? Und warum war jemand ins Château eingedrungen, um sie zu suchen? Grenoys Vermutung, daß ihr die Bande aus Vegas auf der Spur sei, hatte sie bereits verworfen. Diese Leute wären nie so vorgegangen. Nicht für lumpige hundert Riesen. Sie waren Geschäftsleute, die sich subtilerer Methoden bedient hätten, um sich ihr Geld zurückzuholen. Erpressung zum Beispiel. Vielleicht sollte dies nur ein Einschüchterungsversuch sein, doch wenn das der Fall war, dann hatten sie einen erstaunlich unfähigen Mann dafür ausgesucht. Irgendwie ergab das Ganze keinen Sinn.

Als sie jetzt an dem großen, rohen Holztisch saß und zu Abend aß, fühlte sie sich müde und erschöpft. Sie hatte es satt, Männer in ihren Bedürfnissen zu bestärken, hatte sie satt, die Träume von Sex, Erfolg und dem großen Geld und ebenso diese anderen, diese ideologischen, über die sich diese Dummköpfe jetzt stritten. Ihr ganzes Leben lang war sie eine Schauspielerin in anderer Leute Traumtheatern gewesen oder, schlimmer noch, eine Platzanweiserin. Nie sie selbst, was immer das bedeuten mochte. Es war an der Zeit, das herauszufinden. Sie beendete ihr Mahl und wusch das Geschirr ab, wobei sie die ganze Zeit darüber nachdachte, warum die Menschen so sehr an Traumwelten festhielten. Soweit sie wußte, tat das keine andere Spezies. Jedenfalls war sie entschlossen, Glodstones wahre Absicht in Erfahrung zu bringen.

Sie stieg die Treppe zu seinem Zimmer hinauf, wo sie ihn in ein Bettuch gehüllt antraf. Er sah völlig verwirrt und verschreckt aus. Die Angst gab den Ausschlag für ihre Taktik. »Also, was hat Glasauge Glodstone in dieser Gegend zu suchen?« fragte sie in breitestem Amerikanisch.

Glodstone glotzte sie an. »Pringle«, sagte er. »Mein Name ist Pringle.«

»In Ihrer Unterhose steht aber etwas anderes. Sie trägt ein Etikett mit dem Namen Glodstone. Ihr Hemd ebenfalls. Wie kommt denn das?«

Glodstone suchte krampfhaft nach einer Ausrede. »Ich habe mir das Zeug von einem Freund ausgeliehen«, murmelte er.

»Das Glasauge auch?«

Glodstone zog das Bettlaken enger um sich. Diese Frau wußte viel zuviel über ihn. Ihre nächste Bemerkung bestätigte das. »Hören Sie«, sagte sie, »es hat keinen Zweck zu versuchen, mich zum Narren zu halten. Sagen Sie mir lieber, was es zu bedeuten hat, daß Sie mitten in der Nacht durch die Gegend schleichen und angeblich Leute retten.«

»Ich kam zufällig vorbei.«

»Am Wasser vielleicht? Verschonen Sie mich mit diesem Blödsinn. Irgend so ein Rowdy bricht vergangene Nacht hier ein, verprügelt die Gäste, schmeißt einen von ihnen in den Fluß, und Sie kommen zufällig gerade vorbei.«

Glodstone knirschte mit seinem Gebiß. Ganz gleich, wer diese ekelhafte Frau war, er hatte nicht die Absicht, ihr die Wahrheit zu sagen. »Sie können von mir aus glauben, was Sie wollen, aber Tatsache ist . . .«

». . . daß Sie der Präfekt meines Sohnes sind, und auf Anhieb würde ich sagen, er hat sich nicht übermäßig getäuscht, als er behauptete, Sie seien ein Psychopath.«

Glodstone neigte dazu, ihr recht zu geben, weil er sich in der Tat völlig aus dem Gleichgewicht gebracht fühlte. Diese Frau konnte unmöglich die Gräfin sein. »Ich glaube es einfach nicht. Ihr Sohn soll Ihnen gesagt haben . . . unmöglich. Sie sind nie und nimmer die Gräfin.«

»Also gut, probieren Sie's aus«, sagte die Gräfin.

»Ausprobieren?« sagte Glodstone und hoffte nur, daß sie nicht meinte, was er dachte. Nur mit einem Bettuch angetan, fühlte er sich besonders schutzlos.

»Was wollen Sie denn von mir hören? Vielleicht, daß er beschnitten ist, eine Kohlallergie hat, im vergangenen Jahr ein Furunkel am Hals hatte und ohne Ihre Hilfe die Mittlere Reife in vier Fächern bestanden hat? Mir können Sie nichts vormachen.«

Glodstone fühlte sich verunsichert und erleichtert zugleich. Zwar entsprach ihre Sprache durchaus nicht seiner Vorstellung von gräflicher Ausdrucksweise, doch wußte sie zweifellos eine Menge über Wanderby.

»Gibt es denn nicht noch etwas, das Sie mir sagen möchten?« fragte er schließlich, da er sie hinsichtlich der Briefe auf die Probe stellen wollte.

»Ihnen sagen? Was zum Teufel wollen Sie denn noch alles wissen? Daß er keinen Kropf hat oder was weiß ich? Oder ob's ihm schon mal einer besorgt hat? Letzteres geht Sie einen feuchten Kehricht an. Oder etwa nicht?« Sie fixierte ihn auf eine Art, die viel Erfahrung verriet. »Sie stehen nicht zufällig auf Knabenärsche, wie?«

»Ich möchte doch sehr bitten«, entgegnete Glodstone gekränkt.

»Regen Sie sich nicht auf«, sagte die Gräfin abschätzig. »Es ist schließlich nicht mein Schließmuskel, den Sie überwinden, da können Sie Gift drauf nehmen. Aber sollte ich dahinterkommen, daß Sie meinen Sohn zu Sodomie oder dergleichen verleitet haben, dann werden Sie diesen Ort ohne ein entscheidendes Körperteil verlassen.«

»Um Himmels willen«, rief Glodstone und schlug seine Beine krampfhaft übereinander. »Ich kann Ihnen versichern, daß mir solches nie im Leben in den Sinn gekommen wären. Absolut nicht. Von schwul kann bei mir nicht die Rede sein.«

»Hätte mich ja auch täuschen können«, meinte die Gräfin schon etwas nachsichtiger. »Also, woran denken Sie dann?«

»An Briefe«, sagte Glodstone.

»Briefe?«

Glodstone wandte sein Auge von ihr ab. Dies war der springende Punkt. Wenn sie nichts von den Briefen wußte, konnte sie unmöglich die Gräfin sein. Da andererseits jedoch seine Grundausstattung auf dem Spiel stand, wollte er nicht lange um den heißen Brei herumschleichen. »Die, die Sie mir geschrieben haben«, sagte er.

»Ich schreibe Ihnen Briefe wegen Anthonys Allergien, und Sie machen den langen Weg hierher, um darüber zu reden? Da müssen sie sich schon was Besseres einfallen lassen. Das kaufe ich Ihnen nicht ab.«

Doch bevor Glodstone eine andere Begründung einfiel, hörte man einen Schuß, einen Schrei, weitere Schüsse, panikergriffene Stimmen, und im Hof ging das Flutlicht an. Peregrine hatte erneut zugeschlagen.

Im Gegensatz zu allen anderen hatte Peregrine einen ungetrübten Tag verbracht. Er hatte bis Mittag geschlafen, sich ein Mittagessen aus weißen Bohnen in Tomatensoße und Corned beef einverleibt und das Kommen und Gehen im Château mit Interesse verfolgt. Jetzt, wo er wußte, daß Glodstone am Leben war, machte er sich keine Sorgen mehr. In Kriminalromanen wurden immer Leute gefangengenommen, ohne daß das jemals Entscheidendes am Ausgang änderte. Er konnte sich an kein einziges Buch erinnern, in dem der Held aus dem Weg geräumt wurde, außer in *Der Schakal*, und selbst da war er nicht sicher, daß der Schakal überhaupt ein Held gewesen war. Immerhin war er irrsinnig gerissen und vorsichtig gewesen und hätte es um ein Haar auch geschafft. Peregrine nahm sich vor, noch gerissener und vorsichtiger zu sein. Ihn würde niemand aus dem Weg räumen. Ganz im Gegenteil.

Und so verbrachte er den langen, heißen Nachmittag damit, zu beobachten, wie die Flutlichtscheinwerfer installiert wurden und an der Straße bei der Brücke ein Streifenwagen Posten bezog. Es lag damit auf der Hand, daß er nicht, wie ursprünglich geplant, die Felswand hinaufklettern konnte. Daß sein Einstiegsweg über den Blitzableiter entdeckt worden war, glaubte er nicht. Das Wichtigste jedoch war, die Leute im entscheidenden Augenblick gezielt abzulenken. Dann galt es, Glodstone rasch aufzuspüren und sich mit ihm aus dem Staub zu machen, bevor irgend jemand begriff, was eigentlich passiert war. Natürlich mußte alles blitzschnell gehen, und da er genau wußte, wie unbrauchbar Glodstone für Geländeläufe und Kletterpartien war, lag genau hier das Problem. Am besten würde es sein, die Schweine im Château einzusperren, so daß sie sie nicht verfolgen konnten.

Aber was war mit den Wachposten an der Brücke... Die mußte er irgendwie weglocken. Peregrine überlegte angestrengt, wie er vorgehen sollte.

Als die Dämmerung über das Tal hereinbrach, kletterte er von seiner Anhöhe herunter und verkroch sich in der Nähe des Streifenwagens im Gebüsch. Dort standen drei Gendarmen herum, rauchten, unterhielten sich und starrten auf den Fluß hinunter. Das paßte ihm ausgezeichnet. Lautlos schlängelte er sich durchs Gebüsch, bis er auf Höhe des Streifenwagens war, huschte dann über die Straße und kroch unter das Auto. Über ihm knackte das Funkgerät. Einer der Männer kam heran und murmelte irgend etwas Unverständliches. Peregrine, den Blick auf die Füße des Mannes geheftet, tastete nach seinem Revolver. Doch schon entfernte sich der Gendarm wieder und ging mit seinen beiden Kollegen die Aufschüttung zur Brücke hinauf. Sie waren bald außer Sichtweite. Peregrine stellte den kleinen Propangaskocher, den er mitgebracht hatte, unter den Tank. Bevor er ihn anzündete, schaute er sich noch einmal um, doch die Männer waren zu weit weg, um etwas zu hören; außerdem würde das vorbeirauschende Wasser das Zischen des Gases übertönen. Zwei Sekunden später brannte der Kocher, und Peregrine rannte auf der anderen Straßenseite durchs Gebüsch flußaufwärts. Er mußte das andere Ufer erreicht haben, bevor der Wagen in die Luft flog.

Er durchschwamm den reißenden Fluß in neuer persönlicher Rekordzeit und war den Abhang bereits bis zur Hälfte hinaufgeklettert, als sich der Gaskocher bemerkbar machte. Mit einem Knall, der Peregrines wildeste Erwartungen weit übertraf, explodierte der Tank, und ein Feuerball schoß hoch. Die drei Gendarmen, die zu ihrem Streifenwagen zurückgekehrt waren und von denen einer gerade die Hinterreifen inspizieren wollte, um den Grund für das seltsame Zischen ausfindig zu machen, hinter dem er ein defektes Ventil vermutete, standen im Nu in Flammen und stürzten zum Fluß hinunter. Peregrine warf noch einen Blick auf die mächtige schwarze Rauchsäule, die sich vor der untergehenden Sonne auftürmte, und eilte weiter. Das würde denen, die das Spektakel vom Château aus mitansahen, Stoff zum Nachdenken geben und sie vom Blitzableiter am Nordturm ablenken. Die Gendarmen hatten keinerlei Ablenkung mehr nötig. Nur mäßig dankbar dafür, daß sie nicht zu Asche geworden waren, versuchten sie verzweifelt, sich an der Oberfläche des tosenden Wassers zu halten. Doch noch war das vom Propangaskocher eingeleitete destruktive Werk nicht vollendet. Als die Flammen immer weiter um sich griffen und auslaufendes Öl auf der Straße brannte, platzte ein Reifen mit solcher Wucht, daß ein lodernder Sitz auf die Brücke geschleudert wurde.

Doch diese surrealistischen Begleiterscheinungen interessierten Peregrine nicht im mindesten. Er hatte bereits den Turm erreicht und kletterte am Blitzableiter hinauf. Oben hielt er kurz inne, zog sich aufs Dach und ging mit dem Revolver in der Hand auf die Dachluke zu. Da kein Mensch zu sehen war, sprang er in den leeren Gang hinunter und eilte zum nächsten Fenster. Der Hof unten war leer, und von dem Rauch, der über den Fluß nach Westen zog, schien kein Mensch Notiz zu nehmen. Einen Augenblick lang war Peregrine irritiert. Es war ihm überhaupt nicht in den Sinn gekommen, daß die Gendarmen echte Polizisten sein könnten. Schließlich konnte jeder in eine Uniform schlüpfen, und Gangster würden doch sicher keine Gesetzeshüter zu ihrem Schutz holen; trotzdem hatte er eigentlich damit gerechnet, daß sie die Augen offenhielten; deshalb hatte er sich ja auch solche Mühe gegeben, ihre Aufmerksamkeit vom Château abzulenken. Aber niemand schien sich auch nur im mindesten dafür zu interessieren. Sonderbar. Aber zumindest befand er sich im Château, und wenn die anderen so dumm waren, nicht auf der Hut zu sein, war das ihre Angelegenheit. Seine bestand darin, Glodstone zu befreien, und dabei wollte er sich diesmal nicht mit irgendwelchen Leuten in Gängen und Schlafzimmern anlegen. Der Schlag sollte aus einer ganz andern Richtung erfolgen. Er flitzte die Wendeltreppe hinab in den Keller und durchsuchte die Räume ein zweites Mal. Keine Spur von Glodstone. Von der ehemaligen Küche aus hörte er aufgeregte Stimmen. Er ging zum Speiseaufzug und wartete, doch sprachen zu viele Leute zu wirr durcheinander, als daß er hätte verstehen können, worum es ging. Schon wollte er kehrtmachen, als ihm plötzlich dämmerte, daß sich hier eine perfekte Möglichkeit bot, sämtliche Schweine mit einem Schlag zu erledigen. Er würde sich mit dem winzigen Aufzug von unten her anschleichen, und wenn er plötzlich in der Luke auftauchte und das Feuer eröffnete, würde die Überraschung mit Sicherheit perfekt sein. Glodstone allerdings würde

Kapitel 19

Die im großen Salon versammelten Tagungsteilnehmer waren längst vom Thema Hunger in der Welt abgekommen. Unter ihnen befanden sich ohnehin weder Ernährungswissenschaftler noch Fachleute auf dem Gebiet moderner Landwirtschaftstechnik. Und obwohl Dr. Grenoy Zuflucht zu jenen Allgemeinplätzen genommen hatte, die – bei ihm als Kulturattaché und Franzose obendrein – seine starke Seite waren, war es ihm nicht gelungen, die Koryphäen auf das eigentliche Thema zurückzuführen. Seine angestrengten Versuche hatten alles nur verschlimmert. Übrig blieb lediglich noch die multi-modulare Annäherung, die dank des üppigen Essens und des darauf folgenden Cognacs zunehmend Ausdruck in nationalen Vorurteilen und persönlichen Empfindlichkeiten fand. Im Lauf der Zeit hatten sich die merkwürdigsten Koalitionen ergeben. Dr. Abnekows Antipathie gegen den amerikanischen Kapitalismus kapitulierte vor Professor Botwyks Bemerkung gegenüber dem saudiarabischen Delegierten, daß ein Mann, der seine Körpersäfte nicht halten könne, damit aufhören solle, ständig über die Allmacht der Erdölprodukte zu schwafeln; und Pastor Laudenbach hatte die beiden einander noch näher gebracht, indem er die Weigerung der Moslems, Alkohol zu sich zu nehmen, unterstützte. Selbst Professor Manake und Sir Arnold hatten eine Gemeinsamkeit entdeckt, nämlich ihre Vorliebe für die Großwildjagd. Einzig und allein Dr. Zukacs hielt stur an seinen Doktrinen fest und erklärte, ohne sich speziell an einen einzelnen zu wenden, daß sich die unterentwickelten Länder nur dadurch selbst vom Imperialismus befreien könnten, daß sie eine Schwerindustrie aufbauten und die Landwirtschaft kollekti-

das überhaupt nichts nützen. Plötzlich begriff Peregrine seinen Irrtum. Natürlich hatten sie Glodstone als Geisel genommen. Das war auch der Grund, warum sie nur drei Wächter an der Brücke postiert und auf dem Hof Flutlicht installiert hatten. Sie wußten, daß er zurückkommen würde, doch da sie Glodstone in ihrer Gewalt hatten, würde ihm selbst nichts anderes übrigbleiben, als sich ihnen auszuliefern. Das war die Erklärung für alles, was ihm so rätselhaft vorgekommen war.

Verbissen kreisten Peregrines Gedanken, tödlich wie die eines Frettchens in einem Kaninchengehege, um das Problem. Und er fand eine Lösung.

vierten. Da er neben dem polnischen Delegierten saß, der Weisung hatte, den Mund zu halten, der zudem wußte, was die Kollektivierung der Landwirtschaft in seinem eigenen Land angerichtet hatte und der sich über die Behauptung, Polen sei ein unterentwickeltes Land, ohnehin ärgerte, konnten Handgreiflichkeiten nur noch dadurch vermieden werden, daß Dr. Abnekow drohte, ihnen ihre kollektiven Köpfe zusammenzustoßen. Pastor Laudenbachs Aufforderung zur Friedfertigkeit brachte wiederum Botwyk in Rage.

»Hören Sie, Sie elender Krautfresser«, brüllte er, »fangen Sie bloß nicht an, vom Frieden zu labern. Zwei Weltkriege hat Ihr niederträchtiges Land in diesem Jahrhundert angefangen, und bilden Sie sich bloß nicht ein, wir hätten das vergessen. Sechs Millionen sind in den Gaskammern umgekommen, und es würde mich nicht wundern, wenn sich herausstellen würde, daß Sie der Lagerarzt von Auschwitz waren.«

»Das ist infam!« fauchte der Pastor unklugerweise. »Ich habe vier Jahre in Panzern an der Ostfront verbracht. Ich habe im Kursk-Bogen gekämpft, während Sie Hunderttausende unschuldiger Bürger mit Ihren Bomben vernichtet haben. Ich weiß, was Krieg heißt. Das habe ich in Kursk gelernt, und ...«

Das war zuviel für Dr. Abnekow. »Du mörderisches Hitlerschwein«, brüllte er, »warte nur ab, bis ich dich in die Finger kriege, dann werde ich dir zeigen, was wir mit Schlächtern wie dir angestellt haben. In Kursk warst du? Bei Gott ...«

»Gentlemen«, flehte Dr. Grenoy, »wollen wir doch versuchen, die Vergangenheit zu vergessen und ...«

»Halt den Rand, du verdammter Franzmann«, plärrte Botwyk. »Ohne die Jungs, die am Strand von Omaha gestorben sind, würdet ihr noch immer das tun, was die Heinis hier euch sagen, selbst wenn du kein verdammter Kollaborateur gewesen sein solltest, was erst noch zu klären wäre.«

»Ich war damals fünf Jahre alt ...« begann Dr. Grenoy, doch weder Botwyk noch Abnekow waren jetzt noch zu bremsen. Während sich der angetrunkene Abnekow auf den Pastor stürzte, verfluchte Botwyk Dr. Grenoy dafür, sich aus Vietnam und der Nato davongestohlen zu haben, ganz zu schweigen davon, daß er sich mit einer Horde barbarischer Sauerkrautfresser in der Europäischen Gemeinschaft zusammengerottet hatte. »Und was ist mit dem Marshallplan?«

»Erstaunlich«, bemerkte Professor Manake gegenüber Sir Arnold. »Ihr Europäer scheint euch überhaupt nicht klarzumachen, wie außerordentlich barbarisch ihr seid.«

»Wissen Sie, ich selbst würde mich nicht als Europäer bezeichnen«, entgegnete Sir Arnold. »Wir sind ein Inselstaat mit Seefahrertradition...«

Noch während er sprach, folgte Peregrine einer anderen englischen Tradition: Er handelte. Mit der tödlichen Präzision, die Major Fetherington ihm beigebracht hatte, feuerte er. Die erste Kugel jagte er Professor Botwyk durch den Kopf, dann schoß er die Lichter aus und tauchte mit weiteren Schüssen auch den Schloßhof in völlige Dunkelheit. Während die Schreie und Rufe der Delegierten durch das Château hallten, rannte Peregrine zum Torturm und ging dort in Deckung. Von einem büromäßig eingerichteten kleinen Raum aus konnte er die gesamte Terrasse und die Stallungen überblicken, in deren hinterem Teil die Autos geparkt waren. Niemand vermochte nun mehr die Gebäude zu verlassen, ohne erschossen zu werden. Die Schweine saßen samt und sonders im Château in der Falle; und bevor sie Glodstone nicht freiließen, würde Peregrine sich nicht von der Stelle rühren.

Drei Stockwerke weiter oben erging es der Gräfin ziemlich ähnlich. Als sie die Schüsse hörte und panische Schreie von unten zu ihr heraufdrangen, wurde ihr klar, daß sie sich getäuscht hatte. Dr. Grenoy hatte gewußt, wovon er sprach. Gestern nacht war ein Killer hier eingedrungen und hatte sie gesucht, und sie hätte besser verschwinden sollen, solange das noch problemlos gegangen wäre. Im Augenblick ging es schlecht. Sie rannte zur Tür, sperrte ab und machte das Licht aus. »Wenn jemand kommt, dann geben Sie keinen Ton von sich«, sagte sie zu Glodstone. »Und schieben Sie das Bett vor die Tür.«

Eine Zeitlang saßen sie schweigend auf dem Boden und lauschten auf weitere Katastrophengeräusche, wobei jeder für sich überlegte, wie zum Teufel er aus diesem Schlamassel herauskommen konnte. »Der Killer muß einen von den Gästen erschossen haben«, flüsterte die Gräfin schließlich.

»Von den Gästen?« fragte Glodstone.

»Entweder von denen oder von diesen Gehirnakrobaten.«

»Gehirnakrobaten?«

»Den Futurologen. Doch was die über die Zukunft wissen, ist mir zu hoch. Immerhin zahlen sie gut. Oder besser: zahlten. Ich kann mir nicht vorstellen, daß dieser Tagungsort nach dem heutigen Abend noch sonderlich beliebt sein dürfte.«

Glodstone neigte dazu, ihr recht zu geben, obwohl er keine Ahnung hatte, was Futurologen eigentlich waren. Internationale Gangster jedenfalls würden diesen Ort sicherlich eher meiden.

»Was ich nicht begreife«, fuhr die Gräfin fort, »ist, warum dieser bezahlte Totschläger gestern abend nach mir gesucht hat und jetzt diese armen Eierköpfe da unten abknallt. Es sei denn, es sind die Gendarmen, die schießen.«

»Die Gendarmen?« sagte Glodstone. »Soll das heißen, die hatten die Nerven, die Polizei zu rufen?«

»Sie werden doch nicht im Ernst glauben, daß eine internationale Versammlung der hervorragendsten Geistesgrößen der Welt auf ihren vier Buchstaben sitzenbleibt, wenn sich ein gedungener Killer hier rumtreibt? So, wie Professor Botwyk sich heute morgen aufgeführt hat, ist es ein Wunder, daß die Ledernacken der amerikanischen Marine noch nicht eingeschritten sind. Er wollte unbedingt die Botschaft anrufen.«

»Die Botschaft?«

Obwohl es dunkel war, betrachtete die Gräfin ihn voller Mißtrauen. »Wiederholen Sie immer alles, was Ihr Gesprächspartner sagt?«

»Nein, aber ... man sollte doch eigentlich nicht denken, daß solche Männer die Unverfrorenheit besitzen, die Regierung um Schutz zu bitten.«

»Ich wüßte nicht, warum sie das nicht tun sollten.«

Glodstone wußte es schon, doch dies auszusprechen schien ihm unter den gegenwärtigen Umständen nicht ratsam. Andererseits hatte er das immer deutlichere Gefühl, daß hier irgendein schrecklicher Irrtum vorlag, und fragte sich schon, ob er sich nicht vielleicht im falschen Château befand, als ihm einfiel, daß diese Frau behauptet hatte, Wanderbys Mutter zu sein. Vielleicht war dieses ganze Gerede über internationale Gelehrte und die Polizei nur ein raffiniertes Manöver, um ihn zum Sprechen zu bringen. »Das ist alles höchst sonderbar«, murmelte er.

»Das kann man wohl behaupten«, sagte die Gräfin, als unten der nächste Schuß fiel. Diesmal hatte Peregrine Dr. Abnekow erwischt, der den Fehler begangen hatte, aus einem Fenster zu pinkeln, und am eigenen Leib erfahren mußte, wie es war, von einer Kugel beschnitten zu werden. Als seine Schmerzensschreie nachließen, stand die Gräfin auf. »Wo ist Ihr Wagen?« fragte sie.

Glodstone zögerte. Er konnte sich noch immer keinen Reim auf diese Frau machen, aber durch Lügen war jetzt auch nichts zu gewinnen. »Ich habe ihn in einem ehemaligen Sägewerk versteckt, um zu vermeiden, daß ihn jemand klaut.«

»Ausgesprochen vernünftig, würde ich sagen«, meinte die Gräfin. »Wir müssen es einfach riskieren. Dieser Ort kommt mir mehr und mehr wie eine Todeszelle vor; ich habe wenig Lust, hier sitzenzubleiben und abzuwarten. Helfen Sie mir, das Bett wegzurücken. Aber leise.«

Glodstone stand auf und zog das Bettuch enger um sich. Allmählich fühlte es sich wie ein vorzeitiges Leichenhemd an. »Ob das so klug ist?« meinte er, als ein weiterer Schuß durch das Château hallte. »Hört sich an, als würde da draußen eine Schlacht toben.«

»Und genau deshalb werden wir jetzt verschwinden. Solange sie beschäftigt sind, bleibt uns noch eine Chance.«

Nachdem sie das Bett beiseite geschoben hatten, schloß die Gräfin die Tür auf und trat in den Gang hinaus. Glodstone folgte ihr widerstrebend. Nach wenigen Metern blieb er stehen.

»Was haben Sie denn?« wollte die Gräfin wissen. »Kalte Füße oder was?«

»Nun ja, ich habe nichts an und ... also ... ich möchte Sie nicht kompromittieren«, murmelte er.

»Lieber Himmel, quatscht in einer solchen Situation vom Kompromittieren. Wenn wir uns nicht beeilen, wird mich noch eine Kugel kompromittieren.«

Glodstone gab nach und tappte hinter ihr nervös die Treppe hinunter. »Da hinein«, flüsterte die Gräfin, als sie einen großen, offenen Treppenabsatz unmittelbar über dem Torgang erreicht hatten. Sie öffnete eine Tür und schob ihn hinein. »Im Schlafzimmer finden Sie Klamotten von meinem Mann. Er war doppelt so dick wie Sie, aber was Dunkles steht Ihnen sicher besser. Dieses Bettuch hebt sich zu wenig von Ihrer Gesichtsfarbe ab.« Glodstone eilte über einen dicken Teppich in den angrenzenden Raum. Dort hingen in einem Schrank mehrere Anzüge. Wer immer der Mann dieser Frau gewesen sein mochte, hinsichtlich seiner Statur jedenfalls hatte sie nicht gelogen. Der Kerl mußte mindestens einsneunzig groß gewesen und eine Taille wie ein Faß gehabt haben. Glodstone schlüpfte in ein Hemd, während sich die Gräfin im Nebenzimmer zu schaffen machte. Bis er angekleidet war und sich ohne zu stolpern fortbewegen konnte (zu diesem Zweck mußte er den Hosensaum zwanzig Zentimeter weit aufrollen), hatte sie einen Koffer gepackt.

»Also«, sagte sie, während sie an einem Haken über dem Fenster, das auf die Auffahrt und die Allee mit den Walnußbäumen hinausging, eine Strickleiter befestigte, »Abgang Gräfin, gefolgt von Bär. Sobald ich draußen bin, können Sie mir den Koffer geben. Und dann laufen wir zu Ihrem Wagen.«

»Aber in diesem Aufzug werde ich das nie schaffen«, jammerte Glodstone. »Wo sind denn meine eigenen Sachen?«

»Sobald sie aus der Reinigung zurückkommen, liegen sie unten im Büro, aber ich würde Ihnen nicht raten, den Versuch zu unternehmen, sie zu holen. Das einzige, was Sie damit erreichen würden, wären die ewigen Jagdgründe. Und jetzt nichts wie weg.« Sie ließ die Leiter hinunterfallen und kletterte über den Fenstersims. »Schnell, den Koffer«, befahl sie. Glodstone reichte ihn ihr und fand, daß er erstaunlich schwer war. Unentschlossen stand er da, während sie verschwand. Jetzt zweifelte er nicht mehr daran, daß sie die Gräfin war, und in gewisser Weise konnte man ja auch behaupten, daß er sie rettete, aber noch schreckte er vor dem Gedanken zurück, in diesen viel zu weiten Klamotten eine Ewigkeit laufen und obendrein diesen Koffer schleppen zu müssen. Und wo war Peregrine? Ein weiterer Schuß, der unten abgefeuert wurde, hätte es ihm sagen müssen. Zumindest aber erleichterte er ihm die Entscheidung. Glodstone schwang sich über den Fenstersims und kletterte an der Strickleiter hinab.

Peregrine hockte aufgekratzt in dem kleinen Büro. Das war das Leben, die Welt, das Abenteuer, von dem er gelesen und geträumt hatte und für das er gerüstet war. Es war nicht mehr nur Phantasie, sondern aufregende Wirklichkeit, eine Sache auf Leben und Tod, und was letzteres betraf, so hatte er sie zweifellos erfolgreich bewältigt. Eins dieser Schweine hatte er mit Sicherheit mausetot geschossen und ein anderes, das an einem Fenster aufgetaucht war, zumindest erwischt. Das einzige, was ihn verwirrte, war die Tatsache, daß niemand zurückgeschossen hatte. Ein Schußwechsel wäre ihm gerade recht gewesen. Aber dazu war es nicht gekommen, und während er noch versuchte zu enträtseln, was dies zu bedeuten hatte, prallte draußen etwas gegen die Wand des Gebäudes, und Peregrine hörte Stimmen. Offenbar wurde da von den Saukerlen der Versuch unternommen, ihn hinterrücks anzugreifen. Raffiniert. Aber denen würde er einen Strich durch die Rechnung machen.

Nachdem er sich vergewissert hatte, daß der Hof noch immer menschenleer war, ging er zu dem winzigen Fenster hinüber, von dem aus man auf die Auffahrt hinausblickte. Unten tauchte auch schon eine Gestalt mit einem Koffer auf. Anscheinend wollten sie ihm mit einer Bombe oder Handgranaten zu Leibe gehen. Peregrine richtete seinen Revolver auf die Gestalt, zögerte dann aber, denn auf Frauen zu schießen, hatte er nicht gelernt. Trotzdem durfte er kein Risiko eingehen. Er schlüpfte hinaus ans Tor und zog den Riegel zurück. Ein Mann war auch noch draußen. Peregrine konnte ihn flüstern hören. Er stieß das Tor mit dem Fuß auf und brachte seinen Revolver mit beiden Händen in Anschlag. »Okay, stehenbleiben«, brüllte er, wobei er sich mit den Helden sämtlicher amerikanischer Thriller identifizierte, die er gelesen hatte. »Hände hoch und keine Bewegung.«

Aber die Frau hatte sich bereits in Bewegung gesetzt. So schnell sie konnte, rannte sie die Auffahrt hinunter. Eine Sekunde lang geriet Peregrine in Versuchung, aber sein zweites Ich, Bulldog Drummond, gewann die Oberhand. Zumindest hatte er den Mann geschnappt, und der würde keinerlei Schwierigkeiten machen. Er schnaufte und keuchte, hielt aber seine Hände nach wie vor oben.

»Um Himmels willen, nicht schießen«, jaulte er. Die Stimme kam Peregrine bekannt vor.

»Gloddie, sind Sie das?«

»Natürlich bin ich das«, entgegnete Glodstone mit einem tiefen Seufzer und setzte sich auf den Koffer, den die Gräfin stehengelassen hatte. »O mein Gott!«

»Ist alles in Ordnung?«

Wohl kaum, dachte Glodstone, der sein Herz pochen spürte.

»Und wer ist die Schnepfe?« fragte Peregrine.

»Das ist zufällig die Gräfin.«

»Und wir haben sie gerettet. Ist ja phantastisch.«

Glodstone blieb ihm die Antwort schuldig. Für seine Begriffe war dieses Adjektiv ganz und gar unpassend.

»Dann können wir ja gehen«, meinte Peregrine. »Oder wollen Sie, daß ich die Schweine erledige?«

Glodstone versuchte aufzustehen, stieg dabei prompt auf seine Hosenbeine und schlug der Länge nach hin. »Ich will, daß du überhaupt nichts mehr tust«, sagte er wütend, als ihm Peregrine auf die Beine half, »außer nachzusehen, ob meine Sachen in irgendeinem Büro da drinnen herumliegen, und sie herauszubringen. Und beeil dich. Da drinnen gibt's Mord und Totschlag.«

»Ach, ich weiß nicht recht«, sagte Peregrine. »Sie sind...«

»Aber ich, zum Henker«, herrschte Glodstone ihn an.

»Schon gut«, sagte Peregrine mißmutig. »Dabei fing es gerade erst an, Spaß zu machen.«

Trotzdem ging er in das kleine Büro und kam wenig später mit einem in Packpapier eingeschlagenen Paket zurück. »Ich muß nur noch schnell was erledigen«, sagte er, und bevor Glodstone einwenden konnte, daß sein Herz absolut nichts mehr verkraften konnte, war er verschwunden. Mit flatternden Hosen lief Glodstone die Zufahrt hinunter. Wenn eintrat, was er befürchtete, dann wollte er wenigstens hinter einem Walnußbaum stehen. Ein paar Minuten lang war alles ruhig; dann wurde eine Serie von Schüssen abgefeuert, und Peregrine kam angerannt.

»Das sollte sie im Zaum halten, bis wir uns aus dem Staub gemacht haben«, sagte er. »Ich habe die Strickleiter runtergeschossen und das Tor zugesperrt.«

»Und außerdem jemanden abgeknallt, wie ich vermute.«

»Da war niemand zum Abknallen.«

»Also, dann nimm diesen verdammten Koffer«, sagte Glodstone und schlurfte weiter. Er konnte es kaum erwarten, so viel Abstand wie nur irgend möglich zwischen sich und das Château zu bringen, dem absolut nichts Romantisches mehr anhaftete.

Im großen Salon hockten die Delegierten, von zerborstenem Glas umgeben, in der Dunkelheit. Ihre Sorge um die Zukunft der Menschheit hatte persönlichere und engagiertere Formen angenommen, was nicht bedeutete, daß sie nicht trotzdem noch uneins waren. Dr. Abnekow wehrte sich ganz entschieden gegen Sir Arnold Brymays hartnäckige Behauptung, die beste Art, einen übel zugerichteten Penis zu behandeln, sei das Anlegen eines Kompressionsverbandes. »Aber nicht bei mir«, schrie Abnekow.

»Dadurch wird verhindert, daß das Gift in die Blutbahn gelangt«, erklärte Sir Arnold mit einer eigenartigen Logik, die seiner Erfahrung mit der Behandlung von Schlangenbissen in den Tropen entstammte.

»Nicht das!« brüllte der Russe. »Wollen Sie mich vielleicht kastrieren?«

»Wahrscheinlich könnten wir es auch mit Verätzen probieren«, schlug Sir Arnold vor und rächte sich damit für die Beschuldigung des sowjetischen Delegierten, er persönlich sei verantwortlich für die Abscheulichkeiten, die die britische Armee in Irland beging.

Da mischte sich Dr. Keister ein. »Vielleicht kann ich Ihnen helfen«, sagte sie. »In Dänemark habe ich Erfahrungen mit den Genitalien von Sexualverbrechern gesammelt und ...«

»Ich bin kein Sexualverbrecher. In Ihrem moralisch verkommenen Land mit seiner beschissenen Pornographie können Sie tun, was Sie wollen, aber wenn Sie mich auch nur anfassen, werden Sie erleben, wie ein Sexualverbrechen wirklich aussieht.«

»In Afrika«, bemerkte Professor Manake, »gibt es bei einigen weniger fortschrittlichen Stämmen noch die weibliche Beschneidung. In Ghana ist sie natürlich unbekannt. Anderswo habe ich übrigens auch die Initiationsriten für Knaben studiert. Sie stellen eine symbolische Vorbereitung auf die Männlichkeit dar.«

»Und was soll das mit mir zu tun haben, Sie verdammter Medizinmann?« kreischte Abnekow. »An meiner Männlichkeit ist nichts Symbolisches. Und hören Sie auf, an diesem Stück Schnur herumzudrehen, Sie imperialistisches Schwein.«

»Wenn Sie es genau wissen wollen, das ist mein letzter Pfeifenreiniger«, sagte Sir Arnold. »Aber, wenn Sie lieber verbluten wollen, dann ist das natürlich Ihr gutes Recht.«

Währenddessen saßen Dr. Grenoy und Professor Badiglioni unter dem Tisch und debattierten über Theorie und Ursprünge des internationalen Terrorismus. Der Italiener beschuldigte pauschal Robespierre, Babeuf, Blanqui, Sorel und alle anderen Franzosen, die ihm gerade einfielen, und Dr. Grenoy konterte mit den Carabinieri, der Mafia, Mussolini und Gramsci, den er nie gelesen hatte. Die Erschießung Botwyks hatte bei ihm jeden Gedanken an die Verbindung der Gräfin mit Gangstern in Las Vegas weggewischt.

Hoch oben im Norden jagte Slymne mit hundertvierzig über die N 1. Er vergeudete keine Zeit, und des Majors in regelmäßigen Abständen wiederholten Vorschlag, die Nacht doch in einem Hotel zu verbringen, ignorierte er. »Sie haben selbst gehört, was der Alte gesagt hat«, erklärte er dem Major. »Das könnte für uns alle den Ruin bedeuten.«

»Bei dieser Geschwindigkeit wird von mir nicht mehr viel zum Ruinieren übrigbleiben«, sagte der Major und rutschte auf seinem Reifenschlauch herum.

Kapitel 20

Bei ihrer Flucht die Auffahrt hinunter machte die Gräfin auf halbem Weg halt. Ständige Küchenarbeit war nicht unbedingt ein ideales Training für einen Langstreckenlauf; außerdem war weder auf sie geschossen worden, noch wurde sie verfolgt. Sie setzte sich auf ein Mäuerchen, um zu verschnaufen, und dachte voller Ingrimm über ihre Situation nach. Zwar war sie möglicherweise mit dem Leben davongekommen, aber die Ersparnisse dieses Lebens hatte sie eingebüßt. Die sieben kleinen Goldbarren im Koffer waren ihre Garantie für ein unabhängiges Leben gewesen. Ohne sie war sie an das verdammte Château und den Küchenherd gekettet. Und wenn sie Pech hatte, mußte sie sogar von hier fort und sich anderswo durchschlagen, indem sie männliche Launen und Lüste befriedigte, entweder als Köchin, Haushälterin und Mädchen für alles oder, was ihr noch mehr widerstrebt hätte, als Ehefrau. Sie würde den Bungalow in Bognor Regis einbüßen und obendrein die Möglichkeit, ihre ruhende Identität als Constance Sugg in der sicheren Gewißheit wieder aufzunehmen, daß ihre Vergangenheit ein für allemal begraben war. Das war eine abscheuliche Aussicht, die durch die Tatsache, daß sie bereits fünfundvierzig und fett war, nicht gerade verbessert wurde. Nicht, daß sie sich viel darum geschert hätte, wie sie aussah. Die zwei Fs hatten dem dritten bisher Grenzen gesetzt, aber in einer Welt, die von lüsternen Männern beherrscht wurde, würde ihr das auf die Dauer wenig nützen.

Das Ganze war um so ärgerlicher, als sie mit ihrem Goldschatz rechtzeitig hätte entkommen können, wenn Glodstone sich nicht so tolpatschig angestellt hätte. Wieder hatte ein Mann ihr alles verpatzt, und noch dazu ein solcher Idiot. Niedergeschlagen und frustriert wollte sie schon weitergehen, als ihr plötzlich ein Gedanke durch den Kopf ging. Fest stand doch eindeutig, daß jemand versucht hatte, sie aufzuspüren, und nachdem dies gelungen war, ließ derjenige sie jetzt laufen. Aber warum? Vielleicht hatte er das, wonach er suchte, in ihrem Koffer gefunden. Das war durchaus plausibel. Natürlich, so mußte es gewesen sein. Von neuer Entschlußkraft getrieben, hüpfte die Gräfin von der Mauer herunter und marschierte in Richtung Château zurück. Sie war etwa zwanzig Meter weit gekommen, als sie Schritte und Stimmen hörte. Jetzt kamen sie also doch noch, die Verfolger. Deirdre schlüpfte hinter ein paar Büsche und duckte sich.

»Es ist mir egal, was du denkst«, raunzte Glodstone, als sie an ihr vorbeigingen, »aber wenn du nicht mit diesem verdammten Schießeisen herausgekommen und ›Stehenbleiben‹ geschrien hättest, wäre sie nicht auf und davon gerannt.«

»Aber ich habe doch nicht gewußt, daß es die Gräfin ist«, verteidigte sich Peregrine. »Ich dachte, eins dieser Schweine würde versuchen, hintenrum zu entwischen. Jedenfalls haben wir sie gerettet, und genau das wollte sie doch, oder?«

»Ohne den Koffer mit ihren ganzen Kleidern drin?«

»Für Kleider hat er ein ganz schönes Gewicht. Aber wahrscheinlich wartet sie irgendwo weiter unten an der Brücke auf uns. Dann können wir ihn ihr ja zurückgeben.«

Glodstone schnaubte. »Erst erschreckst du die arme Frau zu Tode, und dann erwartest du, daß sie in aller Seelenruhe auf mich wartet. Vermutlich hält sie mich für tot.«

Inzwischen waren sie außer Hörweite. Die Gräfin im Gebüsch hatte Mühe gehabt zu verstehen, was sie soeben gehört hatte. Sie retten? Und daß sie genau das wollte? Was sie wollte, war lediglich ihr Koffer. Und der Verrückte mit dem Schießeisen hatte gesagt, sie würden ihn ihr zurückgeben? Die aufgeschnappten Gesprächsfetzen lösten bei ihr eine Kette wahnwitziger Fragen aus.

»Ich werde noch verrückt«, murmelte sie, als sie sich von ein paar Ranken befreite und sich klarzumachen versuchte, was sie tun sollte. Die Entscheidung war nicht sonderlich schwierig. Der junge Lümmel hatte ihren Koffer, und sie dachte nicht daran, ihn damit abhauen zu lassen, ob ihm das nun paßte oder nicht. Als die beiden um die Kurve bogen, zog sie ihre Schuhe aus, nahm sie in die Hand und lief hinter ihnen her. Etwa zehn Schritt vor der Brücke blieben die Männer stehen.

»Was ist denn da passiert?« fragte Glodstone mit einem Blick auf das Wrack des Streifenwagens und die Überreste des Sitzes, der mitten auf der Straße zu einem Drahtskelett abgebrannt war.

»Sie hatten ein paar Wachen postiert«, erklärte Peregrine, »aber mit denen habe ich kurzen Prozeß gemacht.«

»Guter Gott«, stöhnte Glodstone, »wenn du sagst, du hast ›kurzen Prozeß‹ ... nein, ich glaube, ich will es lieber gar nicht hören.« Er machte eine Pause und starrte zum anderen Ende der Brücke hinüber. »Trotzdem möchte ich gerne sichergehen, daß uns drüben niemand erwartet.«

»Ich glaube kaum. Als ich die Gendarmen zuletzt gesehen habe, planschten sie allesamt im Fluß.«

»Meiner eigenen Erfahrung mit diesem verdammten Sturzbach nach zu schließen, war das wahrscheinlich das letzte, was irgend jemand von ihnen gesehen hat, bevor die Leichen ins Meer geschwemmt werden.«

»Ich gehe vorsichtshalber mal rüber und sehe nach«, sagte Peregrine. »Wenn die Luft rein ist, dann pfeife ich.«

»Und wenn nicht, dann werden vermutlich wieder ein paar Schüsse fallen«, brummte Glodstone, doch Peregrine schlenderte mit dem Koffer in der Hand bereits lässig über die Brükke. Eine Minute später pfiff er, doch Glodstone rührte sich nicht vom Fleck. Zu seinem Ärger merkte er, daß jemand hinter ihm stand.

»Ich bin's, Schätzchen«, sagte die Gräfin. »So leicht wirst du mich nicht los.«

»Niemand will Sie loswerden. Ich schon gar nicht ...«

»Spar dir deine Erklärungen für später. Jetzt werden wir beide schön brav über die Brücke gehen, und vergiß nicht, nur für den Fall, daß dieser schwachsinnige Revolverheld zu ballern anfangen sollte, daß ich hinter dir gehe und er dich ordentlich durchlöchern muß, bevor er mich erwischt.«

»Aber er wird bestimmt nicht auf uns schießen. Warum sollte er auch?«

»Das würde ich gerne von dir erfahren«, sagte die Gräfin. »Ich kann keine Gedanken lesen, selbst wenn du welche haben solltest. Also, auf geht's.«

Glodstone setzte sich in Bewegung. Im Osten wurde es allmählich hell, aber für die Schönheiten der Natur hatte er jetzt kein Auge. Er war in einer inneren Landschaft gefangen, in der es weder Sinn noch Ordnung gab und in der alles im Widerspruch zu dem stand, was er einst geglaubt hatte. Mit dem romantischen Abenteuer war es aus und vorbei, und wenn er nicht sehr vorsichtig war, konnte es ihm bald ebenso ergehen.

»Ich werde ihn ermahnen, keine Dummheiten zu machen«, sagte er, als sie an die Rampe kamen.

»Dafür ist es wohl schon ein bißchen spät, Baby, aber versuchen kannst du es ja«, meinte die Gräfin.

Glodstone blieb stehen. »Peregrine«, rief er, »ich habe die Gräfin bei mir. Alles in Ordnung also. Kein Grund zur Panik.«

Peregrine, der hinter dem Wrack des Polizeiautos kauerte, entsicherte seinen Revolver. »Woher soll ich wissen, daß das auch stimmt?« rief Peregrine und kroch gleichzeitig die Böschung hinunter, um die gedrungene Gestalt hinter Glodstone besser ins Visier nehmen zu können.

»Weil ich es dir sage, du schwachköpfiger Schwätzer. Was willst du denn noch?«

»Warum steht sie denn so dicht hinter Ihnen?« fragte Peregrine aus einer Richtung, in der Glodstone ihn gar nicht vermutet hatte. Er wirbelte herum. Die Gräfin ebenfalls.

»Weil sie dir und deinem Schießeisen nicht über den Weg traut.«

»Warum hat sie uns dann gebeten, sie zu retten?« wollte Peregrine wissen.

Aber Glodstones Geduld hatte ihre Grenzen erreicht. »Mach dir darüber keine Gedanken, das können wir später bereden. Laß uns jetzt bloß von hier verschwinden.«

»Na gut«, stimmte Peregrine zu, der sich schon darauf gefreut hatte, ein weiteres Opfer zur Strecke zu bringen. »Wenn Sie meinen.«

Er kletterte die Böschung hinauf, und Glodstone und die Gräfin liefen hastig an dem ausgebrannten Streifenwagen vorbei.

»Also, was soll diese Geschichte von wegen, ich wollte gerettet werden?« fragte die Gräfin, als sie stehenblieb, um ihre Schuhe anzuziehen. »Und wer ist Ihr Freund da mit dem nervösen Finger am Abzug?«

»Das ist Peregrine«, sagte Glodstone, »Peregrine Clyde-Brown, ein Junge aus meinem Haus. Eigentlich hat er die Schule inzwischen verlassen . . .«

»Sein Lebenslauf interessiert mich nicht. Ich will lediglich wissen, was Sie hier zu suchen haben?«

Beunruhigt blickte Glodstone die Straße hinauf und hinunter. »Wäre es nicht angebrachter, zunächst ein abgeschiedeneres Plätzchen aufzusuchen?« schlug er vor. »Ich meine, je eher wir aus dieser Gegend verschwinden, um so größer ist unsere Chance, nicht verfolgt zu werden.«

Jetzt war es die Gräfin, die zögerte. Sie wußte nicht recht, ob sie mit diesen Verrückten überhaupt irgendein abgeschiedeneres Plätzchen aufsuchen wollte. Andererseits sprach sehr viel dafür, auf dem schnellsten Weg aus der Umgebung des ausgebrannten Streifenwagens zu verschwinden. Sie hatte wenig Lust, sich eingehend wegen der kleinen Goldbarren in ihrem Koffer befragen zu lassen oder darüber, was sie mit den verschiedenen Pässen im Sinn hatte, vom Präfekten ihres Sohnes und einem Schuljungen, der durch die Gegend rannte und Leute abknallte, ganz zu schweigen. Vor allem diesen letzten Teil ihres bewegten Lebens wollte sie möglichst schnell hinter sich lassen. Bognor Regis rief.

»Nichts ist besser, als alle Brücken hinter sich abzubrechen«, sagte sie. »Übernehmen Sie die Führung.« Sie griff sich ihren Koffer und folgte Glodstone über die Straße und den Hügel hinauf. Peregrine, der sich ihre Worte zu Herzen genommen hatte, blieb zurück, und als sie den Hügelkamm erreicht hatten und stehenblieben, um zu verschnaufen, füllte sich das Tal mit dicken Rauchschwaden, und man hörte das Knistern von brennendem Holz.

»Jetzt müßten sie eine Zeitlang Ruhe geben«, meinte Peregrine, als er sie einholte. Der Verzweiflung nahe, blickte Glodstone zurück. Er wußte, was er da sehen würde.

»Ruhe? Ruhe? Binnen zwanzig Minuten wird jeder verdammte Feuerlöschzug und jeder Polizist zwischen hier und Boosat an Ort und Stelle sein, und wir müssen noch unser Lager abbrechen. Der Sinn der Sache war eigentlich, den Wagen zu erreichen, bevor zur Jagd geblasen wird.«

»Ja, aber sie hat gesagt . . .«

»Halt den Mund und geh weiter«, herrschte Glodstone ihn an und verkroch sich ins Dickicht, um wieder in eigene Kleider zu schlüpfen.

»Eines will ich dir sagen, mein Junge«, sagte die Gräfin, »wenn du etwas tust, dann tu es gründlich. Aber weißt du, trotzdem hat er recht: Hier wird in Bälde der Teufel los sein.« Sie blickte sich in dem kleinen Lager um. »Und wenn die Hundeschnauzen Wind von diesem Zeug hier bekommen, dann werden sie uns im Nu auf den Fersen sein.«

»Hundeschnauzen?« sagte Peregrine.

»Spürhunde. Die mit den scharfen Nasen, die die Polypen bei sich haben. Wenn du meinen Rat hören willst, dann beseitige das ganze Zeug da unten im Fluß.«

»Verstanden«, sagte Peregrine.

Als Glodstone schließlich ganz niedergeschlagen aus dem Unterholz auftauchte, mußte er feststellen, daß Peregrine verschwunden war und die Gräfin auf ihrem Koffer hockte.

»Er vernichtet gerade die Beweisstücke«, erläuterte sie ihm auf seinen suchenden Blick hin. »Vielleicht können Sie mir jetzt sagen, was dieser ganze Zirkus zu bedeuten hat?«

»Aber das müssen Sie doch wissen«, entfuhr es ihm. »Sie haben mir doch geschrieben und mich gebeten, herzukommmen und sie zu retten.«

»Habe ich das? Nur zu Ihrer Information, ich...« Sie brach ab. Wenn dieser Verrückte glaubte, sie habe ihn zu Hilfe gerufen – und sein Verhalten ließ eindeutig darauf schließen, daß es so war –, dann wollte sie unter den gegenwärtigen, heiklen Umständen nicht mit ihm darüber streiten. »Nun ja, aber dies ist wohl kaum die Zeit für viele Worte. Außerdem müssen wir den Anzug von Alphonse loswerden. Er stinkt nach Mottenkugeln.«

»Können wir ihn nicht einfach hierlassen?« meinte Glodstone mit einem Blick auf die Kleider in seiner Hand.

»Schlecht«, meinte die Gräfin. »Ich habe dem Jungen eben erst erklärt, daß die Polizei bestimmt mit Hunden nach uns suchen wird.«

Peregrine, der inzwischen vom Fluß zurückgekommen war, wußte eine Lösung. »Sie beide marschieren weiter, und ich lege eine Spur, die in die falsche Richtung führen wird«, erklärte er. »Bevor Sie das Sägewerk erreicht haben, habe ich Sie wieder eingeholt.« Er nahm den Anzug an sich und lief zur Straße hinunter. Glodstone und die Gräfin trotteten los. Zwei Stunden später hatten sie das Plateau erreicht. Sie waren zu sehr mit ihren eigenen wirren Gedanken beschäftigt, um miteinander zu reden. Inzwischen stand die Sonne hoch am Himmel, und sie beide schwitzten, doch diesmal verspürte Glodstone nicht den Wunsch, eine Rast einzulegen. Der Alptraum, den er durchgemacht hatte, verfolgte ihn noch immer, war noch immer präsent in Gestalt dieser Frau, die offenbar nicht wußte, daß sie ihm geschrieben und um Hilfe gebeten hatte. Ganz offensichtlich brauchte sie gar keine Hilfe, und falls überhaupt die Rede davon sein konnte, daß einer einen gerettet hatte, dann schon eher sie ihn, wie Glodstone zugeben mußte. Als sie schließlich die Wälder auf der anderen Seite der Hochebene von Boosat erreicht hatten, blickte er zurück. Am wolkenlosen Himmel zog eine Rauchfahne dahin, und einen Augenblick lang glaubte er, entferntes Sirenengeheul zu hören. Dann kämpften sie sich durch das Unterholz und Gesträuch weiter und erreichten nach einer halben Stunde den zugewachsenen Pfad, der zum Sägewerk führte.

Die vor sich hinrostenden Maschinen und die verfallenen Gebäude weckten in Glodstone allerdings keine erregenden Freudengefühle mehr. Vielmehr wirkte dieser Ort düster und bedrückend, verpestet von Tod und unentdeckt gebliebenen Verbrechen. Nicht, daß Glodstone Zeit gehabt hätte, seine Gefühle zu analysieren. Sie stellten sich ganz automatisch ein, als er zum Schuppen hinüberging und Gott dankte, daß der Bentley noch dort stand. Während er die Türen öffnete, stellte die Gräfin ihren Koffer ab und setzte sich darauf. Sie hatte den Schmerz in ihrem rechten Arm und und ihre wunden Füße bewußt ignoriert und versuchte das auch jetzt. Wenigstens hatten sie einen Wagen – und was für einen Wagen! Ja, das paßte. Ein uralter Bentley. An Auffälligkeit nicht zu übertreffen. Ein einäugiger Mann in einem Bentley. Selbst wenn die Polizei keine Straßensperren errichtet hatte, würden sie sie anhalten, nur um sich das Ding anzusehen. Andererseits gingen die Besitzer von Oldtimern nicht einfach hin und legten Professoren um. Abgesehen davon gab es jetzt ohnehin kein Zurück mehr. Sie würde eben einfach sagen, man hätte sie gekidnappt, und hoffen, daß man ihr das abnahm.

Im Schuppen schraubte Glodstone inzwischen die Zündkerzen wieder ein und ließ den Motor an. Als er herausfuhr, kam Peregrine keuchend und schweißtriefend an. »Tut mir leid, daß ich so spät dran bin«, sagte er, »aber ich mußte sichergehen. Bin ein paar Kilometer flußabwärts gelaufen und auf einen alten Mann gestoßen, der fischte, also hab ich die Klamotten in seine Mopedtasche gestopft und gewartet, bis er weggefahren ist. Das wird die Kerle ein paar Stunden auf Trab halten. Dann mußte ich noch ein bißchen herumschwimmen, bevor ich zurückkommen konnte. Wollte ja auch meine eigene Spur verwischen.«

»Geh und schieb die Baumstämme beiseite«, sagte Glodstone, während er ausstieg und die Türen des Schuppens zumachte. Die Gräfin kletterte auf den Rücksitz, und fünf Minuten später waren sie auf der Straße.

»Rechts fahren!« kreischte die Gräfin. »Wir sind doch hier nicht in England, und bei dem Tempo, das Sie anschlagen, werden wir da auch nicht hinkommen. Abgesehen davon, wohin wollen Sie eigentlich?«

»Zurück nach Calais«, sagte Glodstone.

»Und wieso sind wir dann Richtung Spanien unterwegs?«

»Ich dachte nur ...« sagte Glodstone, der viel zu erschöpft war, um genau das zu tun.

»Das lassen Sie von jetzt an lieber bleiben«, meinte die Gräfin. »Überlassen Sie das Denken mir. Spanien ist vielleicht gar keine so schlechte Idee, aber diese Grenze wird wohl am ehesten überwacht werden.«

»Warum denn das?« fragte Peregrine.

»Weil es die nächstgelegene ist, du Dummkopf. Damit wäre Calais, so verrückt das klingt, eine vernünftige Lösung. Das einzige Problem ist, ob unser alter Knabe hier so lange durchhalten kann, ohne daß wir alle hopsgehen?«

»Natürlich kann ich«, knurrte Glodstone, durch diese Beleidigung schlagartig hellwach geworden.

»Dann biegen Sie an der nächsten Abzweigung nach links ab. Und geben Sie mir die Straßenkarte.«

Sie vertiefte sich ein paar Kilometer lang in die Karte, während Glodstone sich ganz darauf konzentrierte, auf der rechten Straßenseite zu bleiben.

»Die nächste Frage wäre«, meinte anschließend die Gräfin, »ob irgend jemand hier in der Gegend diesen Wagen bei der Herfahrt gesehen hat?«

»Ich glaube kaum. Wir haben mindestens dreihundert Kilometer in der Nacht zurückgelegt und sind nur auf Nord-Süd-Straßen gefahren.«

»Gut. Das ist schon mal von Vorteil. Also werden sie wenigstens nicht gezielt nach dem Wagen suchen. Außerdem ist er viel zu auffällig, um von den Flics für ein Fluchtauto gehalten zu werden. Aber wenn wir in eine Kontrolle geraten sollten, werden Sie diese Schießeisen, die Sie mithaben, für geraume Zeit hinter Gitter bringen. Also müssen wir uns ihrer entledigen.«

»Ja, aber wenn wir die Revolver verschwinden lassen, haben wir nichts mehr zu unserer Verteidigung«, maulte Peregrine. »Außerdem müssen wir sie in die Waffenkammer der Schule zurückbringen.«

Glodstone umklammerte das Steuer so fest, daß die Knöchel weiß hervortraten. »Hör zu, du verdammter Schwachkopf«, schnaubte er, »ist es denn noch immer nicht bis in deinen hohlen Schädel vorgedrungen, daß wir gar nicht in die Schule zurückkommen, wenn wir nicht unseren ganzen Scharfsinn aufbieten? Sonst sitzen wir nämlich lebenslang plus dreißig Jahre in irgendeinem dreckigen französischen Gefängnis wegen Mordes ein.«

»Mord?« fragte Peregrine sichtlich irritiert. »Aber wir haben doch nur ein paar Schweine umgelegt und ...«

»Und vielleicht noch ein paar Gendarmen aus diesem Streifenwagen das Lebenslicht ausgeblasen. Mehr nicht! Also halt endlich deine mörderische kleine Klappe und tu, was die Gräfin sagt.«

Die Gräfin auf ihrem Rücksitz verfolgte den Wortwechsel mit Interesse. Allmählich wurde ihr klar, daß Glodstone im Vergleich zu Peregrine geradezu ein Genie war. Entscheidend jedoch war, daß er wiederum Angst hatte und ihren Anweisungen gehorchen würde. »Halten Sie hier an«, sagte sie, um ihre Macht zu testen, »und stellen Sie den Motor ab.«

Glodstone tat, wie geheißen, und sah sie dann fragend an.

»Dieser Platz ist so gut wie jeder andere«, meinte sie. »Also, du da, lauf rasch ein paar hundert Meter in den Wald hinein und vergrab die Kanonen, bevor uns jemand sieht.«

Peregrine wandte sich hilfesuchend an Glodstone. »Muß ich?« fragte er. Glodstones Blick genügte als Antwort.

»Keine sehr hochentwickelte Lebensform«, meinte die Gräfin, nachdem sich Peregrine davongemacht hatte. Glodstone schwieg. Aus den Tiefen seines erschöpften Bewußtseins war wieder diese Frage aufgetaucht: Wie war es nur dazu gekommen, daß ihn diese widerliche Frau in der Hand hatte? Jetzt wollte er sie nicht danach fragen, doch falls sie England je wiedersahen, würde er auf einer Antwort bestehen.

»Ein Toter, ein Verstümmelter und wie viele Verschollene?« fragte Inspektor Roudhon.

»Zwei«, sagte Dr. Grenoy, wobei er unglücklich aus dem Fenster auf den kleinen Hubschrauber blickte, der auf der Terrasse gelandet war. »Madame La Comtesse und ein Engländer namens Pringle.«

»Ein Engländer namens Pringle? Können Sie ihn beschreiben?«

»In mittleren Jahren, mittelgroß, angehende Glatze, schmales Oberlippenbärtchen. Ein typischer Engländer mit etwas Klasse.«

»Und er hat hier logiert?«

»Das nicht gerade. Er hat den toten Amerikaner gestern früh aus dem Fluß gezogen und wirkte so erschöpft, daß wir ihm ein Zimmer und ein Bett gaben.«

»Wenn er den Mann gerettet hat, der später erschossen wurde, hört sich das aber gar nicht nach Killer an«, meinte der Inspektor.

»Natürlich war er kein Killer. Fragen Sie doch Ihre Leute. Sie mußten ihn zusammen mit Professor Botwyk über den Fluß zurückholen. Er befand sich auf einer längeren Wanderung.«

»Und doch ist er verschwunden?«

»Unter diesen Umständen das einzig Vernünftige, Inspektor«, meinte Dr. Grenoy. »Wären Sie gestern abend hiergewesen, hätten Sie auch versucht, sich dünnzumachen.« Langsam ärgerte es ihn, daß der Inspektor nicht in der Lage war, die internationalen Konsequenzen der Ereignisse der vergangenen Nacht zu ermessen. Die Ehre Frankreichs stand auf dem Spiel, ganz zu schweigen von seiner eigenen beruflichen Karriere.

»Und in der Nacht zuvor war ein Mann da, der Madame La Comtesse suchte«, fuhr der Inspektor fort.

»Jedenfalls hat man mir das berichtet. Dazu ist anzumerken, daß er schon da den ersten Anschlag auf Professor Botwyk verübte. Gestern abend wurde der Professor dann kaltblütig abgeknallt, um es Capote-mäßig auszudrücken. Dabei hätten Ihre Männer auf Posten sein sollen, um ihn zu beschützen.«

»Das waren sie auch, aber sie konnten ja nicht ahnen, daß sie von Terroristen angegriffen würden. Sie sagten, Madame La Comtesse sei diejenige, die sich in Gefahr befindet.«

»Natürlich. Was soll man denn sonst glauben, wenn ein Engländer mit einem Revolver – oder ein Amerikaner – wissen will, wo sie steckt. Aber wie dem auch sei – Sie sind für die Geschichte verantwortlich.«

»Wenn man uns gesagt hätte, daß es sich um Terroristen handelt, wäre das sehr nützlich gewesen, Monsieur. Wir können nur aufgrund derjenigen Informationen handeln, die wir erhalten. Da wir die Straßen überwacht haben, können die Täter weder über Boosat noch Frisson gekommen sein.«

»Und was ist mit dem Fluß? Sie hätten Ihre Straßensperren mit Kanus umfahren können.«

»Schon möglich. Es war zweifellos eine gut vorbereitete Operation, deren Ziel darin bestand, diesen Amerikaner Botwyk aus dem Weg zu räumen und . . .«

». . . den sowjetischen Delegierten zu kastrieren. Vermutlich, um das Abkommen über die sibirische Gas-Pipeline zu gefährden«, meinte Dr. Grenoy, obwohl seine feine Ironie im Falle des Inspektors die reinste Verschwendung war.

»Aber es sind doch die Amerikaner, die sich dem Geschäft in den Weg stellen. Ich halte es für wahrscheinlicher, daß die Iraner die Hand im Spiel haben.«

Unterdessen wurden die erschöpften Delegierten im Speisezimmer verhört. Auch sie waren davon überzeugt, einem Terrorangriff zum Opfer gefallen zu sein.

»In diesen barbarischen Akten kommt deutlich die Krise des Kapitalismus zum Ausdruck«, erkärte Dr. Zukacs einem verwirrten Gendarmen. »Sie sind symptomatisch für die degenerierte bourgeoise Mentalität und das Bündnis zwischen Monopol-Faschismus und Bereichen des Lumpenproletariats. Bevor nicht ein neues Bewußtsein entsteht ...«

»Wie viele Schüsse sind denn abgegeben worden?« fragte der Polizist, der gerne auf die Fakten zurückkommen wollte.

Dr. Zukacs wußte es nicht.

»Fünfzehn«, sagte Pastor Laudenbach mit der Präzision eines Experten auf militärischem Gebiet. »Schußwaffe mittleren Kalibers. Trefferquote gut. Äußerste Präzision.«

Der Polizist schrieb alles auf. Er hatte Order, diese Angehörigen der Intelligentsia sanft zu behandeln, da sie sich im Schockzustand befänden. Auf Pastor Laudenbach traf das offensichtlich nicht zu.

»Ihr Name, Monsieur?«

Der Pastor schlug die Hacken zusammen. »Obergruppen ... äh ... Pastor Laudenbach. Ich gehöre der lutherischen Kirche an.«

Der Polizist notierte sich diese Tatsache. »Hat irgend jemand den Attentäter gesehen?«

Dr. Hildegard Keister schob Badiglioni nach vorne. »Sie sind ihm doch auf dem Gang begegnet«, sagte sie.

»Ja«, sagte Badiglioni, um der Enthüllung, daß er in ihr Zimmer geflüchtet war, zuvorzukommen, »es war ein junger Engländer.«

»Ein Engländer? Können Sie ihn beschreiben?«

Professor Badiglioni mußte passen. »Es war dunkel.«

»Woher wußten Sie dann, daß es ein junger Engländer war?«

»Wegen seines Akzentes. Er war unverwechselbar englisch. Ich habe eine Untersuchung über die Interrelation zwischen Phonetik und der sozio-ökonomischen Infrastruktur im post-imperialen England gemacht und möchte definitiv behaupten, daß der Mann, den Sie suchen, aus der unteren Upper Middleclass mit extrem rechtsorientierter, streng protestantischer Tendenz stammt.«

»Unsinn!« mischte sich Sir Arnold ein. Wenn es so weiterging, würde Ulster bald wieder auf der Tagesordnung stehen.

»Sie sind in Dr. Keisters Zimmer geflüchtet, bevor er überhaupt Gelegenheit hatte, mit Ihnen zu reden. Das haben Sie mir selbst erzählt.«

»Ich habe gehört, was er zu Dr. Abnekow sagte. Das hat genügt.«

»Und wo haben Sie Ihre erstaunlichen Fähigkeiten erworben, die englische Sprache so zu analysieren? Sicher als Kriegsgefangener Spaghetti.«

»Wenn Sie es genau wissen wollen, ich war Dolmetscher für britische Kriegsgefangene in Italien«, entgegnete Professor Badiglioni steif.

»Ich halte also fest, daß es sich um einen Engländer gehandelt hat«, sagte der Polizist.

Sir Arnold war damit nicht einverstanden. »Garantiert nicht. Ich hatte eine ziemlich ausführliche Diskussion mit diesem Kerl, und meiner Meinung nach hatte er eindeutig einen ausländischen Akzent.«

»Englisch ist in Frankreich eine Fremdsprache, Monsieur.«

»Ja, das kann man wohl behaupten«, bemerkte Sir Arnold spitz. »Was ich zum Ausdruck bringen will, ist, daß er einen europäisch-ausländischen Akzent hatte, wenn Sie wissen, was ich meine.«

Der Beamte hatte keinen Schimmer. »Aber Englisch hat er doch gesprochen?« fragte er etwas hilflos.

Zähneknirschend gab Sir Arnold zu, daß dies der Fall gewesen sei. »Das heißt aber noch lange nicht, daß er Engländer ist. Wahrscheinlich nur eine List, um seine wirkliche Nationalität zu verheimlichen.«

Ein zweiter Hubschrauber landete auf der Terrasse, und der Lärm, den er verursachte, verhinderte vorerst jedes weitere Verhör.

Zu gleicher Zeit unterzog sich Dr. Abnekow in Bordeaux ohne Vollnarkose einem mikro-chirurgischen Eingriff. Er wollte sichergehen, daß er das, was von seinem Penis übrig war, auch behielt.

Kapitel 21

»Scheiße, das wirft uns um Stunden zurück«, schimpfte Major Fetherington, als sie an einer Straßensperre hinter Boosat mit quietschenden Reifen zum Stehen kamen. Drei mit Maschinenpistolen bewaffnete Gendarmen umringten den Wagen, während ein Vierter ihre Pässe zu sehen verlangte. Während der Mann die Papiere durchblätterte, starrte Slymne vor sich hin. Über Hunderte von Kilometern hatte er auf die Straße vor sich gestarrt, während der Major neben ihm döste, doch alles war umsonst gewesen. Anscheinend war etwas Katastrophales passiert. Nicht einmal die französische Polizei würde ohne guten Grund Straßensperren errichten und die Insassen von Personenwagen mit Maschinengewehren umstellen. Doch Slymne war zu müde, als daß dies ihm etwas ausgemacht hätte. Sie würden ein Telegramm an den Direktor schicken und sich ein Hotel suchen – und dann konnte er endlich schlafen. Immerhin ein Trost. Was danach passierte, war vorerst gleichgültig. Nicht einmal wegen der Briefe machte er sich jetzt noch Sorgen. Selbst wenn Glodstone sie aufgehoben hatte, konnte niemand beweisen, daß sie von ihm stammten. In gewisser Weise war er erleichtert. Jetzt war alles vorbei.

Er sollte sich irren. Seine totale Lethargie endete abrupt, als die Türen des Cortina aufgerissen und sie mit vorgehaltenen Waffen barsch zum Aussteigen aufgefordert wurden.

»Ich kann nicht«, sagte der Major hartnäckig. »*Ce n'est pas possible.* Mein verdammter *derrière est blessé et je m'assis sur une tube de pneu.*« Unter Protest wurde er aus dem Wagen gezerrt und an eine Mauer gestellt.

»Verdammt entehrend«, murmelte er, als sie abgetastet wurden. »Ich möchte einen britischen Bobby sehen, der so etwas mit mir versucht. Au!«

»Ruhe«, sagte der Polizist. Sie wurden in entgegengesetzte Richtungen gestoßen, während die Gendarmen den Wagen durchsuchten und ihr Gepäck auf der Straße ausbreiteten. Darunter befanden sich der Schlauch und eine Krankenhausente, mit Hilfe derer sich der Major die Qual erspart hatte, zum Pinkeln aussteigen zu müssen. Fünf Minuten später hielten zwei Streifenwagen auf der anderen Seite der Sperre. Mehrere Männer in Zivil stiegen aus und kamen auf sie zu.

»Scheinen sich für unsere Pässe zu interessieren«, konstatierte der Major, wurde jedoch umgehend aufgefordert, den Mund zu halten. Slymne starrte über die Mauer auf einige Pappeln, die am Fluß standen, und versuchte, seine Augen offenzuhalten. Die Sonne brannte herunter, und Schmetterlinge tanzten in der windstillen Luft über die Wiese, ließen sich ohne ersichtlichen Grund auf einer kleinen Blüte nieder, obwohl doch nur eine halbe Armlänge entfernt eine größere stand. Slymne empfand diese zufälligen Entscheidungen als tröstlich. Alles ist Zufall, dachte er, und für das, was geschehen ist, bin ich nicht verantwortlich. Sag nichts, dann können sie dir auch nichts anhaben.

Für die Polizisten, die seinen Paß unter die Lupe nahmen, sah die Sache anders aus. Zwischen den Seiten entdeckten sie das Fährenticket. »Gestern in Frankreich angekommen, und heute schon hier?« wunderte sich Commissaire Ficard. »Sie müssen die ganze Nacht durchgerast sein.«

Er warf einen vielsagenden Blick auf die Flasche des Majors und ihren trüben Inhalt. »Beruf: Lehrer. Könnte Tarnung sein. Irgendwas Verdächtiges im Gepäck?«

Zwei Polizisten kippten den Inhalt der Koffer auf die Straße und kämmte ihn durch.

»Nichts.«

»Und was hat der Schlauch hier zu suchen?«

»Der zweite Mann saß darauf, Monsieur le Commissaire. Behauptet, einen wunden Hintern zu haben.«

Die Erwähnung von Wunden gab für Commissaire Ficard den Ausschlag. »Nehmen Sie sie mit zum Verhör«, sagte er. »Und den Wagen lassen Sie auseinandernehmen. Niemand fährt ohne triftigen Grund so schnell von Calais bis hierher. Die Geschwindigkeitsbegrenzungen haben sie auf jeden Fall überschritten. Und erkundigen Sie sich im Fährbüro. Ich interessiere mich für diese beiden Herren.«

Der Major verschlimmerte seine Situation noch, als er in die grüne Minna geschoben wurde. »Nehmen Sie Ihre dreckigen Pfoten weg, Sie Flegel«, fauchte er und landete prompt am Boden. Slymne stieg schweigend ein. Verhaftet zu werden war geradezu eine Erleichterung für sein Gewissen.

Außerhalb von Poitiers ergriff die Gräfin energisch die Initiative. »Wir brauchen also Benzin. Falls Sie tatsächlich die nächste Tankstelle ansteuern wollen, während die Fahndung nach einem Mann mit einem Glasauge läuft, dann ist das Ihr Problem. Ich spiele da nicht mit. Sie können mich hier absetzen, und dann gehe ich zu Fuß weiter.«

»Was schlagen Sie denn vor?« fragte Glodstone, der es längst aufgegeben hatte, selbst nachzudenken.

»Daß wir uns ein ruhiges Plätzchen suchen und Sie und Al Capone Junior eine Pause machen, während ich weiterfahre und tanke.«

»Ein Wagen wie meiner ist aber nicht so leicht zu fahren. Da muß man Erfahrung mit einem nicht synchronisierten Getriebe haben und . . .«

». . . Zwischengas geben. Ich werde es üben.«

»Gar keine so schlechte Idee«, gab Glodstone zu und bog in eine Seitenstraße ein. Die Gräfin übernahm das Steuer, während Peregrine hinten saß und Glodstone inständig hoffte, sie würde das Getriebe nicht malträtieren.

»Okay?« fragte sie schließlich.

Glodstone nickte, Peregrine hingegen hatte noch Vorbehalte. »Woher sollen wir wissen, daß Sie zurückkommen? Schließlich könnten sie ja einfach weiterfahren und . . .«

»... einen schlauen Jungen wie dich zurücklassen, damit dich die Polypen aufgabeln? Ich bin doch nicht blöd. Außerdem wollte ich ja gerettet werden, und genau das tut ihr ja. Aber wenn es dich glücklich macht, dann lasse ich meinen Paß da.«

Sie stieg aus und wühlte in ihrem Koffer, bis sie den richtigen fand. »Und wenn ich schon unterwegs bin, werde ich auch gleich was zu essen einkaufen«, erklärte sie. »Und du machst es dir inzwischen im Gras bequem. Schlaf eine Runde, und wenn ich in zwei Stunden nicht zurück bin, dann ruf die Polizei.«

»Was hat sie denn damit gemeint?« fragte Peregrine, als sie losfuhr. Glodstone hievte sich über ein Gatter und ließ sich in die Wiese plumpsen.

»Das war ein Scherz«, sagte er hoffnungsvoll und streckte sich der Länge nach auf dem Rücken aus.

»Trotzdem glaube ich...« sagte Peregrine.

»Schnauze!«

Fünf Kilometer weiter bog die Gräfin abermals von der Straße ab und verstaute die Goldbarren bis auf zwei hinter dem Rücksitz. Dann schlüpfte sie in ein buntes Sommerkleid und setzte ihre Sonnenbrille auf. Während der ganzen Zeit spielte sie die verschiedenen Möglichkeiten durch, die es gab. Sie konnten noch immer geschnappt werden, doch nachdem sie so weit gekommen waren, ohne angehalten zu werden, erschien es ihr unwahrscheinlich, daß gezielt nach zwei Männern und einer Frau in einem Vorkriegs-Bentley gefahndet wurde. Nachdem sie sich vergewissert hatte, daß weit und breit niemand zu sehen war, versteckte sie die zwei kleinen Goldbarren hinter einem Telefonmast im Gebüsch, und prägte sich die Stelle genau ein. Das war ihre Rückversicherung für den Fall, daß der Hauptteil des Goldes vom Zoll entdeckt und konfisziert wurde. Passierte dies nicht, konnte sie sie dann später immer mal irgendwann abholen.

Eine Stunde später war sie zurück. Der Tank war randvoll, sie hatte den notwendigen Proviant und starken schwarzen Kaffee in einer Thermoskanne besorgt. Das Erfreulichste freilich war, daß auf der Rückfahrt zu dem schlafenden Glodstone und dem nach wie vor mißtrauischen Peregrine zwei Polizisten auf Motorrädern an ihr vorbeigefahren waren, ohne ihr mehr als einen Blick zu gönnen.

»Weiter geht's, Jungs«, sagte sie. »Es gibt keinen Grund zur Sorge. Die Flics halten nicht nach uns Ausschau. Ich bin nämlich gerade zweien begegnet, und alles verlief glatt.« Sie schenkte Glodstone einen Becher Kaffee ein und tat Zucker dazu. »Der ist so stark, daß er ein Faultier eine Woche lang wachhalten würde. Einen Happen essen können Sie dann unterwegs.«

»Trotzdem werde ich es, zumindest heute, nicht bis Calais schaffen«, sagte Glodstone.

»Wir fahren nach Cherbourg, und das werden Sie schaffen.«

Um Mitternacht standen sie auf dem Parkplatz vor dem Fährhafen. Glodstone war hinter dem Lenkrad eingepennt. Die Gräfin rüttelte ihn wach. »Der Wunderknabe und ich fahren heute nacht, und Sie kommen morgen früh mit der ersten Fähre und dem Wagen nach. Verstanden?« Glodstone nickte müde.

»Wir werden auf Sie warten«, fuhr sie fort. Dann stieg sie mit Peregrine aus und ging zum Ticketschalter. Doch es dauerte noch zwei Stunden, bis sie den Zoll und die Paßkontrolle passierte hatte – mit einem amerikanischen Paß, in dem ihr Name mit Mrs. Natalie Wallcott angegeben war. An Bord ließ sich ein junger Mann namens William Barnes in der Cafeteria mit einer Cola nieder. Als sie ausliefen, schlief auch er. Die Gräfin erstand im Duty-free-Shop eine Flasche Scotch, ging mit der Plastiktüte hinauf an Deck und beugte sich über die Reling. Als sie wieder unter Deck ging, sank die Tüte samt Scotch und sämtlichen Dokumenten, die darauf hätten schließen lassen, daß sie einst die Comtesse de Montcon oder Anita Blanche Wanderby gewesen war, auf den Grund des Kanals. Morgen würde sie wieder Constanze Sugg sein. Nein heute. Anscheinend wurde sie müde.

Von Slymne konnte man dies nicht behaupten. Er hatte einen gewissen Grad der Erschöpfung überschritten und befand sich jetzt in einem Zustand, in dem ihm nicht ganz klar war, ob er träumte oder wachte. Die Fragen zumindest, welche die zwei ihm gegenübersitzenden Polizeibeamten ihm stellten, ließen ersteres vermuten. Sie wurden zwar höflich gestellt, doch worum sie kreisten, war der reinste Horror. Und eben dieser Kontrast machte die ganze Situation noch unwirklicher. »Ich bin kein Mitglied irgendeiner subversiven Organisation, und außerdem ist der britische Geheimdienst nicht subversiv«, sagte er.

»Dann geben Sie also zu, zu einer seiner Unterorganisationen zu gehören?«

»Nein«, sagte Slymne.

Die beiden Männer stellten ihm eine frische Tasse Kaffee hin und blätterten in einer Akte, die auf dem Tisch lag. »Monsieur Slymne, sie sind am zwölften April nach Frankreich eingereist und haben das Land am zweiundzwanzigsten wieder verlassen. Am siebenundzwanzigsten kamen Sie ein zweitesmal und fuhren am dritten August wieder ab. Vorgestern nacht kehrten Sie zurück und legten in einem Stück neunhundert Kilometer zurück. Es würde uns weiterhelfen, wenn sie uns das erklären könnten.«

Slymne neigte dazu, ihnen recht zu geben, aber da übernahm ein scheinbar entrückter Teil seines Hirns das Kommando. »Ich unterrichte Geographie, und ich liebe Frankreich. Natürlich komme ich deshalb oft zu Besuch hierher.«

»Das ist vermutlich auch der Grund, warum sie unsere Sprache so fließend beherrschen«, meinte Inspektor Roudhon lächelnd.

»Das ist etwas anderes. Ich bin nicht sehr sprachbegabt.«

»Dafür aber unglaubwürdig als Geograph, wenn Sie neunhundert Kilometer weit durchs Land fahren, ohne anzuhalten. Und noch dazu nachts. Es sei denn . . .« Er legte eine Pause ein und zündete sich eine Zigarette an. Der ganze Raum stank ohnehin schon penetrant nach kalten Rauch. »Es sei denn, Monsieur Slymne – das ist natürlich nur eine Hypothese, Sie verstehen –, Sie waren bereits in Frankreich, und jemand hat Ihnen ein Alibi verschafft, indem er in Ihrem Namen eine Passage nach Calais gebucht hat.«

»Wozu?« fragte Slymne, der große Mühe hatte, seine Augen unter Kontrolle zu halten. Die Situation wurde mit jeder Minute verrückter.

»Uns das zu sagen ist Ihre Sache. Sie wissen am besten, aus welchem Grund Sie hier sind und welchen Auftrag Sie und Major Fetherington ausführen.«

»Geht nicht«, entgegnete Slymne, »weil dem nicht so ist. Fragen Sie doch den Major.«

»Das haben wir. Und er war vernünftig genug, es uns zu sagen.«

»Was hat er denn gesagt?« Mit einem Mal war Slymne hellwach.

»Wollen Sie das wirklich wissen?«

»Unbedingt.«

Der Polizist verließ den Raum und kehrte wenige Minuten später mit einer unterschriebenen Aussage zurück.

»Major Fetherington gibt zu, ein Angehöriger eines Sonderkommandos der Luftwaffe zu sein. Er ist über dem Wald bei Brive aus einem Aufklärungsflugzeug mit dem Fallschirm abgesprungen ...«

»Aus einem Aufklärungsflugzeug?« wiederholte Slymne, den der galoppierende Wahnsinn erfaßt zu haben schien.

»Ja, Monsieur, wie Sie recht wohl wissen. Er hat uns sogar den Typ genannt und den Flughafen, von dem aus er gestartet ist. Es war eine Gloster Gladiator, und sie hat am Dienstag früh, vier Uhr Ortszeit, Bagshot verlassen ...«

»Aber ... aber Gladiators werden doch seit weiß Gott wann überhaupt nicht mehr gebaut«, wandte Slymne ein. Was zum Kuckuck führte der Major im Schilde? In der Nähe von Bagshot existierte außerdem weit und breit kein Flugplatz. Fetherington mußte völlig ausgerastet sein.

»Bei der Landung hat er sich eine Rückgratverletzung zugezogen, konnte aber seinen Fallschirm noch vergraben und sich bis zur Straße oberhalb Colonges durchschlagen, wo Sie ihn aufgelesen haben«, fuhr der Polizeibeamte fort. »Sie sollten ihm weitere Anweisungen geben ...«

»Weitere Anweisungen?« schrie Slymne. »Was für Anweisungen denn, um Himmel willen?«

Wieder lächelte der Polizist. »Das müssen schon Sie uns sagen, Monsieur.«

Slymne blickte sich verzweifelt im Zimmer um. Major Fetherington hatte ihn bis über beide Ohren in die Scheiße geritten und ihm einfach den Schwarzen Peter zugeschoben. »Keine Ahnung, wovon Sie überhaupt reden«, murmelte er. »Ich bin überhaupt nicht in der Nähe von Brive gewesen, und ...« Er gab es auf.

»Wenn ich Ihnen einen guten Rat geben darf, Monsieur Slymne«, meinte der Inspektor, »dann sagen Sie uns jetzt, was Sie wissen. Damit ersparen Sie sich eine Begegnung mit gewissen Gentlemen in Paris. Die sind nicht von der Polizei, müssen Sie wissen, und bedienen sich etwas anderer Methoden. Besonders freundlich werden die mit Sicherheit nicht mit Ihnen umspringen.«

Slymne kapitulierte. Als er eine Stunde später seine Aussage unterzeichnet hatte und der Inspektor den Raum verließ, blieb ihm dennoch der Schlaf, den er so dringend benötigte, noch immer versagt. Commissaire Ficard kaufte ihm sein Geständnis nämlich nicht ab.

»Hält uns dieser Clown denn für komplett schwachsinnig?« brüllte er. »Wir haben es hier mit dem Mord an einem der berühmtesten amerikanischen Staatstheoretiker und der Verstümmelung eines sowjetischen Delegierten zu tun, und da erwartet dieser Kerl von uns, zu glauben, daß ein kleiner englischer Schulmeister dafür verantwortlich ist. Und der andere hat bereits gestanden, der Elitetruppe SAS anzugehören. O nein, damit gebe ich mich nicht zufrieden, und der Minister ist auch schon auf hundertachtzig. Der amerikanische Botschafter verlangt sofortige Maßnahmen, der russische ebenfalls, und dieser Hanswurst will uns weismachen ...« Das Telefon klingelte.

»Nein, ich werde überhaupt nichts mehr an die Presse weitergeben. Wissen möchte ich aber, wer die Geschichte verzapft hat. Die Medienfritzen krabbeln überall mit Hubschraubern herum... Was soll das heißen, man kann in Hubschraubern nicht krabbeln? Sie landen mit Hubschraubern, und dann...« Er knallte den Hörer auf die Gabel und stand schwerfällig auf. »Na wartet, wenn ich diesen englischen Drecksack erst in die Finger bekomme. Aus dem werde ich die Wahrheit herausquetschen, und wenn sie ihm zum Arschloch herauskommt.«

»Monsieur le Commissaire, wir haben ihm bereits gesagt, daß ein paar Spezialisten aus Paris aufkreuzen werden«, erklärte der Inspektor.

»Die Mühe können die sich sparen. Bis ich mit ihm fertig bin, ist nichts mehr übrig, woran die sich noch verlustieren könnten.«

Major Fetherington lag auf dem Bauch, hatte den Kopf zur Seite gedreht und starrte die Wand an. Er war völlig verunsichert und hatte nicht die leiseste Ahnung, was wirklich im Château Carmagnac passiert war. Bei den Geräuschen, die im Augenblick in seine Zelle drangen, verzichtete er lieber darauf, sich vorzustellen, was der arme Slymne gerade durchmachen mußte. Er war heilfroh, daß er die Sausäcke damit abgespeist hatte, wonach sie verlangt hatten: mit einer Fuhre Mist. In gewisser Weise war das befriedigend. Der alte Gloddie mußte etwas verdammt Schreckliches angestellt haben, daß die Polizei Straßensperren errichtete und derart verrückt spielte und ihn und Slymne beschuldigte, Agenten des Geheimdienstes zu sein. Der Major hatte nie viel für die Franzosen übriggehabt, und Gloddie mußte einen ihrer wunden Punkte nachhaltig getroffen haben und selbst durchgekommen sein. Man konnte ihm nur die Daumen drücken. Er dachte nicht im Traum daran, den alten Esel bei einem Haufen französischer Bullen zu verpetzen, die im Moment weiß Gott was mit Slymne anstellten. Er langte über die Bettkante, tastete nach seinen Socken und versuchte, sich damit die Ohren zuzustopfen. Gerade, als es ihm recht und schlecht gelungen war, hörte Slymne zu brüllen auf, und die Zellentür wurde aufgeschlossen.

»Was ist mit meinen Kleidern?« fragte der Major zitternd, als sie ihn auf die Beine stellten. Voller Abscheu musterte Commissaire Roudhon seine alles andere als saubere Unterhose.

»Dort, wo wir hingehen, werden Sie die nicht benötigen«, sagte er und lächelte milde. »Aber Schuhe könnten vielleicht nicht schaden. Gebt ihm eine Decke.«

»Was haben Sie denn mit mir vor?« stammelte der Major völlig verängstigt.

»Sie werden uns jetzt zu der Stelle führen, an der Sie diesen Fallschirm vergraben haben.«

»O mein Gott«, wimmerte der Major, der jetzt einsah, welch verhängnisvollen Fehler er begangen hatte.

Kapitel 22

Die Gräfin saß in einer Kaffee-Bar in Weymouth und wartete darauf, daß der Bentley den Zoll passierte. Sie hatte Peregrine zur Statue von George III. geschickt und hätte sich selbst ebenfalls verkrümelt, wären da nicht die Goldbarren gewesen. Sie hatte den *Daily Telegraph* gekauft und ihm entnommen, daß die Ermordung Professor Botwyks bereits international Wellen schlug. Sie wußte um die Tüchtigkeit der französischen Polizei und hatte obendrein zwei Schwachköpfe am Hals. Wenn sie nicht für die mitdachte, würden sie allesamt in den Fängen von Scotland Yard landen. Und nachdem sich jetzt auch die amerikanische Regierung und das FBI eingeschaltet hatten, würde man ihre Spur nach Kalifornien zurückverfolgen und über ihre diversen Identitäten bis zu ihrer Einreise in die Staaten und einer gewissen Miss Surrey und letztlich in die Selsdon Road und zu Constanze Sugg. Sie konnte sich gut vorstellen, wie einfach das vor sich gehen würde. Ihr Sohn Anthony in Groxbourne, die verschwundenen Revolver (da hatte sie einen üblen Fehler gemacht), Glodstones Gerede von ihren ›Briefen‹ und Peregrines Stolz auf seine Schießkünste ... Das Schlimmste daran war, daß, wer immer ihr das eingebrockt hatte, phantastische Arbeit geleistet hatte.

Wieder einmal verfluchte sie die Männer in Bausch und Bogen. Ihr ganzes Leben lang hatte sie zu kämpfen gehabt, um sich ihre Unabhängigkeit zu bewahren, und ausgerechnet jetzt, wo sie alles soweit vorbereitet hatte, um wieder ihre eigene, kleinstädtische Identität annehmen zu können, sah sie sich gezwungen, sämtliche Skrupel über Bord zu werfen. Und genau das tat sie. Als der Bentley aus der Fähre rollte, stand ihr Entschlußfest. Sie stand auf, begab sicn zur Straße, wo Glodstone sie sehen konnte, und wartete auf ihn. »Keine Probleme mit dem Zoll?« fragte sie, während sie in den Fond kletterte.

»Nein«, sagte Glodstone mürrisch. »Und wo steckt Peregrine?«

»Am Denkmal. Er kann warten. Sie und ich werden uns jetzt erst mal in Ruhe unterhalten.«

»Worüber denn?«

»Darüber«, sagte die Gräfin und legte ihm die Zeitung auf den Schoß.

»Was steht denn drin?« fragte Glodstone und überfuhr in seinem Bestreben, möglichst schnell wegzukommen, um ein Haar einen Fußgänger auf einem Zebrastreifen.

»Nicht viel. Nur daß die französische Regierung dem Außenministerium der Vereinigten Staaten versichert hat, daß die Mörder von Professor Botwyk gefaßt und vor Gericht gestellt würden. Die Russen haben sich dazu sehr skeptisch geäußert. Offenkundig hat Ihr Freund auch den sowjetischen Delegierten unter Beschuß genommen, und das stiftet mehr Verwirrung, als man sich vorstellen kann.«

»O mein Gott«, seufzte Glodstone. »Was, zum Kuckuck, hat Sie bloß dazu veranlaßt, diese verdammten Briefe zu schreiben?«

»Habe ich doch gar nicht! Und sie biegen jetzt da vorn in den Parkplatz ein.«

Als Glodstone den Motor abgestellt hatte und sie verstört ansah, verlangte die Gräfin die Briefe zu sehen.

»Wo haben Sie sie versteckt?«

»Versteckt? Aber Sie haben mir doch ausdrücklich aufgetragen, sie zu verbrennen, und genau das habe ich auch getan.«

Die Gräfin war erleichtert, hütete sich aber, es zu zeigen. »Dann gibt es also keinerlei Beweise, daß sie je existiert haben?«

Glodstone schüttelte den Kopf. Er war zu müde und hatte zuviel Angst, um zu sprechen.

»Also, um eines klarzustellen: Sie können von mir aus denken, was Sie wollen, aber wenn Sie sich im Ernst einbilden, daß es nötig war, mich zu retten, dann müssen sie bekloppt sein. Im Augenblick sind *Sie* derjenige, der dringend Rettung braucht, und angesichts dessen, was Sie im Kopf haben, wird das nicht einfach sein. Sämtliche Bullen in ganz Europa werden nach Ihnen fahnden, bevor der heutige Tag rum ist.«

»Aber es weiß doch niemand, daß wir im Château waren und...«

»Wer immer diese Briefe verfaßt hat, weiß das sehr wohl. Jemand hat Sie reingelegt, und ein kurzer anonymer Anruf bei der Polizei dürfte völlig ausreichen, um Sie im Netz zappeln zu lassen. Sie haben nicht die geringste Chance, ungeschoren davonzukommen und einer Auslieferung nach Frankreich zu entgehen. Ein Glausauge, diese alte, protzige Kiste und ein Halbwüchsiger mit einem Intelligenzquotienten von fünfzig sind doch genau das, was sich jeder Polizeifahnder wünscht, und wenn Sie mich fragen, ist das der Grund, weshalb man Sie ausgesucht hat.«

Glodstone stierte auf einen Rasenstreifen und sah im Geiste Polizisten und Gerichtssäle, Rechtsanwälte, Richter und sich selbst für den Rest seines Lebens in einem französischen Gefängnis. »Was sollen wir denn Ihrer Meinung nach tun?« fragte er.

»*Sie* tun was. Mich lassen Sie aus dem Spiel. Ich bin allenfalls bereit, für Sie ein bißchen Denkarbeit zu leisten, aber mehr ist nicht drin. Aus welchen Verhältnissen kommt eigentlich ihr jugendlicher Gangster?« Glodstone sagte es ihr.

»Dann darf sich ein berühmter Anwalt auf einen häßlichen Schock gefaßt machen«, meinte die Gräfin. »Doch aufgrund dessen, was ich von seinem Sprößling mitbekommen habe, würde ich darauf tippen, daß dem guten Mann entweder Hörner aufgesetzt wurden oder aber seine Frau während der Schwangerschaft einen Heißhunger auf Bleikugeln hatte. Ihre eigene Situation wird dadurch freilich keinen Deut besser, denn Mr. Clyde-Brown wird bei seinem Sohn auf Unzurechnungsfähigkeit plädieren und Ihnen die ganze Schuld in die Schuhe schieben.«

»Was, um Himmels willen, soll ich denn bloß machen?« winselte Glodstone.

Die Gräfin zögerte. Wenn sie ihm riet, zur Polizei zu gehen, würde er das vielleicht wirklich tun, und das konnte sie sich wiederum nicht leisten. »Gibt es denn keinen Ort, an dem Sie ein paar Tage unbemerkt untertauchen könnten?«

Glodstone versuchte sich zu konzentrieren. »Ich habe eine Cousine in der Nähe von Malverin sitzen«, sagte er. »Vielleicht ist sie ohnehin auf Reisen, und wenn nicht, aufnehmen würde sie uns auf jeden Fall.«

»Bis zum Eintreffen der Polizei, ist ja wohl logisch. Denken Sie doch nach, zum Kuckuck. Überlegen Sie, wo Sie niemals hingehen würden.«

»Nach Margate«, kam es wie aus der Pistole geschossen. »Dort möchte ich nicht mal begraben sein.«

Im stillen dachte sich die Gräfin, daß wahrscheinlich genau dies eintreffen würde. Laut sagte sie: »Dann werden Sie genau dorthin fahren. Und kaufen Sie sich eine Sonnenbrille und rasieren Sie Ihren Bart ab. Außerdem würde ich an Ihrer Stelle die Kiste hier an den erstbesten Autohändler verscherbeln.«

»Den Bentley verkaufen?« sagte Glodstone und drohte die Fassung zu verlieren. »Das würde ich nie fertigbringen.«

»Wenn das so ist, werden Sie für den Rest Ihres Lebens in einem französischen Kittchen schmoren, und Ihre Chancen, mein Lieber, daß dies nicht passiert, sind verdammt lausig. Ich will es Ihnen ganz offen sagen, sie stehen eins zu minus vierzig. Dauerfrost bis zum Jüngsten Gericht. Amen.«

»O Gott! O mein Gott! Wie konnte das nur geschehen? Es ist alles zu schrecklich, um wahr zu sein.«

Einen Augenblick lang empfand die Gräfin fast Mitleid mit ihm. Die Welt war voll mit Leuten wie Glodstone, die ihr Leben einfach vor sich hinlebten und die wahren Realitäten erst dann entdeckten, wenn ihnen der rauhe Wind der Wirklichkeit ins Gesicht schlug. »Ist nun mal aber nicht zu ändern«, sagte sie. »Sie gehen jetzt zu Fuß los und sammeln Ihren Butch Cassidy ein. Falls ich nicht hier sein sollte, wenn Sie zurückkommen, dann suchen Sie das Marine-Hotel in Margate auf und tragen sich dort als Mr. Cassidy ein. Ich werde Sie dort anrufen.«

»Gibt es denn ein Marine-Hotel in Margate?«

»Wenn nicht, dann nehmen Sie eines mit zwei Sternen. Ich werden Sie dann schon aufstöbern.«

Niedergeschlagen trottete Glodstone davon und holte Peregrine, der an einem Eis schleckte und mit fast gesund zu nennendem Interesse ein paar Mädchen in Bikinis betrachtete. Als sie zum Wagen zurückkehrten, war die Gräfin verschwunden. Sie saß mittlerweile im Busbahnhof und wartete auf einen Bus nach Bournemouth, von wo aus sie per Zug nach London weiter wollte.

»Ich traue dieser Frau nicht«, sagte Peregrine grimmig.

»Das solltest du aber«, meinte Glodstone. »Sie ist nämlich alles, was zwischen uns und der Wiedereinführung der Guillotine steht.«

»Aber ich versichere Ihnen, daß das Ganze ein Scherz war«, sagte der Major. »Ich bin nicht mit dem Fallschirm abgesprungen, also weiß ich auch nicht, wo er vergraben sein könnte.« Umringt von bewaffneten Gendarmen, stand er am Straßenrand. Außer ihm hielt niemand das Ganze für einen Scherz.

»Offenbar beliebt es Monsieur, seine Spielchen mit uns zu spielen«, meinte der Commissaire grimmig. »Aber gut, das können wir auch. Zurück auf die Wache.«

»Jetzt mal langsam«, sagte der Major, »ich weiß ja nicht, was Glodstone angestellt hat, aber ...«

»Glodstone? Wer ist das denn?«

»Hat Slymne Ihnen das denn nicht erzählt? Ich dachte ...«

»Was haben Sie gedacht? Nein, erst will ich von Ihnen hören, wer dieser Glodstone ist.«

Major Fetherington plauderte drauflos, denn er wollte nicht dasselbe durchmachen müssen wie Slymne, und schließlich hatte Glodstone es nicht anders gewollt.

»Das entspricht der Beschreibung des Mannes, der sich Pringle nannte«, meinte der Inspektor, nachdem der Major fertig war, »aber der hat Botwyk gerettet. Warum hätte er ihn dann erschießen sollen?«

»Wer weiß schon, warum ein Engländer etwas tut? Das weiß nur der liebe Gott. Aber veranlassen Sie inzwischen eine Großfahndung nach ihm. An sämtlichen Flughäfen, Grenzübergängen, überall.«

»Sollen wir Scotland Yard einschalten?«

Commissaire Roudhon zögerte. »Das muß ich erst mit Paris abklären. Ich wünsche, daß aus diesen beiden alles herausgequetscht wird, was sie wissen. Sie müssen über die Operation genauer Bescheid gewußt haben, als sie bisher zugegeben haben, sonst wären sie nicht hier.«

Dann fuhr er rasch los. Der Major wurde auf den Rücksitz des Streifenwagens verfrachtet und nach Boosat zurückgebracht. Den Rest des Tages verbrachte er damit, Fragen zu beantworten. Doch am Ende war niemand schlauer als zuvor. Inspektor Ficard erstattete einem ungläubigen Commissaire Bericht.

»Ein Abenteuer? Die Gräfin hat ihn in einem Brief gebeten, sie zu retten? Er kam in einem Vorkriegs-Bentley hierher? Und die zwei anderen sind hier, um einen Jungen namens Peregrine Clyde-Brown zu suchen, weil sein Vater ihn zurückhaben will? Was ist denn das für ein Irrsinn?«

»Genau dasselbe hat uns der andere erzählt, dieser Slymne.«

»Dann haben sie die Version abgesprochen. Wir haben es mit einem schwerwiegenden politischen Attentat zu tun, und da erwarten Sie von mir zu glauben, daß es von einem englischen Lehrer ausgeführt wurde, der ...« Er wurde vom Klingeln des Telefons unterbrochen. Als Commissaire Roudhon auflegte, wußte er überhaupt nicht mehr, was er denken sollte.

»Ein Mann, auf den diese Beschreibung paßt, ist heute von Cherbourg aus mit einem Bentley nach England gefahren. Das Ticket wurde auf den Namen Glodstone ausgestellt. Ich werde Paris informieren. Sollen die entscheiden, wie wir jetzt vorgehen. Ich bin Polizist, kein verdammter Politiker.«

»Und was sollen wir mit den zwei Knaben machen?«

»Stecken Sie sie zusammen in eine Zelle und nehmen Sie alles, was die sagen, insgeheim auf Band auf. Oder installieren Sie besser gleich eine Videokamera. Wenn Sie Botschaften austauschen, möchte ich es erfahren. Und außerdem wird das die Amerikaner beeindrucken. Sie fliegen aus Frankfurt zehn Terrorismus-Spezialisten ein, und die muß man schon überzeugen.«

Slymne zitterte noch immer, als sie ihn holen kamen. Er war zu schwach, um Widerstand zu leisten, und was er sagte, ergab noch weniger Sinn als zuvor. Sie schleiften ihn über den Gang und steckten ihn in eine größere Zelle.

»Allmächtiger Gott«, sagte der Major, als er ebenfalls hineingeschoben wurde. »Sie armer Kerl. Was haben diese Schufte denn mit Ihnen angestellt? Haben sie Ihnen Elektroden an die Eier gehängt oder was?«

»Rühren Sie mich nicht an«, fauchte Slymne ihn mit zusammengekniffenen Augen an.

»Habe nicht die Absicht, alter Junge. Ich doch nicht. Ich weiß nur, daß sich Glodstone auf was gefaßt machen kann.«

In seinem Hotelzimmer in Margate betrachtete sich Glodstone im Spiegel. Ohne seinen Bart und mit der Sonnenbrille sah er verändert aus. Und er wirkte sehr viel älter. Nicht, daß ihm das das geringste nützen würde, wenn sie ihn schnappten. Bis er freikam, würde er über achtzig sein – falls überhaupt eine Chance bestand, daß Leute freigelassen wurden, die für das Attentat auf einen amerikanischen Berater des Präsidenten mitverantwortlich waren. Er bezweifelte es. Er zweifelte auch stark daran, daß es richtig gewesen war, dem Rat der Gräfin zu folgen, aber gestern war er einfach zu erschöpft gewesen, um selbst einen klaren Gedanken fassen zu können. Peregrine war auch nicht gerade eine Hilfe gewesen. Er hatte die Situation noch verschlimmert, weil er sich unbedingt, wie der Held in *Rogue Male*, in einem Erdloch unter einem Gebüsch verkriechen wollte.

»Niemand käme auf die Idee, dort nachzusehen«, meinte er, »und wenn Gras über die Sache gewachsen ist . . .«

»Da wächst kein Gras drüber, verflucht«, sagte Glodstone, »und außerdem würden wir, wenn wir wieder herauskommen, stinken wie zwei Frettchen.«

»Nicht, wenn wir einen Platz in der Nähe eines Flusses aussuchen und genug Seife mitnehmen. Wir könnten uns mit Konserven eindecken und einen richtig tiefen Bau graben, und niemand würde es je erfahren.«

»Außer sämtlichen Bauern in der Umgebung. Außerdem beginnt bald die Fuchsjagd, und ich habe keine Lust, mich von einem Rudel Jagdhunde durch die Gegend hetzen oder aus dem Bau treiben zu lassen. Gebrauch doch mal dein Hirn!«

»Ich glaube trotzdem nicht, daß wir tun sollten, was diese Frau gesagt hat. Gut möglich, daß sie gelogen hat.«

»Und daß der *Daily Telegraph* lügt, glaubst du wohl auch«, sagte Glodstone. »Sie hat behauptet, daß es ein internationales Treffen war, und sie hatte verdammt recht.«

»Aber warum hat sie Ihnen dann diese Briefe geschrieben? Sie hat uns doch gebeten . . .«

»Hat sie nicht. Begreifst du das denn nicht? Die Dinger waren fingiert. Man hat uns hereingelegt. Und sie ebenfalls.«

»Ich begreife nicht, warum. Ich meine . . .«

»Weil, wenn man uns schnappt und wir behaupten, daß sie diese Briefe geschrieben hat, sie nicht das Gegenteil beweisen kann.«

»Aber Sie haben sie doch verbrannt.«

Glodstone seufzte und wünschte sich inständig, dies genau nicht getan zu haben. »Davon hatte sie doch keine Ahnung. Deshalb wußte ich ja auch, daß sie die Wahrheit sagte. Sie hatte keinen blassen Schimmer von dieser verfluchten Geschichte. Und wenn sie uns hätte hereinlegen wollen, wäre sie zur Polizei gegangen, als sie zum Tanken fuhr. Das muß dir doch zu denken gegeben haben.«

»Mag sein«, sagte Peregrine, brachte aber sogleich die Frage nach den Revolvern ins Spiel. »Der Major wird stocksauer sein, wenn er feststellt, daß sie fehlen«, sagte er.

Glodstone verkniff es sich zu entgegnen, daß Major Fetheringtons Empfindungen ihr geringstes Problem seien. Wenn dieser verdammte Kerl Peregrine nicht zu einem so tüchtigen Killer ausgebildet hätte, würden sie jetzt vielleicht nicht ganz so tief in der Tinte sitzen, wobei Tinte noch milde ausgedrückt war. Im ganzen Château wimmelte es von ihren Fingerabdrükken, die französische Polizei fahndete garantiert nach einem Engländer mit Glasauge, und selbst wenn sie die Revolver noch hätten und zurückbringen könnten, wäre es für die Experten der Spurensicherung kein Problem nachzuweisen, daß die Kugel, die Professor Botwyk getötet hatte, daraus abgefeuert worden war. Und was die Gräfin gesagt hatte, machte die Hoffnung, sie könnten ihr altes Leben wiederaufnehmen und so tun, als seien sie nie in Frankreich gewesen, gänzlich zunichte; denn wer immer ihnen da übel mitgespielt hatte, würde sie mit Sicherheit bei der Polizei anschwärzen. Für diesen Bastard würde es sich lohnen. Schließlich hatte nicht er jemanden getötet, sondern sie, und damit war er aus dem Schneider. Jetzt konnte nur noch die Gräfin ihre Köpfe retten – so sie dazu gewillt war.

Also war Glodstone nach London gefahren, hatte seine Travellerschecks eingelöst und war, nachdem er den Bentley bei einem reputierlichen Oldtimer-Händler gelassen und diesen beauftragt hatte, ihn zu verkaufen, sobald er die Zulassungspapiere zugeschickt bekam, in den Zug nach Margate gestiegen. Peregrine war in einem anderen Waggon mitgefahren und hatte sich ein Zimmer in einer Frühstückspension besorgt. Glodstone brachte eine halbe Stunde damit zu, sich in einer öffentlichen Toilette umzuziehen und zu rasieren; dann quartierte er sich im besten Zwei-Sterne-Hotel ein. Seitdem hatte er keinen Fuß vor die Tür gesetzt, sondern hing an der Bar herum, schaute sich die Nachrichten im Fernsehen an und las die jüngsten Zeitungsberichte über den Terroristenanschlag in Frankreich. Die meiste Zeit jedoch verbrachte er in seinem Zimmer, abgrundtief in Selbstmitleid und Entsetzen versunken. So konnte das Leben doch nicht sein. Er war kein Krimineller; er hatte Mörder und Terroristen immer verabscheut; die Polizei hatte immer recht, und den Tod durch den Strang hätte man nie abschaffen sollen. All das hatte sich verändert, und natürlich war er ausgesprochen dankbar, daß es in Frankreich keine Todesstrafe mehr gab. Auch sein Vertrauen in die Polizei hatte er eingebüßt. Das Gerede von wegen, sich auf die andere Seite des Gesetzes zu stellen, war gut und schön, aber jetzt, wo er dort stand, hätte ihm kein Polizist, der auf sich hielt, seine Story abgenommen; und selbst wenn, hätte das nicht das mindeste geändert. Und sich im Rahmen der Legalität zu bewegen bedeutete genau dasselbe. Was immer irgend so ein blöder Dichter über Steinmauern und Eisenstangen gesagt haben mochte – Glodstone wußte es besser. Es gab nun einmal Gefängnisse, und noch dazu französische. Nie wieder würde er Gelegenheit haben, die Jungen aus seinem Haus beim Rugby anzufeuern, einen Kricketschläger in die Hand zu nehmen oder im Keller an seiner Modelleisenbahn zu basteln ... Man würde ihn nur noch den Mörder Glodstone nennen, und als solcher würde er – als Groxbournes Pendant zu Dr. Crippen – in die schwarzen Annalen der Schule eingehen. Und Slymne würde sich ins Fäustchen lachen ... Während er sich diese neue Hölle ausmalte, schrillte das Telefon neben seinem Bett.

Glodstone nahm den Hörer ab und vernahm eine inzwischen vertraute Stimme.

»Na endlich, Bruder John, ich habe eine Ewigkeit gebraucht, dich zu erwischen.«

»So, na ja, die Sache ist die ...« fing Glodstone an, doch die Gräfin unterbrach ihn. Sie dachte an die Mädchen in der Telefonzentrale.

»Ich bin unten am Pier. Da treffen wir uns in fünf Minuten und gehen zusammen essen. Allein.«

»Ja«, sagte Glodstone. Dann war die Leitung tot. So lässig wie nur irgend möglich ging er hinunter und trat ins Sonnenlicht hinaus. Auf der Promenade wimmelte es von jener Sorte Leuten, denen er normalerweise um jeden Preis aus dem Weg gegangen wäre, doch heute war er für ihre Anwesenheit sogar dankbar. Die Gräfin hatte schon gewußt, was sie tat, als sie sich für Margate entschied. Trotzdem näherte er sich dem Pier vorsichtig, da er panische Angst hatte, in eine Falle zu laufen.

Doch die Gräfin saß auf einer Bank. Sobald er näher kam, stand sie auf. »Liebling«, sagte sie zu seiner Überraschung und hakte sich bei ihm ein. »Ach, ist das schön, dich wiederzusehen.«

Sie schleifte ihn über die Straße und durch eine Seitenstraße zu einem Wagen. »Wo ist Peregrine?« fragte sie, nachdem sie eingestiegen waren.

»Wahrscheinlich im Vergnügungspark beim Schießen«, sagte Glodstone. »Er heißt Traumland.«

»Wie passend«, meinte die Gräfin. »Gut, dann soll er auch dortbleiben, bis wir deinen Einsatz besprochen haben.«

»Meinen Einsatz?« sagte Glodstone, der nach dem ›Liebling‹ nicht recht wußte, wie er dieses Wort interpretieren sollte.

»Exakt. Wie bei Astronauten. Irgendwo muß es da eine Verbindung geben.«

»Zwischen was denn?« sagte Glodstone völlig verwirrt.

»Zwischen uns, Mister Briefschreiber, und einem Dritten. Jemand, der uns beiden übel mitspielen wollte und damit Erfolg hatte. Denken Sie noch mal über diese Briefe nach. War daran irgend etwas Besonderes?«

»Ja«, sagte Glodstone heftig, »das kann man wohl sagen, sie ...«

»Nein, Schätzchen, du verstehst mich nicht. Wo sind sie aufgegeben worden?«

»In Frankreich. Eindeutig in Frankreich, und die Umschläge trugen auf der Rückseite Ihr Wappen.«

»Und in meiner Handschrift. Das sagten Sie bereits, aber woher wußten Sie das so genau?«

»Weil ich Ihre anderen Briefe über Anthonys Allergien und was weiß ich habe. Die Handschrift war dieselbe.«

»Das wäre dann also meine Sache. Und was stand drin? Was genau, meine ich?«

Während sie langsam aus der Stadt hinausfuhr, ging Glodstone mit hundertprozentigem Erinnerungsvermögen, das seiner Angst entsprang, die Briefe und die darin enthaltenen Anweisungen im einzelnen durch.

»Vorbestellte Hotelzimmer? Überfahrt via Ostende? Die ganze Fahrtroute festgelegt? Und Sie haben genau das getan, was man Ihnen gesagt hat?«

»Bis wir nach Ivry kamen. Da fand ich einen Brief vor, der besagte, wir sollten umkehren, denn sonst würden Sie sterben.«

»Und deshalb mußten Sie weiterfahren«, sagte die Gräfin und schüttelte betrübt den Kopf. »Dabei war das der einzig vernünftige Brief.«

»In der folgenden Nacht hat man versucht, uns im Wald mit einer Öllache auf der Straße zu stoppen. Wir hätten tödlich verunglücken können. Ein Mann hat versucht, uns aufzuhalten ...«

»Augenblick mal. Können Sie ihn beschreiben?«

Glodstone stellte sich die ölbeschmierte und mit Tannennadeln gespickte Gestalt Mr. Blowthers vor und fand es schwierig.

»Aber er war Engländer? Sind Sie da sicher?«

»Ich denke schon. Zumindest klang er englisch. Und dann war da noch einer in Calais, der den Leuten von der Fähre erklärt hat, meine Frau sei gestorben. Dabei habe ich gar keine Frau.«

»Das glaube ich gern«, sagte die Gräfin. »Aber das hilft uns auch nicht weiter. Wer auch immer mein Briefpapier benutzt, meine Handschrift imitiert und die Briefe in Frankreich aufgegeben hat, für Sie Hotelzimmer reserviert und versucht hat, Sie aufzuhalten ... verrückt kann er auf keinen Fall gewesen sein. Aber woher wußte der Betreffende, daß Sie überhaupt kommen würden? Wo wir schon dabei sind, warum *sind* Sie denn gekommen?«

Glodstone errötete. »Ich konnte Sie doch nicht im Stich lassen«, murmelte er. »Ich meine, ich habe Sie mir immer als eine Lady vorgestellt und ... na ja ... das ist wirklich schwer zu erklären.«

»Und wofür halten Sie mich jetzt? Bin ich noch immer eine ›Lady‹?«

»Auf alle Fälle sind Sie sehr nett«, sagte Glodstone diplomatisch. »Sonst wären Sie doch wohl zur Polizei gegangen.«

Die Gräfin seufzte. Dem armen Einfaltspinsel war noch immer nicht aufgegangen, daß sie genau das getan hätte, wenn sie nichts zu verbergen gehabt hätte. Zum Beispiel sieben Goldbarren und eine Vergangenheit, die ihm seine romantischen Haare hätte zu Berge stehen lassen. Wirklich ein Prachtexemplar von einem fahrenden Ritter. Solche Unschuldslämmer konnte nur England hervorbringen. »Und Sie sind auch nett«, sagte sie und tätschelte seine Knie. »Es war schließlich nicht Ihre Schuld, daß man Sie reingelegt hat. Und wir dürfen doch nicht zulassen, daß man Sie ins Gefängnis steckt, oder?«

»Hoffentlich nicht«, sagte Glodstone, der unter dem Einfluß ihrer Hand auf seinem Knie und des betulichen Geredes aufs neue vor Ergebenheit bebte. Ihre nächste Bemerkung ließ ihn in Verzückung geraten.

»Jetzt werden wir zurückfahren und Sundance Kid holen und die Clyde-Browns unter Druck setzen.«

»Was tun wir?«

»Ihnen die Daumenschrauben anlegen. Sie werden Geld brauchen, und wenn die Clyde-Browns so sind, wie Sie sagen – und das glaube ich auf Anhieb –, dann werden sie mehr als nötig blechen, um nicht in die Medien zu kommen. Ich kann mir nicht vorstellen, daß sich Papa Clyde-Brown gern aus dem Reform-Club hinauswerfen läßt.«

»Da mache ich nicht mit«, sagte Glodstone. »Schließlich war es nicht Peregrines Schuld, daß...«

»Wird er von der Polizei in sämtlichen Ländern diesseits des Eisernen Vorhangs gesucht oder nicht? Und schließlich hat er den Kerl getötet, nicht Sie. Also wird Mr. Clyde-Brown sich kräftig anstrengen müssen, um die Kohlen für Sie beide aus dem Feuer zu holen. Einfluß hat er ja, und das mehr als genug. Sein Bruder ist Unterstaatssekretär im Handelsministerium und Berater des EG-Beauftragten für die Regulierung, Standardisierung und Uniformität frostkonservierter Lebensmittelprodukte, sprich Fischstäbchen.«

»Guter Gott, wie haben Sie das bloß herausgefunden?«

»Öffentliche Biliothek Holborn, in der letzten Ausgabe von *Who's Who*. Wir haben ein paar Trümpfe in der Hand. Und die werden wir heute abend ausspielen.«

»Heute abend? Aber wir können doch unmöglich den ganzen Weg bis Virginia Water ... Ich meine, bis wir dort ankommen, ist es Mitternacht.«

»Ich kann mir keine bessere Zeit vorstellen, um eine solche Nachricht zu überbringen«, meinte die Gräfin und fuhr Richtung Vergnügungspark.

Kapitel 23

Tatsächlich war es fast zwei Uhr morgens, als sie den Wagen am Ende der Pinetree Lane parkten und an der Haustür der Clyde-Browns klingelten. Oben ging ein Licht an, und wenig später wurde die Tür bei vorgelegter Kette geöffnet, und Mr. Clyde-Brown schaute heraus. Er hatte einen schlimmen Abend hinter sich, da seine Frau ihm zugesetzt hatte, es sei höchste Zeit, die Polizei einzuschalten; einschlafen konnte er erst mit Hilfe einer Tasse Ovomaltine, versetzt mit einem kräftigen Schuß Whisky und zwei Tabletten Mogadan.

»Wer ist da?« fragte er verschlafen.

»Ich, Dad«, sagte Peregrine und trat unter die Lampe am Eingang. Einen Augenblick lang stand Mr. Clyde-Brown unter dem grausigen Eindruck, daß zwei Mogadan und ein Viertelliter Scotch doch nicht so gut zusammenpaßten. Offenbar hatte er Halluzinationen. Zwar klang die Stimme schrecklich vertraut, aber das Gesicht und vor allem die Haare stimmten nicht mit seiner Erinnerung an Peregrine überein. Als er den Lümmel das letztemal gesehen hatte, waren dessen Haare blond und seine Gesichtsfarbe frisch gewesen. Jetzt sah er aus wie etwas, was das Amt für Rassen ... Gerade noch rechtzeitig bremste er sich. Es gab ein Gesetz, das verbot, so etwas zu sagen.

»Wo zum Teufel bist du gewesen?« fragte er statt dessen und hakte die Kette aus. »Deine Mutter hat vor Sorgen fast den Verstand verloren. Und wer ...«

Die Gräfin und Glodstone traten hinter Peregrine durch die Tür. »Gehen wir lieber ins Wohnzimmer«, meinte die Gräfin, »dort ist es hübsch ruhig. Die Nachbarn müssen ja nicht unbedingt alles mitbekommen.«

Mr. Clyde-Brown war da nicht so sicher. Die Ankunft seines Sohnes mit schwarzen Haaren in Gesellschaft einer Frau mit Sonnenbrille und eines großen, hageren Mannes, der ihm irgendwie bekannt vorkam und ausgeprochen finster aussah – und all das um zwei Uhr morgens –, schien darauf hinzudeuten, daß er womöglich sämtliche Nachbarn in Rufweite benötigen würde. Die Sprache der Gräfin machte die Sache nicht gerade besser. Mit dem Gefühl, in einen Gangsterfilm geraten zu sein, ging er voraus ins Wohnzimmer und schaltete das Licht an.

»Also, was hat das zu bedeuten?« fragte er unter Aufbietung seiner ganzen Autorität.

»Erzähl's ihm, Baby«, sagte die Gräfin. Gleichzeitig vergewisserte sie sich demonstrativ, daß die Vorhänge auch wirklich dicht zugezogen waren, um Mr. Clyde-Brown noch ein bißchen mehr zu zermürben.

»Also, die Sache ist so, Dad«, sagte Peregrine, »ich bin hingegangen und habe einen Professor um die Ecke gebracht.«

Mr. Clyde-Brown fielen die Augen schier aus dem Kopf. »Ich höre wohl nicht recht«, murmelte er. »Das sind diese Scheißtabletten. Du bist hingegangen und hast ... Wo zum Teufel hast du bloß diese vulgäre Ausdrucksweise her?«

»Er hieß Botwyk und war Amerikaner, aber wir dachten, er sei ein Gangster, und deshalb habe ich ihm eine Kugel durch den Kopf gejagt«, sagte Peregrine. »Mit einer 38er aus dem Waffenarsenal der Schule.«

Mr. Clyde-Browns Knie gaben nach. Er ließ sich auf einen Stuhl sinken. »Ich kann es nicht glauben«, stöhnte er. »Das passiert doch nicht wirklich.«

»Nein, jetzt nicht«, entgegnete Peregrine. »Aber es ist passiert. Es steht in allen Zeitungen. Auf einen Russen habe ich auch geschossen, aber der ist daran nicht gestorben. Zumindest bis jetzt nicht.«

Mr. Clyde-Brown schloß die Augen, um sich davon zu überzeugen, daß das Ganze ein Alptraum war. Es war umsonst. Als er sie wieder aufmachte, waren Peregrine und diese zwei schrecklichen Menschen nach wie vor da.

Die Gräfin hielt ihm ein Exemplar der *Times* unter die Nase. »Ich habe den entscheidenden Absatz angestrichen«, sagte sie. »In diesem Augenblick wird nach einem Terroristen gefahndet. Und der steht vor Ihnen.«

Mr. Clyde-Brown schleuderte die Zeitung zu Boden. Gestern im Zug hatte er alles über diesen Mord gelesen und seiner Empörung Luft gemacht. Empört, wenn auch aus anderen Gründen, stand er jetzt auf. »Wenn das ein verdammter Scherz sein soll«, brüllte er, »dann werde ich ...«

»Ganz ruhig, Baby«, sagte die Gräfin. »Wenn Sie die Polizei in die Sache hineinziehen wollen, dann brüllen Sie nur so weiter. Das ist Ihr gutes Recht. Sie können sie auch gerne anrufen. Die Nummer ist vermutlich noch immer 999.«

»Ich kenne die Scheißnummer«, schrie Mr. Clyde-Brown eine Nuance gedämpfter.

»Also, Peregrine ist Ihr Sohn. Wenn Sie unbedingt wollen, daß er wegen Mordes vor Gericht gestellt wird, dann rufen Sie doch an. Mir ist es schnuppe. Ich renne schließlich nicht durch die Gegend und knalle einfach Leute ab.«

Mr. Clyde-Browns Blick wanderte von ihr zu Peregrine und wieder zurück. »Sie bluffen. Er hat niemanden erschossen. Das ist eine infame Lüge. Sie wollen mich nur erpressen. Aber lassen Sie sich eines gesagt sein ...«

»Natürlich. Also gehen Sie schon und telefonieren Sie. Erzählen Sie der Polizei, daß Sie in Ihrem Wohnzimmer zwei Erpresser und einen Sohn, der zufällig ein Mörder ist, sitzen haben und nicht wissen, was Sie mit ihnen anfangen sollen. Wir werden so lange hier warten. Kein Problem.«

Schweißperlen traten auf Mr. Clyde-Browns Stirn. »Sag, daß du es nicht getan hast«, forderte er Peregrine auf. »Ich will, daß du es sagst. Ich will es hören.«

»Ich habe einen Professor erschossen, Dad. Das habe ich dir doch schon gesagt.«

»Ich weiß, daß du das gesagt hast ...«

Durch das Eintreten seiner Frau wurde er unterbrochen. Sekundenlang stand sie unter der Tür und starrte Peregrine an.

»Ach, mein armer Junge«, wehklagte Mrs. Clyde-Brown, lief auf ihn zu und schloß ihn in die Arme. »Was haben sie bloß mit dir angestellt?«

»Nichts, Mum. Überhaupt nichts.«

»Aber wo bist du gewesen, und warum haben deine Haare diese Farbe?«

»Das gehört zur Verkleidung. Ich bin in Frankreich gewesen ...«

»... und habe einen amerikanischen Professor erschossen. Durch den Kopf, wenn ich richtig gehört habe«, ergänzte Mr. Clyde-Brown und goß sich einen Whisky ein. Jetzt kümmerte es ihn nicht mehr, wie sich das Zeug zusammen mit Mogadan auswirkte. Ein sanfter Tod war ihm lieber.

»Ach mein armer Liebling«, jammerte Mrs. Clyde-Brown, die noch immer nichts begriffen hatte, »ich habe mir solche Sorgen um dich gemacht.«

Aus der Zimmerecke hörte man Mr. Clyde-Brown murmeln, sie habe ja gar keine Ahnung, was Sorgen seien. Noch nicht.

Da stand die Gräfin auf und ging auf die Tür zu. Mr. Clyde-Brown vertrat ihr den Weg. »Wo, zum Teufel, wollen Sie verdammt noch mal hin?« brüllte er.

Aber da bekam er es mit Mrs. Clyde-Brown zu tun. »Wie kannst du es wagen, in meinem Haus so zu fluchen!« kreischte sie. »Und noch dazu vor Peregrine und diesen ... äh ...«

Die Gräfin lächelte gewinnend. »Darf ich mich vorstellen«, sagte sie. »Mein Name ist Deirdre, Comtesse de Montcon. Sie brauchen sich für die Ausdrucksweise Ihres Mannes nicht zu entschuldigen. Seine Nerven sind nur etwas überreizt. Und wenn Sie uns jetzt entschuldigen wollen ...«

Mr. Clyde-Brown wich nicht von der Stelle. »Sie werden dieses Haus nicht verlassen, bevor ich nicht genau weiß, was es auf sich hat mit diesem ... diesem ...«

»Mord?« fragte die Gräfin. »Und natürlich ist da noch die unbedeutende Sache mit der Entführung, aber die spielt wohl keine so große Rolle.«

»Ich habe Sie nicht entführt«, sagte Peregrine und brachte

seinen Vater damit vollends aus der Fassung. Wenn dieser Hurensohn eine Entführung abstritt und gleichzeitig freimütig einen Mord gestand, dann mußte er die Wahrheit sagen.

»Also gut«, sagte er. »Wieviel wollen Sie?«

Die Gräfin zögerte und beschloß, nicht in ihren amerikanischen Slang zurückzuverfallen. Was sie zu sagen hatte, würde sich in gepflegtem Englisch besser ausnehmen. »Also wirklich«, hob sie an, »wenn es nicht so eindeutig wäre, daß Sie im Augenblick nicht Sie selbst sind, würde ich Ihre Unterstellung als ausgesprochen infam empfinden.«

»So, würden Sie das? Dann lassen Sie sich von mir gesagt sein, daß ich Infamie erkenne, wenn ich ihr begegne, und Erpresser ebenso. Das alles plus die Tatsache, daß Sie sich als Gräfin ausgeben ...«

»Aber sie ist eine Gräfin«, sagte Peregrine, als seinem Vater die Worte ausgingen. »Ich habe ihren Paß gesehen, und sie wohnt in diesem wahnsinnig großen Château. Es heißt Carmagnac und ist wirklich sehr schön. Dort habe ich auch den Professor erschossen.«

»Ach, das stimmt doch gar nicht«, sagte Mrs. Clyde-Brown tadelnd, »das hast du dir nur ausgedacht.«

»Himmel!« stöhnte Mr. Clyde-Brown und kippte seinen Scotch hinunter. »Würdest du dich da gefälligst raushalten. Wir haben schon genug ...«

»Das werde ich mit Sicherheit nicht«, gab Mrs. Clyde-Brown zurück. »Schließlich bin ich seine Mutter ...«

»Und er ist ein verdammter Mörder. M-Ö-R-D-«

»Ich kann selbst buchstabieren, vielen Dank. Und ich behaupte, er ist keiner, nicht wahr, Liebling?«

»Nein«, sagte Peregrine. »Ich habe ihn nur erschossen. Ich konnte ja nicht wissen, daß er ...«

»Wissen? Du weißt ja nicht mal, was der Unterschied zwischen Massenmord und lächerlichem Mundraub ist«, brüllte sein Vater und griff nach der Zeitung, »aber der verfluchte Rest der Welt weiß ...«

»Wenn ich dazu vielleicht ein Wörtchen sagen dürfte«, warf

die Gräfin ein. »Der Rest der Welt weiß es nicht . . . noch nicht. Natürlich wird sich die französische Polizei zu gegebener Zeit mit Scotland Yard in Verbindung setzen, aber wenn wir ein Arrangement treffen könnten . . .«

»Ich habe Sie bereits gefragt, wieviel Sie verlangen, Sie erpresserische Hexe. Also spucken Sie's schon aus.«

Die Gräfin warf ihm einen gehässigen Blick zu, bewahrte aber Ruhe. »Für einen Mann, der angeblich zu den cleversten seines Berufsstandes gehört, sind Sie wirklich bemerkenswert beschränkt«, sagte sie. »Die alte Binsenweisheit stimmt doch. Juristen sind wirklich Schwachköpfe. Das gilt auch für Sie. Und wenn Sie Ihre Zunge jetzt nicht im Zaum halten, werde ich selbst die Polizei rufen.«

»Oh, das dürfen Sie nicht«, jammerte Mrs. Clyde-Brown, der trotz aller Einfalt allmählich aufgegangen war, daß Peregrine wirklich in Gefahr schwebte. Mr. Clyde-Brown ließ sich auf einer Stuhlkante nieder.

»Also gut«, sagte er. »Was schlagen Sie vor?«

»Immunität«, war die knappe Antwort. »Aber zuerst hätte ich gerne eine schöne Tasse Tee. Ihren Sohn aus Frankreich rauszukriegen kostete zwei Tage harte Arbeit . . .«

»Los«, befahl Mr. Clyde-Brown seiner Frau.

»Aber Oscar . . .«

»Ich sagte los, und ich meinte los. Und hör um Himmels willen auf zu flennen. Ich möchte hören, was diese verd . . . diese Dame vorzubringen hat.«

Schluchzend verließ Mrs. Clyde-Brown das Zimmer. Als sie mit dem Teetablett zurückkam, verriet Mr. Clyde-Browns auf die Gräfin gerichteter Blick fast so etwas wie Respekt. Ansonsten empfand der arme Mann nichts mehr außer Entsetzen. In seinem ganzen Leben, verbracht in der Überzeugung, daß die Frauen eine intellektuelle Subspezies darstellten, deren einziger Zweck darin bestand, zu kochen und Kinder in die Welt zu setzen, war ihm noch nie ein so scharfer Intellekt begegnet. »Und was ist mit dem da?« fragte er schaudernd mit Blick auf Glodstone.

»Ich habe alles für seine Zukunft arrangiert«, entgegnete die Gräfin. »Ich werde nicht verraten, wo, aber vielleicht in Brasilien...«

»Aber ich will nicht nach Brasilien«, protestierte Glodstone und bekam prompt gesagt, er solle den Mund halten.

»Oder vielleicht anderswo. Das Entscheidende ist, daß Mr. Glodstone sterben wird.«

Glodstone hockte wimmernd auf der Couch. Mr. Clyde-Brown richtete sich auf. Diese Frau wußte, was Sache war. »Höchste Zeit«, meinte er.

»Und wäre es nicht auch an der Zeit, Ihren Bruder anzurufen?« fragte die Gräfin. »Je früher er die Sache ins Rollen bringt, um so eher können wir sie zu Ende führen. Und wenn Sie uns jetzt wirklich entschuldigen wollen...«

Diesmal versuchte Mr. Clyde-Brown nicht, sie aufzuhalten. Er wußte, wann er geschlagen war. »Aber wie soll ich mich mit Ihnen in Verbindung setzen, wenn...«

»Gar nicht, Schätzchen«, sagte die Gräfin und tätschelte seine bleiche Wange, »von jetzt an sind Sie am Zug.«

»Also wirklich!« empörte sich Mrs. Clyde-Brown. »Sie hat ihren Tee nicht mal angerührt.«

»Vergiß deinen Scheißtee. Bring lieber diesen mörderischen Bastard nach oben und bleiche ihm die Haare, bis sie wieder normal aussehen.«

»Aber wir haben kein Wasserstoffsuperoxyd im Haus, und außerdem...«

»Dann nimm das Zeug, das du sonst ins Klo schüttest. Und wenn ihm die Haare davon ausfallen, ist das noch immer besser als nichts.« Damit eilte er in sein Arbeitszimmer und rief seinen Bruder an.

Die Gräfin fuhr zügig Richtung London. Sie war nicht erpicht darauf, von einem Streifenwagen angehalten zu werden. Sie mußte möglichst schnell im Trubel und der Anonymität der Weltstadt untertauchen, falls Mr. Clyde-Browns Bruder sich weigern sollte, zu kooperieren.

»Ich habe in Heathrow ein Zimmer für Sie reservieren lassen«, sagte sie.

»Aber ich will nicht nach Brasilien«, sagte Glodstone.

»Brauchen Sie auch nicht. Sie sind mit einem Dan-Air-Flug aus Zimbabwe gekommen, Ankunft sechs Uhr früh, und Sie heißen Harrison. Sie wünschen auf keinen Fall gestört zu werden. Es ist alles vorbereitet. Gegen Mittag hole ich Sie dann zum Begräbnis ab.«

»Begräbnis? Welches Begräbnis?«

»Ihres, Schätzchen. Mr. Glodstone wird sterben. Ganz offiziell. Und nehmen Sie es sich nicht so zu Herzen. Sie werden sich an das Leben nach dem Tod gewöhnen.«

Glodstone bezweifelte das.

Slymne nicht. Vor die Wahl gestellt, wäre er bereitwillig gestorben. Wieder einmal wurde er verhört. Diesmal von drei amerikanischen V-Männern aus Frankfurt, die den Eindruck gewonnen hatten, er müsse einige Zeit in Libyen verbracht haben. In einem anderen Raum wurde Major Fetherington derselben Behandlung unterzogen. Auf ihn traf diese Vermutung unglücklicherweise zu.

»Im Krieg«, stöhnte er, »in diesem verdammten Krieg.«

»Yom Kippur oder Sieben Tage?«

»In der 8. Armee. Bei den Wüstenfüchsen, zum Kuckuck.«

»Das kannst du getrost wiederholen, Kamerad. Du und Gaddafi, ihr beide.«

»Ich spreche vom Krieg, vom richtigen Krieg, von dem gegen das Afrikakorps.«

»Das was?« fragte einer der beiden, der offenbar noch von keinem Krieg vor Vietnam gehört hatte.

»Die Deutschen. Sie müssen doch Rommel kennen.«

»Erzählen Sie uns von ihm. Hat er Sie ausgebildet oder was?«

»Hat mich um ein verfluchtes Haar umgebracht«, sagte der Major und wünschte sich fast, es wäre so gewesen.

»Dann sind Sie also zu dieser Sache gezwungen worden, wollen Sie das damit sagen?«

»Nein, bin ich nicht. Ich habe nichts damit zu tun, ganz gleich, worum es sich handelt. Ich bin vom Direktor hierhergeschickt worden, um Clyde-Brown zu suchen . . .«

»Erzähl uns was Neues. Diese Geschichte haben wir schon mal durchgekaut.«

»Aber es gibt sonst nichts zu erzählen. Was haben Sie denn mit dieser Scheißspritze vor?«

Draußen auf dem Gang lauschten Commissaire Roudhon und der Mann vom Quai d'Orsay voller Interesse.

»Trotz Lügendetektor und Wahrheitsdrogen nicht der geringste Anhaltspunkt«, sagte Monsieur Laponce. »Soviel zum Thema besondere Beziehungen. Der Präsident wird sich freuen.«

»Monsieur?« sagte der Commissaire, der keine Ahnung hatte, wovon der Mann vom Auswärtigen Amt eigentlich redete.

»Zwischen London und Washington. Wir stehen hier am Ende einer Epoche.«

Commissaire Roudhon schaute den Gang entlang. »Wenn Sie meinen, Monsieur«, meinte er. Epochen bedeuteten ihm nichts.

»Von jetzt an wird Großbritannien sein, was es schon immer hätte sein sollen – eine Dépendance Frankreichs«, fuhr Monsieur Laponce, seiner Vorliebe für Rhetorik frönend, fort. »Diese Idioten in Whitehall haben uns in die Hände gespielt.«

»Glauben Sie wirklich, daß die britische Regierung diese Männer geschickt hat?«

»Entscheidend ist nicht, was *ich* denke, Commissaire, sondern was diese charmanten Amerikaner da drinnen Washington berichten.«

»Aber Gaddafi . . .«

». . . hat damit nichts zu tun. Ebensowenig wie die Roten Brigaden oder irgendeine andere terroristische Vereinigung. Es war ein taktischer Schachzug, um unsere Beziehung zu den Vereinigten Staaten zu unterminieren, aber er ist gescheitert.«

»So habe ich die Sache noch nicht betrachtet«, meinte der Commissaire.

»Das werden Sie aber, Monsieur Roudhon. Von jetzt an werden Sie das. Merken Sie sich das. Und kein Wort davon zur Presse. Der Presse werden Sie einfach erklären, daß die Angelegenheit vom diplomatischen Standpunkt aus zu heikel ist, als daß man darüber reden könnte, da die Beamten des britischen Geheimdienstes . . . An dieser Stelle werden Sie verstört abbrechen und verlangen, daß über das, was Ihnen soeben entschlüpft ist, Stillschweigen bewahrt wird. Ist das klar?«

»Absolut.«

»Wenn Sie in diesem Punkt versagen, bedeutet das, daß Sie Frankreich gegenüber versagt haben«, sagte Monsieur Laponce. »Denken Sie daran. Und ich werde jetzt, um mir diesen schrecklichen Lärm nicht länger anhören zu müssen, dem Minister Bericht erstatten.«

Drinnen beim Verhör wurde Major Fetherington unter dem Einfluß der Drogen, die man ihm verpaßt hatte, Henry Fords Ausspruch, Geschichte sei leeres Geschwätz, vollauf gerecht.

»Ich will Ihnen was sagen«, meinte der Leiter der amerikanischen Untersuchungskommission, als sich der Major zum zehntenmal ausführlich über die Hundescheiße in Shrewsbury ausließ, »man kann über die Tommys sagen, was man will, aber sie sind verdammt harte Burschen.«

»Der andere nicht«, meinte der militärische Experte, »der ist schlicht und einfach verrückt. Wenn Sie dem einen Schuß von diesem Zeug geben, hat er für den Rest seines Lebens eine Psychose.«

»Und was hat dieser ganze Mist mit den Briefen zu bedeuten?«

»Null. Hirnmäßig ist er ein Rührei.«

»Was haben wir also in der Hand? Zwei Namen, Glodstone und Clyde-Brown. Den Herren in Washington wird das nicht sonderlich gefallen.«

In Whitehall saß Unterstaatssekretär Cecil Clyde-Brown, Ordensträger des British Empire, an seinem Schreibtisch, starrte mißmutig auf eine auf dem Dach des gegenüberliegenden Hauses hockende Taube und machte sich Gedanken über die bevorstehende Entscheidung. In irgendeinem anderen Raum hatten sich der Innenminister, der Außenminister, der Polizeipräsident und der Chef des MI5 versammelt und hielten seine Zukunft in Händen. Konkret hatten sie ein Telex des britischen Botschafters in Paris in der Hand.

»Also?« fragte der Außenminister, nachdem sie sich alle die abscheulichen Nachrichten zu Gemüte geführt hatten. »Liefern wir den kleinen Sausack nun aus oder nicht?«

Der Polizeipräsident und der Chef des MI5 schüttelten die Köpfe.

»Kommt nicht in Frage«, sagte der MI5-Chef. »Ich habe mir diesen Schwachkopf angesehen, und wenn die Franzosen ihn in die Finger kriegen, dann können sie ihn unter Garantie so programmieren, daß er alles bekundet, was die wollen. Nicht, daß sie ihn viel sagen lassen müßten. Seine Geschichte würde ohnehin niemand glauben.«

»Ich für meinen Teil bin mir da nicht so sicher«, murmelte der Außenminister. »Daß es sich um ein fürchterliches Komplott der CIA handelt, kann als Betrachtung wohl ausscheiden, oder?«

»Auf Grund unseres Erkenntnisstandes vermag ich zumindest nichts zu sagen, was die Kollegen damit hätten bezwecken wollen. Ich glaube eher, daß das KGB dahintersteckt.«

Der Außenminister warf einen nostalgischen Blick auf einen Weltglobus, auf dem Indien noch als Teil des Empire dargestellt war. »Wo haben Sie denn den Kerl?« fragte er dann.

»An einem sicheren Ort in Aldershot.«

Der Name inspirierte den Außenminister. »Sie können wohl nicht arrangieren, daß er einen Unfall hat oder an Lassafieber erkrankt oder sonst etwas?«

»Möglich ist das schon, aber solange dieser Glodstone frei herumläuft . . .«

Nun schaltete sich der Innenminister ein. »Ich bin nicht willens, mich an einer inoffiziellen Exekution zu beteiligen«, sagte er hastig. »Ich meine, wenn das rauskommt . . .«

»Es ist raus, verflucht. Was immer es ist. Und wir müssen

jetzt zu einer Entscheidung gelangen. Der amerikanische Botschafter trifft um zwei Uhr ein, und nachdem diese vermaledeiten Franzosen verbreiten, daß ein SAS-Trupp eine Serie von Attentaten verübt, um die französisch-amerikanischen Beziehungen zu schwächen, muß ich dem Kerl etwas Glaubhaftes erzählen. Ich weiß, daß er aus Arkansas kommt, aber...«

»Vielleicht die Wahrheit?« murmelte der Innenminister. »Es heißt doch, am Ende kommt sie ohnehin ans Tageslicht.«

»Ich habe nicht vierzig Jahre im Auswärtigen Dienst verbracht, um so was noch zu glauben, und soweit ich es beurteilen kann, weiß ohnehin niemand, was die Wahrheit ist.«

»Wir könnten die Schuld doch jederzeit der IRA in die Schuhe schieben«, schlug MI5 vor. »Diese Behauptung ist so gut wie jede andere, und außerdem wird es der irischen Lobby in Washington nicht schaden, eins vor den Latz zu bekommen!«

»Und was zum Teufel fangen wir mit Clyde-Brown an? Sollen wir dem kleinen Bastard den Namen O'Brien geben? Ich weiß, daß dieser Kerl aus Arkansas Bombay für einen Teil einer B52 hält, aber auf etwas so Blödsinniges wie ein irisches Ammenmärchen fällt er nicht herein.«

Schließlich fand der Polizeipräsident eine Lösung. »Ich würde es für das Nächstliegende halten, den Jungen in die SAS zu stecken. Er ist offensichtlich ein geborener Killer, und das ist der letzte Ort, wo sie ihn suchen würden.«

»Sie meinen, der erste«, sagte der Außenminister, aber der Polizeipräsident beharrte auf seiner Ansicht.

»Der letzte. Wenn wir einen Killertrupp auf so irrsinnige Weise organisiert und mit Vorkriegs-Bentleys und einäugigen Kriegsveteranen ausstaffiert hätten, wäre kein Mensch auf die Idee gekommen, daß die SAS damit zu tun hat. Die gelten nämlich als hundertprozentige Profis.«

»Aber dieser Major Fetherington hat bereits gestanden...«

»Was nur beweist, daß niemand ernsthaft glaubt, was er sagt. Der Mann ist Mitte fünfzig und hat garantiert nichts damit zu tun. Außerdem hat er sich zur Mordzeit in England aufgehalten.«

Der Innenminister stärkte ihm den Rücken. »Für Slymne gilt dasselbe. Der Schuldirektor hat die beiden höchstpersönlich losgeschickt.«

»Großartig«, meinte der Außenminister. »Und wie soll ich diesem Rinderbaron aus Arkansas dann erklären, daß der verfluchte Junge nicht in der SAS ist, obwohl es so ist?«

MI5 lächelte. »Ich denke, das können Sie getrost mir überlassen«, sagte er.

Der Außenminister hatte da gewisse Zweifel. Er dachte an Blake, Philby und Blunt. »Getrost?« fragte er.

MI5 nickte.

Als schließlich der amerikanische Botschafter eintraf, stand im Vorraum eine vermummte Gestalt.

»Natürlich würden wir die Identität eines unserer Männer vom Luftwaffen-Sonderkommando unter normalen Umständen nie preisgeben«, sagte der Außenminister zum Botschafter, nachdem er sich höflich nach dem Wohlergehen seiner Rinder erkundigt und erfahren hatte, daß dieser im Erdgasgeschäft war und aus Texas kam. »Aber in diesem Fall sind wir bereit, eine Ausnahme zu machen.«

Er drückte einen Klingelknopf an seinem Schreibtisch, und die vermummte Gestalt trat ein. »Sergeant Clyde-Brown, nehmen Sie Ihre Sturmhaube ab«, sagte er.

»Wir werden schon einen gründlicheren Nachweis für seine Identität brauchen als den«, sagte der Botschafter und betrachtete das riesige Individuum mit dem dichten Schnauzbart.

»Fingerabdrücke? Ich nehme doch an, daß die Franzosen die des Attentäters haben, oder?«

»Ich denke schon.« Er dachte noch immer nach, als der Mann seine Sturmhaube wieder überzog und den Raum verließ, nachdem man ihm seine Fingerabdrücke abgenommen und er Gewicht, Schuh- und Körpergröße angegeben hatte – in Zentimetern, um die Sache noch mehr zu komplizieren. »Habe ich den nicht schon irgendwo gesehen?« fragte der Botschafter.

»Schon möglich«, sagte der Außenminister großspurig. »Ganz unter uns, soweit ich weiß, ist er verantwortlich für gewisse ... äh ... unaussprechliche Sicherheitsvorkehrungen im Buckingham Palast.«

»Damit wäre das wohl geklärt. Diese verdammten Franzmänner haben anscheinend wieder alles verpatzt. Ich werde die Einzelheiten vom Chef der Abwehr überprüfen lassen, aber sie passen ganz und gar nicht auf die Beschreibung, die man mir gegeben hat. Der Killer war kleiner und zwanzig Jahre jünger.«

»Und ohne Zweifel Franzose«, ergänzte der Außenminister und begleitete ihn zur Tür.

»Wer zum Kuckuck war denn dieser Kerl mit dem Bärengesicht?« fragte er MI5, nachdem die gepanzerte Limousine des Botschafters davongerollt war. »Und worin besteht seine unaussprechliche Aufgabe im Buckingham Palast?«

»Er ist Captain der Queen's Heads«, sagte MI5. »Das verleiht der Sache einen recht hübschen Touch, finde ich.«

»Captain der ..., soll das heißen, er ist Kloputzer? Lieber Himmel, Mann, kein Wunder, daß dieser verfluchte Yankee glaubte, ihn schon mal gesehen zu haben.« Er hielt inne und betrachtete MI5 voller Mißtrauen. »Er ist nicht etwa auch so ein Schwein wie Blunt, wie? War seine Überprüfung positiv?«

»Absolut. Stammt aus einer äußerst respektablen katholischen Familie in Belfast. Außerdem ist er sowieso nur für die Besucherklos zuständig. Ihre Majestät hat er wohl kaum je zu Gesicht bekommen.«

»Das will ich verdammt noch mal hoffen. Und ich an Ihrer Stelle würde dafür sorgen, daß sie diesen Burschen auch nicht zu Gesicht bekommt. Man könnte es ihr nicht verübeln, wenn sie ihre Welsh Corgis auf den Kerl hetzen würde. Jedenfalls, dem Himmel sei Dank, daß das erledigt ist. Selbst die derzeitige amerikanische Regierung besäße nicht die Unverfrorenheit, im Palast Nachforschungen anstellen zu lassen.«

Kapitel 24

Als der Cortège langsam aus dem Krematorium rollte, betrachtete Glodstone niedergeschlagen den Hinterkopf des Chauffeurs. Nachdem er seinem eigenen Begräbnis beigewohnt hatte, fiel ihm ausgerechnet jetzt auch noch ein, daß ›Chauffeur‹ im Französischen gleichzeitig ›Heizer‹ bedeutete; vermutlich brauchte man auch bei modernen Verbrennungsanlagen jemanden, der die Asche ausräumte. Wen immer man da gerade eingeäschert hatte (wahrscheinlich einen nicht identifizierbaren Streuner oder einen armen, zu Lehrzwecken sezierten Schlucker) – er war zu seinem Schöpfer zurückgekehrt und trug Glodstones Namen. Der stand hier auf dem Totenschein, und in Bälde würde im *Old Groxbournian* ein kurzer Nachruf erscheinen. Das große Abenteuer hatte sich in Rauch aufgelöst.

»Ich weiß genau, wie Ihnen zumute ist«, sagte die Gräfin und legte ihre Hand auf die seine. *»Mourir c'est partir un peu.«*

»Was?« sagte Glodstone.

»Sterben heißt, ein wenig Abschied nehmen. Aber es ist nicht für lange. Wenn der Chirurg mit Ihnen fertig ist, werden Sie ein neuer Mann sein.«

»Chirurg?« fragte Glodstone. »Was für ein verdammter Chirurg denn?«

»Der plastische. Er soll wahnsinnig gut bei Verbrennungen sein.«

»Verbrennungen? In Anbetracht dessen, wo ich jetzt eigentlich sein sollte, müßte er wahre Scheißwunder wirken.«

»Kein Grund, ausfallend zu werden«, rügte die Gräfin scharf. »Ich habe nicht soviel Mühe und Kosten auf mich genommen, damit Sie fluchen wie ein Fuhrknecht.«

Glodstone, dem die Veränderung in ihrer Sprache nicht entgangen war, schwieg. Diese außerordentliche Frau hatte etwas an sich, das ihm Angst einjagte, und so brachte er das Thema Verbrennungen und plastische Chirurgie erst wieder zur Sprache, als sie den Wagen oben in Hampstead Heath parkten und zur U-Bahn-Station hinuntergingen.

»Wofür, zum Teufel, brauche ich einen plastischen Chirurgen? Abgesehen von dem armen Kerl, der in diesem Sarg gen Himmel gefahren ist...«

»Lassen wir das jetzt«, meinte die Gräfin. »Das ist vorbei und erledigt. Jetzt müssen Sie in die Zukunft schauen, und da Sie sich weigern, nach Brasilien zu gehen, müssen Sie wohl oder übel tun, was ich Ihnen sage. Das Wichtigste ist jetzt, daß die Form Ihrer Ohren verändert wird. Sie sind besonders verräterisch, und darauf achtet die Polizei immer zuerst. Als nächstes...«

»Aber solange ich diese Perücke aufhabe, kann niemand meine verfluchten Ohren sehen«, sagte Glodstone.

»Ich denke nicht daran, einen Mann mit Toupet zu heiraten. Es ist unkleidsam, und außerdem paßt es nicht zu Ihrem Image. Was den Rest von Ihnen betrifft...«

Aber Glodstone hörte gar nicht hin. »Sagten Sie ›heiraten‹?« fragte er.

»Natürlich habe ich das. Sie werden doch nicht annehmen, daß ich mit Ihnen in Sünde zu leben gedenke, oder?«

Eine halbe Stunde später betrat Glodstone eine Klinik in der Nähe des Portland Place. Ein Messingschild an der Tür ließ darauf schließen, daß sie das Hauptgeschäft mit Abtreibungen machte, aber Glodstone war mittlerweile alles egal. Ihm genügte es zu wissen, daß er heiraten würde, und das war ihm unendlich viel lieber, als den Rest seines Lebens in Brasilien zu verbringen.

»Mein Held«, sagte die Gräfin und gab ihm einen flüchtigen Kuß auf die Wange. »Und vergiß nicht, mit Mr. Smith zu unterschreiben.«

»*Wo* ist Slymne?« schrie der Direktor, als Major Fetherington eine Woche später in Begleitung zweier Herren eines Sonderdezernats zurückkehrte.

»In Rampton«, sagte der Major.

»Rampton? Aber das ist doch diese abscheuliche geschlossene Anstalt für geisteskranke Verbrecher, wenn ich mich nicht irre? Und was, um Himmels willen, haben Sie mit Ihrem Gesicht angestellt?«

»Hundescheiße in Shrewsbury«, sagte der Major, der sich noch immer nicht ganz von den Auswirkungen der Wahrheitsdrogen und den stundenlangen Verhören erholt hatte.

»Aber das war doch Ihr Hinterteil. Und jetzt kommen Sie zurück mit einem Gesicht, das aussieht wie . . .«

»Hundescheiße in Shrewsbury«, sagte der Major.

»Lieber Himmel«, seufzte der Direktor. Gut möglich, daß Slymne eine solche Macke weg hatte, daß man ihn nach Rampton hatte schaffen müssen, aber wie es aussah, hatte der Major selbst auch dringend eine Behandlung nötig. »Und was ist mit Glodstone?«

»Das ist der Grund, warum wir Sie aufgesucht haben«, sagte der eine Mann und zückte seinen Ausweis. Der Direktor betrachtete ihn eingehend.

»Sonderabteilung?« fragte er matt.

Der Mann nickte. »Und nun zu Mr. Glodstone, Sir«, sagte er. »Wir benötigen Zugang zu seinen Räumen und möchten Sie bitten, uns ein paar Fragen zu beantworten. Haben Sie zum Beispiel gewußt, daß er kommunistische Ambitionen hatte?«

»Kommunistische Am . . . Ich dachte, er sei Mitglied des Monday-Clubs. Auf alle Fälle las er den *Daily Telegraph*.«

»Das hätte Tarnung sein können. Irgendwelche homosexuellen Tendenzen? Exzessives Trinken? Besondere Abneigungen gesellschaftlicher Art? Irgend etwas Derartiges?«

»Alles zusammen«, sagte der Direktor und blickte erzürnt aus dem Fenster. Aus einem Lastwagen, der soeben vorgefahren war, stiegen Soldaten aus. »Was zum Teufel haben die hier zu suchen?«

»Bitte unterschreiben Sie das hier«, sagte der Special Agent und legte ein Dokument auf den Schreibtisch.

Mit wachsender Besorgnis las der Direktor es durch. »Sie verlangen von mir, daß ich mich zu absoluter Geheimhaltung verpflichte?«

»Nur eine einfache Vorsichtsmaßnahme, Sir. Nichts weiter. Wenn Sie es natürlich vorziehen, sich einem Verfahren in Zusammenhang mit gewissen Verstößen zu unterziehen, die die entsprechende Person in Belfast begangen hat . . .«

»Belfast? Ich bin nie auch nur in der Nähe von Belfast gewesen«, sagte der Direktor, der allmählich befürchtete, demnächst eine gepolsterte Zelle mit Slymne zu teilen. »Sie kommen hierher und erklären mir, ich soll unterschreiben, daß ich mich zur Geheimhaltung verpflichte, denn sonst werde ich verurteilt . . . Herr im Himmel, wo ist mein Füller?« Hastig kritzelte er seine Unterschrift an den Rand des Formulars.

»Und jetzt den Schlüssel zur Waffenkammer, wenn Sie nichts dagegen haben.«

Der Direktor holte ihn, und während der eine Mann damit abzog, machte es sich sein Kollege auf einem Stuhl bequem. »Ich glaube, ich sollte Sie noch darauf aufmerksam machen, daß es in Ihrem eigenen Interesse ist, den Mund zu halten, falls jemand Nachforschungen über Mr. Glodstone oder einen gewissen Ex-Schüler anstellt«, sagte er. »Die Sache mit Belfast ist noch nicht aus der Welt, und nachdem Sie sich zur Geheimhaltung verpflichtet haben, könnten die Folgen etwas unangenehm werden. Muß ich noch mehr sagen?«

»Nein«, sagte der Direktor kaum hörbar. »Aber was soll ich Mr. Clyde-Brown erzählen?«

»Wem, Sir?«

»Gütiger Gott«, stöhnte der Direktor. Draußen luden die Soldaten sämtliche Waffen aus der schulischen Waffenkammer auf den Lastwagen. Das wenigstens war eine Erleichterung. Er hatte die verdammten Dinger noch nie gemocht.

»Wenn Sie mich jetzt bitte in Mr. Glodstones Räume führen würden . . .« Sie überquerten den Campus und stiegen die Treppe hinauf. »Nicht, daß ich davon ausgehe, daß wir irgend etwas Aufschlußreiches finden«, sagte der Special Agent. »Wenn die Russen einen Maulwurf ansetzen, dann machen sie ihre Sache gründlich. Wahrscheinlich haben sie den Verräter rekrutiert, als er in Cambridge war.«

»Cambridge? Ich hätte mir nie träumen lassen, daß Glodstone je eine Universität von innen gesehen hat. Erwähnt hat er es zumindest nie.«

»Natürlich nicht. Der Mann ist ohne Zweifel ein Experte. Um das zu erkennen, muß man sich nur die Bücher anschauen, mit denen er sich umgeben hat.«

Mit gemischten Gefühlen starrte der Direktor auf deren Rücken. »Trotzdem kann ich es eigentlich nicht recht glauben«, sagte er. »Glodstone war ein abscheulicher Mensch, aber er hatte einfach nicht genug Hirn, um ein... wie nannten Sie das?«

»Maulwurf«, sagte der Special Agent und steckte die Zigarrenkiste mit den Briefen der Gräfin in eine Plastiktüte. »Wahrscheinlich verschlüsselte Nachrichten.«

Der Direktor gab sich Mühe, die positive Seite zu sehen. »Nun, wenigstens muß ich diesen verdammten Kerl nicht mehr um mich haben«, sagte er. »Eine Wohltat. Haben Sie eine Ahnung, wo er steckt?«

Der Mann zögerte. »Kann nichts schaden, wenn ich es Ihnen jetzt sage. Gestern haben wir seinen Bentley in der Nähe von Tilbury gefunden. Am Mittwoch abend ist ein ostdeutscher Frachtdampfer ausgelaufen.«

Sie kehrten ins Arbeitszimmer des Direktors zurück.

»Ich denke, das ist alles, was wir im Augenblick brauchen, Sir. Sollte Ihnen noch etwas einfallen, was von Nutzen für uns sein könnte, wären wir Ihnen dankbar, wenn Sie diese Nummer anrufen würden. Es ist ein Anrufbeantworter, so daß Sie nur Ihren Namen zu hinterlassen brauchen.«

»Und was ist mit ihm?« fragte der Direktor mit einem unsicheren Blick auf Major Fetherington.

»Was soll mit ihm sein?«

»Ich kann doch keinen Lehrer gebrauchen, der durch die Gegend rennt und vor den Jungen die ganze Zeit ›Hundescheiße in Shrewsbury‹ murmelt. Er ist doch total übergeschnappt.«

»Da sollten Sie erst Mr. Slymne sehen«, meinte der Mann grimmig. »Der Major ist ganz in Ordnung. Im Vergleich zu Slymne ist er ein Held. Und Sie können ihn doch jederzeit als Platzwart einsetzen.«

Die ambivalentesten Gefühle bezüglich dieser Geschichte herrschten in der Pinetree Lane.

»Das werde ich dir nie verzeihen. Niemals!« heulte Mrs. Clyde-Brown, ohne sich um die Anwesenheit der zehn in Overalls steckenden Geheimagenten zu kümmern, die überall Doppelfenster eingesetzt hatten und jetzt das ganze Haus renovierten. »Wenn ich mir vorstelle, daß ich den armen Peregrine nie wiedersehen werde!«

»Ach, ich weiß nicht«, meinte Mr. Clyde-Brown fröhlich, »wahrscheinlich bekommt er ab und zu Ausgang. Sie können die Garnison ja nicht auf Dauer in der Antarktis belassen.«

»Aber er ist die Kälte doch nicht gewöhnt, und außerdem ist er so empfindlich auf der Brust.«

»So ist das nun mal«, sagte Mr. Clyde-Brown fast übermütig. »Du kannst ja immer noch Blumen auf sein Grab pflanzen. Und wenigstens muß man ihn nicht einbalsamieren. Eis konserviert ewig.«

»Du mörderischer... Nein, ich will keine gefiederten Schwertlilien in der Küche«, schrie sie, als einer der Agenten taktvoll ein Buch mit Tapetenmustern vor ihnen ausbreitete, »und mit der rosa Farbe in der Diele können Sie auch aufhören. Ich hasse diesen William-Morris-Stil.«

Mr. Clyde-Brown machte sich rar. Er arbeitete derzeit an einem interessanten Scheidungsfall, bei dem es um das Sorgerecht für eine Hauskatze ging. Jetzt, nachdem Peregrine aus dem Weg war, wäre es vielleicht ganz sinnvoll, die Gattin noch etwas mehr zu reizen.

In Bognor Regis betrachtete Glodstone sein Gesicht im Badezimmerspiegel, vermochte sich jedoch nicht wiederzuerkennen. Er betrachtete es nicht das erste Mal, aber es beutelte ihn noch immer, wenn ihm da jemand, den er gar nicht kannte, so schauerlich verblüfft entgegenstarrte. Und schauerlich war nicht übertrieben. Die Gräfin hatte recht gehabt mit ihrer Behauptung, daß der plastische Chirurg gut bei Verbrennungen sei, obwohl sie Glodstones erzürnter Ansicht nach besser »gut mit Verbrennungen« hätte sagen sollen.

»Na wartet, bis ich diesen Saukerl in die Finger kriege«, hatte er gebrüllt, als ihm der Verband abgenommen worden war und er sich endlich im Spiegel anschauen durfte. »Er muß mich mit einem verdammten Flammenwerfer bearbeitet haben. Wo sind bloß meine verfluchten Augenbrauen?«

»Im Abfalleimer«, sagte die diensthabende Schwester. »Außerdem haben Sie ausdrücklich um eine total nicht-rekognitive Operation gebeten.«

»Nicht-rekog... Scheiße, nichts dergleichen habe ich. Ich kam hierher, weil ich mir die Ohren richten lassen wollte, aber nicht, um mir eine Fratze verpassen zu lassen, die einen extraterrestrischen Punk zu Tode erschrecken würde. Und warum bin ich so kahl wie ein Bläßhuhn?«

»Wir haben Ihnen die Kopfhaut eines anderen Patienten transplantiert, und der hatte eine totale Glatze. Aber sie ist sehr gut angewachsen.«

»Und wessen Gesicht haben Sie mir verpaßt? Vielleicht das eines Leprakranken im Endstadium?«

»Das nennt man den Spitfire-Effekt«, erklärte die Schwester. »Viele Piloten, die im Kampf um England abgestürzt sind, haben so ausgesehen.«

»In diesem Fall würde ich ›Messerschmidt-Effekt‹ für passender halten«, meinte Glodstone. »Muß ich jetzt den Rest meines Lebens mit diesen Pusteln verbringen? Eine davon sitzt direkt auf dem, was von meiner Nase übrig ist.«

»Das sind bloß Blutegel. Wir benützen sie zum Reinigen...«

»Scheiße«, sagte Glodstone und mußte mit Gewalt davon abgehalten werden, die Dinger abzupflücken.

»Wenn Sie kein lieber Junge sind, müssen wir Ihnen ein Beruhigungsmittel geben.«

»Madam«, sagte Glodstone, der angesichts der drohenden Nadel seine ganze Würde zusammenkratzte, »ich habe eine Menge Erfahrung mit Jungen, und keiner, der noch alle seine Sinne beisammen hat, würde zulassen, daß man sein Gesicht als Wasserloch für Blutegel mißbraucht. Ich könnte Tetanus bekommen oder an Blutverlust krepieren.«

»Unsinn. Wir vergewissern uns schon, daß sie vollkommen gesund sind und nur das vernarbte Gewebe reinigen.«

»Wenn das so ist, werden sie scheußliche Verstopfung bekommen«, sagte Glodstone, »denn hier kriegen sie so viel zu futtern, daß es für das Bankett des Oberbürgermeisters reichen würde. Übrigens, holen Sie mir doch dieses Ekel aus dem linken Nasenloch. Mit eingebundenen Händen geht das schlecht. Was hat das eigentlich zu bedeuten?«

»Entfernung der Fingerabdrücke«, sagte die Schwester und ging hinaus, während Glodstone über ein Leben ohne körperliche Identifikationsmerkmale nachdachte. Selbst seine engsten Freunde würden ihn nicht mehr erkennen, geschweige denn wollen.

Doch zumindest die Gräfin war entzückt. »Liebling«, sagte sie, als sie kam, um ihn abzuholen, »du siehst wunderbar aus.«

»Alles, was ich dazu sagen kann, ist, daß Sie einen höchst sonderbaren Scheißgeschmack haben«, entgegnete Glodstone erbittert und mußte sich prompt wegen seiner ordinären Sprache maßregeln lassen.

»Du warst im Krieg etwas irre Geheimes, über das du lieber nicht reden möchtest. In diesem Sinne wirst du dich in Zukunft äußern«, sagte sie. »Und von jetzt an wirst du mich Bobby nennen.«

»Aber das ist doch ein Jungenname«, sagte Glodstone, während er überlegte, ob er vielleicht drauf und dran war, eine Lesbe mit einem im wahrsten Sinne des Wortes schauerlichen Appetit auf entstellte Männer zu heiraten. Es war ein Wunder, daß man ihn keiner Operation zur Geschlechtsumwandlung unterzogen hatte.

»Das ist hübsch und klingt so nach dreißiger Jahre. Damals hießen viele Mädchen Bobby; außerdem paßt es zu meinem Peki.«

Glodstone schauderte. Er haßte Pekinesen. Jetzt war ihm endgültig klar, daß es ihm nicht mehr vergönnt war, sein Leben als sein eigenes zu bezeichnen, von seinem Gesicht ganz zu schweigen.

Er sollte nur allzu recht behalten. Nach einer raschen Trauung auf dem Standesamt, bei der er sich als Clarence Sopwith Hillary ausgeben mußte – eine Namenskombination, die Glodstone als ausgesprochen erniedrigend, unnötig provokant und, was den letzten Namen betraf, extrem geschmacklos empfand –, waren sie in Bobbys hübschem Mini (»Die Leute sollen nicht denken, daß wir uns für etwas Besseres halten als die Nachbarn, Clarence«, erklärte sie Glodstone, der verdammt gut wußte, daß er elend weit über nahezu allem stand) zum Bungalow in Bognor Regis gefahren. Dieser hatte seine übelsten Erwartungen erfüllt. Angefangen vom grün geplättelten Dach über die Petunien, die den von Unkraut peinlich gesäuberten Rasen einrahmten, bis hin zu dem kubistischen Teppich im Wohnzimmer repräsentierte er all das, was er zutiefst verachtete.

»Aber das ist reine Art deco, Clarence. Das sind wir.«

»Mag sein, daß du das bist«, sagte Glodstone, »aber ich will verdammt sein, wenn ich es bin. Und kannst du mich denn nicht anders nennen als Clarence? Das klingt fast so widerlich wie Cecil.«

»Ich werde dich Soppy nennen, Liebling. Und das hier ist Beatrice.«

»Teufel«, zischte Glodstone, den der Pekinese soeben in den Knöchel gebissen hatte.

Als er jetzt so im Badezimmer stand und seine eigene Fiktion im Spiegel anstarrte, wußte er, daß er besiegt war. Sie würden

den ganzen Abend lang Bridge mit den Shearers spielen, und er würde einen Anpfiff bekommen, weil er schlecht gereizt hatte; er würde Kaffee kochen müssen und vor dem Zubettgehen diese verdammte Beatrice zum Pinkeln hinausführen müssen. Und er wußte genau, was sie trinken würden: Crême de menthe. Constance Sugg war zu ihrem Ursprung zurückgekehrt.

In einer Hecke in South Armagh starrte Peregrine, jetzt Nummer 960401, durch das Nachtglas im Zielfernrohr seines Gewehrs auf die Gestalt, die sich über das Feld bewegte. Vielleicht war es ein irischer Polizist, aber ihm war das egal. Er hatte bereits fünf IRA-Leute in die Luft gejagt, zwei Wilddiebe und einen außer Dienst befindlichen nordirischen Konstabler, ganz zu schweigen von einem Landrover der Army, was die schreckliche Folge hatte, daß selbst die ortsansässigen Protestanten in Übereinstimmung mit der IRA seine sechzehn Quadratmeilen zum Sperrgebiet erklärten und die Army den Ort mied. Peregrine kümmerte das nicht. Er war in seinem Element. Er tat das, worauf man ihn trainiert hatte. Alle paar Wochen schwebte ein unbemannter Ballon (nachdem es einen bedauernswerten Unfall mit einem Hubschrauber gegeben hatte) über ihn hinweg, den er abschießen konnte; auf diesem Weg wurde er mit Lebensmitteln und Munition versorgt.

Nicht, daß er erstere gebraucht hätte. In seinem Erdloch, das er sich in einem ehemaligen Brunnenschacht eingerichtet hatte, lag ein Schaf, das er fürs Abendessen erbeutet hatte. Er freute sich richtig darauf. Der Major hatte gesagt, man sollte von dem leben, was die Natur anzubieten hatte, und genau das tat Peregrine. Er drückte am Abzug und sah zu, wie der Mann umfiel. Dann kroch er, einem anderen Ausspruch des Majors folgend, nämlich, daß eine Armee auf ihrem Magen marschiere, die drei Kilometer zu seinem Versteck auf allen vieren zurück. Dort reinigte er in dem glücklichen Bewußtsein, genau das zu tun, was man ihm gesagt hatte, sein Gewehr, ölte es und machte sich dann über die Lammkeule her.